Independent
Br

I0546529

ÜBER DAS BUCH

Obwohl die neunzehnjährige Moira Bellamie nachweislich keine Magie hat, ist es ihr gelungen, einen Praktikumsplatz bei der Gendarmerie Magique, der magischen Polizei, zu erhalten. Um den hart erkämpften Job zu behalten, steckt sie all ihre Energie in die Aufklärung eines Einbruchs im Nationalmuseum, wo wertvolle, antike Waffen gestohlen wurden. Es war nicht vorgesehen, dass sie sich dabei in ihren Partner Druidus verliebt. Als immer mehr Menschen mit einer der gestohlenen Waffen ermordet werden, muss Moira unkontrollierbare Magie zähmen, oder die Menschen, die sie liebt werden sterben, allen voran ihr Partner.

ÜBER DIE AUTORIN

Katharina Gerlach wurde 1968 geboren und wuchs mit drei jüngeren Brüdern mitten in einem Wald im Herzen der Lüneburger Heide auf. Schon früh verschwand sie tagelang in magischen Abenteuern, vergangenen Zeiten oder unheimlichen Märchenwäldern, denn auch junge Wilde lernen Lesen.
Es blieb nicht beim Lesen. Während einer Lehre zur Landschaftsgärtnerin schrieb sie ihren ersten Roman, ein Buch voller Anfängerfehler. Zum Glück gab es auch Bücher darüber, wie man es richtig macht, und so erschienen bald die ersten Kurzgeschichten.
Zurzeit lebt sie mit ihrem Mann, drei Kindern und einem Hund in einem Häuschen nicht weit von Hildesheim und - na, was wohl - schreibt an ihrem nächsten Roman.

Homepage: de.katharinagerlach.com
Twitter: @CatGerlach
Facebook: www.facebook.com/KatharinaGerlach.Autorin
Goodreads: www.goodreads.com/author/show/1168793.
Katharina_Gerlach
Pinterest: pinterest.com/catgerlach/

Waffenruhe

Gendarmerie Magique
Band 1

Katharina Gerlach

Waffenruhe, Gendarmerie Magique, Band 1, deutsche Edition
veröffentlicht vom Independent Bookworm, USA und D

dieses Buch ist auch als eBook erschienen

Titelbild: Katharina Gerlach, Corona Zschüsschen (sjusjun.com)
Lektorat: Ethan James Clarke
Korrektorat: Deike Gerlach
Druck: On-Demand Publishing LLC, 100 Enterprise Way, Suite
    A200, Scotts Valley, CA 95066, USA, www.createspace.com

ISBN-13 978-3-95681-011-4

Weitere Informationen: katharina@katharinagerlach.com
Finden Sie mehr auf der Homepage der Autorin:
http://de.katharinagerlach.com

DANKSAGUNG

Ohne die Hilfe meiner langjährigen Mentorin, Holly Lisle, wäre dieses Buch nicht das, was es heute ist. Doch ohne die Liebe und Unterstützung meiner Familie wäre es noch immer Teil meiner Bibliothek Ungeschriebener Bücher. Danke. Ich liebe Euch mehr, als ich ausdrücken kann.

Ein Dank auch Dir, lieber Leser, liebe Leserin, dass Du dieses Buch gekauft hast. Deine Begeisterung fürs Lesen ermöglicht es AutorInnen wie mir, unsere Träume zu leben. Viel Freude mit dieser Geschichte.

Kapitel 1

Moira gähnte, denn es war erst die zweite Nacht ihrer allerersten Spätschicht, und ihr Körper hatte sich noch nicht daran gewöhnt. Um drei Uhr morgens wollte er lieber schlafen, ganz gleich wie sehr sie darauf brannte, den Einbruch zu untersuchen. Sie blinzelte gegen die Müdigkeit an und wischte sich den Schweiß von der Stirn. Im Innern des Wagens war es noch heißer, als draußen.

„Wir sind gleich da." Buds bog schnellstmöglich um eine Ecke, so dass Moira von der Fliehkraft gegen die Tür gepresst wurde. Er kümmerte sich nicht darum. „Du nimmst die Koffer, Moira."

„Aber geh auf keinen Fall zu dicht an den Tatort", fügte Semra hinzu. Sie krallte sich am Haltegriff über der Tür fest, als Buds durch die nächste Kurve schoss.

Moira antwortete nicht. Sie war zu sehr damit beschäftigt, sich festzuhalten. Sie starrte aus dem Fenster auf die menschenleeren Straßen von Salzhaven. Das grüne Rundumlicht auf dem Dach des Wagens tauchte die sonst so freundlichen, mehrstöckigen Sandsteinhäuser der Innenstadt in ein gespenstisches Licht. Gelegentlich entdeckte Moira das leuchtende Netz eines starken Schutzzaubers an einem der vielen Geschäfte. *Zum Glück mussten wir nicht durchs Kneipenviertel,* dachte sie. *Bei Buds Fahrstil hätten die Nachtschwärmer keine Chance.*

Buds hielt mit quietschenden Bremsen vor dem Nationalmuseum. Das von unten angestrahlte, vierstöckige Gebäude mit den Säulen, die vom klassisch geprägten Dach bis zum Boden reichten, wirkte noch imposanter als bei Tag. Moira sprang aus dem Tapisto und öffnete schnellstens den Kofferraum. Dabei achtete sie sorgsam darauf, nicht gegen die Fransen des Antriebsteppichs zu stoßen, die unter der Stoßstange herabhingen. In ihrer Fahrschulzeit war dadurch ein nagelneues Tapisto unbrauchbar geworden, das wollte sie nicht wiederholen.

Sie hob die beiden schweren Tatortsicherungskoffer heraus, während die Gendarmen Buds und Semra die breite

Freitreppe zum Haupteingang des Nationalmuseums hinauf eilten. Ein zweiter Streifenwagen hielt, zwei junge Gendarmen sprangen heraus und begannen, eine Absperrung zu errichten.

„Beeil dich ein bisschen, Moira!" Buds drehte sich nicht nach ihr um.

Moira tat so, als mache ihr diese Unfreundlichkeit nichts aus. Sie kaute an ihrer Unterlippe und folgte ihm mit den beiden schweren Einsatzkoffern die scheinbar endlose Treppe hinauf. Schweiß lief ihr in die Augen und sie wünschte sich, dass sie einen Schwebezauber verwenden könnte. Aber als sie so etwas das letzte Mal versucht hatte, waren die Koffer explodiert. *Warum muss es so heiß sein?* Sie seufzte. *Und im Museum wird es wegen des Klimazaubers noch schlimmer.*

Oben wartete ein schlanker, kleiner Nachtwächter auf sie. Er trat ungeduldig von einem Fuß auf den anderen, so dass sein hellblonder Pferdeschwanz unter seiner roten Dienstmütze hüpfte. Kaum war Moira bei Buds und Semra angekommen, führte sie der Nachtwächter durch die großen Glastüren ins Innere. In der Eingangshalle des Nationalmuseums schlug eine Hitzewelle über Moira zusammen. *Ich hasse Klimazauber.* Sie runzelte die Stirn. Da sie die schweren Koffer schleppte, fiel sie zurück. Schweiß lief ihr in Strömen über den Körper. Ihr Atem ging immer schneller, während sie mit den Koffern die Galerie der alten Meister entlang eilte. Durch die Nachtbeleuchtung lagen die meisten Bilder in den hohen Räumen im Dunkeln, und das Leuchten der Schutzzauber war so schwach, dass Moira kaum die Umrisse der Gemälde erkennen konnte. Aber sie war schon oft in der Kunstgalerie des Nationalmuseums gewesen und wusste, dass die Wände scheinbar planlos mit Bildern behängt worden waren.

Sogar die Mona Beth, das weltweit berühmteste Portrait, hing versteckt zwischen mehreren Landschaftsbildern und einigen Gemälden mit knochigen, nackten Frauen. Sie sah zu Buds und Semra hinüber. Die beiden standen vor einer als privat gekennzeichneten Tür, unterhielten sich mit dem Nachtwächter und achteten nicht auf sie. Also riskierte es

Moira, stehen zu bleiben, um den Atem zu beruhigen. Obwohl sie genau wusste, wo die Mona Beth aufgehängt war, dauerte es eine Weile, bis sie die handgroße, magisch veredelte Malerei entdeckte.

Die junge Frau auf dem Bild blinzelte ihr zu und streckte ihr die Zunge heraus.

Überrascht zog Moira die Augenbrauen in die Höhe. Bisher hatte die Mona Beth noch nie geblinzelt. Sie stellte einen Koffer ab und wischte sich mit dem Handrücken den Schweiß von der Stirn. Für einen flüchtigen Augenblick neidete sie es den Gendarmen, dass der Klimazauber auf sie abkühlend wirkte. *Ob ich es ihnen sagen sollte?* Sie sah erneut zu Buds und Semra hinüber. *Lieber nicht. Wie sollte ich ihnen erklären, dass mir ein magisch veredeltes Gemälde die Zunge herausstreckt, wo alle anderen Menschen ein liebliches und geheimnisvolles Lächeln empfangen.* Sie nahm den Koffer wieder auf und trat zu den Gendarmen, die immer noch mit dem Nachtwächter vor einer schweren Eisentür warteten.

Auf die Frage, ob er im Keller gewesen sei, schüttelte der Nachtwächter den Kopf.

„Als ich das offene Rolltor in den Überwachungsgloben bemerkt habe, löste ich sofort den Alarm aus und informierte den Herrn Direktor. Da kommt er."

Ein schlanker Mann in einem schwarzen, modischen Zweiteiler trat zu ihnen. Der Nachtwächter stellte ihn als Direktor Professor Doktor du Mar vor.

Der Leiter des Nationalmuseums verbeugte sich knapp.

„Bitte entschuldigen Sie meine Verspätung." Er legte seine linke Hand auf das ID-panneau und strich sich mit der rechten die schlohweißen Haare aus dem Gesicht. Grün leuchtend umfuhr der Identitätszauber seine Finger, und die Tür zum Untergeschoss sprang auf.

Als er Anstalten machte, die lange Metalltreppe hinunter zu steigen, hielt ihn Buds zurück.

„Bleiben Sie bitte hier oben, bis wir die Spuren gesichert haben."

Der Direktor wollte widersprechen, kam aber nicht zu Wort. Semra zeigte auf einen Mann, der mit wehendem Mantel die Galerie entlang geeilt kam.

„Commissaire Magique Marten wird mit Ihnen sprechen, und außerdem haben die Kollegen sicher Fragen an Sie."

Moira bemerkte, dass der Commissaire an der Mona Beth stehen blieb und sich zu dem Bild vorbeugte, bevor Semra sie durch die Tür schob. Vorsichtig stieg sie hinter Buds die steilen Stufen hinunter. Zum Glück wurde es kühler, je weiter sie nach unten kamen. Am Fuß der Treppe legte ihr Semra die Hand auf die Schulter.

„Du bleibst hier stehen. Wir wollen doch nicht, dass an unserem Tatort dasselbe passiert wie bei den Kollegen von der Tagschicht, nicht wahr?" Sie sah sie mit einem Blick an, der mehr drohend als fragend war.

Moira nickte. Sie erinnerte sich nicht gerne daran, wie sie beim Ausbreiten eines Stasiszaubers sämtliche Spuren in Reichweite vernichtet hatte. Sie war nur deshalb nicht gefeuert worden, weil die Zentrale ihnen das falsche Appartement genannt hatte. Moira sah noch die Erleichterung in den Gesichtern ihrer Kollegen vor sich, als ihnen klar wurde, dass sie nicht am Tatort waren.

Sie machte es sich auf der untersten Treppenstufe bequem und sah Buds nach, der mit seinem Koffer auf dem Weg zu den Rolltoren am anderen Ende der großen, nahezu leeren Lagerhalle war. Semra ging zur anderen Seite der Halle, wo eine feuerfeste Stahltür zu den Archiven des Museum führte.

Moira wartete geduldig, froh darüber nicht helfen zu müssen. Sie wusste, dass sie trotz ihres Enthusiasmus für Tatortuntersuchungen ungeeignet war. Deshalb gab sie sich mit allem anderen die größte Mühe. Zu hart hatte sie um diese vorläufige Stelle gekämpft. *Ich muss beweisen, dass ich nicht schlechter bin als normale Menschen. Das ist der einzige Weg, einen dauerhaften Platz bei der Gendarmerie Magique zu bekommen.* Unwillkürlich tastete sie nach dem Brief mit dem Termin für das RealJob™ Analysegespräch in ihrer Tasche. Einerseits fürchtete sie sich davor, andererseits fieberte sie dem Gespräch entgegen. Wenn sie nur daran dachte, klopfte ihr Herz wie wild. Um sich abzulenken, beobachtete sie die beiden Gendarmen bei der Arbeit. Buds hatte einen

Stasiszauber über den Tatort gelegt, so dass die beiden Spuren sammeln konnten, ohne sie zu verändern oder zu zerstören. Moira wünschte sich, dass Zaubern für sie ebenso problemfrei funktionieren würde. Interessiert sah sie zu, wie Buds Fingerabdruckpulver auf der Handfläche verteilte und die Aktivierungsworte murmelte. Sofort erhob sich der Staub in der Luft, verteilte sich in der ganzen Halle und klebte an allen vorhandenen Fingerabdrücken fest. Buds stöhnte, als er erkannte, wie viele es davon gab.

Er drückte gerade ein Klebpapier auf seinen dritten Abdruck, als jemand vom oberen Ende der Treppe rief: „Ist der Tatort gesichert? Kann ich runterkommen?"

„Alles grün", rief Semra und diesmal stimmte es sogar im wahrsten Sinne des Wortes. Sie hatte einen Markierungszauber eingesetzt und sämtliche Fußspuren erstrahlten in neon-grün. Von Moiras Platz an der Treppe wirkte der Raum wie ein überdimensionales, futuristisches Gemälde.

„Das sollte man konservieren. Das sieht hübsch aus", sagte der Leiter des Nationalmuseums, der hinter dem Commissaire Magique die Treppe herunter kam. Moira rückte ein Stück zur Seite, um ihnen Platz zu machen. Der Commissaire sah sie an und hob eine Augenbraue.

„Sind Sie die junge Frau mit dem missglückten Stasiszauber?"

Moira nickte und starrte vor sich auf den Boden. Ihre Wangen glühten. *Weiß das denn mittlerweile jeder?*

Eine kräftige Hand legte sich auf ihre Schulter.

„Machen Sie sich nichts draus. Aller Anfang ist schwer, und Spurensicherung ist nicht jedermanns Sache."

Überrascht sah sie dem Commissaire nach, der mit dem Direktor und dem Nachtwächter zu den wenigen Kisten trat, die in der großen Halle darauf warteten, ausgepackt zu werden. Der Nachtwächter nahm seine Mütze ab, legte sie auf eine der Kisten und wischte sich den Schweiß von der Stirn, während Direktor du Mar stirnrunzelnd um die Boxen herum ging.

„Auf den ersten Blick scheint nichts zu fehlen, aber ich vergleiche den Inhalt der Kisten besser mit den Lieferscheinen", sagte er.

„Lassen Sie das unsere Neue machen." Der Commissaire winkte Moira zu sich.

Unsicher stand sie auf und sah zu Buds. Der Commissaire grinste. „Buds. Wie weit seid ihr?"

Buds antwortete ohne von der Arbeit aufzusehen.

„Wir sind in zehn Minuten fertig."

„Gut, hebt den Stasiszauber auf, wenn ihr soweit seid, damit Moira rein kann. Ihr könnt ihn erneuern, bevor wir gehen."

„Machen wir, Commissaire Marten."

Der Commissaire sah Moira an.

„Wenn die Stasis aufgehoben ist, vergleichen Sie die Inventarlisten mit dem Inhalt der Kisten."

Moira nickte. Der Nachtwächter sauste los, holte lange Falttische aus einem Regal und stellte sie auf.

Commissaire Marten wandte sich an den Direktor.

„Ist Ihnen in der Galerie etwas Seltsames aufgefallen?"

„Nein, wieso?" Der Direktor eilte die Treppe hoch, und der Commissaire folgte ihm. Als er an Moira vorbei ging, lächelte er ihr zu. Sie hätte ihn am liebsten umarmt. Er war das erste Mitglied der Gendarmerie Magique, das freundlich zu ihr war. Mit einem warmen Gefühl im Bauch setzte sie sich zurück auf ihre Stufe und wartete, dass Buds und Semra fertig wurden.

Eine halbe Stunde später deaktivierte Buds den Stasiszauber.

„Fass nur die Kisten an, sonst kriegst du mit mir Ärger."

Moira nickte, schlüpfte in ein Paar Latexhandschuhe und nahm das Klemmbrett mit den Blättern der Inventarliste, das auf den Kisten lag. *Hoffentlich sind sie nicht mit einem Zauber versiegelt.* Sie nahm einen Allesöffner aus Buds Koffer und weckte den daumengroßen Nerl, der darin wohnte.

„Könntest du mir bitte die Kisten öffnen?"

Der Nerl riss überrascht die Augen auf, was die Warzen auf der grünen Haut seines Gesichts tanzen ließ.

„Ein höflicher Mensch? Das ist neu." Er sauste zur ersten Kiste, und wenig später klapperte der Deckel zu Boden. Während Moira Bündel um Bündel herausnahm und auf einen der langen Tische legte, öffnete der Nerl die anderen Kisten. Zurück bei Moira streckte er den rechten Arm mit flacher Hand zum üblichen Abschiedsgruß in ihre Richtung. Bevor er in sein Heim zurück krabbeln konnte, bedankte sie sich. Kopfschüttelnd, aber lächelnd, verkroch sich der Nerl im Allesöffner. Moira grinste, als sie ihn wenig später schnarchen hörte.

Zum Glück waren alle Päckchen sorgfältig beschriftet worden, so dass Moira sie leicht auf den Listen wieder fand. Akribisch hakte sie Tonscherben, Haarnadeln, Umhang-schnallen, Steingut, Goldmünzen, Waffen, Knochen und vieles mehr ab. Als sie das letzte Päckchen aus der letzten Kiste holte, entdeckte sie zwischen den Deckeln die dunkelrote Mütze des Nachtwächters. Sie hob sie auf und legte sie auf den Tisch, dann hakte sie die letzten Päckchen ab. Es war alles da. Zufrieden klappte sie die Blätter zurück. *Moment mal.* Sie nahm die Listen aus dem Klemmbrett und betrachtete sie genauer. Der Inhalt jeder einzelnen Kiste stand auf einem separaten Blatt. Die Blätter waren anschließend mit einem Klebzauber zusammengeheftet und in das Brett geklemmt worden. Doch an der letzten Seite hing ein Rest Papier.

„Da fehlt eine Seite", sagte Moira. Sie nahm die Mütze des Nachtwächters und die Liste und ging die Treppe hinauf. Oben suchte sie Buds. „Ich bin fertig."

Der stämmige Gendarm nickte.

„Dann werde ich den Stasiszauber wieder aktivieren."

Moira wartete bis er verschwunden war und suchte dann Commissaire Marten auf. Sie gab ihm die Liste.

„Jemand hat eine Seite abgerissen. Da es für jede Kiste eine eigene Seite gibt, glaube ich, dass eine der Kisten fehlt."

„Gute Arbeit." Commissaire Marten lächelte sie an. Sein müdes Gesicht mit dem Dreitagebart hellte sich auf wie ein diesiger Himmel durch den die Sonne brach. Moira spürte die Wärme in ihrem Herzen und lächelte unwillkürlich zurück.

„Ich werde Direktor du Mar informieren." Commissaire Marten drehte sich um und ging.

Mit offenem Mund sah Moira ihm nach.

„Er ist ne Wucht, nicht wahr?" Semra trat neben sie. „Mit ihm macht die Arbeit gleich doppelt so viel Spaß. Schade, dass er so selten mit uns arbeitet."

„In welcher Abteilung ist er sonst?"

„Mord Zwo."

„Mord Zwo", wiederholte Moira leise. „Warum ist er heute hier?"

„Im Hof des Museums lag ein Toter, vermutlich ein Obdachloser. Wahrscheinlich glaubt Sabio, dass der Einbruch damit zusammenhängt. Es heißt, er hätte einen sechsten Sinn für Zusammenhänge."

Mit einem Mal fiel Moira etwas ein, und sie drehte sich zu Semra um.

„Weißt du, wo der Nachtwächter ist? Er hat seine Mütze unten liegen lassen."

„Kann nicht sein. Ich habe ihn eben befragt, und da hatte er sie auf."

Wortlos zeigte Moira Semra die Nachtwächtermütze, die sie zwischen den Kistendeckeln entdeckt hatte.

Semra kratzte sich am Kopf.

„Vielleicht hatten die Einbrecher einen Komplizen im Haus."

In diesem Moment bog der Nachtwächter in die Galerie, und er trug seine Mütze auf dem Kopf.

„Brauchen Sie mich noch", fragte er Semra. „Ich habe nämlich seit einer Stunde Feierabend, und meine Frau wartet sicher schon auf mich."

„Wissen Sie, wem die gehören könnte?" Semra hielt ihm die Mütze hin.

Er nickte.

„Das ist Huudiens. Er hat die unteren Räume und den Keller. Es sieht ihm gar nicht ähnlich, einen Teil seiner Dienstkleidung zu vergessen." Er streckte die Hand aus. „Soll ich sie mitnehmen?"

„Danke, aber darum kümmern wir uns." Semra steckte die Mütze in eine Beweistüte und nickte dem Nachtwächter freundlich zu. „Sie können dann gehen. Falls wir weitere Fragen haben, wissen wir, wie wir Sie erreichen können."

Er dankte und schlurfte müde weiter, dem Ausgang entgegen.

Moira fragte zögernd: „Warum durfte er die Mütze nicht für seinen Kollegen mitnehmen?"

Semra sah sie an, als sei sie schwer von Begriff.

„Das ist ein Beweisstück. Es gibt nämlich bisher keine Anzeichen für ein gewaltsames Eindringen."

„Nicht einmal in den Aufzeichnungen der Überwachungsgloben?" Moira war überrascht.

„Wir lassen sie von einem Experten untersuchen. Buds hat sie bereits eingepackt." Sie stemmte die Hände in den Rücken und streckte sich. „Ich werde die Mütze wegpacken. Bring du die Koffer ins Tapisto, damit wir gleich los können, wenn Buds fertig ist."

Gehorsam sah sich Moira nach den Koffern um. Dabei fiel ihr Blick erneut auf die Mona Beth, und wieder zwinkerte ihr das Gemälde zu, bevor es die Zunge heraus streckte. Moira trat dichter heran und beugte sich vor, um es genauer zu betrachten.

„Du sollst die Koffer ins Tapisto bringen", sagte Semra.

„Ja, gleich." Moira streckte die Hand aus und zog mit dem Finger in der Luft die Linien des Gesichts nach. Waren die Konturen früher nicht etwas runder gewesen? Oder spielte ihr die Erinnerung einen Streich?

Das Kreischen der Sirene riss sie aus ihren Überlegungen, und sie fuhr hoch, wie von der Tarantel gestochen. War sie wirklich gegen das Bild gestoßen?

Commissaire Marten kam mit wehenden Haaren angerannt, während Semra schimpfte.

„Kannst du denn nicht aufpassen? Du bist ja schlimmer, als ein Kleinkind."

Moira biss die Zähne zusammen und ließ die Schimpfkanonade über sich ergehen. Es fiel ihr unglaublich schwer, aber sie wusste, dass sie ihre letzte Chance auf eine Stelle bei der Gendarmerie Magique verspielen würde, wenn sie sich jetzt nicht beherrschte. *Ich höre das nicht*, dachte sie. *Es perlt an mir ab wie Wasser von einer Ente.*

„Das reicht, Semra." Commissaire Martens Stimme klang scharf. „Immerhin hat sie als Einzige aus deiner Einheit bemerkt, dass mit der Mona Beth etwas nicht stimmt."

Semras Augenbrauen sausten in die Höhe.

„Wie bitte?"

„Wenn du genau hinsiehst, wirst du feststellen, dass sie die Stirn runzelt bevor sie lächelt. Gute Beobachtungsgabe ist die wichtigste Eigenschaft eines Gendarmen, Semra."

Semra presste die Lippen zusammen und warf Moira einen letzten wütenden Blick zu. Direktor du Mar traf schnaufend ein und blieb neben Semra stehen. „Wenigstens wissen wir jetzt, dass der Alarm in Ordnung ist."

Semra zog die Augenbrauen in die Höhe.

„Das würde bedeuten, dass jemand im Gebäude den Alarm ausgestellt haben muss."

„Gut kombiniert, Semra." Commissaire Marten legte ihr die Hand auf den Arm. „Deshalb packst du am besten alle Überwachungsgloben dieser Nacht ein, nicht nur die aus dem Keller. Ich denke, wir sollten sie uns etwas genauer ansehen."

„Sofort, Chef." Semra eilte davon.

Moira staunte, wie schnell sie sich wieder beruhigt hatte. Mit einem Mal wusste sie genau, in welcher Abteilung der Gendarmerie Magique sie am liebsten arbeiten würde, falls die Analyse ihrer magischen Fähigkeiten sie als geeignet einstufte. Commissaire Marten war genau der Vorgesetzte, den sie brauchte.

„Fräulein Bellamie?"

Moira brauchte einen Moment bis ihr klar wurde, dass sie gemeint war. Zu lange war sie nicht mehr mit ihrem Nachnamen angesprochen worden.

Commissaire Marten hielt ihr einen Taschensafe mit Beweisen entgegen.

„Bitte bringen Sie den ins Tapisto und lassen Sie ihn keine Sekunde aus den Augen bis wir auf der Wache sind. Ich will nicht, dass unsere Beweise ungültig werden, nur weil wir uns nicht an Vorschriften halten."

Stolz nahm Moira die Verantwortung an und trug die schwere Tasche samt den Ermittlungskoffern zum Tapisto. Sie stellte die Koffer in den Kofferraum, setzte sich auf die Rückbank, legte die Tasche auf ihre Knie und wartete. Zu ihrer Überraschung brachten Buds und Semra nicht nur zwei weitere Taschensafes mit Beweisen mit, sondern auch Direktor du Mar. Sie hüllten ihn in einen Kokon des Schweigens, so dass Moira den ganzen Flug zum Revier zusammengepresst zwischen dem Kokon und den drei Safes kauerte.

Kapitel 2

Buds und Semra überließen es Moira, die Beweise ins Archiv zu bringen.

„Wenn du fertig bist, kannst du schon mal mit dem Bericht anfangen." Buds nahm den Direktor am Ellenbogen und dirigierte ihn zu einem der Verhörräume.

„In dreifacher Ausfertigung", sagte Semra und folgte ihrem Kollegen.

Moira machte sich auf den Weg in den Gewölbekeller zum Beweisarchiv. Sie fühlte sich ausgenutzt, obwohl sie wusste, dass laut Vorschrift zwei Gendarmen bei jedem Verhör dabei sein mussten.

Auf dem Rückweg wurde sie im Treppenhaus von Commissaire Marten angehalten.

„Ich war angenehm überrascht, dass Sie die Mona Beth als Fälschung erkannt haben. Selbst Direktor du Mar hat es nicht sofort gesehen."

Moira wurde rot und starrte auf ihre Schuhspitzen.

„Mir wäre es lieb, wenn Sie sich die Überwachungsgloben mit meinem Experten zusammen ansehen würden."

Moiras Augen weiteten sich und sie sah auf.

„Aber ich bin nur eine Anwärterin!"

Commissaire Marten lächelte.

„Mit sehr scharfen Augen. Vielleicht entdecken Sie etwas, das meinem Spezialisten entgeht."

Moiras Ohren brannten. Das Lob war ihr peinlich, obwohl es gut tat, nicht immer als Dummkopf dazustehen.

„Ich muss zuerst den Bericht fertig machen", sagte sie heiser.

„Ich sage Grub Bescheid, dass Sie dann kommen." Commissaire Marten nickte ihr zu und stieg weiter hinunter zum Archiv.

Eine Stunde später schob Moira die Tür zum Dunkelraum auf und schlüpfte hinein. Vor ihr flimmerte ein Globus und projizierte die große Lagerhalle des Museums an die Wand.

„Da sind Sie ja", sagte eine Stimme aus dem Dunkeln. „Machen Sie es sich bequem. Ich habe eben erst angefangen. Sie haben nichts verpasst."

Moira tastete sich vorwärts, bis sie einen Stuhl fand, von dem aus sie das Bild an der Wand gut sehen konnte.

„Dieser Globus geht von zehn Uhr abends bis zu dem Zeitpunkt, wo Semra ihn eingepackt hat. Wir sollten also den ganzen Einbruch verfolgen können. Ich spiele ihn mit erhöhter Geschwindigkeit ab, sehen Sie genau hin."

Lange Zeit war außer der Lagerhalle mit den Kisten nichts zu sehen. Moira überlegte schon, wie sie sich rechtzeitig zum Feierabend loseisen könnte, als ein Nachtwächter die lange Treppe herunter kam. Er ging durch eine Tür und kehrte wenig später in Zivil zurück, trug aber die Uniform in einer Tüte bei sich. Moira sah, wie er sie auf die Kisten legte, um sich die Schuhe zuzubinden. *Dabei muss er die Mütze verloren haben.*

Der Nachtwächter ging zu den beiden großen Rolltoren und hob beschwörend die Hände. Da das Überwachungsauge keinen Ton aufzeichnete, konnte Moira den Aktivierungszauber nicht hören, aber das linke Tor schoss gehorsam in die Höhe. Ein weißer Pfeil sauste aus der Dunkelheit dahinter auf das Überwachungsauge zu, und das Bild zersplitterte zu weißem Schnee.

„Das ist alles", sagte Grub. „Scheint 'ne abgekartete Sache gewesen zu sein, mit dem Nachtwächter als Spion."

„Was ist mit dem Pfeil", fragte Moira.

„Buds hat ihn sichergestellt, einen Cupido26E. Die gibt es kistenweise an jeder Tapisto-Chargerie. Nächster Globus?"

„Ich würde diesen gerne noch einmal sehen, wenn es Ihnen nichts ausmacht."

„Kein Problem." Es surrte für einen Moment, und schon begann die kurze Szene von vorn. Als der Nachtwächter die Tasche auf die Kiste legte und sich die Schuhe zuband, beugte sich Moira vor. Sie wollte das Abzeichen auf seiner Schulter besser sehen, aber der Globus gab es nur unscharf wieder. *So was Dummes*, dachte sie. Sie hätte zu gerne gewusst, ob der Nachtwächter ein Angestellter des

Nationalmuseums war oder von einer der vielen Wach- und Schließgesellschaften, die in letzter Zeit wie Pilze aus dem Boden schossen. Sie kniff die Augen zusammen, aber das Bild wurde nicht schärfer. Moira hielt es für eine Bildstörung oder für eine schlecht verputzte Stelle der Wand, auf die das Bild projiziert wurde. Der Nachtwächter hatte sich inzwischen aufgerichtet und ging auf die beiden großen Rolltore zu, aber die unscharfe Stelle war immer noch da.

„Kann man den Mann vergrößern?" fragte sie in die Dunkelheit.

„Aber sicher, kein Problem." Sofort veränderte sich der Blickwinkel des Überwachungsauges, und Moira hatte das Gefühl, sie sause auf den Mann zu. Unwillkürlich klammerte sie sich an der Armlehne fest. Als das Bild zur Ruhe kam, erkannte sie das Logo des Nationalmuseums auf der Schulter des Mannes. Sie nickte zufrieden. Damit hatte sie gerechnet. Aber der unscharfe Fleck über der Schulter war immer noch da und wirkte größer als zuvor. Moira runzelte die Stirn.

„Was ist das?"

Grub pfiff leise und anerkennend.

„Das ist ein Elfenschild. Sabio hatte Recht, du hast tatsächlich einen erstaunlich scharfen Blick."

Moira ignorierte das Lob und das vertrauliche Du.

„Sie meinen, ein Elf hätte sich eingeschlichen und den Nachtwächter gezwungen, das Tor zu öffnen?" Sie war überrascht, denn Elfen waren selten kriminell.

„Oder der Nachtwächter hat ihn eingeschmuggelt. Ich denke, Semra und Buds haben einen neuen Verdächtigen." Das Licht flammte auf, und der Globus schaltete sich aus. „Schluss für heute, den Rest mache ich morgen. In einer halben Stunde habe ich Feierabend. Danke für die Hilfe."

„Gern geschehen." Moira sah sich nach Grub um, aber der Raum schien leer zu sein. Schließlich entdeckte sie auf dem Hochstuhl am Lesegerät der Globen einen Nerl, kaum größer als ein Säugling. Als er Moiras Überraschung bemerkte, verzog er seinen breiten Mund zu einem zahnreichen Grinsen und seine großen, spitzen Ohren richteten sich auf.

„Was hast du erwartet", sagte Grub. „Einen Zentauren kann sich die Verwaltung nicht leisten."

„Nein, ich …" Moira wurde rot. „Ich staune über Ihre Größe."

„Da solltest du mal meinen Cousin sehen. Der geht Sabio beinahe bis an die Hüfte." Grub klemmte sich die Schachtel mit dem Überwachungsglobus unter den Arm und kletterte von seinem Sitz. „Hast du jetzt Feierabend?"

Moira nickte.

„Komm doch mit. Die Nachtschicht der Mord Zwo geht gleich auf ein Bier."

„Ich habe nachher einen wichtigen Termin bei RealJob™, und ich muss vorher noch etwas schlafen."

„Schade." Grub huschte auf seinen kurzen Beinen zur Tür, die automatisch aufsprang. „Lass dir von den Realos bloß keinen anderen Job aufschwatzen. Du wirst eine wunderbare Gendarma, das habe ich im Gefühl."

Moira presste die Lippen aufeinander. Über dieses Thema redete sie lieber nicht. Auch wenn sie das Lob des Nerls freute, wusste sie, dass einige ihrer Kollegen anders dachten. Sie war sich sicher, dass ihre Unterlagen bei RealJob™ mittlerweile mehrere Ordner füllten.

Sie sah Grub nach, der nach einem kurzen Abschiedsgruß auf einem selbst gebauten Wägelchen davon sauste. In Gedanken versunken machte sie sich auf den Heimweg.

Zuhause schlüpfte sie müde aus den Schuhen, hängte Handtasche und Jacke an die Garderobe und ließ sich in den bequemen Sessel am Fenster plumpsen. Auf dem Rand der blauen Glasschale, die auf dem Sideboard stand, tanzten drei Lichter, aber Moira hatte keine Lust, die Anrufe abzuhören. Sie genoss es, ein paar Minuten gar nichts zu tun. Schließlich raffte sie sich auf, aß eine Kleinigkeit, duschte warm und krabbelte ins Bett. Ihr WeckNerl entlockte ihr gerade noch die Zeit, zu der sie aufwachen wollte, da schlief sie schon.

Sie erwachte gut erholt. Amüsiert sah sie dem WeckNerl zu, der auf ihrer Bettdecke tanzte und „Sortie du sommeil, sortie du sommeil" rief. Nach dem traditionellen Abschiedsgruß setzte sie ihn auf ihren Nachtschrank zurück und ging in die Küche. Es war seltsam, nachmittags zu frühstücken. Sie ging ins Bad. Das dezente, dunkelblaue Kostüm mit der weißen Rüschenbluse und der gerade geschnittenen Hose lagen schon seit gestern bereit. Nur bei den Schuhen überlegte sie. Schließlich entschied sie sich für die dunkelblauen Ballerinas. Auch mit Schminke hielt sie sich zurück. Sie betrachtete sich im Flurspiegel. *Ich sehe aus, als ginge ich noch zur Schule*, dachte sie und griff noch einmal zur Schminkschale. In diesem Moment schwang ein melodiöser Dreiklang durch die winzige Wohnung.

„Es ist Franzka", sagte die Stimme der Parlebol.

Seufzend ging Moira zu der blauen Sprechschale auf dem Sideboard. Sie bat ihren Nerl, den Anruf zu aktivieren, beugte sich darüber und nahm das Gespräch an. In der Wasserlinse am Grund der Schale tauchte das runde, ebenholzfarbene Gesicht ihrer besten Freundin auf. Die kurzen, weißblonden Locken waren seitlich vom Kopf zu zwei Zöpfen zusammengerafft und sahen wie Plüschbälle aus.

„Mensch, ich versuche schon seit Tagen, dich zu erreichen", sagte Franka nach der Begrüßung.

„Ich habe seit Montag Nachtschicht. Mitternacht bis neun Uhr morgens."

„Das ist kein Grund, dich wochenlang nicht bei mir zu melden." Frankas Augen glitzerten. „Ich werde dich morgen Abend um halb neun abholen, ob es dir passt oder nicht."

„Ich muss pünktlich zum Dienst."

„Ich bringe dich hin, Aschenputtel."

Moira verkniff sich weiteren Protest. Wenn sich Franka vorgenommen hatte, morgen Abend etwas mit ihr zu unternehmen, würde sie mit ihren hundert Kilo so lange durch Moiras Zweizimmerwohnung hüpfen, bis sich die Nachbarn beschwerten, und Moira keine andere Wahl mehr hatte, als zu gehen. Sie seufzte erneut.

„Moira!" Franka drohte ihr mit dem Zeigefinger. „Ich weiß ja, dass du schon immer zur Gendarmerie Magique wolltest, aber seit du die vorläufige Anwärterstelle hast, bist du geradezu besessen. Du musst mal abschalten, sonst drehst du irgendwann durch."

Moira gab nur widerwillig zu, dass ihre Freundin Recht hatte. Sie zuckte mit den Schultern.

„Also gut, ich werde rechtzeitig aufstehen."

„Mach dich ein bisschen hübsch." Franka runzelte missbilligend die Stirn. „Du siehst ja aus wie sechzehn, nicht wie eine Neunzehnjährige."

Moira grinste.

„Ich mach mich hübsch, wenn du mir versprichst, mich nicht zu verkuppeln."

Frankas Gesicht hellte sich auf.

„Hatte ich eh nicht vor. Wir gehen zu einem Ehemaligentreffen unseres Wohnheims. Weißt du noch?"

Moira erinnerte sich nur zu gut, schließlich war es noch nicht so lange her, dass sie sich eine versiffte Küche, zwei Gruppenwohnzimmer und zwei dunkle Flure mit fünfzehn Stockwerksgenossen geteilt hatte. Beide Mädchen kicherten, und mit einem Mal freute sich Moira auf den Abend. Ihr Blick fiel auf die Uhr. Halb fünf. „Jetzt muss ich mich aber beeilen", sagte sie.

„Wo gehst du denn hin?"

„Noch mal zu RealJob™. Mein magisches Talent soll von einer Spezialistin begutachtet werden."

Franka verdrehte die Augen.

„Vergiss deinen Behindertenausweis nicht."

Moira runzelte die Stirn.

„Es muss auch ohne gehen. Schließlich sollte es keine Rolle spielen, dass ich Magie nicht so nutzen kann wie andere."

„Mädchen!" Frankas Gesicht wurde größer, als beuge sie sich dichter über ihre Schale. „Als Behinderte hast du Rechte, die du einfordern kannst. Und wenn die Leute es nicht anders begreifen, musst du sie eben zwingen. Du bist als Gendarma bestimmt genau so gut wie eine magisch gesunde Frau."

„Vermutlich hast du Recht." Widerwillig holte Moira den gelben, scheckartengroßen Ausweis aus der obersten

Schublade des Sideboards und steckte ihn in ihre Handtasche. „Aber ich werde ihn nur benutzen, wenn es gar nicht anders geht."

Franka verabschiedete sich mit einem Lachen.

Moira rutschte zum x-ten mal auf dem roten Plastikstuhl im RealJob™ Wartezimmer hin und her. Seit vor einer Stunde bei ihr Blut abgenommen und Fieber gemessen worden war, wartete sie darauf, aufgerufen zu werden. Mit äußerster Konzentration zwang sie sich, nicht auf und ab zu gehen. Stattdessen kaute sie auf der Unterlippe und versuchte, an etwas Schönes zu denken.

„Moira Bellamie in Zimmer fünf", verkündete der Nerl im Lautsprecher, und seine Stimme hallte stark verstärkt durchs Wartezimmer. Moira sprang auf und ging los. In ihrer Aufregung verpasste sie die Tür mit der Fünf und musste noch einmal umkehren. Schließlich betrat sie das kleine, aber edel eingerichtete Büro. Es wurde von einem Panoramafenster dominiert, das einen atemberaubenden Blick über die Dächer der Stadt und das nahe Meer bot.

„Gefällt Ihnen die Aussicht?"

Erst jetzt bemerkte Moira am Schreibtisch eine schlanke, blond gelockte Frau in einem teuren Designer-Kostüm. Sie wurde rot und setzte sich schnell auf den angebotenen Stuhl.

„Entschuldigen Sie."

Die Frau streckte ihr eine schmale, manikürte Hand mit lila Fingernagel-Tatoos entgegen.

„Ich bin Aparta de Frees, staatlich geprüfte Auralogin." Sie schlug eine Mappe auf, die vor ihr auf dem Tisch lag, und starrte auf zwei Farbdiagramme. „Wie ich sehe, wurden ihnen mehrere Stellen angeboten, die Ihren Begabungen eher entsprechen. Warum wollen Sie ausgerechnet zur Gendarmerie Magique?"

Moira überlegte, ob sie die Wahrheit sagen sollte. *Was habe ich zu verlieren? Wahrscheinlich steht die Geschichte längst in meiner Akte.* Sie schlug die Knie übereinander und sagte: „Meine Eltern waren beide Gendarmen, meine Mutter beim Internen Dienst und mein Vater bei der Drogenfahndung.

Als ich acht Jahre war, wurde er wegen Korruption suspendiert, aber Mutter gelang es, seine Unschuld zu beweisen."

„Ich verstehe. Haben Sie jemals andere Berufe in Betracht gezogen?"

Moira schüttelte den Kopf.

Die Auralogin tippte auf einen Absatz in ihrer Mappe.

„Hier steht, dass Sie nach Ihrem Schulabschluss ein Praktikum in Archäologie gemacht haben."

Moira zuckte mit den Schultern. „Das war nur zur Überbrückung. Ich wusste ja nicht, ob ich einen Platz am Kriminaltechnischen Institut bekommen würde."

„Es ist erstaunlich, dass Sie dort angenommen wurden, bei Ihrem eingeschränkten magischen Talent." Frau de Frees sah sie an. „Nun ja. Meine Aufgabe ist es herauszufinden, ob Sie genug Magie fokussieren können, um für den Dienst der Gendarmerie Magique geeignet zu sein."

Moira beugte sich vor.

„Ich habe bisher alle Prüfungen bestanden."

Frau de Frees lächelte.

„Ich weiß, dass die Ergebnisse Ihrer Abschlussprüfungen beeindruckend waren. Aber da Sie das Große Magicum nicht gemacht haben, brauchen wir zur Beurteilung ihrer magischen Fähigkeiten eine Auravaluation." Sie tippte wieder auf ihre Unterlagen. „Soweit ich sehe sind die bisherigen Ergebnisse nicht aussagekräftig."

Moira nickte. Ein Gerät hatte Ihre magische Aura als weit überdurchschnittlich bewertet, doch alle anderen Messungen behaupteten, sie sei nahezu magiefrei. Da Moiras magische Fähigkeiten in ihrer Kindheit oft untersucht worden waren, kannte sie alle Gefühle, die in den Stimmen der untersuchenden Auralogen mitschwangen. Die einen waren voller Mitleid, andere ablehnend oder sogar feindselig. Manchmal kam es ihr so vor, als wäre es eine Schande ohne Kontrolle über Magie geboren worden zu sein. Umso überraschter war sie über den freundlichen Tonfall von Aparta de Frees.

„Ich werde jetzt ihre Aura genauer untersuchen, als das je zuvor passiert ist. Wenn Sie dafür bitte alles Metall ablegen würden."

Insgeheim erleichtert, dass sie heute einen BH mit Haken und Öse aus Plastik trug, nahm Moira das Armband ihrer Großmutter und die Ohrringe ab und zog die Hose mit dem Metallknopf aus.

Die Auralogin legte den Schmuck in ein buntes Schächtelchen und klappte es zu. Dann führte sie Moira zu einem Torbogen, der eindeutig mit einem starken Zauber belegt war, denn er glitzerte. Hätten sich die Farben nicht dauernd verändert, hätte er aus lauter bunten Bändern geflochten sein können.

Frau de Frees stellte Moira unter den Torbogen und schob sie an die richtige Position.

„Die bisher eingesetzten Lesegeräte analysieren die Aura als Ganzes, was oft zu Verzerrungen in der Beurteilung führt. Doch vor einiger Zeit hat ein Freund meines Mannes dieses Gerät entwickelt. Damit lassen sich Teilbereiche der Aura herausfiltern." Sie lächelte, sah aber an Moira vorbei, als nähme sie sie gar nicht wahr. „Er ist ein findiger Kopf."

Moira war es peinlich, die Sehnsucht in Frau de Frees Augen zu sehen, und so starrte sie vor sich auf den Boden, bis die Auralogin einen durchsichtigen Vorhang vom oberen Rand des Torbogens herabzog und sich abwandte. Das Gewebe des Vorhangs flimmerte wie Wasser, das Licht reflektiert. Es schien magisch zu sein, denn es glitzerte. Fasziniert streckte Moira die Hand danach aus.

„Bitte nicht anfassen. Der Filter ist sehr empfindlich." Frau de Frees Stimme klang scharf. Sie wartete, bis Moira die Hände gesenkt hatte, bevor sie hinter einem schwarzen Vorhang verschwand. „Ich werde das Gerät an Hand ihrer Gesundheitsdaten kalibrieren. Danach sehe ich mir ihre magische Aura an."

Ach, deshalb die Untersuchungen vorhin. Moira schloss die Augen und versuchte sich zu entspannen. Sie bezweifelte, dass mit diesem neuen Gerät etwas anderes herauskommen würde, als bei bisherigen Aura-Untersuchungen, aber wenigstens schien Frau de Frees gewillt, ihr eine Chance zu geben.

„Ihr Santé-Spektrum leuchtet sehr kräftig. Sie sind erstaunlich gesund." Durch den Vorhang klang Frau de

Frees Stimme gedämpft. „Nun sehen wir uns mal ihre magische Grundimmunität an."

„Grundimmunität?" Moira zog die Augenbrauen in die Höhe.

„Ich wünschte mir, die Schulen würden ihre Abgänger besser auf das Leben vorbereiten." Aparta de Frees seufzte. „Ohne gesunde Grundimmunität gerät das menschliche Magiefeld in Konflikt mit der uns umgebenden natürlichen Magie. Das führt dazu, dass der Mensch sein Aussehen in Schüben radikal verändert."

„Wie bei Werwölfen?"

„In etwa. Allerdings gibt es kein Heilmittel. Nicht einmal einen Blocker wie Lupilin, mit dem Werwölfe die schwierige Vollmondphase überstehen können. Kinder ohne magische Grundimmunität sterben in der Regel nach wenigen Tagen."

„Heißt das, meine Grundimmunität ist in Ordnung?"

„Bis auf die ungewöhnlichen Farben. Aber das hat nichts zu sagen. Könnte am Filter liegen, oder es ist ein Einstellungsfehler."

Moira atmete erleichtert auf.

„Können Sie ein Lumière Magique erschaffen?"

„Meistens." Moiras Ohren brannten. Magisches Licht zu erschaffen lernten Kinder in der Grundschule.

„Dann bitte."

Moira hielt die Hände vor den Bauch, als hielte sie einen Ball, und konzentrierte sich. Mit geschlossenen Augen stellte sie sich vor, wie sich das Licht zu einer Kugel ver-dichtete. Als sie ein genaues Bild vor sich hatte, öffnete sie die Augen wieder und flüsterte die Beschwörung. Ein winziger Blitz verpuffte zwischen ihren Fingern.

„Oh, das war interessant. Noch einmal, bitte", sagte Frau de Frees.

Moira konzentrierte sich erneut und diesmal gelang es ihr, einen kleinen Ball aus Licht zwischen ihren Händen entstehen zu lassen.

Sie atmete erleichtert auf.

„Das Kontroll-Spektrum Ihrer Aura ist sehr ungleich-mäßig", sagte Frau de Frees.

Das hätte ich Ihnen auch sagen können. Moira löste den Lichtball wieder auf. Schließlich wollte sie nicht das Zimmer anzünden, so wie damals in der dritten Klasse.

Wenig später trat Frau de Frees hinter dem schwarzen Vorhang hervor und kam zu Moira. Vorsichtig zupfte sie am unteren Rand des Filters, der daraufhin wie ein Rollo in seine Ausganglage zurück schnellte. Sie zeigte auf Moiras Hose.

„Sie können sich wieder anziehen."

Während Moira in ihre Hose schlüpfte und den Schmuck wieder anlegte, holte Frau de Frees eine Mappe mit Auswertungsbögen hinter dem Vorhang hervor und legte sie auf ihren Schreibtisch.

„Ihre Aura zeigt einige sehr interessante Farbvariationen. Man könnte sagen, sie schillert wie eine Seifenblase."

Moira setzte sich.

„Ist das schlecht?"

„Die Farbe der Aura spielt keine Rolle. Abgesehen davon stimmt meine Analyse weitestgehend mit denen meiner Kollegen überein. Sie haben wenig bis gar keine Kontrolle über magische Ströme. Schlimmer noch, Sie scheinen auf Sie gerichtete Zauber zu beeinflussen, so dass es zu unvorhersehbaren Reaktionen kommt." Sie sah von ihren Auswertungsbögen auf. „Allerdings gab es ein paar interessante Ausschläge, bei ihrem ersten Versuch ein Lumière Magique zu erschaffen. Trotzdem denke ich, dass ihre magische Kontrolle zu gering ist, um bei der Gendarmerie Magique zu arbeiten."

Moiras Herz wurde schwer. War dies das Ende ihres Traums? Aparta de Frees Freundlichkeit hatte ihr Hoffnung gemacht. Es musste doch einen Weg geben, auch ohne überragende magische Begabung bei der Gendarmerie Magique aufgenommen zu werden.

Ihre Enttäuschung schlug um in Wut. Sie presste die Lippen aufeinander, ballte die Hände zu Fäusten und hörte nicht zu, wie ihr Frau de Frees alternative Berufe vorschlug. Schließlich fiel ihr etwas ein. Sie holte tief Luft, um sich zu beruhigen.

„Ich will zur Gendarmerie Magique, und es steht in keiner Jobbeschreibung etwas davon, dass magische Kontrolle Einstellungsvoraussetzung ist. Mir ist klar, dass meine Kontrolle über Zaubersprüche eingeschränkt ist, aber in allem anderen bin ich gut. Richtig gut!" Sie stand auf, legte die Hände auf die Tischplatte und beugte sich vor. „Ich habe die Nase voll. Seit ich ein Kind bin, gelte ich als behindert, nur weil mir Zaubersprüche missglücken. Dabei gilt, soweit ich weiß, für alle Berufe im öffentlichen Dienst, dass Behinderte bei gleicher Eignung bevorzugt eingestellt werden." Sie zog den gelben Behindertenausweis aus der Tasche und knallte ihn Aparta de Frees auf den Schreibtisch. „Hier haben Sie es schwarz auf gelb. Ich bin behindert. Ich erwarte keine Bevorzugung, aber ich will eingestellt werden."

Frau de Frees streckte abwehrend die Hände aus.

„Ich werde eine Kopie machen und ihn meinem Bericht beilegen."

„Das reicht mir nicht. Mein Leben lang wollte ich nichts anderes, als zur Gendarmerie Magique."

Frau de Frees lächelte, und Moira kam es vor, als läge Mitleid in ihrer Stimme.

„Ich teste nur ihre Eignung. Eingestellt werden Sie, wenn überhaupt, vom Personalchef der Gendarmerie Magique."

„Dann schreiben Sie mir wenigstens eine Empfehlung."

„Das geht nicht. Ich darf in meinen Bericht nur Fakten analysieren."

Moira starrte Frau de Frees wortlos an und sah, wie sich kleine Schweißperlen auf ihrer Oberlippe sammelten.

„Ich kann Ihnen eine praktische Prüfung anbieten, zu der ich den Personalchef der Gendarmerie Magique einlade. Dann kann er sich persönlich ein Bild von Ihnen machen, und Sie können Ihre Argumente vortragen."

Moira nickte und stopfte ihren Ausweis wieder in die Handtasche. Das war wohl das Beste, was sie im Moment erwarten konnte.

Frau de Frees atmete erleichtert aus.

„Ich melde mich, sobald ich einen Termin für Sie habe."

KAPITEL 3

Moira verließ das Büro ohne Antwort. Zum einen war sie immer noch wütend, zum anderen schämte sie sich über ihren Ausbruch. Als sie im Freien stand, zwang sie sich, mehrmals tief durchzuatmen. Das beruhigte sie etwas, doch sie blieb zu aufgebracht, um sich zu Hause noch einmal für ein paar Stunden hinzulegen.

Um sich abzureagieren, ging sie den ganzen Weg zu ihrem Revier zu Fuß. Sie genoss es, durch die belebten Straßen zu trödeln und in die Schaufenster der Läden zu gucken. Auch hatte die Hitzewelle endlich etwas nachgelassen, und ein sanfter Wind wehte vom Meer her durch die Straßen, brachte Kühlung und dämpfte ihre Erregung. Sie kaufte sich einen Salat und eine Folienkartoffel und setzte sich in den Park im Zentrum der Stadt. Nach und nach leerten sich die Wege; Skater, Radfahrer und Spaziergänger gingen heim. Lange saß Moira mit geschlossenen Augen auf ihrer Bank und ließ den Frieden der alten Parkbäume auf sich wirken. Sie hörte Menschen mit ihren Hunden auf den Wegen gehen, und einige Liebespaare, die sich in den Büschen vor den Blicken Neugieriger versteckten. In den Bäumen zwitscherten Vögel, und ein Eichhörnchen keckerte wütend. Moira wünschte sich, dass das Leben immer so friedlich wäre.

Als die Sonne mit farbenfrohen Bändern hinter den Häusern versank, stand sie auf und machte sich auf den Weg zur Arbeit. Sie hatte den Ausgang des Parks noch nicht erreicht, als sie auf den Bäumen vor sich die Reflektionen von grünen Rundumlichtern sah. Sie wich einem Streifenwagen aus, der lautlos an ihr vorbei schwebte. Er hielt neben mehreren anderen Streifenwagen an einer Wiese, auf der ein größeres Gebüsch weiträumig abgesperrt worden war. Dahinter konnte Moira gerade noch das Glitzern eines Stasizaubers ausmachen. Ein breitschultriger, junger Mann stieg aus und stieg über das Plastikband der Absperrung. Leise unterhielt er sich mit einem Gendarm.

Neugierig trat Moira näher, berührte aber nicht die Absperrung, Schließlich wollte sie die Arbeit der Gendarmerie nicht dadurch erschweren, dass sie das magische Hindernis zerstörte. Eine alte Dame mit einem Dackel auf dem Arm drückte sich an der magischen Absperrung die Nase platt.

„Was ist da passiert?", fragte Moira.

„Ein Liebespaar hat einen Toten gefunden. Ich glaube, der wohnte hier im Park. Dass es so was gibt. Im Park zu wohnen meine ich. Ich sag es Ihnen. So etwas gab es zu meiner Zeit nicht." Es war, als hätte jemand den Widergabeknopf eines DiktaNerls gedrückt. „Als es noch Arbeitshäuser gab, musste kein Mensch auf der Straße leben. Aber so, wie sich in letzter Zeit die Dinge entwickeln, musste ja mal so was passieren. Es heißt, dem Mann sei die Kehle aufgeschlitzt worden." Die Augen der Frau glitzerten. „Stellen Sie sich das mal vor. Was für ein Schweinkram. Ich hoffe nur, dass der Parkwächter das Blut fort wäscht, sobald die Gendarmerie abgezogen ist. Ich bin schwer erschüttert, dass so etwas in meinem Park passiert ist. Ich …"

Moira murmelte einen kurzen Dank, ließ die Dame stehen und ging weiter. Sie fühlte sich in der Gegenwart einer Person nicht wohl, die nicht ein einziges freundliches Wort für das Opfer übrig hatte. Langsam wanderte sie an der Absperrung entlang und sah zu, wie die Gendarmen das Gelände gründlich nach Spuren absuchten. Zu gerne hätte sie geholfen. In der Nähe des Parkausgangs endete die Absperrung. Zwei kräftige Gendarmen trugen den Sarg mit dem Toten zu einem schwarzen Tapisto mit einem langen Kofferraum, dessen Fenster mit geblümten Gardinen verdeckt waren, und stellten ihn hinein.

Moira war schon halb an dem Wagen vorüber, als sie Stimmen hörte. Eine erkannte sie sofort.

Semra sagte: „Komm schon, Dru. Deine Mutter tut ja fast so, als gehörst du ihr. Sag ihr endlich, sie soll dich im Dienst nicht anrufen."

„Sie will mich nur beschützen." Die Stimme des Mannes war tief und warm. Wärme breitete sich in Moiras Magen aus, und ihr Herz schlug schneller. *Was für eine sexy Stimme.*

In der Hoffnung, sie noch einmal zu hören, blieb sie stehen und tat so, als müsse sie sich die Schuhe zubinden. Sie wurde nicht enttäuscht.

„Meine Mutter liebt mich, und darüber bin ich sehr froh, auch wenn es manchmal etwas nervig ist", sagte die Stimme. Die Tür des Tapisto knarrte, als sie geöffnet wurde.

Semra schnaufte.

„Ich würde ein anderes Wort benutzen, wenn sich meine Mutter dauernd in meine Angelegenheiten mischen würde. Du musst dich von ihr frei machen, Dru. Sonst bist du dein ganzes Leben nichts weiter als ihr Sohn." Die Tür knallte wieder zu.

„Ich weiß." Der Mann seufzte. „Aber wenn dich jemand so liebt, ist es schwer, ihn vor den Kopf zu stoßen."

„Du musst dir etwas suchen, für das es sich zu kämpfen lohnt." Am Klang von Semras Stimme erkannte Moira, dass die beiden auf dem Weg zurück zum Tatort waren. Schnell huschte sie in die Dunkelheit davon. Sie wollte auf keinen Fall beim Lauschen erwischt werden. Sie biss sich auf die Unterlippe, um sich nicht durch lautes Schnaufen zu verraten. Erst als sie die Straße erreichte, die einmal um den Park führte, atmete sie auf. Ihr Blick fiel auf eine Uhr über einem Laden, wo ein Nerl eben den Minutenzeiger auf halb zehn stellte. Jetzt musste sie sich beeilen, um rechtzeitig zu Dienstbeginn in der Gendarmerie zu sein. Sie versuchte, das belauschte Gespräch zu vergessen, aber die Stimme klang in ihrem Herzen nach und ließ sie nicht mehr los.

Buds sah kurz von seinem Schreibtisch auf.

„Ich habe eine interessante Aufgabe für dich", sagte er.

Moira unterbrach ihn.

„Wusstest du, dass im Park ein Obdachloser ermordet wurde?"

„Klar. Semra überwacht die Spurensicherung, muss aber eigentlich bald zurück sein. Bis dahin kannst du dich nützlich machen." Er zeigte auf eine dicke Mappe, die auf der Kante seines überfüllten Schreibtischs balancierte. Es grenzte an ein Wunder, dass sie noch nicht heruntergefallen war. „Die Nachtwächter im Nationalmuseum werden in jedem Raum, durch den sie gehen, mit Zeitangabe magisch erfasst. Hier hast du die Zusammenstellung der Vormonate. Sieh nach, ob es in den letzten zwei Wochen Auffälligkeiten oder Unregelmäßigkeiten gibt, wann wer fehlt oder Urlaub hatte und so weiter."

„Darf ich fragen, wofür das wichtig ist?"

„Warum?"

„Ich muss am Wochenende mein Berichtsheft aktualisieren und wollte ein wenig auf diesen Fall eingehen."

„Willst wohl Eindruck schinden, was?" Buds grinste. „Na gut. Die Tagschicht hat Pete Huudien nicht in seiner Wohnung angetroffen. Es sieht so aus, als habe er sich abgesetzt. Jetzt prüfen wir alle seine Bewegungen." Er zeigte auf die dicke Mappe.

Moira wagte es nicht zu seufzen, obwohl die Aufgabe eher langweilig als interessant zu werden versprach. Mal wieder wälzte Buds eine unangenehme Arbeit auf sie ab. Sie nahm die Mappe ohne zu zögern an und zog sich in einen der Verhörräume zurück. Sie setzte sich so, dass sie die halbdurchsichtige Glasscheibe sehen konnte. Auch wenn niemand im Nebenraum war, fühlte sie sich beobachtet. Sie öffnete die Mappe, nahm einen Stapel eng beschriebenes Papier heraus und schlug die unterste Seite auf. *Wenigstens hat der DrucklNerl eine saubere Handschrift.* Sie reckte sich noch einmal und vertiefte sich in die Unterlagen.

Drei Stunden später lag vor ihr ein von ihr selbst aus dem Gedächtnis gezeichneter Grundriss der Räume des Nationalmuseums, auf dem sie die Routen und Zeiten der beiden Nachtwächter eingetragen hatte. Die Abweichungen der einzelnen Zeitstempel betrug maximal eine halbe Minute. *Na, wenn das mal keine Zeitverschwendung ist.* Sie griff nach der letzten Liste und prüfte die Einträge. Nachtwächter Huudiens Runde verlief wie immer, bis er sich kurz vor dem Einbruch im Keller ausstempelte. Aber der andere Nachtwächter hatte seine Runde geändert. Moira zog hörbar die Luft ein. Damit hatte sie nicht gerechnet.

Alle Tage war Joes van Gro vom Foyer über die Galerie der alten Meister in die Ägyptische Abteilung gegangen. Doch am Tag des Einbruchs hatte er einen Abstecher in den Keller gemacht. Dabei gehörten Lagerräume und Archiv zu Huudiens Runde.

Warum hat er das getan? Moira zeichnete die Abweichung rot ein. *Hat er das früher schon mal gemacht?* Sie griff nach den Listen der früheren Wochen und überflog sie. Tatsächlich. Einmal im Monat änderte Joes van Gro seine Runde und ging von der Galerie der alten Meister direkt in den Keller. *Ich frage mich, was er da will.*

Moira vermerkte die Daten der Abweichungen auf ihrem Blatt, legte die Listen ordentlich in die Mappe zurück und trug sie zusammen mit ihrer Auswertung zu Buds zurück.

Natürlich ließ er sie warten, sprach per Parlebol mit verschiedenen Informanten und diktierte die Informationen seinem DiktaNerl. Gerade, als er nach den Unterlagen griff, kehrte Semra an ihren Arbeitsplatz zurück.

„Lass mal sehen.'' Sie nahm Buds den Übersichtsplan aus der Hand, faltete ihn auseinander und studierte ihn. „Geniale Idee, die Daten so darzustellen.''

Moira freute sich über das Lob, versuchte aber, es sich nicht anmerken zu lassen.

Buds stellte sich neben Semra und betrachtete die Karte.

„Ich denke, wir sollten uns mal mit Herrn van Gro unterhalten.''

Semra sah zur Uhr hinüber, es war viertel vor drei Nachts.

„Er ist vermutlich im Dienst.''

Die Parlebol klingelte. Buds nahm das Gespräch an und auf der Wasseroberfläche erschien das blasse Gesicht eines jungen Gendarmen in Zivil.

„Vor einer halben Stunde ist in der Wohnung das Licht angegangen, Sir. Ich denke, er ist jetzt zu Hause.''

„Wir kommen.'' Buds beendete das Gespräch und griff nach seiner Jacke. „Der andere Nachtwächter ist aufgetaucht. Den sollten wir zuerst besuchen, bevor er wieder verschwindet.''

Semra und Moira folgten ihm. Sie fuhren durch die dunklen Straßen, bis zu einer ruhigen, aber nicht besonders angesehenen Wohngegend. Moira entdeckte ein Vampirpärchen, das aneinandergekuschelt in einem Hauseingang knutschte. Sie selbst lebte in einer vampirfreien Gegend, auch wenn dadurch die Gefahr eines Einbruchs höher war, denn sie fühlte sich mit Vampiren in der Nachbarschaft nicht wohl.

Buds hielt vor einem renovierungsbedürftigen Gebäude. Er drückte Moira einen Block mit Stift in die Hand.

„Du schreibst."

Moira runzelte die Stirn. *Warum nimmt er keinen Dikta-Nerl? Dann könnte er die Unterhaltung im Anschluss gleich ausdrucken.* Genervt folgte sie ihren beiden Kollegen in das Gebäude. Das Treppenhaus stank nach Kohlsuppe und Pisse. Moira rümpfte die Nase und eilte hinter Semra die Treppe hinauf. Wenig später klopfte Buds an eine Wohnungstür im fünften Stockwerk. Als niemand kam, klopfte er lauter.

Widerwillig öffnete sich die Tür einen Spalt weit mit vorgelegter Kette. Ein Streifen Gesicht mit einem geröteten, grauen Auge und halblangen, braunen Haaren erschien.

„Wer sind Sie? Was wollen Sie?"

Buds und Semra zeigten ihre Marken.

„Wir müssen mit Ihnen sprechen, Herr Huudien."

„Pete ist nicht da. Verschwinden Sie."

Semra zog eine Augenbraue in die Höhe.

„Wenn Sie nicht Pete Huudien sind, was machen Sie dann in seiner Wohnung, Monsieur?"

„Bitte, gehen Sie." Das graue Auge wanderte zur Tür der Wohnung gegenüber, die sich ebenfalls einen Spalt geöffnet hatte. „Ich kann Ihnen gar nichts sagen."

„Lassen Sie uns rein, verdammt. Sie behindern unsere Untersuchungen." Buds verlor die Geduld.

Semra legte ihm beruhigend die Hand auf den Arm.

„Es wäre wirklich besser, Sie würden uns hereinlassen. Sonst riskieren Sie, dass wir mit einem Haftbefehl wiederkommen."

„Merde!"

Die Tür schloss sich, und die Sicherheitskette klapperte. Eine kleine, dünne Frau mit strähnigen Haaren öffnete. Moira grinste, als sie erkannte, dass sich ihre Kollegen sogar im Geschlecht geirrt hatten. Die Frau mit den geröteten Augen deutete auf eine Tür am anderen Ende des Flurs.

„Dort hinein." Sie schniefte, so dass Moira gleich klar war, dass die Rötung ihrer Augen von Weinen kam. Sie fragte sich nach dem Grund, während sie Buds und Semra durch den engen Flur ins Wohnzimmer folgte.

Es war beinahe so leer wie das Lager des Museums. Nur in der Mitte des Raums stand ein grellgelbes Sofa mit einer bunt gemusterten Wolldecke vor einem großen Pappkarton. Die Frau setzte sich auf das Sofa, legte sich die Decke über die Knie und unterdrückte ein Gähnen. Sie starrte Semra und Buds feindselig an.

„Was wollen Sie von meinem Verlobten."

Moira schrieb in Kurzschrift mit. Im Stillen wunderte sie sich über das Misstrauen der Frau. *Es ist fast so, als ob Sie Pete Huudien vor etwas beschützen will.* Irritiert sah sie zu Buds, der durchs Zimmer ging und jeden Winkel genau betrachtete.

„Wir brauchen Ihren Namen und die Adresse", sagte er.

Die Frau antwortete widerwillig.

„Ich bin Rosina Ardappelen und wohne ein Stockwerk tiefer."

Semra ging in die Hocke, bis ihr Gesicht auf einer Höhe mit dem der Frau war.

„Wir untersuchen einen Einbruch in das National-museum, in dem Pete arbeitet."

„Er ist dort Nachtwächter." Frau Ardappelen sprach mit leiser Stimme. „Ist ihm etwas passiert?"

Buds trat neben Semra und sah auf die Frau herab.

„Er ist dringend tatverdächtig, eine Truhe mit wert-vollen Artefakten gestohlen zu haben."

„So etwas würde er nie tun. Nie!"

Semra legte ihr eine Hand auf das Knie.

„Auf jeden Fall ist er ein wichtiger Zeuge. Wo ist er?"

„Wenn ich das nur wüsste." Frau Ardappelen wischte sich über die Augen.

Moira war sich sicher, dass sie nicht die ganze Wahrheit sagte. Sie fragte sich, woher sie diese Gewissheit nahm, denn einen Anhaltspunkt für ihre Vermutung gab es nicht. Rosina setzte sich grader hin und sah Semra an.

„Ich habe Pete seit gestern Abend nicht gesehen und nicht mit ihm gesprochen. Dabei sagt er mir sonst sogar Bescheid, wenn er nur ein paar Minuten zu spät heim kommt. Sie haben ja keine Vorstellung davon, was ich mir für Sorgen mache."

Moira hätte Frau Ardappelen gerne gefragt, warum sie nicht alles sagte, was sie wusste. *Ob ich mich einmischen darf, obwohl ich nur Anwärterin bin?* Sie sah zu Buds, der sich mit gerunzelter Stirn zu Frau Ardappelen hinunter beugte.

„Erzählen Sie keinen Unsinn", sagte er. „Wenn Sie sich Sorgen machen würden, hätten Sie sein Fehlen gestern bereits gemeldet. Also, wo ist er."

Rosina Ardappelen brach in Tränen aus.

Für einen Moment glaubte Moira, sie sei eine besonders gute Schauspielerin. Aber dann erkannte sie, dass die Tränen echt waren.

Semra warf Buds einen genervten Blick zu, setzte sich neben Rosina und strich ihr über den Rücken. Nach einer Weile beruhigte sich Petes Verlobte.

„Erzählen Sie uns doch einfach, woran Sie sich erinnern", sagte Semra.

Rosina putzte sich die Nase und wischte sich die Tränen ab, aber ihre Stimme zitterte.

„Pete und ich haben gestern gemeinsam gegessen, dann ist er zur Arbeit gegangen. Er war schrecklich aufgeregt, weil der Museumsleiter eine Gehaltserhöhung für Nachtwächter, Hausmeister und Raumpfleger durchgesetzt hatte. Pete wollte gleich bei seiner Bank vorbeigehen und nachsehen, ob das Geld angekommen ist."

Moira war überrascht, dass die Frau mit einem Mal so viel redete. Es war, als hätte Semra die richtige Formulierung gefunden.

„Mit einem höheren Lohn könnten wir endlich heiraten und zusammenziehen. Aber dann ist er den ganzen Tag nicht nach Hause gekommen. Für eine Weile dachte ich, er hätte mich verlassen. Vielleicht wollte er mich gar nicht wirklich heiraten. Hat sein Geld genommen und ..." Rosina ließ ihren Blick durch das leere Zimmer wandern und ihre Unterlippe zitterte. „Viel würde er ja nicht zurücklassen."

„Er hat also finanzielle Probleme." Buds bedeutete Moira mitzuschreiben, als wäre sie bisher untätig gewesen. „Bei welcher Bank hat er sein Konto?"

„Warum wollen Sie das wissen? Das geht Sie nichts an."

Semra legte ihre Hand auf Rosinas Knie.

„Wir müssen uns erkundigen, ob er vor oder nach der Arbeit dort war. Vielleicht hat jemand mit ihm gesprochen und kann uns sagen, wohin er wollte."

Rosina senkte den Kopf und starrte eine Weile auf ihre Hände. Schließlich seufzte sie.

„Bei der Westfriesischen. Aber die haben hier keine Filiale, sondern nur einen Geld-Nerlomat. Ich glaube nicht, dass ihn da jemand gesehen hat."

„Wenn er auf einem der Überwachungsgloben ist, finden wir vielleicht einen Hinweis auf seinen Aufenthaltsort", sagte Semra.

Das Gesicht der Frau hellte sich für den Bruchteil einer Sekunde auf, dann schlug sie die Hände vors Gesicht.

„Hoffentlich ist ihm nichts passiert."

Obwohl sich Rosina Ardappelen offensichtlich um Pete Huudien sorgte, hatte Moira das Gefühl, dass sie ihnen nicht die ganze Wahrheit sagte. Sie überlegte, wie sie auf diesen Gedanken kam, fand aber keine Erklärung. *Vielleicht ist das das Bauchgefühl, von dem Mutter immer gesprochen hat.*

Buds kratzte sich an der Stirn und zeigte auf ein paar helle Flecken auf dem billigen Teppich.

„Warum hat Pete Möbel verkauft? Hatte er Schulden?"

Rosina Ardappelen zuckte zusammen, als habe sie jemand geschlagen. Ihre tränenfeuchten Augen funkelten Buds wütend an.

„Das geht Sie gar nichts an."

Buds hob abwehrend die Hände.

„Ich wundere mich nur, wo die Sachen hin sind, die vor einigen Tagen noch hier standen. Sind die anderen Zimmer auch so leer geräumt?"

Rosina antwortete nicht.

„Mir scheint, als hätte Pete ein größeres Problem, als Sie zugeben wollen."

„Sie können mich mal."

Buds zog die Augenbrauen in die Höhe.

„Ach, so ist das. Sie wollen nicht. Dann vernehmen wir Sie eben auf der Wache." Er nahm die Handschellen aus der Tasche und näherte sich dem Sofa.

„Warte." Semra hielt ihn zurück. Sie wandte sich an Rosina. „Wir wollen Ihnen doch helfen."

„Auf die Hilfe kann ich verzichten. Egal was Sie tun und sagen, sie interessieren sich gar nicht wirklich für Pete." Rosina sprang auf und zeigte zur Tür. „Gehen Sie und lassen Sie mich in Ruhe."

„Aber Frau Ardappelen!" Semra stand auf und streckte die Hände nach der aufgebrachten Frau aus, aber sie ließ sich nicht beruhigen.

„Verschwinden Sie. Ich habe keine Ahnung, wo Pete ist und das ist die Wahrheit." Rosinas Stimme überschlug sich.

Buds und Semra warfen sich einen Blick zu, und Buds nickte. Moira interpretierte das als 'hier ist im Moment nicht mehr zu machen'.

„Wir kommen in ein paar Tagen wieder", sagte Semra. „Taucht Pete bis dahin wieder auf, soll er sich bitte bei uns melden."

Rosina Ardappelen begleitete sie nicht zur Tür. Sie starrte ihnen mit zusammengepressten Lippen hinterher, bis sie die Wohnung verlassen hatten. Als Moira die Tür hinter sich ins Schloss zog, hatte sie noch immer das Gefühl, Rosina hätte ihnen etwas verschwiegen. Es war, als ob ein wichtiges Puzzleteil fehlte. Nachdenklich folgte sie Buds und Semra die Treppe hinunter. Im Gehen glaubte sie, aus Petes Wohnung das Klingeln einer Parlebol zu hören. Sie blieb stehen und lauschte, aber das Geräusch war verstummt. *Wahrscheinlich habe ich mich geirrt.* Sie schüttelte den Kopf und ging schneller, um die Gendarmen einzuholen.

Im Tapisto sagte Buds zu ihr: „Den Bericht brauche ich bis Dienstschluss in dreifacher Ausfertigung auf meinem Schreibtisch. Und vergiss nicht zu betonen, dass Frau Ardappelen sehr verdächtig auf die Frage nach den Möbeln reagiert hat."

Moira knirschte mit den Zähnen. Sie hasste es, Berichte zu schreiben. Ihre Stimmung heiterte sich auf, als sie sich an

Franzkas Anruf erinnerte. Wenn sie sich beeilte, wäre sie mit dem Bericht früh genug fertig, um noch auf der Arbeit zu duschen. Dann könnte sie etwas länger schlafen, bevor ihre Freundin sie unerbittlich aus dem Bett werfen würde. Sie lächelte.

KAPITEL 4

Am frühen Abend zupfte Moiras WeckNerl so lange an ihrer Nase, bis sie sich widerwillig aus dem Bett rollte. Verschlafen schlurfte sie ins Bad und machte sich für das Ausgehen fertig. Pünktlich um halb neun stand sie geduscht und adrett gekleidet vor dem Spiegel und steckte ihre frisch gewaschenen, schulterlangen, braunen Haare hoch. Sie überlegte gerade, ob sie sich schminken sollte, als der Türsteher Nerl durch sein Schlupfloch sauste und Franzka ankündigte. Sie gab ihm die Erlaubnis zu öffnen, und wenig später stürmte ihre beste Freundin herein.

Wie immer schmerzte ihre Umarmung, und ihre Frisur piekte Moira ins Gesicht. Sie hatte die kurzen, weißblonden Locken bunt eingefärbt und mit Gel behandelt, so dass sie in alle Richtungen abstanden.

„Leg Schminke auf, sonst wirkst du neben mir wie ein Vampir. Hey, das reimt sich." Das Sofa ächzte, als sie sich hineinplumpsen ließ. „Du glaubst nicht, was ich heute für einen lausigen Tag hatte. Die Leute haben Schuhe gekauft, als ginge morgen die Welt unter, und sie müssten zu Fuß in den Himmel." Sie legte die Füße in den knallroten Cowboy-Stiefeln auf den Tisch. „Bin ich froh, dass Tord morgen zurück ist."

„Ich wusste gar nicht, dass er weg war." Moira ging zum Spiegel zurück und versuchte, sich mit etwas Farbe so alt aussehen zu lassen, wie sie war.

„Kein Wunder. Du vergräbst dich seit Monaten in deiner Bude, büffelst für irgendwelche Prüfungen, die du unter Umständen niemals wirst ablegen müssen, und rufst mich nicht mal an." Franka nahm sich eine Zartbitterschokoladen Praline und schob sie genüsslich zwischen ihre roten Lippen, die sich wie Blut von ihrer dunklen Haut abhoben. „Es wird echt Zeit, dass du mal wieder unter Leute kommst. Wann hattest du eigentlich zum letzten Mal einen Freund?"

Moira zuckte mit den Schultern.

„Ist schon lange her."

Franka verschränkte die Hände hinter dem Kopf und sah über die Schulter zu Moira.

„Dabei gibt es nichts Schöneres, als die Liebe."

„Meiner Meinung nach wird Liebe furchtbar überbewertet." Moira räumte die Schminkutensilien in ihre Schublade zurück, wo sie, wenn es nach ihr ginge, für die nächsten Jahre bleiben konnten. Als sie aufsah, stand Franka hinter ihr. Ihr Gesicht war ernst.

„Glaubst du, ohne Tord könnte ich die Frohnatur sein, die du hier vor dir siehst? Sieh mich doch an." Sie zeigte auf ihren massigen Körper, der in einem locker geschnittenen, hellgrünen Sommerkleid steckte. „Ich sehe aus wie ein Nilpferd auf Landgang. Aber er liebt mich - nicht obwohl ich so aussehe, sondern weil ich so aussehe." Sie schob den kugeligen Bauch vor, stemmte die Fäuste in die breiten Hüften und schüttelte die ausladende Brust. „Was immer ich auch tue, er bewundert es, und er steht selbst dann zu mir, wenn ich Mist baue. Er ist sozusagen eine männliche Moira, mit einem gesunden Appetit auf Sex."

Moira dachte an den schlaksigen, jungen Mann, der Franka vergötterte und lächelte.

„Du hast halt Glück gehabt. Diese Sorte Männer ist selten."

Franka schüttelte den Kopf.

„Das liegt nicht an den Männern, sondern an dir! Du erwartest von vornherein, dass sie dich wie dein Vater sitzen lassen. Also ziehst du auch nur solche Typen an." Sie tippte Moira mit dem Zeigefinger auf die Schulter. „Du musst einfach mal daran glauben, dass dich jemand so sehr mag, dass er auf ewig bei dir bleiben will. Nicht jeder ist so wie dein Vater."

Moira presste die Lippen aufeinander. Über ihren Vater wollte sie nicht reden. Franka seufzte.

„Ist schon gut. Schwamm drüber." Sie schnappte sich ihre Handtasche und ging zur Tür. „Kommst du?"

Moira warf einen letzten Blick in den Spiegel. Alles saß perfekt, und sie wusste, dass Frankas harte Worte hilfreich gemeint waren, auch wenn sie wehtaten. Sie nickte und folgte ihr.

Eine halbe Stunde später betraten sie den festlich geschmückten Speisesaal ihres ehemaligen Wohnheims. Musik dröhnte aus den Boxen, übertönt von den Gesprächen der Partygäste.

Moira wünschte sich Ohrenschützer. Sie blieb stehen und sah sich nach bekannten Gesichtern um. Hinter den Gästen hingen dieselben billigen Fotodrucke an denselben pastellgrünen Wänden wie immer. *Du meine Güte. Hier habe ich bis vor kurzem jeden Tag gegessen, und es kommt mir vor, als sei es eine Ewigkeit her.*

„Moira! Ist das schön, dass du gekommen bist." Ihr ehemaliger Zimmernachbar stürmte mit ausgestreckten Armen auf sie zu. Er legte ihr die Hände auf die Schultern und küsste sie links und rechts auf die Wange.

„Du siehst fantastisch aus."

Franka stemmte die Fäuste in die Hüften und grinste.

„Und zu mir sagst du gar nichts?"

Er lachte.

„Du bist wie immer nicht zu übersehen." Er küsste Franka ebenfalls auf beide Wangen. „Holt euch was zu Trinken und mischt euch unters Volk. Die Archies sind einen Tag früher zurückgekommen als erwartet. Es ist richtig Stimmung." Er zeigte auf eine Gruppe junger Leute, die lachend und quatschend das Buffet umlagerte. „Ich komm gleich nach." Er eilte auf die nächsten Neuankömmlinge zu.

Franka betrachtete die Gruppe Archäologen.

„Kannst du Tord sehen?"

Moira schüttelte den Kopf. Sie erkannte nur Lif Borson, Tords Studienkollegen und ehemaliger Mitbewohner ihres Stockwerks. Seine Schultern waren durch die Arbeit auf der Ausgrabungsstätte noch breiter geworden, was das eng anliegende Hemd besonders betonte. Seine kräftigen Rückenmuskeln gingen in einen knackigen Hintern und kräftige Beine über.

Er ist so sexy wie eh und je. Moiras Mund wurde trocken, das Blut rauschte in ihren Ohren und ihre Füße weigerten sich, weiterzugehen, obwohl Franka an ihrem Arm zog.

Diese Wirkung hatte Lif jedes Mal auf sie, obwohl er sie nie beachtet hatte. Sie genoss seinen Anblick und ignorierte den Rest.

In diesem Moment verließ er die Gruppe und kam auf sie zu. Als er Moira sah, schossen seine Augenbrauen in die Höhe, und er starrte sie mit weit offenem Mund an. Dann fing er sich und lachte.

„Moira, was für eine Überraschung. Du siehst fantastisch aus. Ich hätte nie gedacht, dass du jemals so ... so appetitlich aussehen würdest." Er ignorierte Franka, legte seine Hände auf Moiras Schultern und küsste sie auf beide Wangen. Ein Kribbeln breitete sich von ihren Schultern durch den ganzen Körper aus und machte es ihr unmöglich zu antworten. Lif ließ sich dadurch nicht aus dem Konzept bringen. Er legte seinen Arm um ihre Schulter und flüsterte ihr ins Ohr.

„Sag mir, wann du frei bist, und ich lege dir die Welt zu Füßen, meine Venus."

Sein warmer Atem streifte Moiras Wange, und sie spürte wie ihre Knie weich wurden. Es kostete sie unendlich viel Kraft zu sprechen.

„Ich habe Samstag und Sonntag frei."

„Heute wäre mir lieber." Er hauchte ihr einen Kuss auf die Wange. „Aber zuerst muss ich meinem kleinen Mann die große, weite Welt zeigen. Danach bin ich für dich da."

Moira sah ihm nach, bis er den Speisesaal verlassen hatte. Dann erst merkte sie, dass sie die Luft angehalten hatte. Franka runzelte die Stirn.

„Was starrst du dem Idioten nach. Er macht dich nur an, weil ich ihm zu fett bin und alle anderen Frauen in diesem Raum schon sein Bett geteilt haben."

„Du bist nicht fett, eher kuschelig." Moira seufzte. „Und ich weiß, dass Lif ein Weiberheld ist. Aber ich würde ihn nicht von der Bettkante stoßen, sollte er dort auftauchen." Sie zog Lif Borson nicht für eine Sekunde als festen Freund in Betracht, aber er wäre ein nettes Alibi, um Frankas Verkupplungsversuchen für eine Weile aus dem Weg zu gehen.

Franka packte ihren Arm und zog sie hinter sich her.

„Vergiss ihn. Er ist ein Idiot. Hilf mir lieber, Tord zu finden. Ich frage mich, warum er mir nicht gesagt hat, dass sie früher zurückkommen."

Moira riss sich zusammen und verdrängte jeden Gedanken an Lif.

„Ich wette, er wollte dich überraschen. Er wusste doch, dass du heute hier sein würdest, oder?"

„Schon, aber ich sehe ihn nirgends."

Moira sah sich um. Franka hatte Recht. Tords Kopf ragte nirgends über die anderen Gäste hinweg.

„Vielleicht ist er auch aus der Hose und kommt gleich zurück."

Franka schüttelte den Kopf. Sie war blass.

„Ihm ist etwas passiert."

„Quatsch mit Sauce." Moira nahm Frankas Ellenbogen und zog sie auf die Gruppe Archäologen zu. „Er hat bestimmt einen guten Grund nicht hier zu sein. Komm, wir fragen."

Als sie die Archäologen erreichten, verstummte das Gespräch und alle starrten Franka an.

„Wo ist Tord?" Ihre Stimme klang rau und sie zitterte am ganzen Körper. Betretenes Schweigen. Schließlich erbarmte sich ein sommersprossiges Mädchen.

„Hat es dir niemand gesagt? Er liegt im Krankenhaus."

Mit einem leisen Seufzer sackte Franka in sich zusammen. Moira packte sie gerade noch rechtzeitig, um zu verhindern, dass sie mit dem Kopf auf den Boden schlug. Sie schob ihren Arm zwischen Frankas Beinen hindurch und wuchtete die Ohnmächtige auf ihren Rücken. Unter dem Gewicht ihrer Freundin ging sie in die Knie, schaffte es aber, sie schnaufend in die Höhe zu wuchten. Ihr Erste-Hilfe-Kurs machte sich bezahlt.

„Ich brauche ein Sofa und einen Heiler." Sie keuchte und sah sich dabei nach dem jungen Mann um, der sie empfangen hatte. Er kam leichenblass herbeigeeilt.

Wenig später hatte sie Franka im Sanitätsraum auf die Liege gebettet, ihren Kopf zur Seite gedreht und ihre Beine leicht erhöht gelagert. Sie befahl dem sommersprossigen

Mädchen, einen nassen Lappen zu holen. *Es ist nämlich doch gut, dass ich so viel lerne.* Sie legte Franka den Lappen auf die Stirn und beobachtete, wie ihre Augenlider beim Aufwachen flatterten.

„Tord? Was ist mit Tord passiert?" Frankas sonst so energische Stimme klang matt.

Das sommersprossige Mädchen antwortete.

„Der Heiler hat gesagt, dass er durchkommt."

In diesem Moment drängelten sich zwei Sanitäter durch die Partygäste, die vor dem Zimmer warteten. Der stämmigere der beiden griff nach Frankas Handgelenk und nickte Moira anerkennend zu.

„Prima Schocklage."

Der andere zog eine handgroße Parlebol aus dem Koffer, in der das Wasser mit einem Zauber fixiert war, so dass es nicht herauslaufen konnte. Die Verbindung zum Krankenhaus stand schon.

„Patientin bei Bewusstsein, aber schwach." Dann erst sah er Moira an. „Ist ihr so etwas schon öfter passiert?"

„Nein."

„Gut. Sorgen Sie bitte dafür, dass die Leute hier verschwinden." Er wandte sich wieder den Geräten in seinem Koffer und der Parlebol zu, während sein Kollege Franka untersuchte.

Moira drängte die schaulustigen Partygäste zurück und schloss hinter sich die Tür des Sanitätsraums.

„Geht feiern, Leute. Hier gibt es nichts mehr zu sehen."

Es dauerte eine Weile, aber schließlich verschwanden die meisten Gäste wieder im Speisesaal. Nur das sommersprossige Mädchen blieb bei Moira. Schweigend warteten sie, bis die Sanitäter mit Franka auf einer Trage aus dem Zimmer traten.

Das Mädchen nahm Frankas Hand und flüsterte: „Es tut mir leid."

„Schon gut", sagte Franka. „Unkraut vergeht nicht."

Das Mädchen wischte sich ein paar Tränen ab und eilte davon, aber Moira begleitete die Sanitäter mit der Trage bis zum KrankenTapisto. Zum Glück konnte Franka schon wieder lächeln.

„Die haben mir versprochen, dass ich mit Tord in ein Zimmer komme."

Moira atmete erleichtert auf. Es war gut zu sehen, dass es ihrer Freundin besser ging.

„Ich komme dich morgen besuchen."

„Kannst du meine Katze füttern?"

„Klar." Moira nahm Frankas Handtasche von Fußende, gerade als die Sanitäter die Trage in den Wagen schoben. „Bis morgen."

Sie winkte dem KrankenTapisto nach, bis das Flackern der neonroten Rundumlichter hinter der nächsten Kreuzung verschwunden war. Die Freude an der Party war ihr gründlich vergangen. Deshalb stieg sie in Frankas Auto, obwohl sie Tapistofahren hasste, und fuhr heim. Sie parkte in der Garage unter ihrem Wohnhaus, nahm den nerlift zu ihrem Appartement und machte es sich in ihrem Lieblingssessel gemütlich. Doch erst, als sie nach dem Handbuch der Gendarmerie Magique griff fiel ihr mit Entsetzen ein, dass sie Lif weder ihre neue Adresse, noch ihre Parlebolnummer gegeben hatte.

Als Moira an der Haltestelle in der Nähe der Gendarmerie aus der Nerl U Bahn Station trat, regnete es in Strömen, und sie erreichte das Büro trotz Regenkleidung mit nassen Schuhen. Alle anderen waren trocken, so dass sie wieder einmal daran erinnert wurde, wie ungeschickt sie im Zaubern war. Nicht einmal einen Parapluie-Zauber bekam sie hin. Ihre Laune sank auf den Nullpunkt, als sie Buds vom Flur her schimpfen hörte.

Schnell löffelte sie Kaffee in den Nerlaroma2000. Sie hatte bereits gelernt, dass Buds damit in der Regel zu beruhigen war.

„Wieso haben wir sie nicht? Kann mir mal einer erklären, wie das passieren konnte?" Er stapfte hinter Semra ins Büro und knallte die Tür so laut zu, dass die Scheibe klirrte. „Da haben wir einen erstklassigen Verdächtigen und kein Mensch kennt seine Adresse. Welcher Idiot hat ihn denn verhört?"

Semra blieb stehen und drehte sich zu ihm um. Ihre Nasenflügel bebten, und ihre Augen glitzerten.

„Nenn mich nie wieder einen Idioten, oder du hattest die längste Zeit eine Partnerin."

Buds wurde blass. Schweigend ließ er sich auf den Stuhl an seinem Schreibtisch fallen, nahm eine Mappe und tat so, als läse er.

„Außerdem lässt sich das mit einem Anruf ändern." Semra aktivierte die Parlebol und verlangte das Nationalmuseum.

Insgeheim war Moira erleichtert, dass Buds nicht auf sie wütend war. Wortlos füllte sie seinen Becher mit Kaffee. Dann wartete sie, bis Semra ihr Gespräch beendet hatte und goss auch ihr ein.

Semra nickte ihr zu und wandte sich an Buds.

„Ich habe seine Adresse. Aber er ist im Moment nicht daheim, sondern im Dienst."

Buds sprang auf.

„Worauf warten wir? Wir haben einen möglichen Einbrecher zu verhaften."

Semra trank genüsslich ihren Kaffee.

„Erstens läuft er uns nicht weg, solange er arbeitet, zweitens ist wegen der Razzia der Drogenabteilung im Moment kein einziges Verhörzimmer frei, und drittens wartet Commissaire Marten immer noch auf deinen Bericht."

Grummelnd setzte sich Buds wieder.

„Wenn ich ihn geschrieben habe, fahren wir?"

„Gerne." Semra zwinkerte Moira zu. „Bist du so nett und holst den Bericht aus der Analytik? Sie haben vorhin angerufen, dass er fertig sei."

Moira sauste los.

Wenig später kehrte sie mit dem Bericht zurück. Sie hätte ihn zu gerne gelesen, aber leider war er in einem versiegelten Umschlag. Sie reichte ihn Semra.

„Weißt du schon, was drinsteht?"

„Was glaubst du, warum Buds sich so aufgeregt hat."

„Ich habe mich nicht aufgeregt. Ich bin immer so." Buds stand auf und griff nach seiner Jacke. „Fertig! Wir können gehen."

Semra und Moira folgten ihm und nahmen zur Verstärkung zwei weitere Gendarmen mit. Eine viertel Stunde später erreichten sie das Nationalmuseum.

Buds flüsterte dem Sicherheitsnerl, der in seiner Box am Haupteingang wachte, das Passwort ins Ohr, das ihm der Direktor für die Dauer der Untersuchung überlassen hatte, und der Nerl öffnete die Tür. Buds steuerte sofort auf die Pförtnerloge zu, in der die Nachwache saß, wenn sie nicht gerade einen Rundgang machte. Überrascht sah Joes van Gro von einer Kunstzeitung auf.

„Sie? Was kann ich für Sie tun?"

Buds zog ihn von seinem Stuhl hoch, drehte ihn herum und ließ die Handschellen lautstark zuschnappen. Er grinste zufrieden.

„Joes van Gro. Sie sind verhaftet. Alles, was Sie ab jetzt sagen oder tun, kann und wird vor Gericht gegen Sie verwendet werden. Am besten schweigen Sie, bis ihr Anwalt eingetroffen ist. Sollten Sie keinen Anwalt haben, können sie ersatzweise einen DiktaNerl anfordern, der das Verhör gerichtsrelevant aufzeichnen wird."

„Aber ich habe nichts getan. Ehrlich."

Buds wollte antworten, aber Semra hielt ihn zurück.

„Warten wir seinen Anwalt oder den DiktaNerl ab, sonst kann er die Verhaftung wegen eines Formfehlers anfechten."

„Du hast Recht." Buds schob den Nachtwächter vor sich her zur Tür.

Joes wand sich in seinem Griff.

„Bitte, Sie müssen Direktor du Mar Bescheid geben. Hier lagert unersetzliche Kunst, die auf keinen Fall unbewacht bleiben darf."

„Daran haben wir gedacht", beruhigte ihn Semra. Sie erklärte den mitgebrachten Gendarmen, dass sie bis zum Eintreffen des Direktors für die Sicherheit des Gebäudes zuständig seien.

Joes atmete sichtlich erleichtert auf und ließ sich widerstandslos zum Tapisto führen.

KAPITEL 5

Moira wunderte sich, denn er benahm sich nicht so, wie sie sich einen Schuldigen vorstellte. Zögernd setzte sie sich neben ihn auf die Rückbank.

Er lächelte sie an.

„Das wird sich sicher bald aufklären."

„Das hoffe ich für Sie", sagte Moira. Sie wusste, wie unbequem die Pritschen in den Räumen der Untersuchungshaft waren, denn es gehörte zu ihren Aufgaben, frei werdende Zellen mit neuem Bettzeug zu versehen.

Als sie zum Präsidium zurückkehrten, war gerade ein Verhörraum frei geworden. Buds schob den Gefangenen hinein und erkundigte sich nach dessen Anwalt.

„Ich brauche keinen. Dies ist sowieso nur ein Missverständnis. Ich habe nichts getan."

Mit einem Seufzer holte Buds das DiktaNerl aus der Schublade und öffnete die Aufnahme-Klappe.

„Aufwachen. Es gibt Arbeit."

Sofort schoss der Kopf eines winzigen Nerls daraus hervor.

„Spinnt ihr? Einen um diese Zeit zu wecken? Habt ihr noch nie etwas von geregelter Arbeitszeit gehört?"

Buds blinzelte ihn wütend an.

„Halt die Klappe und tu, wofür du bezahlt wirst."

„Bezahlt?" Der Nerl hüpfte wütend von einem Bein aufs andere. „Bei der Bezahlung werde ich noch in hundert Jahren so winzig sein."

Buds hob die Hand, als wolle er nach dem Winzling schlagen. Semra hielt ihn zurück.

„Lass es Moira versuchen. Sie hat ein Händchen für Nerls."

Moira war überrascht, das Semra dies aufgefallen war, aber sie folgte Buds Aufforderung ohne zu zögern. Sie ging neben dem Tisch in die Hocke, bis sie mit dem Nerl auf gleicher Höhe war, und plinkerte mit den Augen.

„Bitte, lieber DiktaNerl, sei so gut und zeichne das Gespräch auf. Es ist für unsere Ermittlungen unerlässlich."

Die wulstigen Augenbrauen des Nerls schossen in die Höhe.

„Oh, endlich mal eine höfliche Person in diesem Saustall." Er beugte sich vor, und seine Augen weiteten sich noch mehr. Für einen Moment hatte Moira Angst, sie würden ihm aus dem Kopf fallen. Aber er klatschte nur freudig in die Hände.

„Für dich tue ich alles, schönes Kind." Er verschwand ohne weitere Worte, aber mit dem traditionellen Abschiedsgruß in seiner Aufnahmebox.

„Schönes Kind!" Buds bog sich vor Lachen. „Was für ein Kompliment."

„Halt die Klappe und tu, wofür du bezahlt wirst", fuhr ihn Semra mit seinen eigenen Worten an. Der Nerl streckte seinen Kopf aus der Box.

„Soll ich das auch aufnehmen?" Er verschwand sofort wieder, als er den Blick bemerkte, mit dem Semra Buds bedachte.

„Ein Kompliment ist ein Kompliment, egal von wem es kommt. Du solltest eigentlich wissen, dass Nerls unsere Auren besser sehen als unsere Körper. Wie kannst du Moiras Aura beurteilen? Was das angeht, sind wir alle Blindfische. Also halt endlich den Mund und mach deine Arbeit."

Moira staunte über die Heftigkeit von Semras Ausbruch, aber bevor sie etwas sagen konnte, mischte sich Joes van Gro ein.

„Ich dachte, das soll ein Verhör werden, aber bisher war das besser als jede Form der Unterhaltung, die ich kenne. Ihr solltet damit auftreten."

Buds schnauzte ihn an.

„Klappe. Sie reden nur, wenn ich Sie was frage."

„Ist ja gut." Joes hob beschwichtigend die Hände. „Aber würden Sie mir jetzt bitte sagen, was mir vorgeworfen wird?"

Semra drückte Buds auf einen Stuhl und setzte sich neben ihn. Dann vergewisserte sie sich, dass der DiktaNerl mitschrieb. Erst danach wendete sie sich dem Gefangenen zu.

„Die Analyse der magischen Funktionen am Tatort ergab, dass Sie in der fraglichen Nacht den Alarm ausgeschaltet haben. Spuren ihrer magischen Signatur wurden am Deaktivierungszauber gefunden."

„Das ist richtig."

Buds Unterkiefer klappte herunter, und er starrte Joes wortlos an.

Moira verkniff sich ein Grinsen. Offensichtlich hatte er damit gerechnet, dass der Nachtwächter lügen würde.

„Sie geben also zu, in der Nacht, als der Einbruch verübt wurde, den Alarm ausgeschaltet zu haben", fragte Semra.

Joes nickte.

„Ich habe auch meine übliche Runde geändert, falls Ihnen das entgangen sein sollte."

„Das wussten wir. Aber warum haben Sie das getan?" Semra wirkte verwirrt. „Wussten Sie, dass Einbrecher kommen?"

„Dann hätte ich wohl kaum die Gendarmerie Magique alarmiert, oder?"

„Aber warum dann?"

In diesem Moment flog krachend die Tür auf, und ein schmächtiger, blasser Mann in einem dunkelblauen Anzug stürmte herein, gefolgt von Direktor du Mar.

„Sie sagen kein Wort mehr", befahl der Träger des blauen Anzugs und knallte seine Aktentasche auf den Tisch. „Ich erkläre diese Befragung für beendet. Sie hätte ohne meine Anwesenheit gar nicht stattfinden dürfen, und ich werde vor Gericht Beschwerde dagegen einlegen."

Schnell nahm Semra den DiktaNerl und drückte ihn Moira in die Hand.

„Der bleibt in unserem Gewahrsam. Ihr Mandant hat vor Begin des Verhörs ausdrücklich auf einen Anwalt verzichtet, also ist alles, was der DiktaNerl aufgezeichnet hat, legal und vor Gericht zulässig."

Der Anwalt öffnete den Mund, um zu widersprechen, aber Semra war schneller. „Wir lassen Ihnen gerne eine Kopie zukommen. Guten Abend."

Der Anwalt schnaubte, konnte aber nichts tun.

„Kommen Sie." Er zog Joes van Gro von seinem Stuhl hoch.

Der Nachtwächter sah seinen Arbeitgeber an.

„Woher wussten Sie, dass ich festgenommen worden bin?"

„Ich war zufällig im Hause, als Sie abgeführt wurden. Es dauerte nur eine Weile, bis mein Anwalt soweit war." Direktor du Mar klopfte Gro auf die Schulter. „Aber nun wird alles gut."

Der Anwalt nahm Joes Ellenbogen und zog ihn aus dem Verhörzimmer. Buds folgte ihnen mit wippenden Schritten. Er gab sich große Mühe bedrohlich zu wirken, aber Moira und Semra schmunzelten nur.

„Manchmal ist er ein Elefant im Porzellanladen", sagte Semra. „Aber ich mag ihn trotzdem." Sie sah Direktor du Mar an. „Wie kommt es, dass Sie heute Abend im Museum waren?"

„Professor Solveigh, der Leiter der Ausgrabung, aus der die Kisten mit den Artefakten stammen, hat mir eine Kopie der fehlenden Seite der Inventarliste zukommen lassen. Ich hatte sie im Büro liegen lassen und bin daher nach dem Abendessen noch rüber gegangen. Es ist ja nicht weit." Er gab Semra ein Blatt Papier.

„Vielen Dank. Dann wissen wir endlich, was genau gestohlen wurde." Sie zeigte auf einen der Stühle im Verhörraum. „Möchten Sie einen Kaffee oder Tee?"

„Tee bitte." Er setzte sich.

Semra folgte seinem Beispiel und vertiefte sich in die Liste.

„Das sind ja alles Waffen."

„Die Ausgrabung hatte zum Ziel, Herns Schmiede zu finden. In der gestohlenen Kiste waren die wertvollsten Fundstücke." Du Mar stützte den Kopf in die Hände. „Professor Solveigh ist mehr als ungehalten."

Ungefragt stellte Moira den DiktaNerl auf den Tisch und eilte ins Büro, um einen Becher Kaffee und einen zweiten mit Tee zu holen. Joes van Gro wartete in der Nähe des Ausgangs auf seinen Anwalt, und ihr fiel wieder ein, dass in dem Verhör eine wichtige Frage unbeantwortet geblieben war. Auch wenn eine Aussage die er ihr gegenüber machte vor Gericht wenig Gewicht hatte, hielt sie es für ihre Pflicht zu fragen. Überrascht von ihrer eigenen Courage trat sie zu ihm und sprach ihn an.

„Ich musste die Wachprotokolle auswerten. Dabei ist mir aufgefallen, dass Sie einmal im Monat ihre Route geändert haben und zuerst in den Keller, dann in die Ägyptische Abteilung gegangen sind. Warum?"

„Im Keller ist das Archiv."

„Sie sollen schweigen!" Der Anwalt schob Moira zur Seite und zerrte Joes hinter sich her. Der Nachtwächter zwinkerte ihr verschwörerisch zu.

Kopfschüttelnd ging sie zurück zum Verhörraum, wo bereits ein angeregtes Gespräch im Gange war. Sie stellte die Kaffeebecher auf den Tisch und setzte sich. Semra nippte an ihrem Getränk und sah du Mar nachdenklich an.

„Warum sind Sie eigentlich überzeugt davon, dass Joes van Gro nichts mit dem Einbruch zu tun hat? Die Indizien sprechen gegen ihn, und er hat zugegeben, den Alarm ausgeschaltet zu haben."

„Um die schwere Kiste aus der Lagerhalle zu stehlen, brauchten die Diebe mindestens eine halbe Stunde. Aber ich habe mit Joes kaum fünf Minuten nach Ausschalten des Alarms gesprochen, und da war er bereits auf dem Weg aus der Ägyptischen Ausstellung heraus. Natürlich wusste ich da nicht, dass der Alarm aus war, sonst hätte ich ihn zur Rede gestellt."

„Finden Sie es nicht verdächtig, dass er den Alarm überhaupt ausgeschaltet hat?"

Direktor du Mar verzog die Lippen zu einem gezwungenen Lächeln.

„Ich bin mir sicher, dass er einen triftigen Grund dafür hatte."

Semra lächelte ebenfalls.

„Nur, dass er ihn uns wegen des Anwalts nicht sagt."

Für eine Weile herrschte Schweigen.

Moira überlegte, ob sie auch etwas fragen durfte. Es schien kein Verhör sondern eher ein informelles Gespräch zu sein. Schließlich gab sie sich einen Ruck.

„Sind Sie öfter des Nachts im Museum?"

„In letzter Zeit häufiger als mir lieb ist", antwortete der Direktor mit einem traurigen Lächeln.

Semra horchte auf.

„Wieso das?"

Direktor du Mar runzelte die Stirn und stand auf.

„Ich denke nicht, dass ich Ihnen darüber Auskunft geben muss. Es hat mit ihrem Fall nichts zu tun. Ich bin sowieso schon viel zu lange geblieben."

Semra stand ebenfalls auf und reichte ihm die Hand.

„Soll Moira Sie nach Hause fahren?"

Direktor du Mar nahm das Angebot dankend an und ging zum Ausgang vor.

Semra drückte Moira die Schlüssel ihres DienstTapistos in die Hand, beugte sich vor und flüsterte ihr ins Ohr.

„Versuch rauszukriegen, warum er in der Einbruchsnacht im Museum war."

Grummelnd folgte Moira dem Direktor. *Wie soll ich das machen? Ich werde schon genug damit zu tun haben, den Flugzauber nicht kaputtzumachen.* Sie fuhr nicht gern Tapisto, denn im Fahrerfußraum konnte sie zu leicht in Kontakt mit dem fliegenden Teppich kommen, was unweigerlich zum Absturz führte.

Widerwillig schlüpfte sie hinter das Lenkrad und spürte, wie sich ihre Muskeln verkrampften. Ein kurzer Blick unter das Armaturenbrett zeigte ihr, dass der gefährliche Bereich rund ums Geschwindigkeitpedal bei diesem Tapisto erfreulich klein war. Sie wartete, bis sich Direktor du Mar angeschnallt hatte, aktivierte den Teppich und fuhr vorsichtig los. Es ging besser als sie gedacht hatte.

„Wird sich Ihre Frau nicht wundern, dass Sie von einem Streifenwagen gebracht werden", fragte sie mit einem Seitenblick auf Direktor du Mars silbernes Ehearmband.

Er sah sie nachdenklich an.

„Wissen Sie was, fahren Sie mich ins Museum", sagte er. Dann schwieg er für den Rest der Fahrt.

Moira wunderte sich nicht. *Vater hat auch nie mit Mutter über die Arbeit gesprochen, obwohl sie beide bei der Gendarmerie Magique waren. Das war sicher auch ein Grund dafür, dass ihre Ehe*

trotz seiner Rehabilitierung in die Brüche ging. Die Welt wäre viel friedlicher, wenn wir mehr und ehrlicher miteinander reden würden.
Sie hielt an der letzten Ampel vor dem Museum und warf einen kurzen Blick auf ihren Fahrgast. Er saß mit zusammengepressten Lippen da und starrte unbeweglich durchs Fenster. Dabei sah er so traurig aus, als wäre eben ein enger Anverwandter gestorben. Moira hatte Mitleid mit ihm. *Eigentlich geht es mich nichts an, aber wenn ich nichts sage, bin ich genauso feige, wie mein Vater.*

Als sich du Mar abschnallte, fasste sie sich ein Herz und legte ihm die Hand auf den Arm.

„Ich verstehe, dass Sie den Gendarmen nichts sagen wollen. Aber ihrer Frau sollten Sie unbedingt erklären, warum sie so viel Zeit im Museum verbringen, sonst verlieren Sie sie. Eine Partnerschaft braucht Vertrauen … von beiden Seiten. Glauben Sie mir."

Direktor du Mar schnaubte wortlos und stieg aus.

„Vielen Dank, für die Liste", rief sie ihm nach. Unzufrieden mit sich und der Welt fuhr sie ins Präsidium zurück, wo mehrere Gendarmen geschäftig hin und her eilten. Moira machte Platz und sah ihnen nach, als sie mit Grünlicht davon sausten.

Wieder bei Buds angekommen fragte sie: „Was ist passiert?"

„Ein Mann hat beim Müll raus bringen einen zweiten toten Obdachlosen gefunden."

Moira zog die Augenbrauen in die Höhe.

„Ist er auf die gleiche Art gestorben wie der erste?"

Buds zuckte mit den Schultern und teilte sie für den Rest ihrer Schicht ein, Berichte zu sortieren.

„Die erledigten Fälle trägst du zu Excelsior van Steen ins Archiv."

Moira nahm einen Stapel Akten von seinem Schreibtisch und machte sich an die Arbeit.

Einige Zeit später tippte Semra ihr auf die Schulter.

„Kommst du mit? Sabio möchte, dass wir die Verlobte des Nachtwächters noch einmal verhören. Den Aktenkram kannst du hinterher erledigen."

Moira war überrascht.

„Hat sich bisher niemand um die Frau gekümmert?"

„Wann denn? Wir untersuchen Spuren in zwei Mord-fällen. Da bleibt keine Zeit, sich um die Verlobte eines Diebs zu kümmern." Semra lächelte schief. „Sabio hofft, dass sie mittlerweile etwas von Pete Huudien gehört hat. Er hält den Nachtwächter für einen wichtigen Zeugen."

„Na, dann los." Moira warf sich ihre Jacke über und folgte Semra.

Die Gendarma sagte: „Wir werden zuerst in Petes Woh-nung nachsehen. Vielleicht ist sie heute wieder dort."

Moira nickte.

„Vielleicht finde ich heraus, warum Frau Ardappelen so heftig auf die Frage nach den verschwundenen Möbeln rea-giert hat."

Nachdem sie dem Hausmeister ihre Dienstausweise gezeigt hatten, öffnete er ihnen die Tür zu Pete Huudiens Wohnung auch ohne Durchsuchungsbeschluss. Die Zim-mer waren komplett ausgeräumt. Selbst das Sofa, auf dem Semra und Frau Ardappelen gesessen hatten, war ver-schwunden. Nur die Spuren im Staub deuteten darauf hin, dass hier vor kurzem noch Möbel gestanden hatten. Moira sah, wie Semra die Lippen zusammenpresste. Wortlos schob sie den Hausmeister vor sich her die Treppe hinunter zur Wohnung von Frau Ardappelen.

Kaum war die Tür aufgeschlossen, stürmte sie hinein. Moira bat den Hausmeister im Flur zu warten, dann folgte sie Semra ins Wohnzimmer. Bis auf ein paar Kartons war es ebenso ausgeräumt wie Huudiens Wohnung.

Semra ballte die Hände zu Fäusten.

„Merde! Die Vögel sind ausgeflogen."

„Das glaube ich nicht." Moira betrat die die winzige Einbauküche. „Es sieht so aus, als würde das hier noch benutzt." Sie zeigte auf einen Umzugskarton, über den eine Tischdecke gebreitet lag. Daneben stand ein zweiter Kar-ton, der eindeutig als Sitz benutzt worden war. In der Spüle stapelte sich benutztes Geschirr, und im Backofennest lag ein Minidrac und schnarchte.

„Was hat sie mit all den Möbeln gemacht?" wunderte sich Semra.

Moira zuckte mit den Schultern. Dann fiel ihr wieder ein, was Frau Ardappelen von Pete Huudiens Gehaltserhöhung gesagt hatte.

„Vielleicht ist ihr Verlobter wieder aufgetaucht, und sie haben eine gemeinsame Wohnung eingerichtet. Nach allem, was sie uns erzählt hat, hatten sie das schon länger vor."

„Lass uns die anderen Räume ansehen." Semra öffnete die Tür zum Bad. Auf dem Waschbecken stand Zahnputzzeug, und an einem Haken hing ein Handtuch. Ansonsten war es leer. Moira ging ins Schlafzimmer. Es war mit Kartons voll gestopft, und die Vorhänge waren zugezogen. Als sie den Schalter betätigte, ging keine Lampe an. Deshalb schlängelte sie sich an den Kisten vorbei, um das Licht der Straßenlaterne vor dem Haus herein zu lassen.

„Au!" Schmerz schoss durch ihren Fuß. Vorsichtig betastete sie das Hindernis, an dem sie sich gestoßen hatte. Es war ein breites Bett, das in der Mitte des Raums stand. Kopfschüttelnd tastete sie sich bis zum Fenster durch und zog die Vorhänge auf. Erst jetzt merkte sie, dass in dem Bett jemand lag. Hoffentlich war das nicht schon wieder ein Toter. Mit zitternden Knien ging sie zu der Gestalt, die reglos unter der Bettecke lag. Sie streckte die Hand aus und berührte sie an der Schulter.

„Pete?" Rosina Ardappelen wühlte sich aus der Decke und setzte sich auf. Als sie Moira und Semra sah, verschwand ihr hoffnungsvoller Gesichtsausdruck. „Verschwinden Sie." Sie ließ sich ins Kissen zurückfallen und zog die Decke wieder über den Kopf.

Semra zog sie ihr weg.

„Aufstehen. Wir haben ein paar Fragen an Sie."

Anstatt zu gehorchen rollte sich Rosina zusammen. Moira konnte sie weinen hören. Sie winkte Semra aus dem Zimmer.

„Ich kümmere mich um sie", flüsterte sie ihr zu. Semra nickte, blieb aber im Türrahmen stehen.

Moira setzte sich auf die Bettkante und streichelte Rosinas Rücken, bis das Weinen nachließ.

„Sie können sich nicht vorstellen, wie erleichtert ich bin, dass Sie leben", sagte sie. „Die verschwundenen Möbel haben mir Angst gemacht."

„Ich hab die Sachen verkauft." Rosinas Stimme klang wund vom Weinen.

„Auch die von Pete? Seine Wohnung ist noch leerer als Ihre."

„Es war die einzige Möglichkeit, das Geld aufzutreiben."

Moira sah zu Semra und zog fragend die Augenbrauen in die Höhe. Sie wollte wissen, ob die Gendarma Rosina verstehen konnte. Als Antwort nickte Semra und hielt einen DiktaNerl in die Höhe.

Moira fragte vorsichtig weiter.

„Wofür brauchten sie denn Geld?"

Ruckartig setzte sich Rosina auf. Ihre Augen funkelten Moira wütend an.

„Wieso fragen Sie das? Sie wissen doch, was mir auf dieser Welt am meisten bedeutet."

Schlagartig begriff Moira, was Rosina ihnen beim ersten Verhör nicht hatte sagen können.

„Jemand hat Pete Huudien entführt und Sie erpresst?"

Rosina nickte. Tränen liefen ihr über die Wangen.

„Der Anrufer sagte, Pete käme frei, wenn ich die Gendarmerie aus dem Spiel lasse und zahle."

„Haben Sie ihn erkannt?"

Rosina schüttelte den Kopf.

„Das Bild war verdunkelt und die Stimme merkwürdig verzerrt. Aber ich bin mir sicher, dass es ein Mann war."

Semra mischte sich ein.

„Wann, wo und an wen haben Sie das Geld übergeben?"

Rosina ignorierte ihre Frage.

„Das hier fand ich, als ich von der Geldübergabe zurückkam." Sie reichte Moira einen zerknitterten Brief. Er war aus Wörtern und Buchstaben zusammengeklebt, die alle aus demselben Text ausgeschnitten worden waren, denn sie hatten die gleiche Schrift. Auf Grund der durchgestrichenen Wortteile vermutete Moira eine Werbebeilage der großen Zeitungen oder einen der regionalen Werbeflyer. Sie strich das Papier glatt und las.

DUMME PUTE~~NSCHNITZEL~~. DU WIRST IHN NIE
WIEDER SEHEN. LEBENS~~MI~~ MEIN HERZLEID~~EN~~. PETE
WERD~~EN~~ MICH LIEBEN, SONST ~~SCHNELL~~VERROTT~~ER~~ET ER
IM DUNKELN.

„Er klebte an dem Parlebolhäuschen, in dem ich das
Geld lassen musste", flüsterte Rosina. „Ich mach mir solche
Vorwürfe. Aber was hätte ich sonst tun sollen. Ich habe
solche Angst, dass er… dass sie ihn…" Sie schlug die Hände vors Gesicht.

Moira legte ihren Arm um Rosinas bebende Schultern.

„Wir werden Pete finden, das verspreche ich. Bis dahin
sollten Sie nicht allein sein. Haben Sie jemand, der sich um
Sie kümmern kann?"

Rosina schüttelte den Kopf.

„Dann informiert meine Kollegin den Opferdienst. Die
helfen Ihnen. Auch finanziell." Sie sah, dass Semra zur mobilen Parlebol griff und im Flur verschwand.

„Was ist, wenn der Brief Recht behält? Ich kann ohne
Pete nicht leben."

Moira hätte ihr am liebsten gesagt, dass kein Mann es
wert war, seinetwegen so zu leiden. Sie bezwang sich gerade
rechtzeitig. „Ich bin mir sicher, dass er noch lebt."

„Wirklich?"

„Dem Brief nach will die Entführerin Petes Liebe. Also
wird sie ihm Zeit geben müssen, diese zu entdecken." Moira
hasste sich fast für diese Worte. Die Sehnsucht und Hoffnung in Rosinas Gesicht bereiteten ihr Magenschmerzen.
Um wie viel schlechter würde sie sich fühlen, wenn Pete
tatsächlich nicht zurück käme? Ob Pete die Entführung nur
inszeniert hatte, um aus seiner Beziehung auszubrechen?
War er so rücksichtslos, seine Verlobte zu ruinieren? Man-
chen Männern traute Moira alles zu. Sie ließ Rosinas Schultern los, stand auf und ging zu Semra in den Flur.

Eben steckte die Gendarma ihre Parlebol ein.

„Der Opferdienst wird jeden Moment hier sein, und
Sabio schickt einen Zeichner für Petes Bild. Damit werden
wir eine Großfahndung starten. Mir scheint, Huudien ist
eine Schlüsselfigur bei dem Einbruch."

Moira lehnte sich gegen die Wand.

„Glaubst du, dass er entführt wurde?"

„Auf alle Fälle weiß ich, dass Frau Ardappelen das glaubt. Wenn dieser Pete ihre Liebe nicht zu schätzen weiß, ist er ein Idiot."

Zehn Minuten später stapfte ein kleiner, dicker Mann in einem Nadelstreifenanzug herein und hielt ihnen einen Ausweis entgegen. „Opferdienst." Er zog eine Augenbraue in die Höhe und betrachtete Moira und Semra kritisch. „Sie sehen nicht aus wie Opfer." Seine ungewöhnlich hohe Stimme klang anklagend.

„Frau Ardappelen ist im Schlafzimmer." Moira schob ihn zur richtigen Tür.

„Danke, ich brauche Sie dann nicht mehr", sagte er.

Mit der Stimme könnte er in einem Frauenchor mitsingen. Um nicht zu lachen, biss sie sich auf die Unterlippe. Da kam ihr ein Gedanke. Sie wandte sich an Semra. „Wenn es tatsächlich eine Entführung war, müssen wir auf Grund von Rosinas Aussage doch davon ausgehen, dass es zwei Entführer gibt, oder?"

Semra nickte.

„Mit größter Wahrscheinlichkeit waren es ein Mann, der die Anrufe machte, und eine Frau, die den Brief geschrieben hat."

„Aber was, wenn es eine Einzelperson gewesen ist. Sieh dir den an." Moira zeigte mit dem Daumen über die Schulter auf die Schlafzimmertür. „Er ist ein Mann, aber wenn man ihn nur sprechen hört, könnte man ihn für eine Frau halten."

Semra begriff schnell. „Du meinst, wir sollten nach einer Frau mit einer Männerstimme suchen?"

„Ich würde es nicht ausschließen." Moira machte Platz für den Zeichner, der sich mit seinem Zeichenbrett wortlos an ihnen vorbei drängelte. „Wenn der Brief kein cleverer Schachzug von Pete Huudien ist, gibt es irgendwo eine Frau, die in ihn verliebt ist und rasend eifersüchtig auf Rosina."

Semra nahm sie am Arm und zog sie ins Treppenhaus.

„Da stellt sich natürlich die Frage, warum sie Pete Huudien ausgerechnet am Tag des Einbruchs entführt."

„Und wieso Pete den Einbrechern das Tor geöffnet hat, und warum dabei ein Elf neben ihm her flog." Moira seufzte. „Warum einfach, wenn es auch kompliziert geht."

Semra lachte.

Als sie Rosinas Aussage Sabio vorlegten, rieb er sich das Kinn. Die Bartstoppeln knisterten hörbar.

„Noch ein Hinweis, dem wir nachgehen müssen. Ich werde wohl ein paar Männer vom Streifendienst anfordern müssen. Jemand muss in Huudiens Bekanntenkreis und im Museum herumfragen, ob Pete eine heimliche Verehrerin hatte." Er faltete die Hände hinter dem Kopf und streckte sich. „Gute Arbeit. Macht nur weiter so." Er winkte ihnen zu gehen.

Zufrieden machte sich Moira daran, die letzten Akten zu ordnen.

KAPITEL 6

Nach Feierabend schlief sie ein paar Stunden. Anschließend eilte sie ins Krankenhaus, um Franka und Tord zu besuchen. Sie fand beide bester Laune vor.

„Oh, Moira!" Franka, die aufrecht in ihrem Bett saß, umarmte sie zur Begrüßung ungestüm und drückte ihr fast die Luft ab. „Versprich mir, dass du meine Brautjungfer sein wirst."

„Wieso wollt ihr so schnell heiraten? Ihr kennt euch doch kaum acht Monate." Verwirrt sah Moira zu Tord hinüber, der trotz seines Kopfverbandes und der stark bandagierten Brust von einem Ohr zum anderen grinste.

„Die Sache im Ausgrabungscamp hat mich wachgerüttelt", sagte er. „Das Leben ist zu kurz, um Zeit zu verschwenden."

Franka schnappte ihre Hand.

„Außerdem will ich, dass du die Patin unseres ersten Kindes wirst."

„Nun überstürzt es mal nicht gleich. Dafür ist später noch genug Zeit." Moira fühlte wie ihr der Boden unter den Füßen weggezogen wurde. Sie beugte sich zu Franka hinunter und flüsterte ihr ins Ohr. „Ich mag Tord und weiß, wie sehr er dich liebt. Aber vielleicht solltet ihr erst einmal das Eheleben kennenlernen, bevor ihr Kinder in die Welt setzt."

Franka lachte.

„Dafür ist es schon zu spät. Außerdem klingst du wie meine Mutter. Freu dich lieber mit uns."

Moira zog eine Augenbraue hoch und sah von Tord zu Franka und zurück. Tords Grinsen war noch breiter geworden. Ihre Knie wurden weich.

„Das ist nicht wahr, oder? Ihr wollt mich verarschen."

Tord und Franka schüttelten gleichzeitig den Kopf.

„Bist du wirklich schwanger?"

Ein gemeinsames Nicken.

„Ach du meine Güte. Und ich hatte gedacht, du wärst wegen des Schocks ohnmächtig geworden." Moira sank auf den Stuhl neben Frankas Bett, weil ihre Beine sie nicht mehr tragen wollten. Diese Neuigkeit musste sie erst einmal verdauen.

„Das kam noch dazu." Franka strahlte mindestens so glücklich, wie Tord. „Stell dir vor, ich habe gar nichts gemerkt. Dabei bin ich schon im dritten Monat."

„Wie schön für euch." Moira spürte, wie leer ihre Glückwünsche klangen. Sie war sich nicht sicher, ob sie sich freuen oder weinen sollte. Wäre Franka erst Ehefrau und Mutter, hätte sie viel weniger Zeit für Moira. Der einzige Trost war, dass dann niemand mehr nörgeln würde, wenn sie sich in ihren Büchern vergrub. Sie versuchte, sich ihre Gefühle nicht anmerken zu lassen. *Warum muss alles immer so kompliziert sein.* Immerhin hatte sie Franka zu lieb, um ihr das Glück zu neiden. *Wenigstens ist Tord nicht so wie Vater.* Mit einem schiefen Lächeln umarmte sie Franka.

„Entschuldige, dass ich mich jetzt noch nicht so richtig freuen kann. Ich muss den Schreck erst einmal verdauen."

Franka drückte sie fest an sich.

„Ich freue mich riesig auf das Kind, und du wirst sicher die beste Tante der Welt."

Moira löste sich aus der Umarmung.

„Wieso musst du überhaupt noch bleiben? Schwangerschaft ist doch keine Krankheit."

„Sie wollen nur sicher gehen, dass dem Kind bei dem Sturz nichts passiert ist. Ich darf morgen nach der Visite nach Hause. Hättest du Zeit, mit mir ein Brautkleid auszusuchen?"

„Morgen schon? Wie schnell wollt ihr denn heiraten?"

Tord und Franka lachten.

„Schade, dass du noch nicht den Richtigen gefunden hast. Eine Doppelhochzeit wäre so schön gewesen. Weißt du noch, wie wir uns geschworen haben, gemeinsam zu heiraten?" Während Franka Anekdoten ihrer gemeinsamen Kindheit zum Besten gab, erinnerte sich Moira an das, was nach dem Schwur geschehen war.

Es war der Sonnabend nach ihrem achten Geburtstag gewesen, und sie hatten den ganzen Nachmittag fröhlich gefeiert. Franka ging als letzte, denn sie wohnte gleich nebenan.

„Bis morgen", rief ihr Moira nach. Dann eilte sie ins Wohnzimmer, wo ihre Mutter die Überreste des Festes wegräumte. Moira drückte sich an der Fensterscheibe die Nase platt und wartete auf ihren Vater. Das Glas beschlug von ihrem Atem, und so malte sie mit dem Finger das Logo der Gendarmerie Magique hinein. Nach kurzer Überlegung malte sie daneben das Logo der neuen Sicherheitsfirma ihres Vaters.

„Warum muss er immer so lange arbeiten, Mama?"

„Das ist eben so, wenn man etwas Neues aufbaut." Ihre Mutter strich ihr über das Haar. „Mach dich schon mal bettfertig. Ich rufe dich, wenn er kommt."

Widerwillig ging Moira ins Bad. Während sie sich umzog und die Zähne putzte lauschte sie, ob sie nicht das Schlagen der Wagentür vor dem Haus hören konnte. Aber nichts geschah. Wartend saß Moira in ihrem Bett und versuchte sich auf das Buch zu konzentrieren, das sie geschenkt bekommen hatte, aber es gelang ihr nicht. Endlich hörte sie die Schritte ihres Vaters auf der Treppe.

Sie sprang aus dem Bett und rannte ihm entgegen. Voller Freude schlang sie die Arme um seinen muskulösen Bauch und drückte sich an ihn. Er roch nach Zigarren und Leder.

„Hattest du einen schönen Tag, Prinzessin?" Müde strich er ihr über das Haar. „Alles Gute zum Geburtstag." Er küsste sie auf die Wange und verschwand in seinem Arbeitszimmer.

Moira krabbelte in ihr Bett. Vergeblich wartete sie darauf, dass er noch einmal zu ihr kommen und ihr einen Gute-Nacht-Kuss geben würde. Sie hörte ihn in seinem Arbeitszimmer hin und her gehen, dann knarrte die Treppe. Auf Zehenspitzen folgte ihm Moira. Vom oberen Ende der Treppe sah sie, wie er vor der Küchentür stehen blieb. Er trug einen kleinen Koffer.

„Also dann", sagte er. „Den Rest hole ich später. Meinst du nicht, ich sollte ihr wenigstens …"

„Nein." Mutters Stimme schnitt ihm das Wort ab.

Wortlos wandte er sich ab und verließ das Haus.

So leise sie konnte, eilte Moira ins Wohnzimmer. Sie kam gerade rechtzeitig, um zu sehen, wie sein Tapisto aus der Einfahrt rollte, an der nächsten Kreuzung abbog und verschwand.

„Papa." Das geflüsterte Wort klang in dem leeren Zimmer, als hätte sie geschrieen.

Sie biss sich auf die Lippe, um nicht zu weinen. Warum hatte er sich nicht von ihr verabschiedet, wenn er verreisen musste? Zögernd ging sie in die Küche. Ihre Mutter saß mit versteinerter Mine am Küchentisch und klammerte sich an einen Becher heißen Kaffee.

„Er ist fort", sagte sie mit seltsam tonloser Stimme.

„Er kommt doch wieder, oder?"

Moiras Mutter trank einen Schluck und starrte auf ihre Füße. Sie schwieg lange. Moiras Herz brannte, und je länger ihre Mutter schwieg, desto mehr Angst hatte sie vor der Antwort.

„Dein Vater hat eine neue Familie. Er braucht uns jetzt nicht mehr." Moiras Mutter sah ihrer Tochter in die Augen. „Nun haben wir nur noch uns."

Es war, als hätte jemand Moira einen Schlag auf den Kopf gegeben und sie zusätzlich stundenlang im Kreis gedreht. Ihr war schwindelig und übel. Wortlos drehte sie sich um, wankte in ihr Zimmer zurück und ließ sich auf ihr Bett fallen. Ihr Herz schmerzte, als bohre jemand mit einem Messer darin herum, aber sie konnte nicht weinen. Gleichzeitig tobte in ihren Eingeweiden die Wut.

Lange lag sie wach. Erst als der Morgen graute spürte sie, wie müde sie war.

„Mir wird nie wieder jemand so weh tun", sagte sie zu Kuschelteddy. „Nie wieder."

„Wie willst du das anstellen?", schienen seine Knopfaugen zu fragen.

„Ich werde nie wieder jemanden lieben. Nicht einmal dich." Sie warf Kuschelteddy in die große Spielzeugkiste und rollte sich zusammen. Als in der Ferne die Kirchturmuhr sechsmal schlug, fiel sie in einen tiefen, traumlosen Schlaf.

An diese Entscheidung habe ich mich all die Jahre erfolgreich gehalten, dachte Moira. Nur Franka hatte sich nicht ausschließen lassen, hatte ihr ihre Freundschaft immer wieder aufgedrängt, bis sie weich geworden war. Aber Franka wollte heiraten. Würde sie jetzt ihre beste Freundin verlieren? Ihre einzige Freundin? Warum ängstigte sie der Gedanke so sehr?

Sie holte tief Luft und schluckte die Tränen hinunter. *Ich wusste ja, dass das früher oder später so kommen würde.* Sie setzte ein Lächeln auf, von dem sie hoffte, dass es echt wirkte und erkundigte sich nach den Plänen der beiden.

„Habt ihr überhaupt genug Platz in der Wohnung für euren neuen Erdenbürger?"

Die Tür ging auf und eine Krankenschwester mit Fieberröhrchen kam herein, aber Franka ließ sich nicht stören.

„Wir hatten sowieso vor, in eine größere Wohnung zu ziehen. Tord hat von seinem Professor eine Assistenz angeboten bekommen, und dazu gehört eine Vier-Zimmer-Wohnung im Archäologieflügel des Studentenwohnheims. Unterm Dach, wo sonst nur die Professoren wohnen!"

„Ich hoffe, Sie haben viele Freunde für den Umzug", sagte die Krankenschwester. „Ihr Verlobter wird jedenfalls in den nächsten vier bis sechs Wochen nicht mit anpacken können." Sie nahm Tord das Fieberröhrchen in den Mund. „Es kommt gleich jemand, um den Verband zu wechseln." Sie eilte davon.

„Warum geht ihr beiden nicht nach unten ins Cafe und esst ein Stück Kuchen auf meine Rechnung", sagte Tord zu Franka. „Mein Portemonnaie liegt unter dem Schmutzwäschesack im Schrank."

Franka zog die Augenbrauen in die Höhe und sah ihn an. Dann wurde sie rot, kletterte aus dem Bett und zog sich einen Bademantel über.

„Selbstverständlich. Wir sind schon weg."

„Warte einen Moment", sagte Moira zu Franka und trat zu Tord ans Bett. Es gab etwas, das sie brennend interessierte. „Wusstest du, dass ins Museum eingebrochen wurde?"

Tords Augen weiteten sich.

„Wurde viel gestohlen?"

„Eine Kiste mit Waffen aus Professor Solveighs letzter Grabung. Es schien, als wüssten die Diebe ganz genau, was sie wollten. Hast du nicht für den Professor gearbeitet?"

„In der Kiste waren die wertvollsten Stücke." Tord wurde blass und ballte die Hände zu Fäusten. „So etwas macht mich rasend. Jetzt können wir die Artefakte nicht mehr auswerten, und der Wissenschaft geht unersetzliches Wissen verloren." Er knirschte mit den Zähnen.

Moira schluckte. Es fiel ihr schwer, ihn das zu fragten. Sie beugte sich vor und flüsterte, damit Franka sie nicht hörte.

„Du hast doch nichts damit zu tun, oder?"

Tord setzte sich ruckartig auf.

„Ich bin doch kein Dieb. Was denkst du von mir? Ich habe nicht einmal gewusst, dass eingebrochen wurde, bis du mir davon erzählt hast."

Moira atmete erleichtert auf. Ihre Knie zitterten und ihre Stimme klang heiser.

„Das freut mich."

Franka trat ans Bett und drückte Tord sanft in die Kissen zurück.

„Du darfst dich auf keinen Fall aufregen, Süßer. Wir wollen dich in ein paar Tagen heil und gesund mit nach Hause nehmen." Sie tätschelte ihren Bauch. Dann packte sie Moira am Arm und zog sie hinter sich her auf den Flur.

„Nun komm endlich."

KAPITEL 7

Moira wunderte sich über ihre Eile.

„Ich wollte Tord nicht aufregen, ehrlich."

Als ein Krankenpfleger an ihnen vorbei ins Zimmer huschte, ließ Franka sie los. „Weiß ich."

„Warum dann diese Eile. Ich habe gar keine Lust auf ein Stück Kuchen."

„Ich auch nicht. Wir setzen uns in den Aufenthaltsraum."

„Warum können wir nicht einfach im Zimmer warten, bis der Pfleger fertig ist?"

„Tord hat eine ziemlich tiefe Schnittwunde am Innenschenkel. Er hat es nicht gern, wenn jemand beim Verbandswechsel dabei ist." Zielstrebig stapfte Franka den u-förmig gebauten Flur entlang. Ihre Stimme hallte gespenstisch durch den langen, leeren Gang. „Beinahe wäre unser Ungeborenes dazu verdammt gewesen, ein Einzelkind zu bleiben. Schlimmer noch. Es hätte fast ohne Vater leben müssen."

„Wow. Was ist passiert?" Moira öffnete die Tür zum Aufenthaltsraum, der glücklicherweise leer war.

„Er hat mir nicht alles erzählt. Wahrscheinlich wollte er mich nicht beunruhigen." Franka seufzte erleichtert, als sie sich in einen Sessel am Fenster plumpsen ließ.

„Der hat eben keine Ahnung, wie zäh du bist." Moira sah aus dem Fenster auf den Parkplatz. Eine berauschende Aussicht, falls man etwas übrig hatte für Pflasterflächen, zwergwüchsige Busch-Monokulturen und Tapistos in allen Farben und Größen.

Der einzige Lichtblick war ein muskulöser, junger Mann in Jeans und T-Shirt mit militärisch kurz geschnittenen, schwarzen Haaren und langem Pony, der über den Parkplatz eilte. Moira staunte insgeheim, dass sie ihn attraktiver fand als Lif. Wahrscheinlich war die Liste seiner Eroberungen ähnlich lang wie Lifs. Unzufrieden mit sich selbst schüttelte sie ihre braunen Haare zurück und wandte sich wieder Franka zu.

„Wenigstens sieht Tord nicht wirklich sexy aus. Bei Kerlen, wie dem da unten, wäre eine Scheidung so gut wie vorprogrammiert."

„Also ich finde Tord ausgesprochen sexy." Franka sah kurz zu dem Mann hinunter und schüttelte den Kopf. „Und der sieht auch ganz nett aus. Sei doch nicht immer so pessimistisch."

Der junge Mann verschwand im Eingang des Krankenhauses, und Moira grinste Franka an.

„Ich finde du solltest noch einmal darüber nachdenken, ob du wirklich jemanden heiraten willst, der sich bei der Arbeit beinahe entmannt hat. Wenn ihm so etwas öfter passiert, hast du nicht viel Freude an deiner Beziehung."

Franka schüttelte den Kopf.

„Tord sagte, es sei ein Unfall gewesen. Lif hat mit einem Schwert gespielt, und dabei ist es passiert."

„Merkwürdig. Als Ausgrabungsleiter bei Professor Solveigh, hat Lif immer viel Wert auf Sicherheit gelegt."

„Diesmal war nicht er Ausgrabungsleiter. Da Tord bei der Recherche für seine Doktorarbeit die entscheidenden Hinweise auf Herns Schmiede fand, erhielt er die Leitung der Ausgrabung. Du weißt ja, wie lange Professor Solveigh schon nach Herns Schmiede sucht." Franka sah verträumt aus dem Fenster, als sähe sie das Ausgrabungscamp vor sich. „Natürlich hat das Lif nicht gepasst. Er hat Tord regelrecht boykottiert. Mein Süßer musste sogar seine Unterlagen einschließen, weil Lif ihm Tinte über die Zeichnungen kippte. Je näher das Ende der Ausgrabung rückte, desto schlimmer trieb er es."

Moira wunderte sich nicht darüber, dass Lif Tord einen Streich nach dem anderen spielte. Er war bis heute nicht erwachsen geworden; ein großer, sexy Junge, der so tat als ob. Aber gerade das machte seinen Charme aus.

„Tja", Franka zuckte mit den Schultern. „Am Ende hat er es dann wohl etwas übertrieben und mit dem wertvollsten Fundstück herumgespielt. Mein armer Tord musste am eigenen Leib erfahren, dass die Klinge des Schwertes nach all den Jahrhunderten, die es in der Erde lag, noch immer überaus scharf war."

„Ich kann mir nicht vorstellen, dass Lif so etwas mit Absicht gemacht hat."

„Es war ein Unfall. Das meint Tord auch." Franka sah auf ihre Armbanduhr. „Der Verband sollte jetzt gewechselt sein. Wenn die Wunde weiter so gut heilt, wird er Montag oder Dienstag bereits entlassen. Ist das nicht toll?" Sie stemmte sich aus dem Sessel. „Lass uns zurückgehen, sonst setzt er mich auf die Vermisstenliste."

„Vielleicht sollte er dich etwas weniger anbeten", sagte Moira, und folgte ihr.

Auf dem Flur tätschelte Franka ihren Bauch. „Oh, das wird er, wenn ich erst einmal aussehe wie ein trächtiges Nilpferd."

„Das glaube ich kaum." Moira sagte das nicht einfach, um ihre Freundin zu beruhigen, sondern weil sie wusste, das es stimmte. Tord liebte Franka, seit sie sich das erste Mal getroffen hatten, und soweit sie das beurteilen konnte, war er einer der wenigen treuen Männer dieser Welt. Manchmal beneidete sie ihre Freundin für ein oder zwei Herzschläge. Moiras gute Laune kehrte zurück.

„So langsam gewöhne ich mich an die Idee, dass ihr bald eine Familie sein werdet."

Franka drohte ihr mit dem Finger.

„Wenn du nicht jede Woche einmal vorbei kommst, lade ich dich nicht zu meiner Hochzeit ein."

Lachend bog Moira um die Ecke und ging schnurstracks zu der Tür zu Tords und Frankas Krankenzimmer. Sie streckte gerade die Hand nach der Klinke aus, als die massive Holztür aufsprang und ihr mit Schwung ins Gesicht knallte. Der Schmerz trieb ihr die Tränen in die Augen.

„Verdammt. Können Sie nicht aufpassen!" Sie presste beide Hände auf die Nase und versuchte das Blut zu stoppen, das auf ihr weißes T-Shirt tropfte.

Durch die Tränen sah sie den Mann, der die Tür aufgerissen hatte, nur verschwommen. Trotzdem erkannte sie ihn sofort. Es war derselbe, den sie und Franka auf dem Parkplatz gesehen hatten.

„Das tut mir aber leid." Er griff nach Moiras Arm, um sie zu stützen. Seine Stimme kam ihr unglaublich bekannt vor, aber die Schmerzen verhinderten, dass sie sich erinnerte. Ihre Nase puckerte so sehr, dass sie seine Entschuldigungen kaum hörte. Während er sie hielt und auf sie einredete, rannte Franka ins Schwesternzimmer. Sie schleppte eine Krankenschwester an, die einen kalten Lappen in Moiras Nacken presste und ihr einen zweiten Lappen in die Hand drückte, um das Gesicht zu säubern.

Franka zog Moira in ihr Krankenzimmer und drückte sie auf den Stuhl neben ihrem Bett.

„Geht es wieder?"

„Hoffentlich hat mir dieser Idiot nicht die Nase gebrochen." Wegen der Schwellung klang Moiras Stimme dumpf. Wenigstens hatte der Schmerz genug nachgelassen, dass sie die Tränen aus den Augen blinzeln konnte.

„Es tut diesem Idioten unendlich leid." Der junge Mann trat neben den Stuhl.

Diese Stimme. Moiras Herz begann zu flattern. Sie hatte die Stimme schon einmal gehört, da war sie sich ganz sicher. Dieses warme, dunkle Timbre wärmte sie von innen heraus.

„Ich wollte das nicht." Der junge Mann legte eine Hand auf Moiras Rücken. Moira gab sich alle Mühle, die Wärme zu ignorieren, die sich von dort über ihren Körper ausbreitete. Aus den Augenwinkeln sah sie, wie Tord versuchte, aus dem Bett zu steigen. Die Krankenschwester hinderte ihn daran.

„Du solltest dich um Tord kümmern", sagte Moira zu Franka.

Ihre Freundin klopfte ihr auf die Schulter und ging zu ihrem Verlobten.

„Ich finde alle Gendarmen sollten eine gebrochene Nase haben. Allein schon aus Image-Gründen."

Der junge Mann legte die Hand auf den Mund und schüttelte ungläubig den Kopf.

„Eine Kollegin! Das ist ja noch schlimmer." Je länger es dauerte, die Blutung zu stillen, desto besorgter sah er aus.

Schließlich fiel Moira ein, wo sie die Stimme gehört hatte. Sie gehörte dem Gendarm, mit dem sich Semra am Tatort im Park unterhalten hatte, als der erste tote Obdachlose gefunden worden war. Zufrieden mit ihrem Erinnerungsvermögen, ließ sie seinen Schwall an Entschuldigungen über sich ergehen und genoss die Stimme.

Als das Blut nicht mehr tropfte, sah sie zur Krankenschwester auf.

„Danke, dass Sie keinen Kühlzauber genommen haben."

„Ihre Freundin sagte, die würden bei Ihnen nicht wirken. Wenn Sie wollen, rufe ich Doktor Täuber, damit er sich Ihre Nase ansieht."

Moira stimmte zu.

„Sie haben sich jetzt oft genug entschuldigt", sagte Franka zu dem jungen Mann. Energisch schob sie ihn aus dem Zimmer, ohne auf seinen Protest zu achten. „Meine Freundin braucht jetzt etwas Ruhe."

Es stellte sich heraus, dass die Nase nicht gebrochen war. Die Schwellung würde in ein oder zwei Tagen abklingen.

„Zum Glück habe ich vor dem Schichtwechsel ein langes Wochenende", sagte Moira.

„Das ist gut. Am Montag wird kaum noch etwas zu sehen sein." Der Heiler packte seine Instrumente wieder ein und verabschiedete sich. Moira blieb noch, bis die Schmerztabletten wirkten, die sie bekommen hatte. Als es dunkel wurde, verabschiedete sie sich und ging.

Auf dem Flur stand der junge Mann. Anscheinend wartete er auf sie, denn er drückte ihr einen riesigen Strauß Blumen in die Hand.

„Schade, dass Sie die nicht riechen können. Darf ich Sie als Entschuldigung zu einem kleinen Imbiss einladen?" Er schob den etwas zu langen Pony aus dem Gesicht und sah sie aus dunkelblauen Augen mit einem Dackelblick an. „Bitte."

Er wirkte so hoffnungsvoll, dass Moira nicht nein sagen konnte. Sofort hellte sich seine Mine auf.

„Also, ich höre gerne weiter auf Idiot, aber falls Sie mich mal anders ansprechen wollen … Ich bin Druidus."

Moira spürte Schmetterlinge in ihrem Magen flattern. Betont gleichgültig zuckte sie mit den Schultern.

„Mir reicht Idiot."

Druidus führte sie in die Cafeteria und bezahlte den Tee und die belegten Brote, die sie sich aussuchten. Dann setzten sie sich an einen Tisch, der etwas abseits stand. Eine Weile aßen und tranken sie schweigend. Druidus Blick flackerte zwischen seinem Essen und ihrem Gesicht hin und her. Moira hatte das Gefühl, als wolle er etwas sagen und traue sich nicht. Schließlich bekam sie Mitleid mit ihm und fragte: „Bei welcher Abteilung der Gendarmerie Magique sind sie denn?"

„Bei der Mord Zwo."

„Bei Commissaire Sabio Marten?"

„Sie kennen ihn?" Druidus schien sich darüber zu freuen.

„Ich habe ihn vor ein paar Tagen bei einem Einbruch kennengelernt."

Er nickte bewundernd.

„Sind Sie die Anwärterin mit der guten Beobachtungs-gabe von der Sabio so begeistert ist? Dann tut mir unser Zusammenstoß doppelt und dreifach leid."

Moira wurde rot. Commissaire Martens Lob tat gut, auch wenn sie es aus zweiter Hand hörte.

Druidus biss in sein Brot und redete mit vollem Mund.

„Sabio ist der einzige, für den es sich zu arbeiten lohnt. Ich mache sogar freiwillig Überstunden, wenn er mich darum bittet."

„Hat er sie hergeschickt?"

Er beugte sich über den Tisch.

„Tord Mutelens Verletzungen stammen von dem merkwürdigsten Unfall, von dem wir je gehört haben. Sabio meinte, ich solle mir noch einmal jede Einzelheit anhören."

„Was ist denn so merkwürdig an dem Unfall? Oder dürfen Sie nicht darüber reden?" Moira schob ihre Teetasse zur Seite und beugte sich ebenfalls vor, so dass Druidus leise sprechen konnte.

„Mit einer Kollegin schon." Druidus sah auf seine Hände, als überlege er, wo er anfangen solle. Dann sah er sie an, und seine blauen Augen ließen die Schmetterlinge in Moiras Bauch Kobolz schlagen. „Er hat einen Kollegen, der auf seine Position als Ausgrabungsleiter eifersüchtig war."

„Lif Borson."

Druidus sah sie überrascht an.

„Sie sind aber gut informiert."

Moira winkte ab.

„Tords Verlobte ist meine beste Freundin, und Lif kenne ich aus dem Studentenwohnheim. Franka, Tord und ich haben oft über ihn gesprochen."

„Dann kennen Sie ja das Vorspiel." Er hielt sich nicht mit Beschreibungen von Lifs Streichen auf, sondern kam gleich zu dem, was Moira interessierte. „An dem Tag, an dem der Unfall passierte, hatte der Professor Tord gebeten, die Artefakte sicher zu verpacken."

Druidus sanfte Stimme weckte Moiras Fantasie. Vor ihrem inneren Auge entstanden Bilder vom Ausgrabungscamp und die Cafeteria um sie herum verschwand.

Sie sah Tord unter dem Pavillon an einem schmalen, aber langen Tisch stehen, auf dem die Artefakte ausgelegt waren. Alles war nummeriert und beschriftet. Unter dem Tisch stapelten sich Papier, Hobelspäne, Puffmais-Kugeln und andere Verpackungsmaterialien. Daneben standen Holzkisten bereit. Eben hakte Tord noch einmal alle Einträge auf seiner Liste ab. Es war alles da, wo es sein sollte.

In diesem Moment trat Lif zu ihm.

„Ich wollte mir das schöne Stück noch einmal ansehen." Er nahm das überraschend gut erhaltene Kurzschwert, das auf dem Tisch lag.

„Vorsicht, es ist scharf. Jeder, der es angefasst hat, hat sich bisher daran geschnitten." Tord zeigte auf das Pflaster in seiner Handfläche.

Lif zuckte mit den Schultern und studierte eine Glasblase am Knauf, in der eine blaue Flüssigkeit hin und her schwappte.

„Erstaunlich, dass nach über zweitausend Jahren noch etwas davon da ist. Ich frag mich, was das ist."

„Bitte leg das Schwert hin." Tord streckte die Hand aus. „Es ist zu wertvoll, um damit herumzuspielen."

Lif grinste ihn an und zog die Waffe dichter an seinen Körper.

„Was glaubst du wird der Professor sagen, wenn es fehlt?" Er balancierte das Schwert in der Hand. „Ziemlich gut ausgewogen, das Teil." Er ließ die Klinge durch die Luft sausen. „Und du hast Recht. Es ist immer noch gefährlich."

Tord sprang eilig zur Seite, um nicht getroffen zu werden.

„Leg es wieder hin."

Lif schwang das Schwert zu ihm herum. Tord stolperte weiter rückwärts, und lockte so Lif von dem Tisch mit den wertvollen Artefakten weg.

„Vermutlich könnte ich dir damit richtig Schmerzen zufügen." Lifs Augen funkelten, während er hinter Tord her ging. „Wenn ich wollte, heißt das." Er kicherte.

Tord wurde angst und bange. Lif hatte, solange er ihn kannte, nie gekichert.

„Sei vernünftig, Lif. Wir können doch über alles reden."

„Heute nicht. Heute bleibt er ganz", sagte Lif. Es klang nicht, als würde er mit Tord sprechen. Er kicherte wieder und wandte sich ab.

Tord zitterte am ganzen Körper. Irgendetwas stimmte mit Lif nicht. Er ging ihm in sicherem Abstand nach, den Hügel hinunter zur Ausgrabungsstelle.

Jetzt kicherte Lif nicht mehr. Er weinte und diskutierte mit jemandem, den Tord nicht sehen konnte. Dabei schwang er das Schwert durch die Luft wie ein Irrer, ohne darauf zu achten, was die Klinge traf. Kurz vor der Ausgrabungsstelle blieb er stehen. Die Gesichter mehrerer Studenten, die die Ausgrabung auf den Winter vorbereiteten, wandten sich ihm zu.

Für einen Moment starrte er sie an, dann brüllte er: „Das tu ich nicht, du Arsch. Lieber bringe ich mich um." Er schleuderte das Schwert senkrecht in die Luft und sah ihm mit einem merkwürdig leeren Lächeln nach. Am höchsten Punkt der Flugbahn schien die Waffe still zu stehen, bevor sie sich umdrehte und dem Boden entgegen schoss. Die scharfe Spitze der Klinge sauste auf Lif zu.

„Weg da!" Tord sprang vor und schubste Lif über den Rand der Ausgrabung. Gleichzeitig nutzte er den Schwung, um sich selbst nach hinten zu stoßen und dem Schwert so weit wie möglich auszuweichen. Die Klinge schlitzte ihm Bauchdecke und Leiste auf, und der Griff knallte gegen seinen Kopf. Benommen saß er auf dem Boden. Er starrte auf das Blut, das pulsierend aus seinem Körper schoss. Es versickerte so schnell, als wäre der Boden ein durstiger Schwamm. Tord hatte gerade genug Zeit, sich darüber zu wundern, bevor er den Kampf gegen die Ohnmacht verlor.

„Zum Glück hatte eine der Studentinnen ein Medizinstudium abgebrochen", beendete Druidus seine Schilderung der Ereignisse. „Sie hat Tord die zerfetzte Schlagader zugedrückt und ihm so das Leben gerettet. Der Notheiler gab ihm auf dem Flug ins Krankenhaus drei Blutkonserven."

Moira lehnte sich zurück und legte die Reste ihres Brots zur Seite. Der Appetit war ihr vergangen. Sich vorzustellen, wie nahe Franka dem Dasein als Alleinerziehende gewesen war. Sie erschauderte.

„Das ist wirklich eine seltsame Geschichte."

„Nicht wahr? Dabei stimmen alle Zeugen darin überein, dass Lif ein Idiot ist, und dass einige seiner Streiche hart an der Schmerzgrenze sind. Ebenso bestehen alle darauf, dass er nicht gewalttätig ist." Druidus griff nach seiner Tasse und trank von dem mittlerweile kalt gewordenen Tee. „Wenn ich das glaube, bleiben nur Drogen. Aber alle Tests waren negativ."

„Das wundert mich nicht. Sie sollten sich mal fünf Minuten seine 'Mein Körper ist ein Tempel'-Reden anhören."

„Das habe ich längst."

„Was ist mit der seltsamen Flüssigkeit im Knauf der Waffe? Vielleicht ist das eine Droge. Wenn sie ausgelaufen ist, hat Lif sie vielleicht versehentlich abbekommen." Moira überlegte. „Soweit ich weiß, ist in Legenden zum Beispiel über die Berserker oft die Rede von einem geheimnisvollen Elixier. Möglicherweise ist es das? Immerhin stammen diese Legenden aus der Zeit von Herns Schmiede."

„Das ist eine großartige Idee. Ich werde gleich am Montag mit Professor Solveigh reden. Das ist sein Spezialgebiet." Druidus kippte den Rest Tee hinunter. „Es wird spät. Darf ich Sie nach Hause fahren? Es wäre das Mindeste, was ich nach meinem unverzeihlichen Angriff tun kann."

Moira überlegte einen Moment. Immerhin kannte sie Druidus kaum. Wollte sie ihn wirklich wissen lassen, wo sie wohnte? Er war genauso sexy wie Lif, und dessen Reaktion auf ihren neuen Haarschnitt und das Make-up hatte sie noch lebhaft in Erinnerung. Andererseits war Druidus weder aufdringlich, noch schien er übermäßig von sich eingenommen. Außerdem wäre sie ohne Tapisto mindestens eine Stunde unterwegs. *Er ist ein Gendarm und arbeitet noch dazu für Commissaire Marten.* Sie gab sich einen Ruck und stand auf.

„Also gut. Sie dürfen mich heimfahren."

„Fantastisch." Druidus bot ihr seinen Arm und führte sie aus dem Krankenhaus zu einem verbeulten Tapisto auf dem Parkplatz. Galant hielt er ihr die Beifahrertür auf. Schmunzelnd stieg Moira ein und wenig später waren sie unterwegs.

KAPITEL 8

Die Fahrt dauerte wenig mehr als eine Viertel Stunde. Sie unterhielten sich angeregt über die Kollegen, interessante Fälle und bevorstehende Prüfungen. So erfuhr Moira, dass Commissaire Marten Druidus für eine Beförderung vorgeschlagen hatte, und im Gegenzug erzählte sie ihm von ihren Freunden und deren Familienplanung.

Als Druidus vor ihrer Tür anhielt, fühlte sich Moira als würde sie ihn seit Jahren kennen. Sie hatte sich noch nie mit einem Mann so gut verstanden, und das machte ihr Angst.

„Du hast wunderschöne Augen. Ich würde sie gern wieder sehen, wenn ich darf." Druidus nahm ihre Hand und sah sie an. Er hielt ihren Blick, bis sie sich errötend abwandte und ihm die Finger entzog.

Sie wischte die feuchten Handflächen an der Hose ab und räusperte sich.

„Tja, danke für die Fahrt." In diesem Moment ertönte aus ihrer Hosentasche der Ruf ihrer mobilen Parlebol. Sie zog das handgroße Schälchen mit dem magisch fixierten Wasser hervor und wartete, bis der MiniNerl das Gespräch für sie annahm. Sie hatte gelernt, die Einschränkungen ihrer Behinderung zu umgehen. Wenigstens zum Teil. Neugierig beugte sie sich über die mobile Parlebol.

Es war Lif.

„Hallo Süße, wo warst du? Ich habe den ganzen Nachmittag versucht, dich zu Hause zu erreichen."

„Ich war bei Franka im Krankenhaus." Moira runzelte irritiert die Stirn. „Woher hast du meine Mobilnummer?"

„Na, vom Büro des Dekans. Da sind alle Informationen gespeichert, die ich brauche. Und ich weiß schon lange, wie man rankommt."

Moira schüttelte den Kopf. Solche Kleinigkeiten wie Datenschutz und Privatsphäre schienen Lif nicht zu interessieren.

„Warum rufst du an?"

„Ich habe für uns beide für morgen Abend einen Tisch im Ritzisi bestellt. Ich hole dich um halb acht ab."

Moira öffnete den Mund, um zu protestieren, aber Lif ließ sie nicht zu Wort kommen.

„Ich sehe dich morgen, Süße." Er beendete das Gespräch, und sein Bild verschwand aus ihrer Parlebol.

Druidus umklammerte das Lenkrad mit beiden Händen und sah sie nicht an.

„Es tut mir leid. Ich hätte wissen müssen, dass ein so fantastisches Mädchen wie du einen Freund hat."

Im ersten Moment wollte Moira sagen, dass sie keine Beziehung mit Lif hatte, aber dann überlegte sie es sich anders. *Es ist besser, wenn er sich keine falschen Hoffnungen macht.* Sie steckte die Parlebol wieder ein, dankte Druidus erneut und stieg aus. Mit einer seltsamen Melancholie im Herzen sah sie dem Tapisto nach, bis es um die Ecke bog und wunderte sich, warum sie sich nicht über die Verabredung mit Lif freute. Ein nettes Abendessen und Sex ohne die Verpflichtungen einer Beziehung war doch genau das, was sie wollte, oder nicht?

Moira grübelte den ganzen Abend darüber nach. Selbst im Schlaf ließen ihr ihre Gedanken keine Ruhe, und sie träumte schlecht.

Sie saß in einer Kneipe. Die Luft stank nach billigem Schnaps und Rauch. Als sie sich umsah, entdeckte sie ihren Vater mit Lif und Druidus an einem Tisch in der Nähe. Alle drei waren nackt.

„Auf den Seitensprung." Ihr Vater hob sein Glas.

„Ob dick, ob dünn, ob blond, ob braun, wir drei, wir vögeln alle Frauen", reimte Lif mehr schlecht als recht und kippte seinen Schnaps. Moiras Vater klopfte ihm anerkennend auf die Schulter und winkte die Bedienung herbei. Noch bevor sie ankam, legte Druidus den Kopf auf die Arme, begann zu schnarchen und löste sich in Luft auf.

Lif leckte sich die Lippen und starrte der drallen Blondine gierig in den Ausschnitt.

„Geil!" Seine Augen weiteten sich, als das Kleid der Frau plötzlich verschwand. Er streckte beide Hände aus, und grapschte nach ihrem Busen. Seine Zunge schoss hervor; lang und klebrig wie die eines Frosches. Sie strich über die nackte Haut der Bedienung, und sie lachte. Die Frau hängte ihre schwere Brust in Lifs weit geöffneten Mund und begann, seine Männlichkeit mit einer Hand zu massieren. Moira kämpfte darum, nicht hinzusehen, aber ihr Blick klebte an Lifs ekstatisch verzerrtem Gesicht. Sein Stöhnen und seine schwellende Gier, pink und feucht, verdrängten alles andere, bis ihr Vater sie ansprach.

„Hallo Süße", sagte er und lachte.

Moira schoss in die Höhe. Schweiß ließ ihr Nachthemd an ihrem Körper kleben, und ihr Atem ging schnell und ungleichmäßig. Sie brauchte lange, um sich zu beruhigen. Als sie sich besser fühlte, ging sie ins Bad, duschte, zog sich ein frisches Nachthemd an und kuschelte sich wieder ins Bett. Aber so sehr sie es auch versuchte, sie kam nicht zur Ruhe. Schließlich griff sie zu ihrem Einschlafbuch „Technik der Wahrheitsfindung" von Excelsior van Steen. Laut Untertitel enthielt es „Sinnvolle und nützliche Erfindungen für die tägliche Praxis der Gendarmerie Magique", war aber unendlich langatmig geschrieben. Nach drei Kapiteln fielen ihr die Augen zu.

Als sie kurz vor Mittag wieder erwachte, erinnerte sie sich immer noch an den Traum. Sie versuchte, nicht an ihn zu denken, während sie wie jeden Sonntag kochte, die Wohnung aufräumte und einen Spaziergang in den nahen Park machte. Eigentlich war der warme, leicht windige Sommertag wie gemacht, alles zu vergessen und die Schönheiten des weitläufigen Parks in der Mitte der Stadt zu genießen, aber der Traum ließ sich nicht verdrängen. Ein wenig staunte Moira darüber, dass sie Lifs Gier im Nachhinein weder überraschte noch schockte. Ihr war immer schon klar gewesen, dass er keiner willigen Frau widerstehen konnte.

Sie strich sich die Haare aus der Stirn und atmete die frische Luft des Parks in tiefen Zügen ein. Die Bäume um sie herum sahen vertrocknet aus, und die normalerweise dich besetzten Parkbänke waren überwiegend leer. Wahrscheinlich tummelten sich die Familien, die sonst hierher kamen, in den Schwimmbädern der Stadt. Moira setzte sich auf eine Bank an dem kleinen Teich und sah den

Enten beim Gründeln zu. Sie verstand nicht, warum ihr Vater und Druidus aufgetaucht waren. Waren sie der Grund, warum sie der Traum nicht losließ? Besonders das Verhalten von Druidus kam ihr seltsam vor. Warum war er genau in dem Moment eingeschlafen und verschwunden, als die Verführerin auftauchte? *Bedeutet das, dass mein Unterbewusstsein sich weigert, ihn zu beurteilen? Oder hat er an barbusigen Schönheiten kein Interesse, und mein Unterbewusstsein hat das gemerkt?* Sie lehnte sich zurück, genoss die warmen Sonnenstrahlen auf der Haut und grübelte, bis ein Schatten auf sie fiel. Sie öffnete die Augen wieder und stellte fest, dass die Sonne bereits hinter den Hochhäusern verschwand. Es würde nicht mehr lange dauern, bis Lif sie abholte. *Na ja*, dachte sie. *Wenigstens gibt es bei ihm keine unangenehmen Überraschungen. Da ich schon weiß, dass er nur sich selbst treu ist, werde ich ihm keine Träne nachweinen, wenn er morgen früh verschwunden ist. Beziehungen sind eh nicht wichtig.*

Sie ging nach Hause, um sich umzuziehen. Bewusst wählte sie ein Kleid mit kurzem Saum und tiefem Ausschnitt, dazu das bodenlange Samtcape mit Kapuze und die flachen Tanzschuhe. Mit dem Make-up war sie sparsam. Nur den blutroten Lippenstift trug sie dick auf. Dann setzte sie sich in ihren Lieblingssessel und schnappte sich die Tageszeitung. Ein Artikel mit der Überschrift UNGEKLÄRTE MORDE erregte ihre Aufmerksamkeit. Neugierig las sie.

DREI UNGEKLÄRTE MORDE AND OBDACHLOSEN BE-SCHÄFTIGEN DERZEIT DIE GENDARMERIE MAGIQUE. WIE EIN SPRECHER VERRIET, GIBT ES EINIGE UNKLARE FAKTEN, ABER AUCH ERSTE SPUREN. VON EINEM SERIEN-KILLER KÖNNE MAN AUF KEINEN FALL SPRECHEN, SAGTE DER GENDARM. ER BETONTE, DASS ALLE OPFER DURCH GLÜCKLICHE UMSTÄNDE SEHR BALD NACH DER TAT GEFUNDEN WORDEN WAREN. DADURCH SEIEN DIE SPUREN NOCH FRISCH. DAS LETZTE OPFER WURDE HEUTE AM FRÜHEN MORGEN IN EINER GARTENLAUBE ENTDECKT UND WIES DIESELBEN VERLETZUNGEN AUF, WIE DIE ANDEREN BEIDEN OPFER. DER SPRECHER DER GENDARMERIE SCHIEN ZUVERISCHTLICH, DEN TÄTER

BALD STELLEN ZU KÖNNEN. TROTZDEM STEHT ZU BE-
FÜRCHTEN, DASS BIS DAHIN WEITERE OPFER AUFTAU-
CHEN WERDEN.

Moira ließ die Zeitung sinken. *Drei schon*, dachte sie. *Wie furchtbar.* Da sie sich sicher war, dass Sabio alles in seiner Macht stehende tat, um den Täter zu schnappen, legte sie die Zeitung zur Seite. Sie wollte ihr Wochenende genießen. Um sich abzulenken, vertiefte sie sich in ein Buch und wartete auf Lif.

Die Uhr schlug neun, und draußen war es längst dunkel. Langsam wurde es Moira zu bunt. Ob Lif sie vergessen hatte? Es war nicht auszuschließen, dass er sich irgendwo mit einer anderen Frau vergnügte. Sie griff nach ihrer Parlebol und weckte einen Nerl, der in einem an der Schale angebauten Glaskasten lebte. „Kannst du eine Verbindung zu dem Anschluss herstellen, mit dem ich zuletzt gesprochen habe."

„Klar." Der Nerl ging sofort und ohne zu murren an die Arbeit. Als sich die Wasseroberfläche aufhellte, streckte er seinen winzigen Arm zum Gruß aus, kletterte in seinen Kasten zurück, rollte sich auf einem Häufchen Kieselsteine zusammen und schlief wieder ein.

Die Wasseroberfläche zeigte das Gesicht eines Nerls.

„Hier spricht ein automatischer Anrufbeantworter. Was kann ich für Sie tun?"

„Ich wüsste gerne, ob Lif Borson zu sprechen ist", sagte Moira.

„Er ist anwesend, aber verhindert, würde ich sagen. Sind Sie die Dame, mit der er heute verabredet war?"

Moira nickte.

„Tja, tut mir Leid für Sie. Eigentlich lässt er seine Verabredungen nie warten. Aber in diesem speziellen Fall, ließ sich das wohl kaum vermeiden. Ich wünsche Ihnen einen angenehmen Abend." Der Nerl beendete das Gespräch, bevor Moira ihn aufhalten konnte.

Sie runzelte die Stirn. *Seit anderthalb Stunden warte ich, und der Idiot lässt mich von seinem Anrufbeantworternerl abwimmeln?*

Na, der kann was erleben. Sie weckte ihren Parlebol-Nerl erneut und rief sich ein Taxi. Es dauerte nur wenige Minuten, bis der Fahrer bei ihr klingelte. Die Fahrt zu Lif dauerte kaum länger.

Als sie den Hausflur betrat, klopfte ihr Herz aufgeregt. Was sollte sie tun, wenn sie ihn mit einer anderen im Bett erwischte? Eine Szene war das Ganze nicht wert.

Vor dem Nerlift hielt sie ein Portier in einer grünen Fantasie-Uniform zurück.

„Zu wem möchten Sie, Fräulein?"

„Lif Borson wartet auf mich."

„Wie ist ihr Name?"

„Moira Bellamie."

„Einen Moment bitte." Der Portier griff nach einem Trichter, der an der Wand hing und schüttelte einen kleinen Nerl heraus. Er flüstere ihm etwas ins Ohr, und der Winzling sauste durch ein schmales Rohr davon, das senkrecht durch die Decke nach oben führte.

Eine Minute später war er zurück. Er schnaufte.

„Keiner da."

Der Portier runzelte die Stirn.

„Seltsam. Ich habe ihn gar nicht gehen sehen." Er wandte sich an Moira. „Es tut mir Leid für Sie, Fräulein, aber der Herr ist aushäusig."

Moira wunderte sich, denn der Anrufbeantworter hatte doch behauptet, Lif sei da. „Können Sie mir sagen, ob er den Wagen genommen hat?"

„Herr Borson geht nie zu Fuß."

Moira legte den Kopf schief und plinkerte mit den Augen, wie sie es in den Liebesfilmen gesehen hatte, in die Franka sie so gerne schleppte.

„Bitte. Könnten Sie nicht vielleicht doch nachsehen?"

Der Portier zuckte mit den Schultern und gab dem Nerl eine neue Anweisung. Der Kleine sauste los, diesmal durch ein Rohr nach unten. Moira vermutete, dass es in die Garage führte.

Nur wenige Herzschläge später war er wieder da und verkündete, „Das Auto steht an seinem Platz. Es sieht nicht so aus, als wäre es heute bewegt worden."

„Das wird ja immer merkwürdiger." Der Portier nahm seine Mütze ab und kratzte sich die Stirn mit den schütteren, weißen Haaren.

Hatte Lif sie vielleicht gar nicht wegen einer Frau versetzt? Moira begann sich Sorgen zu machen. Sie legte eine Hand auf den Arm des Portiers. „Wir sollten nachsehen. Vielleicht ist er gestürzt und hat sich verletzt."

Er schüttelte den Kopf. „Ich kann nicht einfach in die Wohnung eines Mieters eindringen."

„Ich übernehme die volle Verantwortung. Kommen Sie." Sie betrat den Nerlift und wartete ungeduldig, bis sich der Portier zu ihr gesellte. Dann gab sie den Nerls das Zeichen, die Türen zu schließen.

„Vierter Stock", sagte der Portier widerwillig, und die acht Nerls sausten durch eine kleine Falltür in der Decke zu ihren Zugseilen. Wenig später hielten sie im vierten Stock. Lifs Apartment lag direkt gegenüber dem Nerlift. Ungeduldig wartete Moira, bis der Portier nach mehrmaligem, unbeantwortetem Klopfen die Tür öffnete. Während er in der Eingangstür stehen blieb, seine Mütze in den Händen drehte und nach Lif rief, ging sie durch den schmalen Flur ins Wohnzimmer. Das erste, was sie hinter der L-förmigen weißen Ledercouch hervorragen sah, war eine Holzkiste mit dem Logo des Nationalmuseums. *Wo kommt die denn her? Ob die echt ist?* Sie trat dichter heran. Bewegungslos hing ein Arm über die Kante, mit der Handfläche nach oben. Somit konnte die breite Spur roter Spritzer, die sich über die Wand zur Zimmerdecke zog, keine Farbe sein.

Moiras Augen weiteten sich, und sie presste beide Hände vor den Mund, um nicht zu schreien. Trotzdem blieb sie geistesgegenwärtig genug sich zu erinnern, dass niemand das Wohnzimmer betreten durfte, bis alle Spuren gesichert waren. Sie ging zurück zur Tür, um den Portier aufzuhalten.

„Was ist passiert?" Der Portier versuchte, sich an Moira vorbeizuzwängen.

Sie schob ihn mit beiden Armen in Richtung Ausgang.

„Lif wurde ermordet. Rufen sie die Gendarmerie. Los, schnell!" Sie wartete, bis er gehorchte und ging dann zur

Wohnzimmertür, um sie zu blockieren. Während sie auf den leblosen Arm starrte, kaute sie auf ihrer Unterlippe. Da! Hatte er nicht gezuckt? Was war, wenn Lif noch lebte?

Zögernd betrat sie das Zimmer erneut. Sie ging um die Couch herum zu der Kiste, die wie ein Tischchen davor gestellt war. Lifs Kopf hing über den Rand und seine blicklosen Augen starrten auf die zugezogenen Vorhänge des Fensters. Er lag mit dem unteren Rücken über der Kiste, und in seiner Brust klaffte ein breiter, tiefer Schnitt. Das Brustbein war gesplittert, so dass Moira das zerteilte Herz sehen konnte.

Sie würgte. Mit zitternden Knien beugte sie sich vor, stützte sich mit beiden Händen auf der Sofalehne ab und kämpfte gegen die Übelkeit. Von der Decke her ertönte ein schrilles Pfeifen. Instinktiv sah sie nach oben. Unzählige Rasierklingen schossen auf sie zu. Ein Charme Securité.

Sie schrie auf, kniff die Augen zu und ihre Arme schossen in die Höhe, um den Kopf zu schützen. Weich strichen Blütenblätter über ihre Haut. Überrascht sah sie sich um. Statt mit Rasierklingen war der Boden um sie herum mit Blütenblättern bedeckt. Moiras Knie gaben nach, und sie sackte neben der Kiste auf den Boden. Schluchzen schüttelte ihren Körper. Das erste Mal in ihrem Leben dankte sie ihrer freakigen Gabe, jeden auf sie gerichteten Zauber zu verdrehen.

Lange saß sie da und weinte vor Erleichterung. Erst als der Schreck etwas abgeklungen war, merkte sie, dass sich etwas in ihr Knie bohrte. Sie setzte sich anders hin und starrte auf eine kleine Anstecknadel, die neben dem Fuß der Couch lag. Sie war mit einem stilisierten, aber schlichten LB verziert, das von zwei ebenfalls stilisierten Händen umfasst wurde. Das Logo kam ihr bekannt vor, aber ihr Hirn weigerte sich darüber nachzudenken. Stattdessen klebte ihr Blick an dem Blutfleck in dem die Anstecknadel lag. Lifs Blut.

Lif! Eben noch lebendig und jetzt ... *Der arme Kerl. Weiberheld oder nicht, so ein Ende hat er nicht verdient.* Sie legte den Kopf auf die Arme und ließ ihren Tränen freien Lauf.

Nach einer Weile legte sich eine Hand auf ihre Schulter.

„Komm, Mädchen, das ist nichts für dich." Commissaire Marten zog sie in die Höhe und führte sie zur Tür.

Moiras Beine waren schwer wie Blei. *Lif ist tot und mich hätte es beinahe auch erwischt.* Jeder Schritt war anstrengend, als könne sich ihr Körper im Moment nicht dazu aufraffen.

Sabio Marten führte sie zum Nerlift, der soeben Druidus ausspuckte.

„Gut, dass du kommst." Sabio drückte ihm Moira in den Arm. „Bring sie heim und sorg dafür, dass ein Heiler bei ihr vorbei guckt. Wenn sie vernehmungsfähig ist - und nur dann - nimmst du ihre Aussage auf."

„Das tue ich nur zu gerne." Als Druidus merkte, wie schwer Moira das Gehen fiel, hob er sie wortlos hoch und trug sie wie ein kleines Kind in den Nerlift. Er roch nach Tabak und Leder, wie ihr Vater. Obwohl sie sich dagegen wehrte, vermittelte ihr dieser Geruch noch immer ein Gefühl von Wärme und Geborgenheit. Erinnerungen stürmten auf sie ein, die sie lange verdrängt hatte. Sie spürte zwar Druidus Hände an ihrem Rücken und unter ihren Beinen, aber sie nahm ihn nicht wirklich wahr. Um sich von den Gedanken an ihren Vater abzulenken, konzentrierte sich Moira auf die Frage, wer einen Grund gehabt haben könnte, Lif auf so brutale Weise abzuschlachten.

Druidus trug sie ins Tapisto und wenig später in das Schlafzimmer ihrer Wohnung. Dort legte er sie so vorsichtig auf das Bett, als sei sie aus Glas und deckte sie zu. Er streichelte mit sanften Fingern ihre Wange.

„Ich ruf dir einen Heiler." Seine Stimme erreichte Moira wie aus weiter Ferne, und seine Schritte verklangen, als er zum Parlieren ins Wohnzimmer verschwand.

Sie rollte sich unter der Decke zusammen wie ein Embryo und versuchte, das schreckliche Bild von Lifs Leichnam und den auf sie zu rasenden Rasierklingen zu verdrängen. Ein Teil ihres Gehirns spürte, wie stark sie zitterte, sie konnte es aber nicht abstellen. Sie dämmerte vor sich hin, jedes Zeitgefühl vergessen. Irgendwann zog Druidus ihr die Decke vom Gesicht, nahm ihre Hand und streichelte sie. Der würzige Geruch angebrannter Kräuter zog ihr in die Nase, und jemand begann zu singen. Eine tiefe Stimme sang eine eintönige Melodie, die einschläfernd auf Moira wirkte, aber darunter lag ein Ton, der sie aus ihrer Lethargie riss. Mit einem Mal war sie so wach und klar im Kopf, als hätte sie ein Aufputschmittel geschluckt. Sie schoss in die Höhe und starrte den Schamanen an, der in der Mitte ihres Zimmers saß, Räucherstäbchen durch die Luft schwenkte und sang.

„Das Blut", sagte sie. „Es war viel zu wenig Blut."

Druidus Augen weiteten sich.

„Was soll das heißen?"

„Menschen enthalten fünf bis sechs Liter Blut, Männer etwa einen mehr als Frauen. Das Zimmer hätte schwimmen müssen, und trotzdem waren da nur die Blutspur an der Decke und ein paar Flecken am Boden."

„Das spielt jetzt keine Rolle. Leg dich wieder hin und versuch es zu vergessen; wenigstens bis morgen."

Moira gehorchte. Der anhaltende, monotone Singsang des Schamanen half ihr, die Gedanken an den Mord zur Seite zu schieben. Ihre Augenlider wurden schwer, und sie spürte, wie Morpheus auf leisen Sohlen näher schlich.

„Und noch was", murmelte sie. „Ich weiß wem die Anstecknadel gehört." Druidus Antwort erreichte sie nicht mehr.

KAPITEL 9

Als sie am nächsten Morgen erwachte, saß Druidus auf einem Stuhl neben ihrem Bett. Sein Kopf war nach vorne gesunken, und er schnarchte leise. Moira betrachtete ihn lange. Der Pony hing ihm in die Augen, dafür war der Rest seiner schwarzen Haare umso kürzer. Hemd und Hose waren verknittert, aber aus einem teuren Stoff. Sie vermutete, dass beides maßgeschneidert war, denn die Sachen saßen wie angegossen. Schlafend wirkte er wie ein kleiner Junge. Seine Fürsorge rührte sie, bis ihr einfiel, dass er nur wegen ihrer Aussage hier saß. Mit diesem Gedanken kehrte die Erinnerung zurück. Schmerz schnitt ihr ins Herz, obwohl sie Lif nicht vermisste. Einen solchen Tod hatte er nicht verdient. Sie rollte sich zusammen und weinte leise um ihn. Ein kleiner Teil ihres Bewusstseins wunderte sich darüber, denn beim Tod ihres geliebten Großvaters hatte sie keine Träne vergossen. Damals war sie innerlich wie betäubt gewesen.

Als sie sich besser fühlte, glitt sie leise aus dem Bett und schlich in die Küche, um sich einen Kaffee zu kochen, ohne Druidus zu wecken. Aber sie hatte die Rechnung ohne ihren WeckNerl gemacht. Gerade, als sie die Tür zuziehen wollte, sprang der Nerl vom Nachttisch auf ihre Bettdecke und tanzte singend herum. „Sortie du sommeil, sortie du sommeil."

Sofort fuhr Druidus Kopf in die Höhe. Als er Moira in der Tür stehen sah, ging ein Strahlen über sein Gesicht.

„Es geht dir ja schon besser."

„Unkraut vergeht nicht."

„Ich habe mir Sorgen gemacht." Er trat neben sie und drückte sie kurz an sich. Dann hielt er sie auf Armeslänge von sich und sah ihr tief in die Augen. „Soll ich jemanden rufen, mit dem du reden kannst? Eine Freundin? Eine Priesterin?"

Moira schüttelte den Kopf. Druidus beugte sich vor und küsste sie kurz auf die Wange. Brüderlich.

„Du bist wirklich etwas Besonderes."

Für den Moment war Moira von Lifs brutalem Ende abgelenkt. Sie musste die Schmetterlinge beruhigen, die in ihrem Magen Saltos schlugen. Sie ermahnte sich. *Wie kann ich Lif nur so schnell vergessen?* Um Fassung bemüht, fragte sie: „Willst du auch einen Kaffee?"

Er nickte.

„Und eine Aussage für Sabio, falls möglich."

Sie holte zwei Tassen aus dem Schrank.

Wenig später saßen sie am Küchentisch, und Moira diktierte ihre Aussage in das DiktaNerl, das Druidus mitgebracht hatte. In der Zwischenzeit lief der Kaffee ganz traditionell durch einen Filter, denn Moiras Kaffeemaschinennerl hatte ein paar Tage Urlaub.

Als sie ihre Aussage beendet hatte, sagte Druidus: „Gestern Abend sagtest du, dass du weißt, wem die Anstecknadel gehört. Könntest du das näher erläutern?"

„Ach ja, die Anstecknadel." Moira versuchte, Zeit zu gewinnen, indem sie aufstand und Kaffee in zwei Tassen goss. Schließlich gab sie sich einen Ruck. „Vor etwas mehr als elf Jahren gründete mein Vater eine Sicherheitsfirma, die er P&BS nannte: Persönliche und Betriebliche Sicherheit. Wenn man das Logo genau ansieht, erkennt man, dass die Hände, die die Buchstaben in der Mitte umfassen, aus eben dieser Abkürzung gebildet werden."

„Die Firma haben wir bereits ermittelt. Wir wussten nur nicht, dass der Inhaber dein Vater ist."

Moira hätte Druidus am liebsten gesagt, dass sie keinen Kontakt mehr zu ihrem Vater hatte, aber sie bremste sich im letzten Moment. Was ging es ihn an, wie sie zu ihren Eltern stand.

„Gestern Abend klang es, als wüsstest du, wem genau in der Firma die Anstecknadel gehört."

„Mein Vater hat das Logo so gestaltet, dass die Buchstaben zwischen den Händen die Anfangsbuchstaben des Besitzers sind." Moira seufzte. „LB steht für Lavant Bellamie. Die Nadel gehört meinem Vater." Auch wenn sie nicht besonders gut auf ihn zu sprechen war, fiel es ihr schwer, ihn zu belasten.

Druidus starrte sie überrascht an.

Moira ahnte, was er dachte und schüttelte den Kopf.

„Er wusste nicht, dass ich mich mit Lif treffen wollte."

Druidus winkte ihren Einwand beiseite.

„Dein Vater ist wirklich Lavant Bellamie? Der Lavant Bellamie?"

„Spielt das eine Rolle?"

Er stellte seine Kaffeetasse zur Seite.

„Das müssen wir Sabio berichten. Fühlst du dich fit genug mitzukommen?"

Als Antwort ging Moira in den Flur und zog ihre Sommerjacke an.

Druidus sah ihr mit träumerischem Blick nach.

„Hat dir schon mal jemand gesagt, dass du wunderhübsch bist?"

Moiras Mund wurde trocken, und ihr Herz setzte einen Schlag aus. Mit der Hand auf der Klinke und dem Rücken zu ihm sagte sie:

„Wir haben zu tun. Kommst du?"

Eine dreiviertel Stunde später betraten sie die Gendarmerie. Auf halbem Weg zu Sabios Büro kam ihnen Semra entgegen. Sie wirkte müde und genervt.

„Da bist du ja endlich. Ausgerechnet heute kommst du zu spät." Sie nahm Moira beim Ellenbogen und zog sie Richtung Ausgang.

Druidus hielt sie auf.

„Moira meldet sich für heute krank."

„Aber das geht nicht. Ich brauche sie dringend." Semra stemmte die Hände in die Hüften und runzelte die Stirn. „Ich habe fünfzehn Putzfrauen und zwei Sekretärinnen zu befragen, um herauszukriegen, wer unglücklich in Pete Huudien verliebt war."

Druidus schob Moira hinter sich und beugte sich zu Semra hinunter.

„Ihr Freund wurde ermordet, und sie hat ihn gefunden. Ich bringe sie nach Haus, sobald wir bei Sabio fertig sind." Er funkelte Semra an.

„Arbeit ist die beste Medizin."

Semra und Druidus standen sich gegenüber wie zwei Hunde, die sich um einen Knochen stritten.

„Hört auf! Es ist meine Entscheidung, ob ich heute arbeite oder nicht." Moira hasste es, wie ein unmündiges Kind behandelt zu werden. „Ich gehe jetzt zu Sabio, um meine Aussage zu wiederholen. Danach trete ich wie gewohnt meinen Dienst an." Sie ließ die beiden Streithähne stehen und ging.

Druidus holte sie noch vor der Tür zu Sabios Büro ein. Er legte ihr eine Hand auf den Arm.

„Der Heiler sagte, du sollst dich ein paar Tage schonen." Mit der Hand auf der Klinke sah Moira ihn an.

„Erstens geht es mir wieder besser. Zweitens würde mir ohne Arbeit die Decke auf den Kopf fallen. Und drittens bin ich nicht wie mein Vater. *Ich* glaube daran, dass die Gendarmerie Kriminelle erwischt und will meinen Teil dazu beitragen." Ohne auf Druidus Antwort zu warten, öffnete sie die Tür und betrat Sabios Büro.

Es war klein und mit Regalen voll gestellt. An den wenigen freien Stellen an den Wänden gaben Ölbilder vom Meer dem Raum eine persönliche Note, und vor dem ordentlich aufgeräumten Schreibtisch standen zwei Stühle mit geblümten Sitzpolstern. Der Commissaire freute sich, sie zu sehen und bot ihr einen Stuhl an.

„Wären Sie nicht besser zu Hause geblieben? Nach so einem Verlust?"

Moira seufzte genervt.

„Alle tun so, als wären Lif und ich ein Paar gewesen. Dabei wollten wir nur ausgehen. Spaß haben. Er ist... Er war sexy." Es fiel ihr schwer, über Lif in der Vergangenheitsform zu sprechen. Sie fuhr sich mit der Hand durch die Haare und starrte auf die Tischplatte.

„Ich kenne ihn aus dem Wohnheim für Studenten und Anwärter. Er beendete sein Archäologiestudium in dem Jahr, als ich am Vorbereitungskurs für die Gendarmerie teilnahm. Er war ein Weiberheld, der jede Woche eine neue Freundin hatte." Sie sah zu Sabio auf. „Als er mit mir ausgehen wollte, war mir klar, dass er keine dauerhafte Beziehung anstrebte. Lif liebte nur sich selbst."

„Danke für dein Vertrauen." Sabio lächelte sie an, dann sah er zu Druidus, der sich neben Moira gestellt hatte. „Habt ihr die Aussage aufgezeichnet?"

Druidus fasste Moiras Bericht in wenigen Worten zusammen. Dann legte er das DiktaNerl auf den Tisch.

„Die Details kannst du dir bei Gelegenheit anhören. Das Wichtigste ist, dass Moiras Vater der Besitzer der Anstecknadel ist, die am Tatort lag."

„Sehr gut." Sabio rieb sich die Hände. „Dann unterhaltet ihr beide euch mit ihm."

Moira zog die Augenbrauen in die Höhe und starrte den Commissaire an.

„Ich auch? Aber ich bin Anwärterin im Einbruchsdezernat."

„Jemand, der selbst unter Schock die Beobachtungsgabe nicht verliert, ist eine Bereicherung für unsere Abteilung", sagte Sabio Marten. „Druidus wird auf dich aufpassen."

„Sabio ist dafür bekannt, Leute ins Team zu holen, denen niemand etwas zutraut." Druidus zwinkerte Sabio zu.

Der Commissaire lächelte wissend.

„Bisher lag ich noch nie falsch."

Moira fürchtete zwar, dass sie seine erste Fehleinschätzung sein würde, trotzdem klopfte ihr Herz vor Freude stärker als sonst. *Ich darf zur Mord Zwo.*

Sabio schien ihre Sprachlosigkeit zu amüsieren. Er lehnte sich zurück und streckte sich.

„Es dauert ein paar Stunden, den Papierkram zu erledigen, aber nach dem Mittagessen kannst du anfangen."

Druidus klopfte ihr auf die Schulter.

„Willkommen im Team."

Sabio griff zur Parlebol, und wenig später war Moiras Versetzung zum Morddezernat vorläufig bewilligt. Wenn die Erinnerung an Lifs brutalen Mord weniger frisch gewesen wäre, hätte sie auf dem Weg zu Semra gesungen.

„Schon fertig?" Semra sah von ihrer Akte auf. „Dann mal los. Buds besteht darauf, dass wir nochmal ins Museum fahren. Er meint, der Direktor verschweige uns etwas."

Moira zog die linke Augenbraue in die Höhe.

„Ich dachte, wir sollen Putzfrauen befragen."

„Hat sich erledigt. Sie wussten alle, wer gemeint war. Kommst du?" Sie schnappte sich ihre Jacke, und ging mit Moira zum Tapisto.

„Warum kommt Buds nicht mit?"

„Er holt die unglücklich Verliebte ab. Außerdem hat ein Informant den zweiten Nachtwächter gesehen, und Buds will versuchen, ihn zu treffen. Er glaubt, dass Pete Huudien der Schlüssel zu dem Einbruch ist."

„Hält er ihn für einen der Täter?"

„Ein guter Ermittler zieht seine Schlüsse nie, bevor er nicht alle Aussagen und Fakten auf dem Tisch hat. Es wäre falsch, jemanden von der Verdächtigenliste zu streichen, nur weil man ihm die Tat nicht zutraut. Mit dieser Taktik haben Buds und ich es immerhin bis zum Maréchal gebracht."

Sie fanden Direktor du Mar in seinem Büro, wo er mit roten Augen auf den Planarschirm seines Magiuters starrte. Er deaktivierte das Gerät und begrüßte sie herzlich.

„Was kann ich für Sie tun?", fragte er, nachdem sie es sich in den lederbezogenen Sesseln der Sitzecke bequem gemacht hatten.

Semra rutschte auf ihrem Sessel nach vorne und legte einen Notizblock mit Stift auf ihre Knie.

„Ich versichere Ihnen, dass ich dieses Gespräch vertraulich behandeln werde. Doch wir müssen die Frage klären, warum Sie am Abend des Einbruchs im Gebäude waren."

„Muss das sein?"

Semra runzelte die Stirn.

„Wir können Sie auch ins Präsidium mitnehmen und es offiziell machen. Dann kann ich allerdings nicht garantieren, dass ihre Aussage vertraulich bleibt."

Die Schultern des Direktors sackten nach unten, und er seufzte. Schließlich gab er sich einen Ruck.

„Seit einigen Monaten arbeite ich abends länger, oft bis spät in die Nacht. Die Finanzierung von Professor Solveighs Ausgrabung hat das Museumsbudget ziemlich belastet, deshalb musste ich neue Sponsoren finden." Direktor du Mar starrte auf die Wand und rieb die Handflächen an den Knien. „Vor zwei Wochen hat sich eine unserer Gönnerinnen so betrunken, dass ich sie zu einem Taxi tragen musste. Da meine Kleidung stark nach Parfüm roch und mein Kragen mit Lippenstift verschmiert war, unterstellte mir meine Frau, ich hätte eine Affäre und setzte mich vor die Tür. Seither schlafe ich im Büro." Er zeigte auf zwei schlichte Lederkoffer, die neben dem Sofa standen. „Meine Frau wird Ihnen das gern bestätigen."

Obwohl er sehr überzeugend klang, hatte Moira den Eindruck, dass er einen Teil der Wahrheit verschwieg. Allerdings war sie sich sicher, dass er seine Aussage selbst unter Druck nicht ändern würde.

Zum Glück schien Semra zufrieden. Sie schrieb ein einziges Wort auf ihren Notizblock.

„Sie verstehen sicher, dass wir alle Fakten kennen müssen, um den Fall zu lösen."

Der Direktor nickte.

„Wenn das alles ist? Ich habe noch sehr viel zu tun."

Semra steckte das Schreibzeug wieder ein und stand auf.

„Entschuldigen Sie. Wir wollen Sie nicht aufhalten. Dürfen wir uns noch ein wenig umsehen?"

„Selbstverständlich. Wie ich Ihrem Partner schon sagte, haben sie freien Zugang zu allen Bereichen des Museums." Offensichtlich erleichtert, reichte ihr der Direktor die Schlüssel für Serviceräume und Zwischentüren. „Aber bitte nehmen Sie Rücksicht auf die Besucher. Im Augenblick ist negative Publicity etwas, das wir gar nicht brauchen können."

„Dessen sind wir uns bewusst." Semra wandte sich an Moira. „Du fängst im Keller an. Ich bin mir zwar sicher, dass wir dort nichts übersehen haben, aber - wie meine Großmutter immer sagte - doppelt gemoppelt hält besser."

Moira nickte und wandte sich an den Direktor.

„Darf ich mir auch das Archiv ansehen?"

„Gerne. Allerdings ist es etwas unübersichtlich für jemanden, der sich nicht auskennt. Und unser Archivar ist… nun sagen wir, es ist manchmal schwierig ihn zu motivieren."

Semra drückte Moira den Schlüssel zum Archiv in die Hand.

„Ich werde mich im Gebäude umsehen und noch ein paar Proben fürs Labor nehmen."

„Ich bin den ganzen Tag in meinem Büro, wenn Sie mich brauchen." Der Direktor ging zurück an seine Arbeit.

Moira freute sich über die Erlaubnis, im Archiv herumzustöbern. Sie war immer gerne ins Museum gegangen, und jedes Mal hatte sie sich gefragt, was alles keinen Platz in den Vitrinen gefunden hatte. Auf dem Weg in den Keller malte sie sich aus, welche versteckten Schätze sie im Archiv entdecken würde.

Mit klopfendem Herzen näherte sie sich der feuerfesten Tür des Archivs, schloss auf und ging hinein. Innen brannte Licht; der Archivar musste also anwesend sein. Sie sah sich um. Die weiß getünchte Decke war zwar niedrig, aber wie der Kreuzgang eines Klosters gewölbt. Unter jeder Kuppel schwebte ein Lumière Magique und erhellte den Raum. Sie konnte schwer abschätzen, wie groß das Archiv war, da ihr der Blick von einem Gewirr aus Regalen, Kisten, Tüten, verhängten Bildern und Körben verstellt war.

Zögernd betrat sie den einzig freien Gang. Als sie in eine Spinnenwebe geriet, stieß sie einen leisen Schrei aus. Angeekelt wischte sie die klebrigen Fäden aus dem Gesicht.

Eine haarige Hand schnappte sich etwas von ihrer Schulter.

„Vorsicht, du tust ihr weh." Die Stimme war tief, aber so leise, dass Moira nicht noch einmal erschrak. Im ersten Moment dachte sie, vor ihr stünde ein Mensch. Aber dann bemerkte sie die grüne Haut, die spitzen Ohren und den Geruch nach Waldboden. Der Nerl war genauso groß wie sie, und der größte, den sie je gesehen hatte.

Er starrte auf eine kleine Spinne auf seiner knorrigen Handfläche.

„Komm nicht wieder herein, hörst du? Im Archiv kann ich keine Spinnweben dulden." Er ging zur Tür, öffnete sie und setzte die Spinne hinaus. Erst dann wandte er sich

Moira zu. „Was kann ich für dich tun? ... Oh, du gehörst ja gar nicht zum Museum. Tut mir leid, dann kann ich dir nicht..." Seine Augen weiteten sich, und die Hand, die er nach ihr ausstreckte, zitterte. „Falsch. Für dich tue ich alles." Seine Finger hielten eine Handbreit vor ihrer Schulter, bevor er sie wieder zurückzog. Er strahlte sie an. „Also, was suchst du?"

Moira fühlte sich überrumpelt. So eine seltsame Reaktion hatte sie bisher bei keinem Nerl erlebt. Sie räusperte sich und versuchte, sich auf ihre Aufgabe zu konzentrieren.

„Ich bin von der Gendarmerie Magique und soll mich hier umsehen."

Das Strahlen wich aus dem Gesicht des Nerls.

„Wie schade. Ich hätte dir zu gerne geholfen."

Er schien ehrlich enttäuscht zu sein, und Moira beeilte sich, ihn zu beruhigen. „Wenn ich Sie nicht von wichtigen Aufgaben abhalte, würde ich mich freuen, wenn Sie bei mir bleiben würden. Das Archiv scheint ziemlich groß zu sein."

„Oh ja, man kann sich hier leicht verlaufen", versicherte ihr der Nerl. „Aber mir passiert das nicht. Ich verdiene schon zu lange meine Energie hier unten." Er folgte ihr einen Seitengang entlang, der an unzähligen Vitrinen vorbei führte. Dagegen lehnten Gemälde, sorgfältig in Tücher eingeschlagen.

„Was suchst du eigentlich?"

Nachdenklich betrachtete Moira die sorgfältig ausgelegten Schädel, Steinwerkzeuge, Töpferwaren und Schmuckstücke in den Vitrinen.

„Das weiß ich nicht genau. Aber wahrscheinlich werde ich es erkennen, wenn ich es sehe. Falls hier überhaupt etwas ist, kann es noch nicht sehr lange hier sein. Schließlich ist der Einbruch kaum eine Woche her."

KAPITEL 10

Der Nerl klatschte in die Hände.

„Vor einer Woche brachte Joes van Gro etwas herunter. Soll ich es dir zeigen?"

Moira erinnerte sich an Joes Antwort, als sie ihn fragte, warum er seinen Rundgang geändert hatte.

„Im Keller ist das Archiv."

Sie hatte seine Stimme noch im Ohr. Also nickte sie und folgte dem Nerl.

Er führte sie durch Gänge, die zum Teil so schmal waren, dass sie sich nur mit Mühe hindurch schlängeln konnte. Schließlich standen sie vor einer Tür, neben der ein niedriger Tisch stand.

Moira war überrascht.

„Ich wusste gar nicht, dass es hier eine Hintertür gibt."

Der Nerl lachte. Es klang wie das Bersten eines Holzscheites.

„Das ist keine Hintertür, sondern der Eingang zu meiner Wohnung."

„Oh!" Moira hätte zu gerne einen Blick hinein geworfen, aber sie wollte nicht unhöflich erscheinen. Außerdem zog sie der Nerl zu dem kleinen Tisch. Darauf lagen, übereinander gestapelt und in Tücher eingeschlagen, fünf Bilder. Jedes kaum größer als Moiras Hand.

„Dies sind die Bilder, die Joes van Gro in den letzten Monaten herbrachte. Er sagte, ich solle besonders gut darauf aufpassen, deshalb habe ich sie hierher gelegt. Das hier war das letzte." Er nahm das oberste Bild, drückte es ihr in die Hand und zog das Tuch ab.

Moira saugte zischend Luft zwischen ihren Lippen hindurch. Ein brünettes Mädchen streckte ihr die Zunge heraus. Ohne zu zwinkern.

Die Mona Beth! Auch wenn Moira keine Expertin war, war sie sich sicher, dass dies die echte Mona Beth sein musste. Hatte Joes sie hier gelagert, um sie später hinauszuschmuggeln? Vielleicht war er sogar von Direktor du Mar beauftragt worden. Hatte er ihnen nicht eben gerade von den finanziellen Schwierigkeiten des Museums erzählt? Sie zwang sich zur Ruhe. *Erst Fakten sammeln, dann urteilen.* Sie sah den Nerl an.

„Ich werde die Bilder mitnehmen. Sie sind wichtiges Beweismaterial."

Der Nerl verschränkte die Hände vor der Brust.

„Das geht nicht, da du keine Angestellte des Museums bist."

„Ich bringe die Bilder sofort zurück, wenn wir sie nicht mehr brauchen."

„Also gut. Aber ich brauche eine Quittung, und bezahlen musst du die Ausleihe auch."

„Einverstanden." Moira war sich sicher, dass ihr die Rechnungsabteilung der Gendarmerie die Kosten in diesem Fall ersetzen würde.

Nachdem der Nerl das kostbare Bild wieder eingewickelt hatte, reichte er ihr ein Schreibbrett und zeigte auf die Linie, wo sie unterschreiben sollte. Als sie fertig war, streckte er im traditionellen Gruß die rechte Hand aus und strich knapp über ihrem Arm durch die Luft, ohne sie zu berühren.

Moira plinkerte und kämpfte gegen den Schwindel. Sie musste sich an dem Tischchen festhalten, sonst wäre sie gestürzt.

„Was war das?" Sie sah zu dem Nerl hoch.

Er hatte die Hände vor den Mund geschlagen und starrte sie entsetzt an. „Entschuldigung! Ich habe viel zu viel... Es tut mir leid. Ich wusste nicht... Es floss viel zu schnell."

Seine Haut sah mit einem Mal graugrün aus, und er erschien Moira größer als zuvor. Sie atmete einige Male tief durch und fühlte sich gleich besser. Als der Schwindel verflogen war, richtete sie sich auf und sah den Nerl an. War er größer geworden?

„Was ist da eben passiert?"

„Geht es dir wirklich wieder gut?" Die Farbe kehrte ins Gesicht des Nerls zurück, aber er wirkte immer noch sehr besorgt.

Moira legte den Kopf schief und sah ihn streng an.

„Ich möchte eine Antwort auf meine Frage."

„Das ist dir nie zuvor passiert?"

„Nein, nie."

„Dann liegt es vielleicht an meiner Größe." Der Nerl wrang die Hände, als wäre er bei einem Fehler ertappt worden. „Ich habe mir nur meine Bezahlung genommen, ehrlich. Ich konnte ja nicht wissen, dass gleich so viel in mich fließen würde. Es war ein Unfall. Zum Glück hat sich deine Aura von allein wieder geschlossen."

Moira schüttelte den Kopf. Sie verstand kein Wort. Vielleicht könnte ihr die Auralogin erklären, was geschehen war. Sie beschloss, sie beim nächsten Treffen danach zu fragen. Sie nahm die Bilder.

„Wie komme ich jetzt zurück zum Ausgang?"

„Hier entlang." Der Nerl ging voraus, drehte sich aber immer wieder zu ihr um. Dabei murmelte er: „Das ist erstaunlich. Absolut erstaunlich."

Auf dem Weg zum Ausgang bemerkte Moira, dass alle gestapelten Kisten eine Nummer neben dem Logo auf der Seite eingebrannt hatten. Sie erinnerte sich mit einem Schauder daran, dass Lifs auch so eine Nummer gehabt hatte.

„Ich verstehe nicht, wie sich jemand so eine Kiste als Wohnzimmertisch aufstellen kann."

„Kann auch keiner", sagte der Nerl. „Sie sind alle nummeriert und mit Inhalt katalogisiert. Außerdem ist das Emblem urheberrechtlich geschützt und darf nur für Museumseigentum verwendet werden."

Moiras Augen weiteten sich, der Vorfall von vorher nahezu vergessen.

„Bedeutet das, dass niemand außerhalb des Museums genau so eine Kiste besitzen kann?"

Der Nerl zuckte mit den Schultern.

„Fälschungen gibt es überall. Aber von unseren Kisten gibt es nur eine einzige, von der wir im Moment nicht wissen, wo sie ist. Und da ist die Gendarmerie schon dran, wie ich gehört habe."

Moira wurde heiß und kalt. Sollte das Emblem auf der Kiste in Lifs Wohnzimmer echt sein, hätte der Mord einen direkten Bezug zu dem Einbruch, den Semra und Buds untersuchten.

„Das muss ich Sabio… ich meine natürlich Commissaire Marten erzählen." Sie ging schneller.

Der Nerl begleitete sie bis zur Tür und sah ihr lange nach. Als sie sich am oberen Ende der Treppe noch einmal umdrehte, stand er immer noch da. Kopfschüttelnd machte sie sich auf die Suche nach Semra. Sie fand die Gendarma im Foyer, wo sie im Dreck auf dem Fußboden hinter dem abgerückten Kaffee-nerl-o-mat kniete.

„Was machst du da?" fragte Moira.

Semra wischte sich die verschwitzten Haare aus der Stirn und setzte die Schutzkappe auf die Linse des FotoNerls.

„Hier hat jemand einen schmalen Gegenstand abgestellt. Den Maßen nach könnte es das gestohlene Bild gewesen sein."

„Vielleicht war es auch ein anderes. Es wurden nämlich mehrere ausgetauscht. Sieh mal, was ich gefunden habe." Moira stellte ihren linken Fuß gegen das rechte Bein, wie sie es als Kind beim Ballett gelernt hatte. Auf dem Knie balancierte sie den Stapel Bilder und hielt ihn mit dem linken Unterarm fest. Die Mona Beth hielt sie mit der linken Hand hoch. Wortlos hob sie mit der Rechten das Tuch, in das das kostbare Bild eingeschlagen war. Die verrenkte Körperhaltung war anstrengend, aber der Ausdruck von Schock und Überraschung auf Semras Gesicht war unvergleichlich.

Die Gendarma stand auf und kickte den Kaffee-nerl-o-mat an seinen Platz zurück.

„Ich glaube, wir müssen uns mal ernsthaft mit du Mar unterhalten." Sie nahm Moira die Mona Beth ab und stürmte den Korridor entlang zum Büro des Direktors. Moira folge ihr mit den anderen vier Bildern. Ohne zu klopfen, traten sie ein.

Direktor du Mar sah überrascht von seiner Arbeit auf. Als er die Mona Beth sah, die ihm Semra wortlos vor die Nase hielt, weiteten sich seine Augen, und sein Unterkiefer klappte herunter. Zitternd erhob er sich halb aus seinem Sessel und streckte eine Hand nach dem Bild aus, berührte es aber nicht.

„Sie ist echt. Sie ist wirklich und wahrhaftig echt. Ich wusste, sie würde wieder auftauchen." Er sank in seinen Sessel zurück, schloss die Augen und atmete tief durch. Dann lächelte er Semra an. „Wo haben Sie sie gefunden?"

„Ich denke, das wissen Sie besser als ich." Semra zog ein paar Handschellen aus der Tasche an ihrem Gürtel, zeigte auf den Direktor und sprach die Aktivierungsworte. „Direktor du Mar. Ich verhafte Sie im Namen der Gendarmerie Magique wegen versuchtem Diebstahl von Staatseigentum." Die Handschellen schlossen sich klickend um seine Unterarme.

Er schnappte nach Luft, wie ein Fisch auf dem Trockenen, und es dauerte einen Moment, bis er sich gefangen hatte. Seine Stimme klang matt und müde.

„Sie machen einen Fehler. Ich habe keine Bilder gestohlen. Im Gegenteil, ich habe alles versucht, um sie zurück zu bekommen."

Semra ignorierte seine Worte. Sie rasselte die vorgeschriebenen Belehrungen herunter und überließ es Moira, den Gefangenen zum Tapisto zu führen. Doch sie hielt sich dicht hinter ihnen.

Moira setzte sich zu dem Direktor in den Fond, obwohl das nicht gern gesehen wurde. Doch sie hielt den Direktor nicht für gefährlich, denn sie glaubte seinen Unschuldsbeteuerungen. Die Überraschung und Erleichterung über das Wiederauftauchen der Bilder konnte er unmöglich gespielt haben. Deshalb hatte sie ein paar Fragen an ihn, die Buds und Semra im Verhör sicher nicht stellen würden.

Bevor Semra losfuhr, rief sie Buds mit ihrer mobilen Parlebol an.

„Du solltest Joes van Gro verhaften. Mir scheint, er könnte ein Komplize sein." Sie lauschte. „Wahrscheinlich zu Hause. Guck halt mal nach." Sie beendete das Gespräch und aktivierte den Teppich.

Als sich das Tapisto in Bewegung setzte, wandte sich Moira an den Gefangenen.

„Ich wüsste gerne, warum Sie Joes van Gro einen Anwalt besorgt haben, obwohl sie ihn für den Dieb der Bilder hielten."

Der Direktor lächelte sie an, aber seine Augen wirkten traurig.

„Weil er niemals etwas genommen hat, ohne es durch eine wunderbare Kopie zu ersetzen. Ich bin mir ganz sicher, dass er mit dem Einbruch nichts zu tun hat."

Moira war schon zu dem gleichen Schluss gekommen. Trotzdem hakte sie nach.

„Warum haben Sie die Gendarmerie nicht wegen der verschwundenen Bilder eingeschaltet?"

„Haben Sie die Qualität der Kopien gesehen? Es sind einzigartig schöne Werke, und ich wollte ihrem Schöpfer keinen Ärger machen."

Moira dachte an das Blinzeln der falschen Mona Beth.

„Aber sie waren nicht fehlerfrei."

„Eben. Bei jedem Bild, das er austauschte, hat er bewusst einen Fehler eingebaut. So winzig und so stimmig, dass es nur Experten oder sehr guten Beobachtern auffallen konnte. So etwas tut niemand, der aus finanziellen Gründen Kunstgegenstände stiehlt."

Moira schüttelte den Kopf über so viel Naivität, noch dazu bei einem so gebildeten Mann.

„Was wäre gewesen, wenn er die Originale bereits verkauft hätte?"

Der Direktor lehnte sich zurück und schloss die Augen.

„Ich habe mir in den letzten Jahren ein virtuelles Alter-Ego mit dem Ruf eines reichen, skrupellosen Sammlers aufgebaut. Ich enttarne Hehler und beschaffe gestohlene Kunstgegenstände wieder. Keines der Bilder ist jemals auf dem Schwarzmarkt angeboten worden." Er setzte sich auf, zog ein Kärtchen aus der Brusttasche und reichte es ihr. „Hier sind meine Infonet-Daten, damit Sie es nachprüfen können."

Moira steckte das Kärtchen ein.

„Ich frage mich, warum Joes van Gro nicht einfach mit seinen Kopien zu Ihnen gekommen ist."

„Tut mir leid, da kann ich Ihnen auch nicht weiterhelfen. Das verstehe ich nämlich selbst nicht." Er beugte sich zu ihr und nahm ihre Hand. „Bitte, könnten Sie meiner Frau sagen, wo ich bin?"

„Sind Sie sicher, dass sie das wissen will?"

„Ich habe sie niemals betrogen. Ich habe nicht einmal daran gedacht. Meine Liebe gehört nur ihr." Du Mar wirkte verletzt.

„Belügen Sie sich da nicht selbst?" Moira entzog ihm ihre Finger. „Ist Ihnen nie der Gedanke gekommen, dass sie gar nicht auf andere Frauen eifersüchtig ist, sondern auf ihre Arbeit?" Sie sah zu, wie du Mar wortlos den Mund auf und zu klappte. Als er nichts herausbrachte, fügte sie hinzu, „Vielleicht hat sie Sie deshalb vor die Tür gesetzt." Zum Zeichen, dass sie nichts mehr zu sagen hatte, verschränkte sie die Arme vor der Brust, starrte aus dem Fenster und verlor sich in Gedanken.

Im Präsidium kam ihnen Buds entgegen.

„Wenigstens warst du erfolgreich", sagte er zu Semra. „Mein Vogel ist ausgeflogen."

Semra legte den Kopf schief.

„Von wem redest du?"

„Samantha Belz. Sie hat im Museum geputzt und war unsterblich in Huudien verliebt. Leider ist ihre Wohnung ausgeräumt, und niemand weiß, wo sie hin ist." Er nahm den freien Ellenbogen des Direktors und führte ihn gemeinsam mit Semra in ein Verhörzimmer.

Moira bog zu Sabios Büro ab und berichtete ihm, was sie über die Kisten des Museums erfahren hatte.

„Also können wir davon ausgehen, dass Lif Borson irgendwie in den Einbruch verwickelt gewesen ist. Gute Arbeit", sagte Sabio.

Moiras Ohren wurden heiß, und sie wusste nicht, was sie sagen sollte.

Zum Glück streckte in diesem Moment Druidus seinen Kopf durch die Tür.

„Ich gehe jetzt in die Kantine. Kommt jemand mit?"

Sabio zeigte auf einige Akten, die ordentlich nebeneinander auf seinem Schreibtisch lagen.

„Ich habe noch zu tun, aber Moira geht sicher mit."

Moira folgte Druidus in einen unfreundlich grünen Raum mit vielen Tischen und einem langen Tresen mit

Schaukästen aus Glas. Wenigstens sah das Essen appetitlich aus. Sie wählte einen Auflauf mit Salat, und Druidus eine Suppe. Er bestand darauf, beides zu bezahlen.

„Als Einstand sozusagen, weil wir doch ab heute Mittag Partner sein werden." Druidus steuerte einen Tisch an, an dem Grub und einige andere Gendarmen saßen. Er stellte Moira als neue Kollegin vor, und sie wurde aufs Herzlichste begrüßt. Druidus setzte sich neben sie. Während sie aßen, unterhielten sie sich angeregt über die Morde an den Obdachlosen.

„Sabio hat vier Teams von seinen Leute darauf angesetzt", sagte Grub. „Trotzdem gibt es kaum Spuren."

„Ich dachte, sie hätten beim letzten Mord einen Fußabdruck gefunden." Die zierliche Brünette neben ihm sah verwundert aus.

„Der war von dem Gendarm, der ihn gefunden hat. Typischer Anfängerfehler", sagte ein stämmiger Mann auf der anderen Seite des Tisches. „Übrigens ist es gut möglich, dass wir noch gar nicht alle Leichen gefunden haben. Gerade Obdachlose liegen oft tagelang herum, weil sie niemand vermisst."

Grub schüttelte den Kopf.

„Bisher sind alle am Tag nach ihrer Ermordung entdeckt worden. Für mich sieht das so aus, als wolle der Täter, dass man sie findet."

„Vielleicht macht es ihm Spaß mit der Gendarmerie Katz und Maus zu spielen." Druidus stibitzte ein paar Pommes von Grubs unberührtem Essen. Der Nerl beschwerte sich nicht.

„Die vom Revierdienst haben die Zahl der Streifen erhöht", sagte die Brünette. „Vielleicht wird der Täter beim nächsten Mal gesehen."

„Das ist ein Profikiller. So erwischen wir den nie." Der stämmige Gendarm wischte sich den Mund ab und lehnte sich zurück. „Ich wäre jedenfalls froh, wenn jemand einen brauchbaren Vorschlag machen könnte. Einen, der auch was bringt."

Alle überlegten, aber keiner hatte eine brauchbare Idee, wie der Serienmörder zu fangen wäre.

Nach einer Weile sagte Druidus zu Moira: „Übrigens hat uns Sabio für ein Uhr bei deinem Vater angekündigt."

Moira sah zur Uhr; viertel nach zwölf.

„Na toll." Die Aussicht, sich mit ihrem Vater unterhalten zu müssen schlug ihr so auf den Magen, dass sie keinen weiteren Bissen hinunter bekam. Sie schob den Teller zur Seite. Bald war auch Druidus satt.

Auf dem Weg zu den DienstTapistos kam ihnen Buds entgegen. Er führte Joes van Gro am Arm, dessen Hände auf dem Rücken gefesselt waren.

„Moment mal", sagte Moira zu Buds. „Ich muss den Gefangenen etwas Wichtiges fragen."

„Verzieh dich. Der Knabe ist auf direktem Weg ins Gefängnis, und solange er uns nicht sagt, wo die gestohlene Kiste ist, kommt er nicht wieder raus." Er versuchte, sich an ihr vorbei zu zwängen, aber Moira hielt ihm stand.

Die Gewissheit, jetzt zu Commissaire Martens Team zu gehören, gab ihr die Kraft dazu.

„Die Kiste ist als Beweisstück in einem Mordfall zu Excelsior van Steen ins Archiv gebracht worden."

„Woher willst du das schon wieder wissen?"

„Weil ich beides gefunden habe, Kiste und Leiche. Nun lass mich mit ihm reden. Ich habe nur eine einzige Frage."

Buds knirschte mit den Zähnen, gab aber mit einem Seitenblick auf Druidus nach. „Aber mach schnell."

Moira nickte und wandte sich an den Gefangenen.

„Ich möchte wissen, warum Sie die gestohlen Bilder im Archiv versteckt haben, obwohl sie dafür auf dem Schwarzmarkt Millionen bekommen hätten."

Joes van Gro richtete sich auf, und seine Augen funkelten sie an.

„Wie können Sie auch nur eine Sekunde glauben, ich wäre in der Lage Meister wie Leon del Vacca oder Marc Franz-Cheval zu verhökern und der Allgemeinheit vorzuenthalten. Ich bin ein Ehrenmann, ein Künstler, ein…"

„Ein Dieb", warf Buds ein.

Joes van Gro schnaubte abfällig.

„Ich wollte nur sehen, ob Direktor du Mar seinem Ruf als großartiger Kunstkenner gerecht wird. Wäre der

Einbruch nicht dazwischen gekommen, hätte ich die Meisterwerke längst zurückgegeben. Aber auch so waren sie keine Sekunde in Gefahr."

„Das kannst du deinem Anwalt erzählen, wenn er dich gleich besuchen kommt." Buds schob Joes van Gro an Moira vorbei. Da sie erfahren hatte, was sie wissen wollte, hielt sie ihn nicht länger auf.

„Glaubst du ihm?", fragte Druidus.

Moira zuckte mit den Schultern.

„Seine Empörung schien mir echt, aber sicher bin ich mir erst, wenn zweifelsfrei feststeht, wer für den Einbruch verantwortlich ist."

„Du klingst wie Sabio." Druidus lachte und bot ihr seinen Arm an. „Darf ich Sie zu einem kleinen Ausflug einladen, schöne Frau? Ich kenne da eine nette, kleine Sicherheitsfirma."

Moira wunderte sich über den Umschwung ins Alberne, musste aber zugeben, dass sie es charmant fand. Zum ersten Mal seit Lifs Tod lächelte sie, und fühlte sich überraschend gut dabei.

KAPITEL 11

Eine halbe Stunde später hielt Druidus im Parkverbot vor P&BS, der Firma von Moiras Vater. Moira stieg aus und sah nach oben. Die Front des Wolkenkratzers bestand aus Spiegelscheiben. So modern diese waren, auf Moira wirkte das Gebäude dadurch unnahbar. *Demnach ist es ein Abbild meines Vaters.* Sie folgte Druidus in die Eingangshalle.

„Bitte nehmen Sie einen Moment Platz." Die junge Frau am Empfangstresen zeigte auf eine Sitzgruppe im Hintergrund der Halle und schickte einen BotenNerl los.

Während sich Druidus auf eines der schwarzen Sofas setzte, ging Moira ungeduldig auf und ab. Sie spürte Druidus Blick auf sich, was sie noch nervöser machte. Um sich abzulenken, blieb sie an einem Metallständer mit Werbebroschüren stehen. Auf einem der Titel waren fünf der sieben Wachleute nachträglich magisch sichtbar gemacht worden. Sie wirkten unmenschlich blass. Vampire schienen begehrte Wachleute zu sein. Moira schauderte bei dem Gedanken, mit einem Blutsauger im selben Haus zu wohnen. Sie war in einem vampirfreien Dorf aufgewachsen. Natürlich wusste sie, dass heutzutage keiner der Nachtaktiven so barbarisch war, sich sein Blut selbst zu zapfen, trotzdem fühlte sie sich in der Nähe der bleichen, müde wirkenden Wesen unwohl. Hoffentlich würden sie keinen von ihnen verhören müssen.

In diesem Moment kam ein korpulenter Mittfünfziger mit ausgestreckten Armen auf sie zu.

„Willkommen bei P&BS. Wir haben schon auf Sie gewartet. Bitte folgen Sie mir." Er winkte Druidus zum Nerlift und tat so, als hätte er Moira nicht gesehen. Druidus ließ Moira den Vortritt. Innerlich schmunzelnd und äußerlich mit unbewegter Mine betrat sie den Nerlift vor den Männern. Sie fuhren bis zum obersten Stockwerk.

„Sie werden sicher verstehen, dass ich Sie nicht einfach so zu Monsieur Bellamie bringen kann." Der Mann ging mit zügigen Schritten vor ihnen einen langen Korridor entlang. Er sah sich nicht nach ihnen um. Moira hatte das Gefühl, als wollte er sie abwimmeln. Sie kamen an einem Büro vorbei, neben dessen Tür Moira ein kleines Messingschild mit dem Namen ihres Vaters entdeckte. Ein Blick auf die blond gelockte Sekretärin im Vorzimmer machte ihr klar, dass es nicht einfach sein würde, an ihr vorbei zu seinem Zimmer zu gelangen, falls es nötig werden würde. Für einen Moment war sie froh darüber, eine Entschuldigung zu haben, ihrem Vater nicht entgegen treten zu müssen. Aber dann fiel ihr ein, dass ihn die einzige Spur in Lifs Mordfall belastete. Sie würde um dieses Gespräch nicht herum kommen.

Schräg gegenüber öffnete der Dicke die Tür zu einem Büro mit Ausblick auf das Meer und den Hafen der Stadt. Er setzte sich in einen Ledersessel hinter einem klobigen Schreibtisch und deutete auf den Stuhl davor.

„Also bitte. Lassen Sie uns ihre Wünsche in Ruhe besprechen."

Moira blieb an der Tür stehen, um den Korridor im Auge behalten zu können, auf dem ein junger Mann Post von einem Rollwagen auf die Büros verteilte. Druidus trat an ihr vorbei ins Zimmer.

Als er saß, legte der Dicke die Fingerspitzen zusammen und stützte die Ellenbogen auf den Tisch.

„Nun, was kann ich für Sie tun?"

Die Stühle waren so gebaut, dass Druidus trotz seiner stattlichen Größe zu dem Mann aufsehen musste.

„Wir müssen mit Lavant Bellamie sprechen."

„Das ist mir durchaus bewusst. Wie ich schon sagte, ist ein so kurzfristiges Treffen nicht möglich. Monsieur Bellamie ist ein viel beschäftigter Mann." Der Dicke beugte sich vor und lächelte jovial. „Es war bereits schwierig genug, bei mir ein halbes Stündchen freizuschaufeln. Doch daran sehen sie, dass wir stets für die Gendarmerie da sind. Also, worum geht es?"

„Das, was wir zu besprechen haben, geht nur Herrn Bellamie etwas an."

Moira hörte dem extrem höflich geführten Streitgespräch nur mit halbem Ohr zu. Sie beobachtete, wie die blonde Sekretärin ihres Vaters aus dem Büro trat und mit dem jungen Mann flirtete. *Gelegenheit macht Diebe*, dachte sie, obwohl sie diesen Spruch schon immer gehasst hatte. Schnell ging sie über den Flur.

Der Dicke schrie hinter ihr her.

„Halt!"

Sie huschte an der verdutzten Sekretärin vorbei in den Vorraum zum Büro ihres Vaters, doch im letzten Moment bekam der junge Mann den Saum ihrer Jacke zu fassen. Der Ruck riss sie fast um. Zwar schlüpfte sie augenblicklich aus den Ärmeln, aber die Verzögerung reichte, dass sich die Sekretärin mit ausgebreiteten Armen vor die Tür zum Zimmer ihres Chefs stellen konnte. Ohne handgreiflich zu werden, käme Moira nicht an ihr vorbei.

„Ich will Sie nicht verletzten, also gehen Sie besser zur Seite."

Die Sekretärin rührte sich nicht. Der Dicke platzte ins Zimmer. Aus den Augenwinkeln sah Moira, wie ihm der Schweiß über die Stirn lief.

„Da dürfen Sie nicht rein", kreischte er.

„Mach nur." Druidus nickte Moira über seinen Kopf zu.

Bevor Moira handeln konnte, öffnete sich die Bürotür. Ein Riese mit Bürstenhaarschnitt trat heraus. Seine Brustmuskeln sprengten beinahe das maßgeschneiderte Hemd. Als er die Situation erfasst hatte, wich sein Stirnrunzeln ungläubigem Staunen.

„Moira!" Lavant Bellamie schob die Sekretärin zur Seite und schlang seine kräftigen Arme um seine Tochter. „Kind, warum hast du denn nicht gesagt, dass du kommst?"

Moira wand sich in seiner Umarmung.

„Lass mich los."

Lavant gehorchte mit einer Entschuldigung. Dann schob er sie in sein Büro. „Komm rein, Kleines. Ich freue mich so, dich zu sehen."

Bevor er die Tür schließen konnte, drängelte sich Druidus herein und zeigte ihm die Dienstmarke. „Ich bezweifle, dass die Freude ihrer Tochter ähnlich groß ist."

„Wir sind ausschließlich aus dienstlichen Gründen hier." Moira verschränkte die Arme vor der Brust. „Vater." Das letzte Wort triefte vor Verachtung.

Das Leuchten im Gesicht ihres Vaters erlosch.

„Ach so. Und ich dachte…" Mit gesenktem Kopf ging er um den Schreibtisch herum und setzte sich.

Erst jetzt bemerkte Moira, dass sein Büro ganz anders eingerichtet war als sie erwartet hatte. Als Kind hatte er ihr oft von großen Räumen mit Parkettböden, Mahagoni-Möbeln und Ledersofas vorgeschwärmt. Stattdessen fand sie sich in einem kleinen Zimmer mit den wackeligen Kiefermöbeln wieder, an die sie sich noch von früher erinnern konnte. Die einzig freie Wand wurde von einer Magnettafel beherrscht, die von Fotos umrahmt war - Fotos von ihr - in jedem Lebensalter - Schulfotos, Schnappschüsse, sogar das Bewerbungsfoto für die Gendarmerie war dabei.

Moira schluckte. Ihre Stimme zitterte.

„Warum hast du mich nie besucht? Nicht ein einziges Mal?" Sie zeigte auf die Fotos. „Es sieht doch so aus, als hättest du mich vermisst."

Lavant's Lippen wurden schmal, und er sah Druidus an.

„Sie sagten Sie seien dienstlich hier?"

Druidus zog ein Foto der Anstecknadel aus der Brusttasche seiner Jacke. „Kennen Sie die?"

Lavant antwortete nicht sofort. Er zog eine Lupe aus einer Tischschublade und betrachtete das Bild ganz genau. Dann nickte er.

„Das ist eine von unseren Ident-Nadeln. Warum?"

„Können Sie feststellen, wem die Nadel gehört?"

„Wenn Sie mir das gute Stück geben."

Druidus zog eine Augenbraue in die Höhe.

„Sagen ihnen die Buchstaben auf der Anstecknadel nichts über den Träger?"

„Beschuldigen Sie mich etwa der Verschleierung?" Lavant runzelte die Stirn. „Ich bin gesetzlich dazu verpflichtet, die Daten meiner Mitarbeiter zu schützen."

„Aber nicht, wenn es die Ermittlungen in einem Mordfall behindert. Müssen wir erst mit einem Durchsuchungsbeschluss kommen?"

Die beiden Männer starrten sich einen Moment lang wortlos an, dann verzog Lavant die Lippen zu einem falschen Lächeln.

„Mit mir selbst haben wir derzeit drei Mitarbeiter, deren Namen mit LB beginnen, und jeder besitzt eine einzige Anstecknadel. Die Ident-Nadeln enthalten einen Mikro-Nerl, der alle wichtigen persönlichen Daten speichert." Er hielt ein flaches Kästchen in die Höhe, das Moira an eine Schachtel Glimmstängel erinnerte.

„Ich kann die Informationen jederzeit mit diesem Lesegerät abrufen." Dann zeigte er auf den Kragen seines Hemdes.

„Nur um Ihren Verdacht zu zerstreuen, ich trage meine Nadel, wie sie sehen können. Reicht das, um mich von Ihrer Verdächtigenliste zu streichen?"

„Hätte es Ihnen gereicht, als sie noch Gendarm waren?" Druidus streckte die Hand aus. „Darf ich das Lesegerät einmal benutzen?"

Wortlos reichte ihm Lavant die schwarze Schachtel.

Druidus zog die Anstecknadel aus einem speziellen Fach seiner Geldbörse und legte sie in das Abspielgerät. Ohne weitere Aufforderung gab der Kasten mit quäkender Stimme die gesuchten Informationen preis.

„Diese Ident-Nadel gehört Leclerque Bastide, wohnhaft in Elbenholm, zurzeit im Einsatz für Projekt 19/643K in Nord York."

Moira war erleichtert, dass ihr Vater vorerst als Verdächtiger ausschied. Ihre Beine zitterten so stark, dass sie sich an einem der Regale festhalten musste.

„Was ist das Projekt 19/643K in Nord York?" Druidus gab das Lesegerät zurück und verstaute die Anstecknadel wieder im Sicherheitsfach seiner Geldbörse.

„Wie Sie vielleicht wissen, gibt es dort die Große Kirmes." Lavant durchsuchte das Chaos auf seinem Schreibtisch und zog schließlich triumphierend eine Akte hervor. „Seit einiger Zeit verschwinden den Schaustellern allerhand wertvolle Gegenstände, und ich habe Bastide geschickt, um der Sache auf den Grund zu gehen."

„Warum ausgerechnet ihn?"

„Bastide ist einer meiner besten Männer."

Druidus nahm die Akte und stand auf.

„Die Gendarmerie dankt Ihnen für Ihre Kooperation."

„Gern geschehen." Lavant lehnte sich zurück und verschränkte die Hände hinter dem Kopf. „Wenn sonst nichts anliegt, möchte ich Sie bitten, zu gehen."

Schnell trat Moira vor und fragte:

„Wie lange ist Leclerque Bastide schon in Nord York?"

Lavant zuckte mit den Schultern.

„Er sollte heute früh um sieben seinen Dienst antreten, also gehe ich davon aus, dass er am Wochenende geflogen sein wird."

Druidus bedankte sich noch einmal und ging zur Tür. Moira folgte ihm zögernd. Vergeblich wartete sie darauf, dass ihr Vater sie zurückrufen, sie aufmuntern oder ihr etwas erklären würde. Als sich die Tür hinter ihnen schloss, ohne dass etwas geschehen war, kämpfte sie mit den Tränen.

Druidus legte seinen Arm um ihre Schulter und reichte ihr ein Taschentuch.

Sie schüttelte den Kopf und blinzelte die Tränen weg. „Geht schon."

Druidus strich ihr mit dem Zeigefinger über die Wange.

„Wenn du mich brauchst, bin ich immer für dich da."

„Danke." Mit einem Mal wurde Moira bewusst, dass sein Arm immer noch um ihre Schultern lag. Vorsichtig, aber bestimmt machte sie sich frei. Dann ging sie mit schnellen Schritten zum Nerlift. Aus den Augenwinkeln sah sie, dass ihr Druidus folgte.

Im Präsidium berichteten sie Sabio.

„Und der Knüller ist", sagte Druidus, „dass Leclerque Bastide in Elbenholm wohnt."

Der Commissaire kratzte sich nachdenklich am Kinn.

„Also müssen wir davon ausgehen, dass er ein Elf sein könnte. Im Stadtteil der Elfen leben so gut wie keine Menschen."

Druidus blieb skeptisch.

„Ein krimineller Elf? Ist das nicht ein wenig an den Haaren herbeigezogen?"

Moira schüttelte den Kopf.

„Da die Kiste in Lifs Zimmer tatsächlich dem Museum gehört, macht das Sinn. Bei dem Einbruch war ein Elf dabei, und es sieht so aus als wären Lif und Bastide befreundet gewesen."

Sabio nickte.

„Möglich ist es. Aber es ist auch denkbar, dass Bastide seine Nadel gar nicht selbst oder zu einem anderen Zeitpunkt am Tatort verloren hat. Ich werde Lel und Buster nach Elbenholm schicken. Vielleicht kriegen sie raus, wann er abgereist ist."

Moira war enttäuscht. Zu gern hätte sie bei den Ermittlungen geholfen.

„Unabhängig davon halte ich Leclerque Bastide für einen wichtigen Zeugen", sagte Druidus. „Meinst du nicht, dass wir ihn befragen sollten?"

„Du willst nur wieder Tapisrapide fahren." Sabio grinste. „Na gut, versuchen wir's. Vielleicht ist er tatsächlich der Elf auf dem Überwachungsglobus, und dann würde ich ihn zu gerne fragen, wo der Nachtwächter geblieben ist." Er warf einen Blick auf die Uhr. Es war beinahe Feierabend. Er wandte sich an Moira. „Es wäre mir lieb, wenn du ihn begleitest. Der Kindskopf probiert sonst auf Kosten der Gendarmerie alle Karussells aus."

Moira strahlte. Die Große Kirmes kannte sie nur aus Zeitschriften. Die hohen Eintrittspreise und die Sechs-Stunden-Fahrt mit der Nerlbahn hatten sie bisher abgeschreckt. Außerdem war sie noch nie Tapisrapide gefahren.

„Sollten wir nicht ein paar mehr Leute mitnehmen? Auf der Großen Kirmes ist ein einzelner Elf sicher nicht so leicht zu finden."

„Wir nehmen einen Traceball mit." Druidus rieb sich die Hände. „Ich liebe es, wenn Spaß und Dienst dasselbe sind. In zehn Minuten bin ich wieder da." Damit sauste er aus Sabios Büro.

Offensichtlich hatte Sabio bemerkt, dass Moira ihrem Kollegen etwas verwundert nachsah, denn er sagte: „Er holt sein Tapisrapide."

„Seins?" Moira zog die Augenbrauen in die Höhe.

„Eigentlich gehört es seinem Vater, aber bei der Arbeit darf Druidus es jederzeit benutzen. Die Gendarmerie erstattet ihm nur die übliche Pauschale für Dienstreisen." Sabio legte die Füße auf den Tisch und griff zur Parlebol. „Du dachtest doch nicht, dass sich die Gendarmerie ein eigenes Hochgeschwindigkeits-Tapisto leisten kann." Damit wandte er sich der Schale zu und bestellte bei der Inventarabteilung einen Traceball und ein Elfnetz.

Kapitel 12

Die erste Viertelstunde der Reise verging für Moira wie im Fluge. Sie bekam nicht genug davon auf die Welt zu sehen, die in irrem Tempo unter ihnen dahin sauste und schämte sich ein bisschen, weil sie sich wie ein Kind daran freute. Als sie das Festland hinter sich gelassen hatten, schaltete Druidus auf AutoNerl um. Er drehte seinen Sitz zu ihr.

„Endlich sind wir mal allein, und du bist wach."

Überrascht sah Moira ihn an. Sein Blick ließ sie erröten.

Er beugte sich vor und nahm eine ihrer Hände.

„Ich weiß, dass dies nicht gerade der beste Zeitpunkt ist, dir das zu sagen, aber ich habe mich Hals über Kopf in dich verliebt." Er zog ihre Hand an seinen Mund. Die leichte Berührung seiner Lippen schoss durch Moiras Arm wie ein Blitzschlag. Ihr Mund klappte auf, und ihre Armmuskeln versagten dien Dienst, so dass sie die Hand nicht zurückziehen konnte. Aber zitterte sie vor Erregung oder vor Angst? Sie wusste es nicht.

Druidus rutschte näher an sie heran, bis sie seinen Atem in ihrem Gesicht spürte.

„Mir war von unserem ersten Zusammenstoß an klar, dass du die Frau bist, um die ich kämpfen will. Mit dir will ich alt werden."

Moira schluckte. Von seinen Fingern zogen Hitzewellen durch ihren Körper, und ihr Herz klopfte so heftig, dass sie es im Hals spürte. Ihr Mund öffnete und schloss sich, aber es kam kein Wort heraus.

„Ich weiß, Lifs Tod war ein schwerer Schlag für dich, und wahrscheinlich ist in deinem Leben im Moment gar kein Platz für mich. Aber ich werde auf keinen Fall aufgeben", sagte Druidus. „Es würde mich unendlich glücklich machen, wenn du in den nächsten Tagen mal mit mir ausgehst. Gibst du mir eine Chance?" Er flehte sie mit seinen großen, dunkelblauen Augen an.

Moira nickte wortlos und schüttelte dann den Kopf. Sie entzog ihm die Hand und räusperte sich, wusste dann aber wieder nicht, was sie sagen sollte. Verlegen starrte sie auf ihre Finger.

„Denk einfach drüber nach. Bitte."

Druidus Stimme streichelte ihre Seele. Etwas in ihr drängte sie, „Ja" zu sagen, aber sie brachte kein Wort über die Lippen. Ohne Liebeserklärung hätte sie weniger Bedenken gehabt, mit ihm auszugehen.

Druidus atmete tief durch.

„Tut mir leid, falls ich zu aufdringlich bin. Ich habe mich noch nie so heftig verliebt, und es macht mir Angst. Wahrscheinlich rede ich nur noch Unsinn."

Moira begriff, dass er ihre Verwirrung verstand, und das machte es noch schwieriger für sie. Wie konnte sie ihm einen Korb geben, ohne ihn zu verletzen? Druidus hatte deutlich genug gemacht, dass er mehr wollte als einen unverbindlichen One-Night-Stand. Doch der Gedanke an eine feste Beziehung ließ ihr Blut gefrieren. Sie starrte auf die Wolken, die von hier oben wie Wattebälle aussahen und rang nach Worten.

„Sag nichts, denk einfach drüber nach." Druidus drehte seinen Sitz wieder um und umfasste das Lenkrad. „Ich liebe dich. Ich werde warten."

Schweigend flogen sie weiter. Moiras Gedanken überschlugen sich. Wie komme ich dazu einen so netten und attraktiven Mann zurückzuweisen? Vermögend scheint er auch zu sein. Bin ich blöd? Franka wird mich in den Hintern treten, wenn ich nicht wenigstens einmal mit ihm ausgehe. Sie spürte noch immer seine kräftigen Finger, hatte seinen Geruch nach Leder und Tabak in der Nase. Dabei rauchte Druidus gar nicht. Er schien das gleiche Aftershave zu benutzen wie ihr Vater. Aber das daraus resultierende Gefühl der Geborgenheit weckte auch den Schmerz, so sehr erinnerte sie der Geruch an ihre Kindheit. Sie glaubte durchaus, dass er es ernst meinte, und ihr Herz zog es zu ihm hin. Die Gefühle, die Moira so lange unterdrückt hatte, drohten sie zu überwältigen. Was ist, wenn wir tatsächlich zusammen alt werden würden? Was, wenn sich unsere Wünsche und Träume verändern? Stirbt dann seine Liebe, so wie die meiner Eltern? Sie wollte auf keinen Fall noch einmal so verletzt werden wie beim Weggang ihres Vaters. Nach all den Jahren hatte sie seinen Verlust nicht verwunden. Sie starrte aus dem Fenster und versuchte, zur Ruhe zu kommen. Aber sie blieb aufgewühlt, selbst als Druidus langsam in Sinkflug überging und sie in die Wolkendecke eintauchten.

„Was weißt du über Elfen?", fragte Druidus unvermittelt.

Moira zwang ihre Gefühle zurück unter den Panzer, unter dem sie all die Jahre verborgen gewesen waren, und konzentrierte sich auf die Frage.

„Elfen sind mit Vorsicht zu genießen, denn sie spielen Menschen gerne Streiche. Aber seit dem Verträglichkeitspakt tauschen sie keine Kinder mehr gegen Wechselbälger aus, und sie sind nie kriminell."

„Stimmt nur fast." Er lächelte sie von der Seite her an.

„Elfen befolgen die Regeln des Verträglichkeitspakts nur, weil ihre Königin Strafen verhängt, die selbst dem konservativsten Menschen überzogen und ungerechtfertigt erscheinen. Die meisten Elfen achten peinlichst genau darauf, die Regeln einzuhalten. Aber darauf wollte ich nicht hinaus." Er schaltete die Scheibenwischer ein, denn es begann zu nieseln, als sie den unteren Wolkenrand durchbrachen. „Hattest du in der Schule oder im Vorbereitungskurs theoretische Magie?"

Moira schüttelte den Kopf.

„Sabio wäre entsetzt. Theoretische Magie ist sein Steckenpferd. Er könnte es dir auch viel besser erklären als ich." Er seufzte. „Ich versuche es trotzdem. Wie wir alle wissen sind Licht und Wilde Magie unsere einzigen Energiequellen."

„Die wir aber beide nicht direkt nutzen können", warf Moira ein.

„Na sieh mal an, du weißt ja doch etwas." Druidus lächelte. „Und du hast Recht, Menschen können Wilde Magie nicht nutzen. Aber Elfen, Feen, Nymphen und viele mehr leben davon. Ihr ganzer Metabolismus ist auf diese Form von Magie ausgerichtet." Er legte mehrere Schalter um, und das Tapisrapide blieb in der Luft stehen. „Das

Dumme ist, dass unsere Magie mit der der Elfen nicht kompatibel ist. Oder anders ausgedrückt, wenn ein Elf einen Zauber auf einen Menschen wirft, gibt es unerwartete und meistens sehr -sagen wir- unvorhersehbare Ergebnisse. Daher brauchen wir speziell von Elfen angefertigte Hilfsmittel wie den Traceball und Elfnetze, für den Fall, dass sich ein Elf seiner Befragung oder Verhaftung widersetzt." Druidus drehte seinen Sitz wieder zu ihr um. „Auch wenn ich nicht damit rechne, dass Bastide auf dumme Gedanken kommt, möchte ich, dass du hinter mir bleibst, wenn wir ihn gefunden haben. Falls nötig kann ich ihn mit dem Elfnetz in weniger als einer Sekunde unschädlich machen. Versprichst du mir das?"

Moira nickte. Einen Elf zu einem Verhör zu bitten schien problematischer als sie erwartet hatte.

„Hätten wir lieber Verstärkung mitnehmen sollen?"

„Nein." Druidus drückte einen Knopf, und der Tapisrapide begann so schnell zu sinken, dass Moira glaubte ihr Magen wäre auf dem Weg in den Hals. „Elfen kooperieren am besten, wenn Menschen ihnen zu zweit gegenüber stehen."

Wenig später landete der Tapisrapide auf dem Dach eines Hauses. Durch die Frontscheibe funkelten die bunten Lichter der Schlösser, des Rads der Riesen, der Achterbahnen und zahlloser anderer Attraktionen, die die Gegend vor ihnen wie ein bunter Teppich bedeckten. Zwar war es noch lange nicht dunkel, aber in der einbrechenden Dämmerung strahlte das Lichtermeer wie ein bunter Edelstein. Die Wege zwischen den Fahrgeschäften waren mit Menschen verstopft, die aus dieser Höhe kaum handgroß wirkten. Auch Lärm drang nur wenig gedämpft zu ihnen in den Wagen. Moira staunte.

„Meine Güte, ist das voll."

Als sie ausstiegen, wurden sie vom Manager der Großen Kirmes empfangen. Er übergab ihnen seine direkte Parlebolnummer und VIP-Pässe zur freien Nutzung der Kirmes. Während er ihnen Tipps gab, wo sie Bastide finden könnten, begleitete er sie nach unten. Danach waren sie im Gewühl der Menschenmassen auf sich gestellt. Der Lärm war ohrenbetäubend. Die Kirmesbesucher redeten durcheinander und versuchten, die Melodien der Fahrgeschäfte und das Gebimmel und Geschrei der Losverkäufer zu übertönen.

„Das ist ja schlimmer, als ein Schlussverkauf", rief Moira Druidus ins Ohr.

Er nickte und nahm ihre Hand.

„Damit wir nicht getrennt werden."

Sie drängelten sich durch die Menge. Es war so voll, dass sich Moira eng an Druidus drückte, um ihn nicht zu verlieren. Sie spürte seine Körperwärme durch ihre dünne Jacke. Als sie sich bei dem Wunsch ertappte, von ihm in den Arm genommen zu werden, rückte sie ein Stück von ihm ab. Zum Glück verlor sich die Menschenmenge, je weiter sie sich von Eingang entfernten.

Schließlich ließ Druidus ihre Hand wieder los.

„Ich schlage vor, dass wir erst einmal über die ganze Kirmes gehen, bevor wir den Traceball loslassen. So bekommen wir einen Überblick über das Gelände, falls etwas Unvorhergesehenes passiert."

Moira stimmte ihm zu, und so gingen sie nebeneinander, aber ohne sich zu berühren, über die Kirmes. Mehrfach überredete Druidus sie, ein Fahrgeschäft auszuprobieren. So ließen sie sich im Rad der Riesen von den ungeschlachten Gestalten weit in die Höhe heben, und fuhren mit einer riesigen Raupe, auf der Sättel festgeschnallt waren, und die auf ihrer Kreisbahn ein unglaubliches Tempo erreichte.

Dabei amüsierten sie sich wie Teenager, und Moira entspannte sich etwas.

„Sollen wir das als Arbeits- oder als Freizeit verbuchen?" Druidus lächelte sie verschmitzt an.

Moira konterte.

„Werden Dienstreisen nicht pauschal abgerechnet?"

Er lachte und kaufte ihr Zuckerwatte und ein Lebkuchenherz, auf dem „Ewig Dein" stand. Am liebsten hätte Moira es unter der Jacke oder in der Handtasche versteckt. Stattdessen hängte er es ihr um, und sie trug es mit brennenden Ohren.

Obwohl Moira den Rummel genoss, hielt sie jeden Augenblick Ausschau nach Leclerque Bastide. Sie war überrascht, dass die meisten Besucher der Kirmes Menschen waren. Sie bemerkte nur wenige Elfen und drei Zentauren-Familien. Dafür waren die Schausteller zu einem großen Teil magisch. Am auffälligsten waren die beiden Giganten, die das Riesenrad drehten. Am stärksten umlagert war der künstliche Wald, wo Kinder auf einem Einhorn reiten konnten.

Sie brauchten zwei Stunden, um das ganze Gelände einmal zu umwandern, aber hinterher hatten sie einen guten Überblick über die Verteilung der Stände, den Verlauf der Wege und die bevorzugten Fahrgeschäfte.

„Ich lasse jetzt den Traceball los, damit er uns zu Bastide führt", sagte Druidus. „Wenn es irgendwie möglich ist, sollten wir ihn in einer Ecke der Kirmes ansprechen, wo nicht so viele Leute sind." Er zog einen kleinen Ball aus der Tasche, der wie eine Seifenblase aussah, und tippte mit dem Zeigefinger dreimal darauf.

„Finde Leclerque Bastide und zeige ihn an. Stell keinen Kontakt her."

Links und rechts des Balls entfalteten sich perlmuttfarbene Schmetterlingsflügel. Sie schwangen majestätisch auf und ab. Dabei verloren sie viel glitzernden Staub. Eine schillernde Spur hing in der Luft, als der Ball abhob.

„Komm." Druidus packte ihre Hand und zog sie hinter sich her. Er hielt den Blick immer auf die Glitzerspur und den Ball gerichtet, der in regelmäßigen Abständen rot blinkte. Durch die Eile stießen sie oft mit anderen Besuchern zusammen. Jedes Mal rief Moira eine Entschuldigung, während Druidus nur Augen für den Ball hatte. Überrascht stellte Moira fest, dass das Blinken langsam die Farbe änderte. Es wechselte von Rot über Orange zu Gelb. Schließlich schwebte der Traceball Grün leuchtend über einem Zelt und rührte sich nicht mehr von der Stelle.

Erleichtert blieb Moira stehen, schnappte nach Luft und betrachtete das Zelt. Unter einer großzügigen, Dachkonstruktion aus schwarzem Stoff und Betonpfeilern, stand ein über und über mit goldenen Blumen bemaltes Unterzelt. Es sah aus, als gehöre es einem sindhu Maharadscha. Neben dem Eingang stand ein großes Schild mit der Aufschrift:

MME SUZANKA

HELLSEHERIN

HANDLINIENDEUTUNG

AURENLESUNG

LEGT DIE KARTEN

EIN WAHRHAFTER BLICK IN DIE ZUKUNFT.

Na, wer's glaubt. Moira schüttelte den Kopf über die vielen Menschen, die auf Einlass warteten.

„Was will Bastide da drin?"

Druidus zuckte mit den Schultern.

„Sagte dein Vater nicht, er sei auf der Suche nach Diebesgut? Vielleicht hat er eine heiße Spur." Er ging auf den Zwerg zu, der den Eingang bewachte und hielt ihm seine Hand vor die Augen. Moira sah das Logo der Gendarmerie aufblitzen.

Der Zwerg warf seinen bodenlangen Bart über die Schulter, hämmerte Druidus die Faust in den Magen und rannte los. Da er direkt auf Moira zugeschossen kam, streckte sie ein Bein aus.

Der Zwerg prallte mit dem Kopf gegen eine der Betonstreben, die das Überdach trugen und verlor das Bewusstsein. Moira legte ihm zur Sicherheit Handschellen an Händen und Füßen an.

Während sie darauf wartete, dass sich Druidus erholte, erklärte sie den Wartenden, dass Madame Suzanka bis auf Weiteres geschlossen wäre und überredete sie, andere Attraktionen aufzusuchen. Der Bereich vor dem Unterzelt leerte sich langsam, und als Druidus ihr anerkennend auf die Schulter klopfte, hatte auch der Zwerg das Bewusstsein wiedererlangt. Wortlos zerrte er an den Handschellen und starrte Moira wütend an.

„Ich frage mich, warum diese überzogene Reaktion", sagte Druidus zu ihm, aber er antwortete nicht. „Ich verhafte Sie wegen Widerstand gegen eine Amtsperson in minderschwerem Fall." Druidus hob ihn auf, setzte ihn hinter das Werbeschild, so dass er nicht gesehen werden konnte und erklärte ihm seine Rechte. Dann hakte er sich bei Moira ein und hob die Zeltbahn an, die den Eingang zu Madame Suzanka verdeckte.

Im Inneren war es dämmerig. Moira und Druidus blieben dicht am Eingang stehen und warteten, bis sich ihre Augen an das Halbdunkel gewöhnt hatten. Der überwiegend leere Raum wurde von drei kleinen Lumière Magique Kugeln beleuchtet, deren Licht auf einen achteckigen Tisch mit bodenlanger, weißer Decke und zwei Hocker gerichtet war.

Madame Suzanka saß mit dem Rücken zur Tür. Lange, schwarze Haare flossen über ihren Rücken und wurden kurz vor dem Boden von einem goldenen Band zusammengehalten. Sie flüsterte.

Auf dem anderen Hocker stand ein Elf, kaum größer als ein dreijähriges Kind. Er hatte sich weit über den Tisch gebeugt, und seine Flügel schimmerten im Licht.

Druidus räusperte sich, und Madame Suzanka drehte sich um. Sie sah ihn mit gerunzelter Stirn an.

„Wieso hat Roche Sie hereingelassen? Ich bin noch nicht fertig." Da fiel ihr Blick auf Moira und ihre Augen weiteten sich. „Katie Féroce", hauchte sie und wurde bleich.

Der Elf richtete sich auf und streckte beide Arme aus. Blauweißes Feuer schoss auf Moira zu.

Sie sah es wie in Zeitlupe. Die einzelnen Flammen überschlugen sich, loderten, waberten, quollen auf sie zu. Abwehrend riss sie die Hände hoch und stolperte rückwärts. Die Bewegungen kamen ihr unendlich langsam vor. Ebenso langsam öffnete sich ihr Mund zu einem Schrei. Zwischen ihren Fingern hindurch sah sie Madame Suzanka. Ihre Blicke trafen sich, und sofort formte die Hellseherin mit Zeige- und Mittelfinger das Zeichen zum Abwenden von Bösem. Ihr Gesicht war eine Maske der Angst.

Aus den Augenwinkeln sah Moira, wie Druidus das Elfnetz schleuderte. Es segelte graziös durch die Luft, die rosa Blüten flatterten.

Je näher der Feuerball an Moira herankam, desto blauer wirkte die Welt um sie herum. Sie versuchte, sich schneller zu bewegen, aber offensichtlich war ihr Körper in der verlangsamten Zeit gefangen, während ihre Sinne das Geschehen in Sekundenbruchteilen erfassten.

Der Feuerball prallte auf Moira, hüllte sie in eine Wolke aus Flammen. Alles, auch das Netz, das sich auf Bastide senkte wirkte blau. Ihr Fleisch verschwand, und zurück blieben von blauen Flammen umloderte Knochen und Schmerz, der sich in ihre Arme fraß. Sie wusste, dass sie schrie, hörte sich aber nicht.

Eine Kraft stieg in ihr auf wie eine kühlende Welle, die durch ihren Körper wallte. Unvermittelt erinnerte sie sich, dass sie als Kleinkind oft mit dieser Kraft gespielt hatte. Die Welle stieg höher und höher, kühlte das verschwundene Fleisch und machte es wieder sichtbar. Schließlich schlug sie über ihrem Kopf zusammen. Die Flammen erloschen zischend, und Wasserdampf schoss nach allen Seiten davon. Hocker, Tisch, Zeltplane, Elf und Menschen wurden fort gerissen wie Sandkörner.

Nur Moira stand verwirrt und mit zitternden Händen im Chaos. Ihr Hirn war so leer, als hätte die Wasserdampf- explosion alle Gedanken hinweggefegt. Wie betäubt starrte sie auf ihre Hände.

Ganz langsam schien sich die Welt zu normalisieren. Moira fragte sich, was passiert war, und wie sie das gemacht hatte. Unter den Trümmern des Zelts bewegte sich jemand, und Druidus erhob sich mühsam.

Sein Gesicht zeigte eine Mischung aus Staunen und Begeisterung.

„Liebe Güte, hast du schnell reagiert. Ich hab noch nie jemanden so schnell einen Schild aktivieren sehen."

Es war kein Schild, wollte Moira rufen, brachte aber keinen Ton hervor.

„Das muss ein AntiElfen Spezialschild gewesen sein." Druidus klopfte sich den Staub aus Jacke und Hose. „Wo hast du ihn her? Von deinem Vater?"

Moira schüttelte den Kopf. Sie konnte nicht glauben, dass sie sozusagen aus dem Nichts einen Schildzauber er- schaffen hatte. Das war unmöglich. Es musste eine andere Erklärung geben.

„Du solltest Sabio sagen, wo du den Schildzauber her hast." Druidus ließ nicht locker. „Die Gendarmerie könnte einen wirksamen Schutz gegen Elfenmagie gut brauchen."

Moira fragte sich, wozu sie bei der angeblichen Friedfertigkeit der Elfen einen solchen Schutz brauchten. Egal. Sie konnte sowieso nicht helfen. Also entschloss sie sich, ihre Verwirrung für sich zu behalten und die Zeit zu nutzten, zu verstehen, was geschehen war.

Sie sah sich um. Nicht weit entfernt hockte Madame Suzanka auf dem Boden, die Hände vors Gesicht geschlagen und wimmerte.

Mit zitternden Knien ging Moira zu ihr und beugte sich zu ihr hinunter.

„Kann ich Ihnen helfen?"

Madame Suzanka zuckte zusammen und hob den Blick. Als sie Moira sah, warf sie sich nach hinten und versuchte rückwärts davon zu krabbeln. Ihr Gesicht war vor Angst verzerrt.

„Roche hat mich gezwungen", krächzte sie heiser. „Er hat mich geschlagen, wenn ich mich weigerte. Bitte, bitte tu mir nichts, Katie Féroce."

„Ich bin nicht...", begann Moira und streckte die Hand nach der Hellseherin aus. Sie hielt inne, als Madame Suzanka die Augen zupresste und die Arme schützend um ihren Kopf legte. Langsam zog sich Moira zurück und überließ es Druidus, die verstörte Frau zu beruhigen. Stattdessen machte sie sich in den Trümmern auf die Suche nach Bastide und dem Zwerg. Überall lagen Wertgegenstände herum. Moira fand Ketten, Ringe, Parlebol-Sondermodelle, MusiNerls und vieles mehr. *Also hatte Bastide tatsächlich eine heiße Spur*, dachte sie.

Sie fand den Elf unverletzt unter dem Netz. Er schnarchte leise. Als nächstes suchte sie den Zwerg. Er war davon gerobbt und hatte es bis zur nächsten Attraktion geschafft. Moira erwischte ihn, als er den Losverkäufer überreden wollte, die Handschellen zu öffnen.

„Tut mir leid, aber er ist verhaftet." Moira warf sich den kleinen Mann über die Schulter und ging unter dem Gewicht in die Knie. Der Zwerg wog trotz seiner geringen

Größe kaum weniger als ein erwachsener Mensch. Schnaufend schleppte sie ihn zurück und ließ ihn unsanft neben Bastide auf den Boden plumpsen.

„Danke." Druidus nickte ihr zu und steckte seine Parlebol ein. „Der Manager war froh zu hören, dass die Diebstähle aufgeklärt sind. Er hat das hiesige Gendarmerie-Revier alarmiert und wird bald mit dem Sicherheitsdienst hier sein. Bis dahin müssen wir warten."

„Und die Schaulustigen verscheuchen." Moira zeigte auf die Menschen, die in wachsenden Gruppen um das Chaos herum standen.

KAPITEL 13

Als sie gegen halb drei Uhr morgens zurückkehrten, erwartete Sabio sie auf dem Parkplatz des Reviers. Er hielt zwei Tassen starken Kaffe bereit, die er ihnen in die Hand drückte. Wortlos übernahm er den betäubten Elf und wickelte ihn aus dem Netz.

„Wie lange schläft er schon?"

„Fünfeinhalb Stunden."

Sabio runzelte die Stirn.

„Das ist lange. Lass uns hoffen, dass er sich noch an alles erinnert."

„Es ging nicht anders. Das Nord Yorker Revier hat uns über drei Stunden verhört, und ich wollte keinen zweiten Angriff riskieren." Druidus kippte den Kaffee in einem Zug runter und schüttelte sich.

„Angriff?" Sabio zog eine Augenbraue in die Höhe. „Das musst du mir erzählen."

Moira schluckte die ungenießbare Brühe langsamer. Es schmeckte zwar widerlich, half aber gegen ihre Erschöpfung.

Sabio legte sich den Elf wie einen Säugling auf die Schulter und klopfte ihm vorsichtig auf den Rücken. Bastide hustete und zuckte abwehrend mit den Armen. Sabio atmete erleichtert auf.

„Wir brauchen eine Decke, eine Flasche Morgentau und Honig."

„Ich werfe schnell seine Fingerabdruckkarte ins Labor und bringe dann alles in Verhörraum drei." Druidus eilte davon.

Sabio wandte sich an Moira.

„Ich weiß, dass für dich längst Feierabend ist, aber könntest du das Verhör verfolgen? Vielleicht fällt dir etwas auf, das Druidus und mir entgeht."

Moira nickte und folgte Sabio, der den Elf zum Verhörraum trug. Eigentlich war sie müde genug, um nach Hause ins Bett zu gehen, aber Bastides Aussage interessierte sie, und sie wollte Sabio nicht enttäuschen.

Während er den Gefangenen in den Verhörraum brachte, betrat Moira das Zimmer nebenan. Durch einen großen Einwegspiegel sah sie zwei graue Stühle und einen ebenso grauen Tisch, auf dem Bastide lag. Als Druidus kam, wickelte er den Elf beinahe zärtlich in die Decke, die er besorgt hatte. Moira konnte sehen, wie er mit Sabio sprach, verstand aber kein Wort. Nach einer Weile kam Sabio zu ihr ins Beobachtungszimmer und legte ihr die Hand auf die Schulter.

„Druidus hat mir gemeldet was geschehen ist. Gut gemacht." Er zeigte auf die Scheibe und verpasste ihre Errötung. „Solange du das Licht nicht einschaltest, kann Bastide dich weder sehen noch hören. Außerdem ist der Verhörraum so gebaut, dass selbst Elfenzauber kein Problem ist. Er kann dir also nichts tun."

„Kann ich hören, was drüben gesprochen wird?" Moira setzte sich auf einen Stuhl in der Nähe des Einwegspiegels. Sie war froh, dass sie nicht stehen musste.

„Selbstverständlich. Der Spiegel ist mit einem Sprachübertragungszauber belegt." Sabio aktivierte den Zauber für Moira.

Sofort ertönte Druidus Stimme.

„…glaube er kommt zu sich."

Moira legte Sabio eine Hand auf den Arm.

„Wie lange wird das Verhör dauern?"

„Das lässt sich schwer sagen, aber ich werde versuchen, es kurz zu machen. Druidus ist auch ziemlich fertig." Er wandte sich zum Gehen, blieb aber in der Tür noch einmal stehen. „Wenn es dir zu viel wird, klopf einmal an die Scheibe. Dann brechen wir ab und machen morgen weiter."

Natürlich würde Moira nicht klopfen, sonst wäre der Sprachübertragungszauber ruiniert, aber sie nickte. Dann konzentrierte sie sich auf die Szene vor ihr.

Sabio betrat den Verhörraum und beugte sich über Leclerque Bastide. Der Elf kam langsam zu sich und sah sich verwirrt um. Sabio flößte ihm abwechselnd Honig und Tau ein. Erst als es Bastide sichtbar besser ging, aktivierte Sabio den DiktaNerl und nannte Datum und Uhrzeit des Verhörs.

Dann wandte er sich an Bastide.

„Der Manager der Großen Kirmes wird Ihnen den versprochenen Bonus zukommen lassen. Woher wussten Sie, dass Madame Suzankas Zwerg hinter den Diebstählen steckte?"

Bastide presste die Lippen aufeinander und antwortete nicht.

„Was interessieren uns die Diebstähle auf der Großen Kirmes? Wir ermitteln in einem Mordfall." Druidus stemmte beide Hände auf die Tischplatte und beugte sich zu dem Elf hinunter. „Wo waren Sie am Sonntagabend, sagen wir ab acht Uhr?"

Wieder schwieg der Elf.

Sabio legte Druidus eine Hand auf die Schulter, sah aber Bastide an, als er sprach.

„Ach kommen Sie … Sicher sind Sie genauso müde wie wir."

„Lass mich." Druidus schüttelte Sabios Hand ab.

Moira staunte. War er wirklich wütend? Oder spielten die beiden guter Gendarm, böser Gendarm? Sie konnte sich nicht entscheiden. Auf sie wirkte Druidus Wut echt. Sie bemerkte, dass auf Bastides Stirn Schweißtropfen erschienen.

Druidus starrte Sabio an, die Hände zu Fäusten geballt, leicht vorgebeugt und die Stirn gerunzelt.

„Wenn er nicht bald den Mund aufmacht, werde ich die Elfenkönigin einschalten."

Bastide wurde kreidebleich, redete aber immer noch nicht. Sabio schüttelte den Kopf.

„Wir wollen doch vernünftig bleiben." Er zog sich einen Stuhl herbei und setzte sich Bastide gegenüber hin, während sich Druidus hinter ihn stellte und den Elf mit funkelnden Augen anstarrte.

Sabio schob dem Elf die Ident-Nadel zu, die Moira am Tatort gefunden hatte.

„Kennen Sie die?"

Bastide nickte.

„Die gehört der Firma. Jeder Mitarbeiter hat eine."

„Ihr Chef hat uns verraten, dass dies hier Ihre ist." Druidus Stimme klang immer noch feindselig.

Bastide zuckte mit den Schultern.

„Na und?"

Sabio beugte sich über den Tisch.

„Wie gut kennen Sie Lif Borson?"

„Wen?" Bastides Hände zitterten.

Moira erkannte, dass die Überraschung des Elfs nur gespielt war.

Druidus trat vor, packte ihn am Kragen und beugte sich so weit über den Tisch, dass seine Nase nur wenige Zentimeter von Bastides Gesicht entfernt war.

„Ich gebe dir noch eine Chance, wenn du dann nicht mit der Wahrheit rausrückst... ein Zauberspruch genügt, und die Elfenkönigin schickt ihre Männer vorbei."

Bastide sackte in sich zusammen.

„Ich habe Lif vor zwei Jahren bei der Sylvester-Feier der Firma kennengelernt. Einige unserer Wachleute hatten bei seinen Ausgrabungen gearbeitet. Das Zeugs, dass die Studenten aus dem Boden wühlen ist manchmal ziemlich wertvoll. Lif und ich haben oft spekuliert, was wir verdienen könnten, wenn wir das eine oder andere Stück verschwinden lassen würden." Bastide hob den Blick und sah Sabio flehentlich an. „Aber wir haben nie etwas unterschlagen. Das müssen Sie mir glauben. Wir haben nur geredet."

Moira fiel auf, dass seine Hände unter dem Tisch weder für Sabio noch für Druidus sichtbar waren.

„Auch am Sonntag?", fragte Sabio.

„Nein."

„Lüg nicht", herrschte Druidus ihn an. „Wir haben deine Fingerabdrücke auf einem Glas und am Fenster seiner Wohnung gefunden."

Moira wusste, dass Druidus bluffte. Zwar hatte er hatte Bastides Fingerabdrücke gleich nach der Verhaftung genommen, aber erst vor wenigen Minuten ins Labor gebracht. So schnell waren selbst die besten Analytiker nicht. Doch sein Bluff schien erfolgreich zu sein.

Bastides Augen weiteten sich. Er wirkte ehrlich entsetzt.

„Lif ist in einen Mord verwickelt? Sicher, er ist ziemlich hormongesteuert, und er wird sehr unangenehm, wenn ihm ein gehörnter Ehemann nachspioniert. Aber er würde nie jemanden umbringen."

„Er hat niemanden umgebracht." Druidus verschränkte die Arme vor der Brust. Bastide warf ihm einen fragenden Blick zu, dann schien er zu begreifen. Sein Unterkiefer klappte herunter, und er wurde so blass, dass seine Haut ihren grünlichen Schimmer verlor und grau wirkte. Er röchelte. Sabio reichte ihm die Flasche mit Morgentau.

„Hier, trinken Sie."

Nach wenigen Schlucken kehrte die Farbe in Bastides Gesicht zurück. Seine Augen schwammen in Tränen, und seine Stimme klang flehend.

„Sie verarschen mich, richtig? Lif ist nicht wirklich tot. Das ist nur ein schlechter Scherz, oder?"

Sabio schüttelte den Kopf.

„Ihm wurde Sonntagabend mit einem scharfen Gegenstand der Brustkorb eingeschlagen."

Bastide schlug die Hände vors Gesicht. Er zitterte am ganzen Körper. Er brauchte lange, um sich zu fassen. Dann sah er Sabio direkt ins Gesicht.

„Als ich am Sonntagabend bei ihm war, lebte er. Ich habe ihm von meinem neuen Auftrag erzählt und von dem Bonus, den ich für eine schnelle Aufklärung der Diebstähle bekommen würde. Nach meiner Rückkehr wollten wir den Bonus gemeinsam versaufen." Der Blick des Elfen flackerte zwischen Druidus und Sabio hin und her. Moira kam der Elf vor, wie ein in die Enge getriebenes Kaninchen.

„Ich bin geblieben, bis er andeutete, dass er seine neueste Zuckerpuppe abholen müsse. Vielleicht hat die ihn um… umge…" Er schaffte es nicht, das Wort auszusprechen. „Er hat ständig seine Freundinnen gewechselt, müssen sie wissen. Aber ich kann Ihnen nicht sagen, wen er an jenem Abend beglücken wollte. Ich habe mich nie um seine Amouren gekümmert."

Moira war sich sicher, dass Bastide tatsächlich keine Ahnung hatte, wer Lif getötet haben könnte. Trotzdem achtete sie auf jede seiner Bewegungen und auf jedes Wort. Sabio und Druidus gewannen keine neuen Erkenntnisse, und sie konnte auch nichts Ungewöhnliches entdecken.

Nach einer weiteren Stunde beendete Sabio das Verhör.

„Vielen Dank für Ihre Aussage. Wir müssen sie allerdings auffordern, die Stadt nicht zu verlassen, da die Anklage bezüglich des Angriffs auf unsere Anwärterin noch verhandelt werden muss."

Bastide nickte.

„Es tut mir leid, dass ich sie angegriffen habe. Madame Suzankas Schreck hat mich zu heftig reagieren lassen. Zum Glück ist niemandem etwas geschehen."

„Sie müssen sich trotzdem dafür verantworten."

„Selbstverständlich. Kann ich jetzt gehen?"

Wortlos öffnete Druidus die Tür. Bastide wirkte erleichtert, dass er ungehindert davonfliegen durfte. Moira trat auf den Gang und sah ihm nach, bis er verschwunden war.

Sabio trat neben sie.

„Was sagt dein Bauchgefühl?"

Sie zuckte mit den Schultern.

„Ich bin mir sicher, dass Lifs Tod ein Schock für ihn war. Aber als er behauptete, dass Lif und er nie etwas von den Ausgrabungen gestohlen hätten, hat er möglicherweise gelogen."

Sabio sah sie überrascht an.

„Wie kommst du darauf?"

„Ich habe keinen Beweis dafür, aber er hat unter dem Tisch die Hände an seinen Oberschenkeln gerieben. Das machen viele, wenn sie lügen."

„Wir werden ihm das nächste Mal auf den Zahn fühlen." Sabio legte ihr die Hand auf den Arm. „Jetzt ist es Zeit, Feierabend zu machen. Schlaf dich gut aus. Es reicht, wenn du so gegen Mittag wiederkommst."

Moira bedankte sich und ging zum Ausgang. Sie schwankte vor Müdigkeit. Druidus lief ihr nach.

„Darf ich dich nach Hause fahren?"

Sie nickte, ohne lange zu überlegen. Die Fahrt mit öffentlichen Verkehrsmitteln würde um diese Tageszeit viel zu lange dauern.

Auf dem Weg zu Druidus Wagen sah sie drei Streifenwagen mit Grünlicht und Sirene davon fahren. Es dauerte einen Moment bis ihr klar wurde, was das bedeutete.

„Schon wieder ein Obdachloser?"

Druidus seufzte.

„Hoffentlich nicht. Es wäre ein gefundenes Fressen für die Presse. Ich sehe schon die Schlagzeile vor mir: SERIEN-KILLER IN SALZHAVEN - GENDARMERIE MACHTLOS."

Moira hoffte ebenfalls, dass nicht noch ein Obdachloser getötet worden war. Sie fand es furchtbar, dass es jemand auf die Leute abgesehen zu haben schien, die es sowieso schon am schwersten hatten. Dankbar stieg sie in Druidus Tapisto. Sie lehnte den Kopf gegen den Sitz und kämpfte darum, die Augen offen zu halten. Vergeblich. Sie schlief, bevor Druidus den Parkplatz verlassen hatte.

Sie erwachte, weil jemand ihre Wange streichelte und ihren Namen rief. Die Stimme klang vertraut und zärtlich.

„Papa?" Moira öffnete die Augen.

„Tut mir leid. Bin nur ich", sagte Druidus mit einem verlegenen Lächeln. „Wir sind da."

Das warme Gefühl in Moiras Magengrube ließ nach, dafür brannten ihre Ohren. Sie zwang sich, freundlich zu lächeln, bedankte sich bei Druidus und stieg aus.

„Soll ich dich nach oben bringen?" Hoffnung lag in Druidus Blick.

Moira schüttelte den Kopf. Als sie merkte, wie enttäuscht er war, beugte sie sich noch einmal kurz in den Wagen und gab ihm einen Kuss auf die Wange.

„Aber du darfst mich gegen Mittag abholen."

Druidus Gesicht hellte sich schlagartig auf.

„Bis später."

Moira winkte ihm eine Weile nach, dann stieg sie die Treppen zu ihrer Wohnung hinauf. Nach einer Katzenwäsche und sekundenlangem Zähneputzen plumpste sie ins Bett. Kurz bevor sie einschlief, fiel ihr ein, dass sie immer noch nicht wusste, was Madame Suzanka mit „Katie Féroce" gemeint hatte.

Um halb neun klingelte die Parlebol so lange, dass Moira davon wach wurde. Müde schlurfte sie ins Wohnzimmer und bat ihren Nerl, das Gespräch anzunehmen.

Frankas Gesicht erschien auf der Wasseroberfläche.

„Wir warten seit zwei Stunden auf dich, Moira. Die Möbelpacker kommen jeden Moment."

Moira blinzelte. Ihr Gehirn schien im Schneckentempo zu arbeiten. Möbelpacker?

„Was ist mit dir los?" Frankas Stimme klang besorgt.

„Ich bin einfach nur müde. Bin heute früh erst gegen fünf nach Hause gekommen."

„Ehrlich?" Frankas Augenbrauen sausten in die Höhe. „Wann stellst du ihn mir vor?"

„Wen?"

„Na, den jungen Mann, mit dem du die Nacht durchgemacht hast."

Moira lächelte müde.

„Ich habe gearbeitet. Aber wenn du willst, stelle ich dir meine Kollegen gerne vor."

„Du bist unverbesserlich." Franka schnaufte. „Sieh zu, dass du wieder ins Bett kommst."

„Nee. Ich habe versprochen, beim Umzug zu helfen, und das halte ich auch."

„Untersteh dich. Wenn jemand so fertig aussieht wie du, muss er sich ordentlich ausschlafen. Wir reden später." Franka beendete das Gespräch.

Dankbar kroch Moira in ihr Bett zurück, auch wenn sie sich ärgerte, den Umzug vergessen zu haben. Franka würde sie Jahre später noch damit aufziehen.

Moiras Kopf hatte kaum das Kissen berührt, als sie bereits wieder schlief.

Gegen elf Uhr erwachte sie frisch und ausgeruht. Nach einem kurzen Lauf im nahen Park, einem langen Bad und einem ausgiebigen Frühstück fühlte sie sich wie neugeboren.

Sie sah auf die Uhr. Die Zeit reichte nicht mehr, um vor Dienstbeginn zu Franka und Tord hinaus zu fahren.

„Ich könnte versuchen herauszufinden, warum ich Madame Suzanka solche Angst eingejagt habe." Sie bat einen Nerl, ihren Magiuter zu aktivieren, öffnete das weltweite Infonetz und suchte nach „Katie Féroce".

Sie staunte sehr, als ihr Surfer nur acht Einträge fand, von denen keiner brauchbar war. Alle führten entweder zu Werbeanbietern, in nutzlose Foren oder auf nicht mehr existierende Seiten. Aber Moira gab nicht so schnell auf. Sie versuchte es mit Übersetzungen. „Reißende Katie" ergab keine Ergebnisse, aber „Wilde Katie" lieferte zwei brauchbare Artikel.

Der erste war von einem Hobbyautor, der sein neuestes Schreibprojekt vorstellte. Moira las die wenigen Zeilen, die sich direkt mit seiner Hauptfigur beschäftigten, mit großem Interesse.

DER LEGENDE NACH WAR DIE WILDE KATIE DIE PRINZESSIN EINES WANDERCLANS DER FRÜHEN EISENZEIT. ES HEISST, DASS SIE WILDE MAGIE BÄNDIGTE UND DESHALB VON IHREM VOLK AUSGESTOSSEN WURDE. ES WIRD BEHAUPTET, SIE HÄTTE IHRE GESAMTE SIPPE IN EINEM ANFALL VON WAHNSINN GEKÖPFT UND SICH DANN SELBST GETÖTET.

WISSENSCHAFTLICH KANN DIE LEGENDE NICHT NACHGEWIESEN WERDEN, ABER IN DEN ERZÄHLUNGEN HEUTIGER WANDERCLANS TAUCHT DIE WILDE KATIE IMMER WIEDER AUF. VIELEN MÜTTERN DIENT SIE ALS ABSCHRECKENDES ERZIEHUNGSMITTEL, ÄHNLICH DEM SCHWARZEN MANN IN UNSERER KULTUR.

Moira ignorierte den Rest der Seite, der sich den Romanfiguren widmete. Der zweite Artikel war kaum mehr als eine Randnotiz auf der Webseite der Grabung an Herns Schmiede.

DER ROMANISCHE HISTORIKER TURODOT BEHAUPTET, DIE LEGENDÄRE WILDE KATIE SEI HERN'S GELIEBTE GEWESEN UND HÄTTE MIT SEINER HILFE EIN MONSTER GEBANNT. DA KEINE ANDERE QUELLE SEINE BEHAUPTUNG UNTERSTÜTZT, BLEIBT DIE EXISTENZ DER WILDEN KATIE UNBESTÄTIGT.

Moira lehnte sich zurück und streckte sich. *Herns Schmiede ist Tords Spezialität. Vielleicht weiß er auch etwas über die Wilde Katie. Ich sollte mal mit ihm reden.*

Als hätte sie Moiras Gedanken gelesen, rief in diesem Moment Franka an. Sie war außer sich.

„Stell dir vor, kaum ist Tord aus dem Krankenhaus entlassen, wird er von der Gendarmerie abgeholt. Dabei wollten wir die neue Wohnung einräumen."

Moira redete beruhigend auf Franka ein, während sie gleichzeitig ihren Magiuter ausschaltete. Als sich ihre Freundin etwas gefasst hatte, fragte sie: „Weißt du, warum man ihn geholt hat?"

„Es ging um irgendeinen Diebstahl. Aber Tord ist kein Dieb."

„Das weiß ich. Ich werde mich darum kümmern. Das verspreche ich."

Franka wirkte vorsichtig zuversichtlich.

„In zwei Stunden haben die Möbelpacker den Umzugswagen ausgeräumt. Dann wollte ich anfangen, Tords Kisten auszupacken. Es wäre schön, wenn er dabei wäre."

Es klingelte an der Tür.

„Ich werde zum Dienst abgeholt. Mach dir keine Sorgen, ich schicke Tord rechtzeitig genug los, dass er dir sagen kann, wo er welche Sachen haben will." Moira beendete das Gespräch und öffnete die Tür. Erstaunt sah sie den jungen Gendarm an, der mit der Mütze in der Hand davor stand.

„Druidus lässt sich entschuldigen. Er musste Commissaire Marten bei einem weiteren Mordfall unterstützen. Der vierte Obdachlose diese Woche."

„Der Arme." Moira schnappte sich ihre Jacke und folgte dem jungen Gendarm die Treppe hinunter zu dem direkt vor dem Haus im Halteverbot wartenden Wagen. Als sie vorne einstieg, stellte sie überrascht fest, dass sie ihr Versprechen Franka gegenüber viel schneller einlösen konnte als erwartet. Auf dem Rücksitz rutschte Tord ungeduldig hin und her.

Er begrüßte sie mit einem schiefen Lächeln.

„Wundere dich nicht. Ich soll den Inhalt einer Kiste identifizieren, die aus meiner Ausgrabung stammt. Der Professor meint, ich wüsste darüber am besten Bescheid."

Moira lachte.

„Und Franka dachte, du wärst verhaftet worden."

Tord wurde blass.

„Ach du meine Güte. Wenn ihr das nur nicht schadet, in ihrem Zustand." Sofort zog er seine mobile Parlebol hervor und meldete sich bei Franka, die über seine Erklärung mehr als erleichtert war. Als er sein Gespräch beendet hatte, erkundigte sich Moira nach der Wilden Katie.

Tord kratzte sich am Kopf.

„Warum interessiert dich eine Legende der Wanderer?"

„Weil mich gestern jemand so genannt hat, und ich im Infonet fast nichts über sie finden konnte."

„Ach so." Tord rutschte auf dem Sitz nach vorn und legte die Unterarme auf die Rücklehne von Moiras Sitz. „Weißt du, es gibt keinen einzigen wissenschaftlich tragbaren Beweis für ihre Existenz, und ihre Legende wird nur von den Wanderclans weitergegeben."

„Das ist mir egal." Moira strich sich die Haare aus der Stirn. „Ich möchte nur verstehen, warum diese Frau Angst vor mit hatte. Schließlich habe ich ihr nichts getan."

„Also gut. Aber denke daran, dass es alles nur Legenden sind. Ich habe mich nur deshalb damit beschäftigt, weil eine unbestätigte Quelle behauptet, Katie sei Herns Geliebte gewesen."

„Danke, Tord." Moira lehnte sich mit dem Rücken gegen das Fenster und hörte aufmerksam zu.

„Den alten Geschichten nach wurde die Wilde Katie oder Katie Féroce, wie sie von den Wanderclans genannt wird, als älteste Tochter einer Clan-Königin geboren. Bereits als Kind setzte sie Magie ein, die ihren eigenen Leuten Angst einjagte. Das Kind und seine Magie waren wild und unzähmbar, trotzdem wurde Katie als Kronprinzessin anerkannt. Die Clan-Ältesten waren der Meinung, es sei besser, ihre Kräfte für den Stamm zu nutzen, als sie zu verstoßen. Sie wollten nicht riskieren, dass Katie von einem anderen Stamm gefunden und gegen sie eingesetzt werden würde. So wuchs sie bei ihrer Familie auf; immer auf Wanderschaft.

Es heißt, dass sie auf einem ihrer Wanderzüge an dem Dorf vorbei kamen, in dem Hern mit seinen Eltern lebte. Die Clan-Ältesten sahen mit Sorge, dass sich Katie in ihn verliebte. In ihren Augen war der junge Schmied ein

Ungläubiger, und als Sesshafter kein Heiratskandidat für ihre Prinzessin. Doch die beiden konnten voneinander nicht lassen. Etwa zu der Zeit als Hern erkannte, wie sich Magie in Waffen hineinschmieden ließ, entschloss sich Katie, ihren Stamm zu verlassen. Einige Zeit lebte das Paar glücklich in der Schmiede von Herns Vater. Obwohl Katies Magie ganz anders war als Herns, gelang es ihnen, ihre Kräfte zu vereinen. Sie erschufen Waffen, von denen die Welt noch heute redet."

„Bisher klingt das nicht gerade Furcht einflößend", sagte Moira als der Wagen vor der Gendarmerie hielt.

„Ich bin ja auch noch nicht fertig."

KAPITEL 14

Sie stiegen aus, und Moira versprach dem Fahrer, Tord ins Archiv zu bringen. Während der junge Gendarm den Wagen parkte, ging sie mit Tord durch die langen Korridore. Aber er kam nicht dazu, weiterzuerzählen, denn Semra kam ihnen entgegen.

„Gut, dass ich dich treffe", sagte sie zu Moira. „Sabio ist noch nicht vom Tatort zurückgekehrt. Er lässt dir ausrichten, dass du die Beweise im Fall HnP 25/19 noch einmal unter die Lupe nehmen sollst. Sein Bauchgefühl sagt ihm, dass er etwas Wichtiges übersehen hat. Und du weißt ja, dass Sabio viel auf sein Bauchgefühl gibt."

Moira runzelte die Stirn.

„Fall HnP 25/19?"

„Der fünfundzwanzigste Homizid natürlicher Personen im Jahr 3019", übersetzte Semra das Aktenkennzeichen. „Das ist der Mord an Lif Borson."

Moira wurde blass, nahm sich aber zusammen. Immerhin ging es nur um die Sichtung von Beweisen. Lifs Leiche würde sie erst bei der Beerdigung wieder gegenüberstehen.

„Die Beweise musst du dir von Excelsior van Steen holen", sagte Semra.

„Das passt gut. Da muss Tord auch hin." Moira zog den verdutzten Archäologen hinter sich her zur Treppe, die ins Archiv hinunter führte. Sie sah zu Tord auf. „Wie ging es mit Katie Féroce und Hern weiter?"

„Du lässt dich wohl nie von einem Thema abbringen, was?" Er lachte. Während sie die endlosen Stufen hinunter stiegen, erzählte er weiter.

„Natürlich gaben die Wanderclans ihre Prinzessin nicht auf. In einer Nacht überfielen sie das Dorf in dem die beiden lebten und entführten Katie. Es heißt, Hern sei außer sich gewesen und hätte sich sofort auf die Suche nach den Entführern gemacht. Die Entführer flüchteten mit ihrer Prinzessin in die Berge und versuchten immer wieder, sie an ihre Pflichten zu erinnern. Mehr als einmal gelang es Katie, sich mit Hilfe ihrer besonderen Magie zu befreien, aber jedes Mal wurde sie wieder eingefangen. Schließlich sperrte sie ihr Clan in eine geheiligte Höhle, in der Hoffnung, dass sie dort zur Besinnung kommen würde.

Stattdessen verlor sie vollends den Verstand. Sie zauberte sich ein Schwert herbei, und als der Clan kam, um sie im Triumphzug heimzuführen, erschlug sie alle, Frauen und Männer, Kinder und Alte. Kein einziger Mensch ihres Clans blieb am Leben. Nicht einmal die eigene Familie verschonte sie. Erst Hern konnte ihren Wahnsinn stoppen. Als er auftauchte, erkannte sie, was sie getan hatte. Sie stieß sich das Schwert in die Brust und starb in seinen Armen. Es heißt, Hern hätte seine Schmiede über ihrem Grab errichtet."

Moiras Neugier kannte keine Grenzen.

„Und? Habt ihr dort bei der Grabung etwas entdeckt?"

Tord grinste.

„Hast du nicht selbst die Kisten gesehen? Ein Grab haben wir allerdings nicht gefunden."

Moira schnaufte und öffnete die schwere Stahltür zum Archiv. Ein Glockenspiel läutete. Sie sah sich um. Der vordere Teil des riesigen Rundbogengewölbes war hell erleuchtet und wurde von einem breiten Tresen beherrscht. Der Bereich dahinter war durch einen deckenhohen Maschendrahtzaun abgetrennt, hinter dem sich zwischen den Säulen lange Regalreihen im Halbdunkel verloren. An einer Feuerstelle in der Seitenwand stand ein weißhaariger Mann mit dem Rücken zu ihnen. Als das Läuten der Tür verklungen war, drehte er sich zu ihnen um. Mit ausgestreckter Hand kam er auf Tord zu.

„Sie sind sicherlich Tord Mutelen. Kommen Sie, ich habe alles vorbereitet."

Überrascht stellte Moira fest, dass Excelsior van Steen Sicherheitskleidung trug. Der lange, nachtblaue Mantel mit den silbernen Symbolen passte zu seinem gepflegten, weißen Bart.

Moira starrte seinen spitzen Hut an. Obwohl sie wusste, dass der Hut Magie fokussierte, musste sie sich zwingen, nicht zu lachen. Offensichtlich war Excelsior van Steen einer der wenigen Männer, die Magie direkt einsetzten und sich nicht auf Nerls verließen. Gerade deshalb erinnerte er sie an einen Hexenmeister aus vergangenen Zeiten.

Van Steen führte Tord zu dem Tresen, wo die Kiste aus dem Einbruch ins Museum bereit stand. Er sah Moira an und zog eine Augenbraue in die Höhe.

„Danke. Sie können dann gehen."

Moira spürte, wie sie rot wurde.

„Commissaire Marten schickt mich. Ich soll die Beweise aus Fall HnP 25/19 noch einmal durchgehen."

Van Steen nickte.

„Verzeihung, das wusste ich nicht. Die Kiste steht bereits hier, da sie von Herrn Mutelen begutachtet werden muss. Den Rest werde ich gleich holen." Er eilte davon.

Moira starrte die Kiste mit dem Logo des Museums an und schluckte. Sie drohte in Erinnerungen zu ertrinken, denn am Deckel klebte noch immer Lifs eingetrocknetes Blut. Schwer atmend wandte sie sich ab und biss sich auf die Unterlippe. Erst als Tord den Deckel zur Seite gestellt hatte, half sie ihm. In der Kiste lag ein langes, schmales Gefäß aus Stein und Eisen. Sonst nichts.

Tord zog den Verschluss von dem Steingefäß ab und sah hinein. Es war leer.

„Weg! Welch ein Verlust."

Er sah so verzweifelt aus, dass ihm Moira die Hand auf die Schulter legte.

Mit Tränen in den Augen sah er sie an.

„Allein der Gedanke, dass die Artefakte jetzt von geldgierigen Dieben an schmierige Privatsammler verhökert werden, bringt mich zur Weißglut."

Um Tord abzulenken, betrachtete sie das Steingefäß genauer. Es war so lang wie ihr Arm und an beiden Enden dicht mit Metallbändern umwunden.

„Wofür war das?"

Im ersten Moment antwortete Tord nicht. Seine Stirn war immer noch gerunzelt. Aber als Moira mit dem Zeigefinger die in den Stein gemeißelten Runen nachzog und nach deren Bedeutung fragte, ließ er sich erweichen.

„Wir wissen noch nicht, was die Runen bedeuten. Sie sind sehr alt und magisch. Leg mal deine Hand hierher." Er zeigte auf eine Stelle, wo Runen um etwas gruppiert waren, das wie ein Handabdruck aussah.

Zögernd legte Moira ihre Hand auf die Stelle und zuckte erschrocken zurück.

„Aua. Ich habe einen Schlag gekriegt."

„Unmöglich." Tord schüttelte den Kopf. „Ich habe meine Hand oft auf den Stein gelegt. Es gibt nur eine Stimme, die Worte in einer unbekannten Sprache sagt. Es ist völlig ungefährlich."

Moira schluckte und streckte erneut die Hand aus. Schmerz schoss durch ihren Körper. Jede Faser ihres Seins brannte. Eine unbekannte Stimme raunte unverständliche Worte in ihr Ohr. Sie riss die Hand zurück.

„Was ist das?"

„Ich halte es für Herns Stimme, auch wenn ich noch keinen Beweis dafür habe." Tord grinste von einem Ohr zum anderen. „Beeindruckend, nicht wahr?"

Moira starrte auf den Handabdruck auf dem Steingefäß. Er war offensichtlich magisch, denn er glitzerte. Obwohl sie Angst vor den Schmerzen hatte, wurde ihre Hand unaufhaltsam davon angezogen. Sie ließ es geschehen, denn sie hatte das Gefühl, dass die Nachricht für sie wichtig wäre.

Diesmal waren die Schmerzen erträglich. Ihre Hand verschmolz mit dem Steingefäß. Langsam veränderte sich das Kauderwelsch und die Wörter ergaben einen Sinn.

„Gibacht. Gibacht. Gibacht", murmelte die Stimme. Sie war eindeutig weiblich. Ein Gesicht erschien, durchsichtig und vage, so als falle es dem Zauber schwer, es nach so langer Zeit zu rekonstruieren. Doch die schwarzen Augen brannten in Moiras Seele. „Nichtöffnen. Hörstdu? Nicht öffnen!"

„Wer bist du?" Moiras Hals war wund, so dass sie ihre Frage mehr dachte als sprach.

„Dassiegel. Siehdassiegel." Die Stimme verklang, das Gesicht löste sich auf und Moiras Hand löste sich von dem Steingefäß. Sie sank zu Boden. Kurz bevor sie das Bewusstsein verlor, spürte sie Tords Arme.

Als sie wieder zu sich kam, lag sie auf dem Boden mit dem Kopf auf Tords Schoß. In seinen Augen stand Sorge.

„Lob und Preis, es geht dir besser." Er streichelte ihr Gesicht. „Franka hätte mich umgebracht."

„Machen Sie sich keine Vorwürfe." Excelsior van Steen legte Tord eine Hand auf die Schulter. „Sie konnten nicht ahnen, dass unsere Kollegin auf diesen Zauber anders reagiert als andere Leute. Soweit ich informiert bin, hat sie seit jeher Probleme mit Magie." Mit der freien Hand reichte er Tord einen feuchten Lappen. „Die Sanitäter werden jeden Moment da sein."

Moira setzte sich auf. Auch ohne den feuchten Lappen fühlte sie sich mit einem Mal erfrischt und ausgeruht.

„Was ist passiert?"

„Du hast geglüht wie eine Lampe und bist zusammengebrochen", sagte Tord. „Ich dachte, ich hätte dich umgebracht."

In diesem Moment betrat der junge Gendarm das Archiv, der sie abgeholt hatte.

„Wenn Sie hier fertig sind, soll ich Sie heim fahren", sagte er zu Tord.

Tord nahm beide Hände von Moira und sah ihr tief in die Augen.

„Dir geht es wirklich gut? Keine Nebenwirkungen? Soll ich nicht lieber bleiben?"

Moira schüttelte den Kopf.

„Geh nur. Du kennst doch Frankas Geduld."

„Ich gehe nur, wenn bewiesen ist, dass ich dir keinen bleibenden Schaden zugefügt habe."

Moira stand auf. Sie winkte ab, als Tord ihr helfen wollte.

„Mir geht's gut. Ehrlich."

Dasselbe bestätigten ihr wenig später die beiden Sanitäter, die Excelsior van Steen gerufen hatte. Endlich war Tord überzeugt. Trotzdem verließ er sie nur zögernd und drehte sich immer wieder zu ihr um.

Als sich die Tür hinter ihm schloss, seufzte der Archivar.

„Wunderbar. Endlich können Sie sich Sabios Auftrag widmen, und ich werde in der Lage sein, mich wieder auf meine Arbeit zu konzentrieren. Was für ein Tag." Er zeigte auf einen Karton, auf dem in dicken, schwarzen Buchstaben

HnP 25/19 stand. Ohne weitere Worte ließ er sie stehen und ging in den abgetrennten Teil des Archivs zurück.

Während Moira die Beweise aus dem Karton nahm, dachte sie über ihr Erlebnis nach. *Ich habe nicht Hern gesehen, sondern Katie.* Darin war sie sich ganz sicher. Weniger klar war ihr, warum ihr die legendäre Frau erschienen war und nicht denen, die den Handabdruck vor ihr berührt hatten. Außerdem fragte sie sich, warum Tord und der Archivar das Gesicht nicht gesehen hatten. *Es muss eine Form von Magie gewesen sein, die mit der anderer Leute nicht kompatible ist. Entweder das, oder irgendjemand hat sich sehr viel Mühe gemacht, so zu tun als ob ... na was? Als ob es Katie gegeben hätte? Oder war es ein Angriff auf Leute, die nicht genug Magie zur Verteidigung besaßen? Aber warum? Im zweiten Fall fragt sich natürlich wer und warum.* Sie grübelte darüber nach, während sie die Beweisstücke sortierte. Erst als sie sie genauestens untersuchte, schob sie die Gedanken an die Wilde Katie zur Seite.

Eine Stunde später war sie fertig, hatte aber nichts Neues entdeckt. Sie rief nach dem Archivar, musste aber lange warten, bevor van Steen durch die Gittertür trat und den Inhalt des Kartons kontrollierte.

„Hier ist Ihre Quittung." Er reichte ihr den Beleg dafür, dass sie die untersuchten Gegenstände ordnungsgemäß abgegeben hatte. Dann nahm er den Karton mit den Beweisen und verschwand wieder in seinem Reich.

Moira schüttelte den Kopf über seine Unfreundlichkeit. Während sie die Treppe hinauf stieg, wunderte sie sich, dass es ihm gelungen war, Abnehmer für das Buch zu finden, das sie von ihm besaß. An ihrem Arbeitsplatz angekommen, nahm sie die Akten, die ihr Buds hingestellt hatte und begann, Berichte, Fotos und Analysen zu sortieren.

Plötzlich stand Druidus neben ihr und legte ihr eine Hand auf die Schulter. Er beugte sich so weit vor, dass sein Atem ihre Wange streifte.

„Hast du schon über meinen Vorschlag nachgedacht? Ich lese dir jeden Wunsch von den Augen ab, wenn du mit mir ausgehst."

Moiras Herz raste. Sein herb-frisches Aftershave verwirrte sie, und seine Lippen waren verführerisch sinnlich und feucht. Sie schloss die Augen, um zu sehen, ob er sie ungefragt küssen würde, aber er stand nur neben ihr und wartete geduldig auf eine Antwort.

„Also gut", sagte sie. „Du darfst mich heute Abend zum Essen abholen. Acht Uhr. Getrennte Kasse."

Er strahlte und drückte zärtlich ihre Schulter, bevor er davon eilte.

Als sie nach Hause kam, lag vor ihrer Wohnungstür ein Päckchen ohne Anschrift oder Absender. Es war eindeutig nicht mit der Post gekommen. Moira nahm es mit in die Küche. Erstaunt starrte sie auf ein Bündel Briefe, die alle an sie adressiert waren. Und alle trugen den Aufdruck: Annahme verweigert, zurück an Absender. Obenauf lag ein gefalteter Zettel. Sie klappte ihn auf.

Liebe Moira,

bitte, bitte, lies diese Briefe. Sie sind chronologisch sortiert. Wenn du mir schon nicht verzeihen kannst, verstehst du mich vielleicht wenigstens. Es tut mir leid, dass ich uns die verlorene Zeit nicht zurückbringen kann.

Lavant

Moira ließ die Briefe sinken und atmete tief durch. Sie wusste nicht, ob sie wütend sein sollte, oder gerührt. Hatte sie ihrem Vater nicht deutlich genug gezeigt, dass sie mit ihm nichts zu tun haben wollte? Sie legte die Briefe zur Seite und zog sich für das Abendessen mit Druidus um, aber es fiel ihr schwer, sich aufs Schminken zu konzentrieren.

„Also gut", sagte sie zu den Briefen. „Aber nur einen." Sie nahm den obersten Brief, öffnete ihn und las.

Liebstes Töchterchen,

ich vermisse Dich so sehr und wünschte, ich hätte mich trotz aller Bedenken von Dir verabschiedet. Jetzt hängt Dein Bild über meinem Schreibtisch. Das mit der Insel voller Schmetterlinge, erinnerst du Dich? Jedes Mal, wenn ich es ansehe, kommen mir die Tränen. Meine Innendesignerin liegt mir in den Ohren, ich solle endlich die alten Möbel verschrotten, aber ich bringe es nicht übers Herz.

Wie oft hast Du auf diesem Tisch gesessen und mich von der Arbeit abgehalten. Ich weiß nicht mehr, ob ich mich immer beherrschen konnte oder ob ich oft wütend wurde. Ich weiß nur, dass Du jetzt nicht mehr hier sitzt - und das schmerzt. Mehr als Du Dir vorstellen kannst.

Wenn Du willst, komm mich besuchen. Dann zeige ich Dir meine neue Arbeit und mein Büro (es ist größer als mein altes und hat noch viel Platz an den Wänden für Deine Bilder). Ich habe mehr zu tun als ich zu träumen wagte, aber für Dich habe ich immer Zeit.

Bitte verzeih Deinem Trottel von Vater.

Darunter klebte ein Glitzerherz.

Moira biss sich auf die Unterlippe, um nicht zu weinen. Sie griff nach dem nächsten Brief und dem nächsten und dem nächsten. Zwischen den Zeilen konnte sie Lavants wachsende Verzweiflung lesen, auch wenn er überwiegend über seine Arbeit schrieb. Tränen liefen ihr über die Wangen und hinterließen schwarze Streifen aus Wimperntusche. Sie fragte sich, warum ihre Mutter ihr die Briefe nie gegeben hatte. Vielleicht hätte sie sich dann mit ihrem Vater versöhnt. Schniefend las sie Brief um Brief. Sie merkte kaum, wie die Zeit verging. Erst die Türklingel riss sie aus ihren Gedanken.

„Da steht ein Mann, der sich Druidus van Steen nennt", sagte der Nerl. *Van Steen? Ob Druidus mit Excelsior verwandt ist?* Moira wies den Nerl an, ihm zu öffnen. Sie legte den Brief zu den anderen auf den Tisch und eilte ins Badezimmer, um sich das Gesicht zu waschen und die Wimperntusche zu erneuern.

Trotzdem merkte Druidus sofort, dass sie geweint hatte. Er legte seine Hand an ihre Wange.

„Kann ich dir irgendwie helfen?"

Moira schüttelte den Kopf und huschte an ihm vorbei die Treppe hinunter, froh, dass er nicht weiter fragte.

Kapitel 15

Sie ließen Druidus Wagen stehen und gingen zu Fuß in ein Lokal, das Moira regelmäßig besuchte. Schweigend rückte ihr Druidus den Stuhl zurecht und vertiefte sich danach in die Speisekarte.

Moira war dankbar, dass er ihr kein Gespräch aufdrängte. Sie bestellte und hing ihren Gedanken nach, bis der Kellner die Vorspeise auftrug.

„Das sieht aber lecker aus", sagte Druidus und rührte seine Suppe um.

„Ja, ich..." Moiras Unterlippe zitterte. „Das habe ich schon als Kind gerne gegessen."

Druidus legte seine Hand auf ihre und sah sie an.

„Wollen wir gehen? Wir können uns in den Park setzen und reden."

Moira betrachtete Druidus schweigend. Tausend Gedanken wirbelten durch ihren Kopf. Schließlich gab sie sich einen Ruck.

„Ich habe heute von meinem Vater einen ganzen Berg Briefe bekommen." Tränen tropften in ihre Suppe. Dann erzählte sie - von Anfang an. Es war, als wäre ein Damm gebrochen. Sie erzählte Druidus sogar Dinge, die sie nicht einmal Franka anvertraut hatte. Die Wärme seiner Hand auf der ihren war tröstlich, aber sie sah ihn nicht an. „Es schmerzt bis heute, dass er uns wegen einer anderen Frau hat sitzen lassen", schloss sie.

„Es gibt eben keine Garantie, dass eine Beziehungen hält. Dummerweise leiden die Kinder immer am meisten." Druidus legte auch seine andere Hand auf ihre. „Andererseits gäbe es dich ohne die Beziehung deiner Eltern nicht, somit war sie für mich ein Gewinn."

„Warum hat er mich nicht besucht? Ich habe Angst, dass meine Kinder irgendwann auch so leiden müssen."

Druidus schwieg lange. Schließlich sagte er mit leiser Stimme: „Du bist nicht die einzige, die Angst hat." Beide Hände über ihre gelegt, starrte er auf die Tischplatte, während er sprach.

„Seit ich alt genug bin, schleppt meine Mutter Mädchen an und drängt sie mir als Freundin auf. Jede einzelne nach sorgfältigem Finanzcheck ausgewählt und natürlich mit Stammbaum. Jede einzelne war so langweilig wie ein Witz ohne Pointe. Und jede einzelne wurde von meinem Vater weggeekelt. Aber das war mir nur Recht.

Zu Beginn meiner Gendarmerie Magique Ausbildung habe ich mich schließlich in ein Mädchen verliebt und sie meinen Eltern vorgestellt – nachdem ich sie vorgewarnt hatte. Zwei Tage später packte sie all ihr Hab und Gut, um in eine andere Stadt zu ziehen. Vater hatte das arrangiert und ihr viel Geld für einen Neuanfang gegeben. Als ich sie zur Rede stellte, lachte sie mich aus. Weißt du, was sie sagte?" Er hob den Blick und sah Moira an.

Auch wenn er nicht weinte, erkannte sie den Schmerz in seinem Blick.

Da sie schwieg, beantwortete Druidus seine Frage selbst.

„Sie sagte, ein Spatz in der Hand sei besser, als eine Taube auf dem Dach. Ich dachte, ich müsse sterben." Er beugte sich vor und sah ihr tief in die Augen. „Dabei habe ich sie nicht annähernd so geliebt, wie dich. Ja, ich habe Angst, dass ich wieder verletzt werde. Aber ich verstecke mich nicht länger hinter meiner Furcht. Wenn du mich willst, gehe ich das Risiko ein."

Mit einem Mal schien der Schmerz in Moiras Herzen nur halb so schlimm wie vorher. Von Druidus Händen breitete sich Wärme über ihren Körper aus, und wenn ihr auch nicht zum Lachen war, fühlte sie sich wohl. Das war besser, als alles, was sie je mit einem Mann erlebt hatte.

„Übrigens", sagte er und zog seine Hände zurück. „Ich kenne Lavant seit vielen Jahren. Er hat meine Eltern oft besucht, aber ich habe ihn kein einziges Mal in Begleitung einer Frau gesehen."

Moiras Kopf ruckte in die Höhe. Das war unmöglich. Hatte ihre Mutter nicht mehrfach betont, dass er eine andere hatte?

„Aber …"

„Vielleicht solltest du mal in Ruhe mit ihm reden."

Der Kellner trat zu Moira, beugte sich vor und flüsterte.

„Wenn ich das Essen noch länger warm halten muss, schmeckt es nicht mehr."

„Sie können auftragen", sagte Druidus und lehnte sich zurück, um ihm Platz zu machen.

Das Essen schmeckte lecker, auch wenn das Fleisch ein wenig trocken geworden war. Sie aßen schweigend, aber Moira fühlte sich wohl dabei. Bis zum Nachtisch hatte sie eine Entscheidung getroffen. Ihr Herz klopfte bis in den Hals. Sie räusperte sich.

„Also, ich werde mich nicht von deinem Vater wegekeln oder bestechen lassen."

Druidus Augen weiteten sich.

„Soll das heißen... Willst du... Sind wir..."

„Lass es uns versuchen. Mehr als schief gehen kann es nicht." Moira spürte, wie ein wohliges Kribbeln von ihrer Magengrube aus auf den Rest ihres Körpers übergriff. Sie strahlte von einem Ohr zum anderen.

Auch Druidus strahlte. Sie zahlten und gingen. Vor dem Lokal blieb Druidus stehen.

„Wollen wir noch ein Stück gehen?"

Wortlos wendete sich Moira dem Park zu, und Hand in Hand wanderten sie die Straßen entlang. So spät am Abend war der Park nahezu leer. Sie setzten sich auf eine Bank am See, und Moira lehnte ihren Kopf an Druidus Schulter. Er legte einen Arm um sie, und sie genossen den lauen Sommerabend. Nach einer Weile beugte sich Druidus zu ihr herunter und küsste sie zärtlich. Moiras Lippen prickelten. Sie schlang ihre Arme um seinen Hals, damit dieser Kuss kein Ende nehmen möge.

Etwas Nasses, Kaltes klatschte ihnen um die Ohren, und eine unangenehm hohe Stimme kreischte sie an.

„Verdammtes Gesindel. Verschwindet von meiner Bank. Hier ist knutschfreie Zone." Die Frau schlug mit beiden Händen auf Druidus ein.

Während Moira das nasse Schultertuch von sich schleuderte, packte Druidus beide Arme der Frau. Er stand auf und drückte sie auf die Bank nieder. Der Widerstand der Frau erstarb, so dass Druidus sie loslassen konnte.

Moira schüttelte fassungslos den Kopf.

„Was sollte das denn? Sie können doch nicht ohne Grund Parkbesucher angreifen!"

„Ohne Grund?" Die Frau lachte, und ihr Atem hüllte Moira in einen Alkoholnebel. „Ihr knutscht hier auf meiner Bank. Meiner Bank!" Sie zeigte auf ein Messingschild, dass in die Lehne der Bank eingelassen war.

Dort stand: 'Gespendet von Samantha Belz im Gedenken an ihren geliebten Vater'.

Moiras Augen weiteten sich.

„Sie sind Samantha Belz? Die Samantha Belz, die mit Pete Huudien bekannt ist?"

„Pete, oh mein Pete." Die Frau schlug die Hände vors Gesicht und weinte laut.

„Was ist mit ihm?"

„Fohohort ist er. Fort, wie ein Sittich, der aus seinem Käfig geschlüpft ist." Samantha zog eine Flasche aus der Tasche ihres weiten Mantels, setzte sie an und trank in gierigen Schlucken. Dann winkte sie Moira und Druidus zur Seite. „Verschwinnet. Lass misch allein." Sie rollte sich auf der Parkbank zusammen und war wenig später eingeschlafen.

Moira sah Druidus an. Sie wusste nicht, ob sie lachen oder weinen sollte.

„Ich glaube, wir haben die Putzfrau gefunden, die in Huudien verknallt ist", sagte sie.

Druidus nickte.

„Wir sollten sie in eine Ausnüchterungszelle stecken, damit wir morgen früh eine halbwegs vernünftige Aussage kriegen." Er zog seine mobile Parlebol hervor und rief einen Kollegen der Nachtschicht an.

Es dauerte nicht lange, bis ein Streifenwagen neben ihnen hielt. Zwei Gendarmen betteten die Betrunkene vorsichtig auf den Rücksitz und fuhren wieder ab.

„Ich möchte nach Hause", sagte Moira.

Druidus nickte und hakte sich bei ihr ein.

„Schade, dass der Abend so zu Ende gehen musste."

„Das holen wir nach." Moira hielt seinen Arm mit beiden Händen und kuschelte sich eng an ihn. „Versprochen."

Am nächsten Morgen kam Moira gerade noch rechtzeitig vor Dienstbeginn an ihrem Arbeitsplatz an. Sie hatte noch lange in ihrem Zimmer gesessen, die Briefe ihres Vaters gelesen und sich gefragt, warum ihre Mutter ihr seine Briefe vorenthalten hatte. Sie gähnte.

Semra streckte den Kopf aus Verhörraum drei und winkte.

„Du wolltest sicher bei dem Verhör dabei sein, oder?"

Moira sauste ins Zimmer und setzte sich neben Semra. Bei Tageslicht sah Samantha noch armseliger aus, als in der Nacht. Der viel zu große Mantel schlotterte um ihren schlanken Körper, der in mehrere Lagen T Shirts und Pullover gekleidet war. Die langen, blonden Haare hingen ihr strähnig ins Gesicht, und die Augen waren gerötet.

Samantha schniefte und wischte sich die Nase am Ärmel ihres Mantels ab.

„Was wollt ihr von mir? Ich hab nix verbrochen."

„Sagt ihnen das etwas?" Semra legte die Zeichnung auf den Tisch, die sie von Pete Huudien hatten.

Samantha spuckte auf den Boden.

„Scheißkerl. Wie alle."

„Nur weil er sich nicht in Sie verliebt hat?"

„Was hat denn diese Rosinen-Schnitte, was ich nicht habe? Meine Liebe für ihn ist viel größer und meine Titten auch. Aber das wollte der Scheißkerl nicht begreifen. Nicht einmal, als ich ihn ganz für mich hatte. Immer und immer hat er mir die Ohren vollgeheult. Rosine hier, Rosine da. Zum Kotzen."

„Sie geben also zu, Pete Huudien entführt zu haben?" Semra neigte den Kopf ein Stück zur Seite.

„Das war keine Entführung. Ich hab ihn nur zu mir nach Hause eingeladen. Außerdem haben mir dieser Lif und sein Elfenkumpel geholfen. Ich dachte, wenn ich ihm zeige, wie sehr ich ihn liebe, würde er für immer bleiben."

„Mit Elfenkumpel meinen Sie Bastide Leclerque?"

„Basti, klar."

Moira mischte sich ein.

„Wo ist Pete Huudien jetzt?"

„Keine Ahnung. Er hat sich furchtbar aufgeregt, als ich ihm das Geld gezeigt hab, dass uns die Rosine besorgt hat. Er hat mich gegen den Tisch geschubst, und als ich wieder zu mir kam, war er weg. Mit dem Geld." Samantha wischte sich erneut die Nase an ihrem Ärmel ab. „Ich hab sofort den Lif angerufen. Er hat sich dann darum gekümmert, sagte jedenfalls Basti."

Moira wurde bleich. Sie beugte sich zu Semra und flüsterte ihr ins Ohr.

„Hat einer der getöteten Obdachlosen Ähnlichkeit mit Pete Huudien?"

„Nicht die geringste. Das könnte auch bedeuten, dass wir seine Leiche bisher nicht entdeckt haben", flüsterte Semra zurück. „Am besten schnappst du dir Druidus oder Buds. Holt Bastide her, damit wir ihn nach den Details befragen können. Ich sehe zu, was ich noch aus Fräulein Belz herausbekomme." Während Moira aufstand und zur Tür ging, wandte sich Semra wieder Samantha zu.

„Wann haben sie Bastide Leclerque das letzte Mal gesehen?"

„Er war auf dem Weg zum Bahnhof, wegen irgendeinem Job."

Auf dem Flur sah Moira Druidus aus Sabios Büro treten. Sie rannte zu ihm.

„Die Betrunkene von gestern ist tatsächlich die Frau, die wir gesucht haben. Sie belastet Bastide Leclerque. Semra meint, wir sollten ihn für ein Verhör herbringen. Hast du Zeit?"

„Ich wollte sowieso gerade zu Leclerque. Das Labor konnte ihm Fingerabdrücke am Ort des Einbruchs zuordnen." Druidus grinste. „Ich glaube es wird Zeit, dass wir unseren Elf fragen, was mit den Waffen geschehen ist."

„Außerdem könnte er gesehen haben, was Lif mit Pete gemacht hat. Wenn er der Elf auf dem Überwachungsglobus war, hatte er engsten Kontakt mit beiden." Moira war glücklich. Endlich gab es eine Spur, die sie verfolgen konnte, noch dazu mit Druidus. Trotz des grauen Himmels hüpfte sie die Stufen hinunter.

Druidus folgte ihr etwas langsamer. Seine mobile Parlebol klingelte. Als er sah, wer ihn anrief, schossen seine Augenbrauen in die Höhe.

„Oh." Er winkte Moira zu sich, hielt die Parlebol aber von ihr weg. „Es ist dein Vater. Er will dich sprechen."

Sie schüttelte den Kopf, und ihre Lippen formten die Worte: „Ich bin nicht hier."

„Tut mir Leid, Sir. Ich kann sie nicht finden." Druidus beendete das Gespräch und öffnete den Wagen. „Es ist ziemlich schwierig an meine Nummer zu kommen. Also, warum ruft er dich nicht direkt an?"

„Ich habe meine mobile Parlebol daheim gelassen."

„Ruf ihn doch zurück." Er hielt ihr seine Parlebol hin.

„Danke, aber wenn ich sie berühre, fängt das Wasser darin an zu spinnen. Meine erste hat sich in einen Mini-Springbrunnen verwandelt, und eine andere hat meine beste Freundin durchnässt. Ich habe jetzt eine Spezialanfertigung." Moira stieg ein. „Ich rufe ihn an, wenn ich wieder daheim bin."

„Du solltest mit Sabio über deine Magieprobleme reden. Er hat manchmal sehr eigenwillige Ideen, aber vielleicht kann er dir helfen." Druidus fuhr los.

Während er sie durch den dichten Stadtverkehr lotste, dachte Moira über seinen Vorschlag nach. Sie mochte Sabio. Sehr sogar. Aber konnte er mehr wissen, als die vielen Ärzte, zu denen ihre Mutter sie geschleppt hatte?

„Wir sind gleich da", sagte Druidus.

Moira schrak aus ihren Gedanken auf und sah sich um. Sie hatte gar nicht bemerkt, wie dunkel es durch die Regenwolken geworden war. Die regennassen Straßen glitzerten im Licht der Lumières Magique, die in regelmäßigen Abständen die Straßen erhellten. Nur die Straße, auf der sie fuhren, führte ins Halbdunkel.

Druidus hielt auf einem Parkplatz.

„Von hier geht es nur zu Fuß weiter."

Er reichte Moira galant den Arm. Sie zog die Kapuze der Regenjacke über und hakte sich ein. Gemeinsam gingen sie den mit Natursteinen gepflasterten Weg nach Elbenholm entlang. Wie die meisten Menschen war Moira noch nie im Stadtviertel der Elfen gewesen. Umso mehr staunte sie. Bäume standen dicht an dicht wie in einem Urwald. Aus ihren Zweigen, Stämmen und Wurzeln blinzelten beleuchtete Wohnungsfenster in unterschiedlichsten Größen hervor. Straßen wie sie sie kannte, gab es hier nicht. Jeder lief oder flog so, wie er wollte.

Moira blieb stehen und betrachtete eine handgroße Elfe, die beide Hände und die Stirn gegen den Baum mit ihrer Wohnung gelegt hatte. Wenig später wuchs über der Wohnungstür ein Baldachin aus Zweigen und Blättern, der den Regen abhielt.

Druidus legte seinen Arm um Moiras Schultern.

„Beeindruckend, nicht wahr? Es liegt an ihrer Form der Magie. Manchmal wünschte ich, ich könnte so etwas auch." Er zog sie weiter. „Es ist nicht mehr weit bis zu Bastides Wohnung."

Noch bevor sich Moira entschieden hatte, ob sie seinen Arm auf ihren Schultern dulden oder ob sie ihn abschütteln sollte, blieb er vor einer riesigen Eiche stehen.

„Da geht es rauf." Er zeigte auf eine Treppe, die aus dem Baum gewachsen war und rund herum nach oben führte. In den Zweigen entdeckte Moira eine Wohnung, die ebenfalls aus lebendem Holz bestand.

Hintereinander stiegen sie die Treppe hinauf. Oben stand ein Elf, kaum kleiner als Druidus.

„Tut mir leid, kein Zutritt für Unbefugte", sagte er. An seiner hellgrünen Kleidung mit dem gelben Krönchen auf der Brust erkannte ihn Moira sofort als Mitglied der königlichen Garde.

Druidus drängelte sich an ihr vorbei und zeigte seine Marke vor.

„Gendarmerie Magique. Was ist passiert?"

Der Gardist rührte sich nicht.

„Sie haben hier keine Befugnisse."

Druidus ließ sich nicht abwimmeln.

„Wir ermitteln in einem Entführungsfall und einem Einbruch. Leclerque Bastide ist dringend tatverdächtig."

„Spielt keine Rolle. Er ist tot." Der Gardist senkte seinen Speer. „Und nun verschwinden Sie besser."

Ein weiterer Gardist landete neben Druidus, eine Frau.

„Sieh an, Unser Lieblingsmensch." Die Elfe küsste Druidus auf die Wange. Ihre Gardistenuniform wurde zu einem bodenlangen Kleid mit tiefem Ausschnitt. „Was führt dich hierher, Süßer."

„Majestät." Druidus ließ sich auf ein Knie sinken. „Verzeiht mein Eindringen, aber es ist zwingend notwendig, dass wir den Tatort untersuchen. Mir scheint, der Tod Leclerque Bastides hängt eng zusammen mit zwei Fällen, in denen wir ermitteln. Ich appelliere an Eure unermessliche Güte."

„Schmeichler." Die Königin lachte, und es klang wie der Gesang eines Vogels. Dann wurde ihr Blick hart. „Was gibst du Uns dafür?"

„Majestät, Ihr wisst, dass ich nichts besitze."

„Du nicht, aber deine Begleiterin." Die Elfenkönigin fuhr herum.

Moira entdeckte eine Gier in ihrem Blick, die ihr Angst machte, und ihre Hände wurden heiß und schwitzten. Ungeschickt versuchte sie sich an einem Knicks.

Die Königin nahm Moiras Kinn in eine Hand und starrte ihr in die Augen.

„Gib Uns deine Aura, Mädchen. Du kannst damit sowieso nichts anfangen. Ohne sie wirst du wie andere Menschen Magie nutzen können."

Der Vorschlag war verführerisch. Für einen Moment sah Moira vor sich, wie sie all die Dinge nutzen konnte, die andere Menschen für alltäglich hielten. Doch dann erinnerte sie sich an die Geschichten, die sie von der Elfenkönigin gehört hatte. Die meisten Menschen bereuten später, mit ihr gehandelt zu haben. Außerdem ließ ihr Blick Moira zittern, und die königlichen Finger brannten auf ihrer Haut. Sie räusperte sich, aber bevor sie etwas sagen konnte, ergriff Druidus das Wort.

„Sie ist nur Anwärterin der Gendarmerie. Von ihr könnt Ihr keine Kompensation fordern, da ihr Vertrag noch nicht endgültig ist."

Moira ignorierte seine Entschuldigung. *Es muss noch etwas anderes als meine Aura geben, das der Königin zusagt.* Sie schloss die Augen und überlegte. Tief in sich spürte sie das ruhige Auf und ab der Wogen, die für den seltsamen Schutzschild auf der Kirmes verantwortlich waren. Sie erinnerte sich, dass sie die Wellen als Kind oft benutzt hatte, sich Illusionen zum Spielen zu erschaffen. *Wenn ich bloß wüsste, wie ich das gemacht habe.* Sie öffnete die Augen wieder, um sich umzusehen.

Die Königin hatte Druidus in die Höhe gezogen und lehnte sich gegen seine breite Brust. Eifersucht schoss durch Moiras Körper wie ein Blitz.

Die Stimme der Königin war dunkel und weich.

„Mein Angebot gilt noch immer, Süßer. Schenk Uns eine Nacht, und du kannst von Uns verlangen, was dein Herz begehrt."

„Wir wissen alle, dass Eure Liebhaber nicht glücklich geworden sind, Majestät." Druidus stand stocksteif, ohne einen einzigen Muskel zu bewegen.

Die Königin presste die Lippen zusammen und wandte sich ab.

„Nun, dann bekommt ihr eben keinen Zutritt."

Moira spürte, wie die wogende Kraft aus ihr heraus drängte. Wie eine Säule aus buntem Wasser schoss sie in die Höhe und kehrte zu ihr zurück. Doch außer ihr selbst schien niemand das farbige Spektakel gesehen zu haben.

Als das Prickeln in ihrem Körper nachließ, entdeckte sie ein Ei ihren Händen. Es leuchtete von innen, pulsierte in verschiedenen Grüntönen. Am oberen Ende war ein winziges, goldenes Krönchen in die Schale eingraviert.

„Gut gefangen, und das ganz ohne Vorwarnung", sagte Druidus. „Was ist es?"

„Ein Ei." Die Bewunderung in seinen Augen machte sie verlegen, insbesondere weil sie nicht wusste, wo das grüne Wunder hergekommen war. Konnte es die wellenartige Kraft gewesen sein? Wenigstens wusste Moira wegen des Krönchens sofort, für wen es bestimmt war. Sie hielt es der Königin hin, die eben die Flügel ausbreitete, um fort zu fliegen.

„Majestät, kann ich vielleicht hiermit Euer Herz erfreuen?"

Die Königin warf einen Blick auf das Ei und wurde bleich. Mit zitternden Händen nahm sie es entgegen, hob es vor das Gesicht und untersuchte es gründlich. Dann küsste sie es und barg es an ihrer Brust. Der Blick, mit dem sie Moira bedachte, war eisig.

„Wo hast du es her?"

Moira rieselte es eiskalt über den Rücken. Sie musste so wahrhaftig antworten, wie es ihr möglich war, denn die Elfenkönigin würde eine Lüge sofort durchschauen. Außerdem war sie sich nicht sicher, wo das Ei hergekommen war, und die seltsame Kraft konnte sie auf keinen Fall erklären. Während sie noch nach Worten suchte, antwortete Druidus.

„Es fiel aus der Baumkrone. Zum Glück hat sie es gefangen, sonst wäre es zerschellt."

Die Königin wurde noch blasser. Ihre grüne Haut wirkte beinahe weiß. Das Ei an die Brust gepresst winkte sie den Gardist zur Seite.

„Gewährt dem Gendarm und seiner Helferin freien Zugang zum Tatort, sobald Unsere Garde ihre Arbeit beendet hat. Und haltet sie auf dem Laufenden, was die Ergebnisse betrifft, soweit Unsere Untersuchung für ihre relevant sind."

Der Gardist verneigte sich und die Königin hob ab. Sie verschwand so schnell in der Baumkrone, dass Moiras Blick ihr nicht folgen konnte.

„Ich frag mich, wo das Ei herkam", sagte Druidus.

Moira zuckte die Schultern.

„Ich frag mich viel mehr, warum sie es angenommen hat. Es war doch nur ein Ei, wenn auch ein sehr hübsches."

„Ihr Menschen seid so ignorant!" Der Gardist schüttelte den Kopf. „Du schenkst unserer erhabenen Königin das Kind, auf das sie seit Jahrhunderten wartet, und weißt es nicht einmal."

Moira zuckte mit den Schultern. Sie hatte nicht gewusst, dass Elfen ihre Kinder in Eiern bekamen.

Der Gardist zeigte auf eine Bank auf der Plattform vor der Wohnung.

„Dort könnt ihr warten."

KAPITEL 16

Druidus und Moira setzten sich. Während sie warteten, grübelte Moira über die seltsame Kraft nach, die ihr zweimal kurz hintereinander zu Hilfe gekommen war. Insgeheim wunderte sie sich darüber, dass Druidus ihre seltsamen Fähigkeiten gar nicht zu bemerken schien. *Bin ich magisch vielleicht doch nicht so unbegabt wie alle glauben? Kann es sein, dass ich meine Magie unbewusst versteckt und dafür gesorgt habe, dass niemand sie bemerkt? Aber warum ändert sich das ausgerechnet jetzt?* Obwohl es lange dauerte, bis das Team von elfischen Ermittlern fertig war, kam sie zu keinem Ergebnis. *Ich wünschte es gäbe jemanden, mit dem ich darüber reden könnte.* Die ganze Situation kam Moira seltsam unwirklich vor, bis der hölzerne Sarg mit Leclerque Bastide vorbei getragen wurde. Da erst wurde ihr bewusst, dass schon wieder ein Leben gewaltsam geendet hatte. Wieder war es ihnen nicht gelungen, rechtzeitig einzugreifen. Sie fragte sich, ob das der Grund war, warum ihr Vater der Gendarmerie den Rücken gekehrt hatte.

Endlich winkte ihnen der Gardist.

„Ihr habt die ganze Wohnung für euch allein. Solltet ihr etwas finden, das wir übersehen haben, lasst es uns wissen. Ich werde hier draußen auf euch warten."

„Wie ist Bastide gestorben?" Druidus streifte ein paar Baumwollhandschuhe über, die er aus der Notfalltasche an seinem Gürtel nahm.

„Wir warten noch auf die endgültige Diagnose." Der Gardist zuckte mit den Schultern. „Auch wenn wir nichts gefunden haben, sah es so aus, als hätte er ungeschützt Kaltes Eisen berührt. Sein rechter Arm war völlig verkohlt, und von dem Loch in seiner Brust will ich gar nicht erst reden."

Moira wurde allein von der Beschreibung übel. Sie presste die Lippen zusammen.

Druidus bedankte sich bei dem Gardisten und betrat Bastides Wohnung. Wenn er den Kopf einzog, war die Tür gerade groß genug, um ihn einzulassen.

Moira nahm sich zusammen und folgte ihm. Während sie die Gummihandschuhe anzog, die ihr Druidus gegeben hatte, sah sie sich um. Bastide hatte offensichtlich ein Faible für große Räume. Die Wohnung bestand aus einem einzigen Zimmer, das als Küche, zum Wohnen und zum Schlafen genutzt worden war. Nur das Bad war durch eine jetzt offen stehende Tür getrennt. Die Wände und der Boden waren mit blauen Flecken übersäht, die mit gelben Fähnchen markiert waren.

„Was ist das?" Moira zeigte auf die Flecken.

„Blaues Blut. Bastide muss entfernt mit der königlichen Familie verwandt sein. Deshalb war die Königin auch persönlich vor Ort." Druidus ging ins Bad und ließ sich auf die Knie herab. „Na, dann wollen wir mal." Er begann, den Boden abzusuchen.

Moira schluckte. Sie konnte ihren Blick nicht von dem blauen Blut lösen. Zu sehr erinnerte es sie daran, wie sie Lif gefunden hatte. Es kam ihr sogar so vor, als ähnelten sich die Muster der Blutspritzer. Sie schloss die Augen und ballte die Hände zu Fäusten. *Mach deine Arbeit,* befahl sie sich selbst. *Denk nicht an Lif oder Bastide. Du kannst keinem von ihnen mehr helfen.*

ögernd ging sie in den Schlafbereich. Sie strich mit der Hand über die wenigen Möbel. Sie wuchsen direkt aus dem Holz des Baums, aus dem auch Wände und Dach bestanden. Tisch und Bett waren mit Blättern bedeckt und die fensterlose Rückwand schmückte ein dekoratives Mosaik aus verschiedenen Pflanzen, die in Blumentöpfen aus lebendem Holz wurzelten. Moira streckte die Hand aus, um ein vergilbtes Blatt aus dem Mosaik zu zupfen, als sie wie angewurzelt stehen blieb. Zwischen den Ranken, Blüten und Blättern steckte ein Dolch. Sein mit rostigem Zierdraht umwickelter hölzerner Griff verschmolz so mit dem Mosaik, dass er nur bei eingehender Betrachtung auffiel. Moira rief Druidus.

„Du bist wirklich erstaunlich. Den hätte ich nie entdeckt." Er sah sie so bewundernd an, dass sich Moira ganz unwohl fühlte.

„Soll ich ihn herausziehen?" fragte sie.

„Erst sehen wir uns an, ob Fingerabdrücke darauf sind."
Er zog ein Döschen aus seiner Notfalltasche und bat sie
zurückzutreten. „Das hier macht Abdrücke sichtbar, die in
den letzten vier Stunden entstanden sind." Er nahm eine
Prise rotes Pulver aus dem Döschen, pustete es auf den
Dolch und sagte das Aktivierungswort. Sofort glühten
feurige Linien auf, zwei Abdrücke in Rot.

„Wie gut, dass ich meinen FotoNerl mithabe", sagte
Moira. Sie zog das zigarettenschachtelgroße Gerät hervor
und machte Großaufnahmen.

Druidus lachte.

„Ich habe auch einen. Gehört zur Standard-Notfallaus-
rüstung." Er wiederholte die Prozedur mit einem zweiten,
blauen Pulver, das ältere Abdrücke sichtbar machte.
Diesmal erschienen vier blaue Fingerabdrücke, die zum
größten Teil unter den roten Abdrücken lagen. Moira
knipste sie ebenfalls.

Druidus untersuchte den Dolch so gründlich es ging,
ohne ihn aus der Wand zu ziehen.

„Sieht alt aus. Ob er zu den gestohlenen Gegenständen
aus dem Museum gehört?"

„Ich denke schon." Moira zeigte auf ein paar Runen, die
näher bei der Klinge in den Griff geschnitzt waren. „Auf
der Liste standen mehrere verzierte Dolche. Vielleicht war
dieser hier dabei. Tord wird es ganz genau wissen."

„Dann mach lieber ein Bild vom ganzen Dolch. Wir
werden ihn nämlich den Elfen überlassen müssen, bis deren
Untersuchungen abgeschlossen sind."

„So was Dummes." Moira knipste den Dolch. Dann
zupfte sie zwei Blätter ab und machte noch ein paar Bilder.
Die Klinge war schartig und mit schwarzem Rost
überzogen. Trotzdem steckte sie einen guten daumenbreit
im Holz.

„Die Eindringtiefe lässt vermuten, dass er geworfen
wurde." Druidus nahm eine Schnur aus seiner Notfalltasche
und drückte Moira das eine Ende in die Hand. „Lass uns
sehen, aus welcher Richtung er kam." Er erklärte Moira,
was sie tun sollte und drückte den Nagel an seinem Ende
der Schnur oberhalb des Dolchs in die Wand.

Mit der Schnur in der Hand ging Moira ein Stück in den Raum hinein und ließ sich von seinen Anweisungen leiten, bis Klinge, Heft und Schnur eine Linie bildeten. Dann sprach er einen Aktivierungszauber. Das Seil wurde steif und blieb in der Luft stehen. Nur das Ende, das Moira in der Hand hielt blieb schlaff, bis sie es losließ.

„Wunderbar." Druidus bestäubte den Boden entlang der von der steifen Schnur vorgegebenen Richtung mit dem roten Pulver und aktivierte es. Fußspuren wurden sichtbar. Moira knipste sie so, dass die Bilder ein Puzzle des ganzen Bereichs ergaben. Die Spuren erzählten genau, was geschehen war.

„Er hatte Besuch von einem Menschen." Moira untersuchte die Abdrücke von Turnschuhen, die von der Tür ins Zimmer führten. Bastides kleine Füße begannen am Bett. Offensichtlich hatte er geschlafen, als sein Besucher kam.

„Anscheinend hat er niemand erwartet." Druidus betrachtete einen Kreis der zur Hälfte aus Bastides und zur Hälfte aus den unbekannten Fußspuren bestand. Genau dort, wo Bastides Abdrücke die Linie des Seils berührten, hatte er einen Ausfallschritt gemacht. „Sieht so aus, als hätte er den Dolch geworfen, aber nicht getroffen."

„Die Schmerzen durch das Metall am Dolchgriff müssen furchtbar gewesen sein", sagte Moira. „Trotzdem hat er ihn den ganzen Weg vom Bett bis hier festgehalten. Warum hat er ihn nicht gleich geschleudert?"

„Vielleicht hoffte er, fliehen zu können. Schau mal, die Fußabdrücke sind nicht vollständig. Wahrscheinlich ging er auf Zehenspitzen. Elfen können verdammt leise sein."

„Aber wenn er fliehen wollte, warum hat er dann die Scherzen in Kauf genommen?"

„Der Dolch ist wertvoll, oder? Außerdem kann man sich damit wenigstens etwas verteidigen. Armer Kerl." Druidus legte seinen Arm um Moira, die mit Tränen in den Augen auf die Stelle starrte, wo die Blutspur begann.

Doch so sehr sie Bastides Tod berührte, ihr Hirn arbeitete auf Hochtouren.

„Es ist so wenig Blut; nur Spritzer, keine Lache. Findest du das nicht merkwürdig?"

Druidus zuckte mit den Schultern.

„Erstens war Bastide nicht besonders groß, und zweitens wurde er nach Aussage des Wachelfen mit einer Waffe aus Kaltem Eisen getötet worden. Wahrscheinlich hat sie die Wunde so stark verbrannt, dass kaum Blut austreten konnte. Es könnte ein langes Messer gewesen sein."

Sie schwiegen eine Weile. Moira lehnte ihren Kopf gegen Druidus Schulter und fühlte sich getröstet und beschützt. Es machte das Gefühl der Unzulänglichkeit erträglich, das sie empfand, wenn sie an Lif oder den toten Elf dachte.

„Es ist nicht leicht in der Mordkommission zu arbeiten", sagte Druidus. „Vielleicht solltest du es dir noch einmal überlegen, ob du wirklich bei uns anfangen willst."

Als ob ich das zu entscheiden hätte. Moira dachte nicht gern an die Auralogin, denn bei der Erinnerung an das Gespräch schwankte sie noch immer zwischen Hoffnung und Wut. Sie straffte sich und wand sich aus Druidus Umarmung.

„Lass uns weitermachen."

Eine halbe Stunde später waren sie fertig, hatten aber keine weiteren Indizien entdeckt. Die leuchtenden Fußspuren waren verblasst, und das Seil war erschlafft und weggeräumt. Druidus rief den Gardist und zeigte ihm den Dolch. Dann zog er ihn heraus und überreichte ihn in einem gefütterten Beweissicherungsbeutel. „Wir haben auch Bilder von Fußspuren gemacht, von denen wir Ihnen Kopien zukommen lassen werden."

Der Gardist bedankte sich mit einem knappen Kopfnicken und winkte ihnen, die Wohnung zu verlassen. Moira und Druidus sahen zu, wie er die Eingangstür versiegelte, dann gingen sie zu ihrem Wagen zurück.

Im Polizeirevier brachte Moira den FotoNerl sofort ins Labor. Die Bilder waren schneller fertig als erwartet, und auch das Ergebnis der Fingerabdruckanalyse ließ nicht lange auf sich warten. Wie erwartet waren die roten Abdrücke von Leclerque Bastide. Die blauen stammten von Lif Borson. Moira war nicht weiter verwundert, aber es befriedigte sie, endlich einen Beweis für eine ihrer vielen Annahmen zu haben. Sie eilte zu Sabios Büro, wo Druidus bereits auf sie wartete. Gemeinsam traten sie ein.

Commissaire Marten sah müde aus, und seine Haare standen wirr in alle Richtungen, aber wenigstens hatte er sich rasiert. Vor ihm auf dem Tisch breiteten sich die Fotos der toten Obdachlosen aus. Trotzdem schenkte er Moira seine volle Aufmerksamkeit, als sie ihm von Bastides Ermordung und den gefundenen Spuren berichtete. Als sie fertig war, lehnte er sich zurück und seufzte.

„Lass uns das noch einmal zusammenfassen. Wir haben zwei Männer, Borson und Bastide, die ins Nationalmuseum einbrechen, um eine Box mit frisch ausgegrabenen Antiquitäten zu stehlen. Beide werden von einer unbekannten dritten Person ermordet. Und der einzige Beweis, den wir haben ist ein Dolch, der möglicherweise zu den gestohlenen Gegenständen gehört, der jetzt aber bei der Garde der Elfenkönigin unter Verschluss liegt.‟

„Außerdem fehlt uns noch immer der zweite Nachtwächter, der vielleicht entführt wurde, oder aber nicht‟, warf Druidus ein.

Moira hatte einen Geistesblitz.

„Was ist, wenn es gar keinen unbekannten Dritten gibt? Huudien könnte eine Entführung vorgetäuscht haben, um seine Spuren zu verwischen.‟

Sabio legte den Kopf schief.

„Passt das zu Samantha Belzs Aussage?‟

„Ich denke schon‟, sagte Moira. „Samantha behauptet, sie hätte Pete mit Lif und Bastides Hilfe zu sich nach Hause eingeladen. Von dort sei er später geflüchtet. Wenn Pete mit den beiden unter einer Decke steckte wäre es ein Leichtes gewesen, diese Situation für eine scheinbare Entführung zu nutzen.‟

Sabio nickte.

„Durchaus möglich.‟ Er wandte sich an Druidus. „Nimm Buds und Semra mit. Versucht herauszukriegen, wo Pete Huudien jetzt ist. Nutzt alle Kontakte und Informanten, die ihr habt und befragt auch diese Verlobte noch einmal.‟

Druidus nickte.

„Und Moira?"

„Für die habe ich eine andere Aufgabe." Sabio wartete, bis Druidus verschwunden war, bevor er sich an Moira wandte. „Das hier kam heute mit der internen Post." Er reichte ihr ein Schreiben mit dem Logo von RealJob™ und Moira las.

S EHR GEEHRTER C OMMISSAIRE M ARTEN,

N ACH R ÜCKSPRACHE MIT DEM P ERSONALBÜRO WIRD FÜR M ADEMOISELLE B ELLAMIE AM M ONTAG, DEN 27. D RALLOR 3019 EINE PRAKTISCHE E IGNUNGSPRÜFUNG ANGESETZT, BEI DER SIE IHRE MAGISCHEN F ÄHIGKEITEN, SOWEIT VORHANDEN, UNTER B EWEIS STELLEN KANN. S IE HAT DORT UNTER ANDEREM G ELEGENHEIT. I HRE A NSPRÜCHE AUF G RUND DES GLEICHSTELLUNGSGESET- ZES FÜR B EHINDERTE ANZUSPRECHEN. A LLERDINGS IST SIE BIS ZU DIESEM T ERMIN NICHT BEFUGT, AN A UßEN- EINSÄTZEN TEILZUNEHMEN.

M IT FREUNDLICHEN G RÜßEN

A PARTA DE F REES

Moira hob den Blick.

„Und das heißt?"

„Ich darf dich in den nächsten Tagen weder mit Buds und Semra, noch mit Druidus losschicken."

Moira presste die Lippen aufeinander.

„Guck nicht so. Es sind doch nur drei Tage und ein Wochenende." Sabio nahm das Schreiben wieder an sich. „Das geschieht vermutlich aus versicherungstechnischen Gründen. Ist meistens so."

„Was soll ich bis nächsten Montag machen?" Moira steckte die Hände in die Hosentaschen und ballte sie zu Fäusten.

„Ich möchte, dass du ins Archiv gehst und Excelsior van Steen bei der Arbeit hilfst. Durch diese Mordserie", er zeigte auf die Fotos auf seinem Schreibtisch, „hat er so viel zu tun, dass er einen Assistenten angefordert hat. Leider sind alle Leute im Moment im Einsatz."

Enttäuschung machte sich in Moira breit. Sie hatte es genossen, aktiv an den Ermittlungen teilnehmen zu dürfen.

„Sei nicht traurig. Das Archiv ist wirklich hochinteressant. Ich habe bereits ein paar Mal versucht, dorthin versetzt zu werden", sagte Sabio. „Am Dienstag, kannst du wieder mit Druidus losziehen. Immerhin bist du die erste Partnerin, über die er sich nicht beklagt."

Moira schluckte ihre negativen Gefühle herunter und lächelte, so gut es ging.

„Das wundert mich nicht." Sie erinnerte sich an den Kuss im Park.

„So ist es gut. Weißt du, Excelsiors Arbeit ist vielleicht die Wichtigste der ganzen Gendarmerie." Sabio beugte sich vor und schob die Bilder zusammen. „Alle Beweise, die nicht im Labor landen, gehen direkt über seinen Tisch. Die Akten sämtlicher Fälle, ob abgeschlossen oder nicht, lagern in seinen Katakomben. Du kannst viel von ihm lernen, und vielleicht stolperst du dort über einen Hinweis, den wir übersehen haben." Er legte die linke Hand auf den Stapel Bilder. „So viele tote Obdachlose, und wir sind dem Täter nicht einen Schritt näher gekommen. Außerdem macht die Presse langsam Druck. Die Öffentlichkeit will endlich Ergebnisse sehen."

„Gibt es denn gar keine Hinweise auf den Täter?"

Sabio schüttelte den Kopf.

„Wir können nicht einmal mit Gewissheit sagen, ob es sich um einen oder mehrere Täter handelt. Es gibt keine Gemeinsamkeiten zwischen den Fällen, bis auf die Art der Tötung und die Tatsache, dass alle Opfer obdachlos waren."

„Wie wurden sie denn… ich meine, was war die Mordwaffe?"

„Alle wurden mit einer etwa zehn Zentimeter breiten, sehr scharfen Klinge erstochen. Anschließend hat sie der Mörder ausbluten lassen. Das Merkwürdige daran ist, dass der oder die Täter das Blut mitgenommen haben. Ich frage mich, was das soll?" Er fuhr sich mit den Fingern durch die Haare. „Eine illegale Blutbank für Vampire macht keinen Sinn, solange es überall Läden mit freiem Blutverkauf gibt. Das macht mich verrückt. Aber am schlimmsten ist das Gefühl, dass ich etwas Wichtiges übersehen habe."

Er schlug mit der Faust auf den Tisch, dann breitete er die Fotos erneut aus.

Moira verstand ihn besser als er ahnen konnte. Um nicht weiter zu stören, verabschiedete sie sich und ging.

Excelsior van Steen runzelte die Stirn, als sie sich zum Dienst meldete.

„Nun gut. Wenn du alles bist, was Sabio im Moment entbehren kann…" Er zeigte ihr einen Stapel Akten auf einem Tisch neben einem halb gefüllten Regal. „Die müssen nach Fallnummern sortiert ins richtige Fach gestellt werden."

Resigniert machte sich Moira an die Arbeit.

KAPITEL 17

Den nächsten Tag sortierte sie Akten. Das war wenig anspruchsvoll, gab ihr aber Gelegenheit, über ihre Beziehung zu ihrem Vater und zu Druidus nachzudenken. Als der UhrNerl den Feierabend ausrief, ließ sie alles stehen und liegen. Sie erreichte den Tresen im Eingangsbereich, an dem Excelsior van Steen arbeitete, in dem Moment, als Druidus durch die Tür trat.

Excelsior runzelte die Stirn.

„Wäre es zu viel verlangt, während der Arbeitszeiten ungestört zu bleiben, Sohn?"

Druidus grinste. „Erstens ist Feierabend, und zweitens bin ich nicht deinetwegen gekommen." Er reichte Moira den Arm und zog sie mit sich zum Ausgang.

Moira spürte Excelsiors Blicke wie Dolche in ihrem Rücken. Ihr fiel ein Stein vom Herzen, als die feuerfeste Eisentür hinter ihnen zu knallte. Auf dem Weg nach oben sah sie Druidus fragend an.

„Bist du sicher, dass er dich liebt?"

Druidus Lachen dröhnte durchs Treppenhaus.

„Er hasst es, bei der Arbeit gestört zu werden. Wart mal ab, wie er sich aufführt, wenn ich ihm von uns erzähle."

Moira schluckte. Es schien so, als wäre ihr eigener Vater vergleichsweise nett. Sie fasste einen Entschluss, mit dem sie schon den ganzen Tag gerungen hatte und bat: „Kannst du mich bitte zur Firma meines Vaters fahren?"

Wortlos hielt ihr Druidus die Tür zum Parkplatz auf.

An der Firma ihres Vaters angekommen, stieg Druidus aus und begleitete sie wie selbstverständlich zur Tür.

Moira legte ihm die Hand auf den Arm.

„Bitte, Druidus. Ich muss alleine mit meinem Vater reden."

Er öffnete den Mund, um zu widersprechen, schloss ihn wieder und nickte.

„Bis später dann." Er küsste sie auf die Wange und ging zu seinem Wagen zurück.

Moira sah zu, wie er davon fuhr, bis das Tapisto im Verkehr verschwand. Wenig später stand sie vor dem Büro ihres Vaters. Die Sekretärin deutete auf einen Stuhl.

„Monsieur Bellamie ist gleich fertig. Wenn Sie bitte einen Moment Platz nehmen würden."

Moira setzte sich. Als der Moment bereits eine halbe Stunde dauerte, hatte sie genug.

„Ich möchte jetzt sofort zu meinem Vater", sagte sie und stand auf.

Die Sekretärin sprang um ihren Schreibtisch herum und hielt sie am Arm zurück.

„Sie können da nicht einfach hinein. Ihr Vater arbeitet mit hochsensiblen Akten."

Moira dachte an die Berge im Archiv und grinste.

„Das tue ich auch. Ich werde sie ihm schon nicht durcheinander bringen." Sie machte sich los, klopfte an die Tür und trat ein, ohne auf eine Antwort zu warten.

„Es ist noch nicht acht Uhr", sagte Lavant. Dann erst sah er von seinen Papieren auf. Sein Gesicht verlor alle Farbe, und Moira vermutete, dass seine Beine nachgegeben hätten, wenn er nicht schon gesessen hätte. Er bewegte die Lippen, als wolle er etwas sagen, aber es kam kein Ton heraus.

„Guten Abend, Vater."

„Vater?" Das Wort schien Lavants unendlich viel Kraft zu kosten. „Ich war dir kein Vater. Ich war ein Feigling und Idiot."

Überrascht bemerkte Moira Tränen in seinen Augen. Es fiel ihr schwer nicht selbst zu weinen.

„Warum bist du einfach verschwunden? Warum hast du ein neues Leben angefangen?"

„Ganz so einfach wie du es darstellst war es nicht. Ich ging, weil deine Mutter die Veränderungen in meinem Leben nicht ertrug."

„Meinst du mit Veränderungen die neue Frau?"

„Für mich gab es immer nur deine Mutter." Lavant starrte auf seine Hände. „Und die Arbeit. Es war meine Firma, die sie hasste und mit der sie nichts zu tun haben wollte."

„Du hättest mich wenigstens besuchen können." Moira spürte, wie ihre Unterlippe zitterte, konnte aber nichts dagegen tun.

„Das hat mir deine Mutter verboten. Sie meinte, ich wäre viel zu beschäftigt, um ein guter Vater zu sein und würde nur verhindern, dass du die neue Situation akzeptierst. Ich durfte mich nicht einmal verabschieden."

Moira war wie vor den Kopf geschlagen. Hatte ihre Mutter sie angelogen?

Lavant stand auf, kam um den Tisch herum und nahm ihre Hände.

„Wie gern hätte ich in all den Jahren einmal mit dir gesprochen oder deine Hand gehalten. Deine Mutter und ich trafen diese Entscheidung, weil wir es für das Beste für dich hielten. Aber es hat mich so sehr geschmerzt."

„Dich hat es geschmerzt? Dich?" Moira bemerkte die Tränen nicht, die sich nicht länger aufhalten ließen. „Was ist mit mir? Ich dachte, mir würde bei lebendigem Leib das Herz herausgerissen. Ich dachte, du liebst mich nicht mehr."

Lavant umarmte sie wortlos. Er drückte sie an sich, als wolle er sie nie wieder loslassen. Seine Arme zitterten, und seine Stimme ebenfalls.

„Wir wollten dir Leid ersparen, nicht zufügen. Du solltest ein Zuhause haben und dich nicht zwischen deinen Eltern entscheiden müssen."

Moira weinte an seiner Brust wie ein kleines Kind.

„Ich habe dich so unendlich vermisst."

Lavant küsste sie auf den Scheitel und hielt sie im Arm, bis sie sich wieder beruhigt hatte.

„Kannst du deiner Mutter und mir verzeihen?"

„Keine Ahnung." Moira trat einen Schritt zurück und wischte die Tränen ab. „Ich weiß es wirklich nicht. Aber versuchen werde ich es."

„Danke." Lavant küsste ihre Hände. „Von jetzt an bin ich immer für dich da. Ich verspreche, dass ich dich nie wieder im Stich lassen werde."

Eine Wärme, die Moira seit ihrer Kindheit vermisst hatte, durchströmte ihren Körper. Es war ein wunderbares

Gefühl, ähnlich dem, das sie empfand, wenn sie an Druidus dachte. *Vielleicht wird doch noch alles gut.*

Lavant streckte sich.

„Weißt du was? Ich höre heute früher auf und wir gehen einen Happen essen. Einverstanden?"

Sie verließen das Büro Arm in Arm. Die Augenbrauen der Sekretärin sausten in die Höhe.

„Sie gehen schon?"

„Manchmal gibt es Dinge die wichtiger sind als Arbeit." Er lächelte Moira an. „Machen Sie ruhig auch Feierabend."

Sie betraten den Nerlift. Moira lehnte sich gegen die Wand und wartete, bis die Nerls an die Arbeit gegangen waren. Dann fragte sie: „Warum hasst Mutter deine Firma so sehr?"

Lavant strich sich über das glatt rasierte Kinn und seufzte, bevor er antwortete.

„Deine Mutter braucht Familienleben zum Glücklichsein, und das konnte ich ihr nach meinem Ausscheiden aus der Gendarmerie nicht mehr geben. Selbständig zu arbeiten heißt selber ständig zu arbeiten. Ich komme kaum einen Abend vor neun nach Hause."

„Auch jetzt noch?" Moira legte den Kopf schief. „Was ist denn so wichtig, dass du es nicht deiner Sekretärin überlassen kannst?"

„Klienten." Lavant grinste schelmisch und wirkte plötzlich um Jahre jünger. „Die Akten, die wir zu den verschiedenen Fällen anlegen, darf nur der mit dem Fall beauftragte Mitarbeiter einsehen. Nach Abschluss des Falls kontrolliere ich sie, um die Qualität der Arbeit zu überwachen. Ich habe mir einen Ruf aufgebaut, den es zu erhalten gilt."

Moira kam eine Idee.

„Hat Bastide auch Akten geführt?"

„Selbstverständlich. Was das anging, war er vorbildlich. Seltsamerweise hatte er Spaß am Berichte schreiben."

Sie erreichten den Keller und die Türen des Nerlifts glitten auseinander.

„Darf ich mir die mal ansehen?" Moira hakte sich bei Lavant ein und ließ sich durch die schlecht beleuchtete Tiefgarage führen.

„Keiner seiner Fälle hatte direkt mit seinem Tod zu tun, sonst wäre die Gendarmerie bereits mit einem Durchsuchungsbefehl angerückt."

„Vielleicht hat er über seine Freundschaft zu Lif Buch geführt. Du sagtest doch, dass er Spaß an so etwas hatte."

„Komm morgen wieder, und ich überlasse dir für einen Abend sein Büro, mein Engel. Aber nur, weil du irgendwann all das hier erben wirst." Nach einer weitläufigen Geste, die das ganze Gebäude einschloss, öffnete Lavant ihr die Tür seines Luxustapistos. „Aber jetzt Schluss mit Dienst. Jetzt will ich wissen, was du in deiner Freizeit so alles treibst. Hast du immer noch Kontakt zu Franka?"

Am nächsten Morgen wartete Druidus vor ihrer Haustür, als sie herunterkam. Er nahm sie in den Arm und küsste sie zärtlich.

„Ich dachte mir, ich mache dich mit dem Archiv vertraut, bevor Vater auftaucht. Er vergisst zu gerne, dass sich nicht alle so gut dort auskennen wie er."

Moira freute sich über sein Angebot, und so gingen sie wenig später Hand in Hand zwischen den Regalen entlang. Der Gewölbekeller war riesig und je tiefer sie kamen, desto schlechter wurde die Beleuchtung. Nur die Zauber der verfluchten Waffen glitzerten im Halbdunkel. Moira fühlte sich wie in einem Gruselfilm.

Druidus zeigte auf die vielen Gänge.

„Eigentlich ist das Archiv ziemlich einfach aufgebaut. Es gibt vier parallel zueinander liegende Hauptgänge, die vom Empfangstresen bis zur Außenwand führen. Von diesen führen Quergänge zwischen die Regale." Er zeigte zur rechten Außenwand des Gewölbekellers. „Diese Sektion enthält verfluchte Waffen. Vater und Sabio arbeiten noch an einer Methode, wie man sie gefahrlos vernichten kann. Im Rest", sein Arm beschrieb einen Bogen, „lagern die alten Ermittlungsakten. Komm mal mit, ich will dir was zeigen." Er zog sie in einen Gang ziemlich am Ende des Kellers. Die Akten hier waren staubig und die Pappdeckel wirkten, als würden sie jeden Moment zu Staub zerfallen.

Viele Akten waren gar nicht in Pappe, sondern in Leder gebunden. Es stank nach Staub und Gerbsäure. Moira hielt die Luft an, so gut es ging.

„Pass auf, das hier ist echt gruselig." Druidus nahm eine der alten Akten aus dem Regal und klappte den Deckel auf. Ein entsetzlicher Schrei gellte durch den Keller und schien kein Ende nehmen zu wollen. Er ging Moira durch Mark und Bein, und sie presste sich die Hände auf die Ohren. Der Schrei endete abrupt, als Druidus die Akte wieder zuklappte.

„Bis vor etwa vierzig Jahren hat man zur Überführung und Bestrafung der Täter die Todesschreie der Opfer magisch rekonstruiert und konserviert. Erst als man feststellte, dass die Angehörigen der Opfer zu sehr unter dieser Methode litten, hat man damit aufgehört." Er stellte die Akte zurück.

„Da bin ich aber erleichtert." Moira stellte sich vor, was für eine Belastung der Lärm für die damaligen Gendarmen gewesen sein musste. Können wir jetzt gehen?" Lange würde sie den Gestank nicht mehr aushalten können. „Wieso bewahren wir die Akten so lange auf?"

„Das Gesetz schreibt fünfzig Jahre vor, aber viele Akten sind noch älter. Vater findet, dass wir die Vergangenheit der Gendarmerie für nachfolgende Generationen bewahren sollten."

Druidus führte sie zurück in den neueren Teil des Gewölbes. „Sabio würde einen Teil der Akten gerne in einen anderen Raum verlegen, aber Vater weigert sich, und bis jetzt hat er immer seinen Willen bekommen." Sein Blick fiel auf die Uhr über Excelsiors Arbeitstisch. „Ich glaube, ich verschwinde besser. Vater kommt gleich." Er küsste sie und huschte davon.

Moira setzte sich eben auf den Stuhl an dem Tisch, der ihr zugewiesen worden war, als sie Excelsior ins Archiv kommen hörte. Ohne zu grüßen, brachte er ihr einen großen Stapel neuer Akten. Seufzend machte sie sich an die Arbeit. Der einzige Lichtblick war der Gedanke, dass sie sich am Abend Bastides Akten ansehen durfte.

Endlich war Feierabend. Moira flitzte die Treppe hinauf und überlegte, ob Druidus sie zu Lavants Firma fahren würde. Eben wollte sie durch die Eingangtür stürmen, als sie Druidus neben seinem Wagen warten sah. Sie stockte, als sie eine blond gelockte Frau auf ihn zueilen sah. Das teure Designerkostüm kam ihr sehr bekannt vor. Wie angewurzelt sah sie zu, wie Druidus Aparta de Frees umarmte und kurz aber herzlich auf den Mund küsste. Mit einem Mal war ihre Kehle wie ausgetrocknet, und ihre Knie zitterten.

Also hat er mich doch belogen. Tränen schossen ihr in die Augen. Sie wankte ein paar Schritte zur Seite und ließ sich auf einer Bank in der Eingangshalle nieder. *Ob er mich je wirklich geliebt hat? Oder war das alles nur gespielt? Ich bin so ein leichtgläubiges Rindvieh.* Sie legte die Hände auf die Knie, schloss die Augen und zwang sich, nicht zu weinen. Sie würde Druidus auf keinen Fall merken lassen, dass er sie verletzt hatte. Schließlich hatte sie ihre Gefühle wieder unter Kontrolle. Sie schob das Kinn vor und ging zurück zur Tür. Druidus und Aparta waren gefahren.

Kein Problem. Ich will ihn sowieso nicht wiedersehen. Sie biss sich auf die Unterlippe und ging, um ein Taxi anzuhalten.

Lavant führte sie in ein kleines Büro, dessen Boden mit zahllosen Pflanzkübeln zugestellt und dessen Wände von Rankgewächsen überwuchert waren. Der niedrige Schreibtisch bestand aus einer dicken Platte aus massiver Eiche. Ein Karton stand darauf.

„Das sind die letzten Fälle, an denen Bastide gearbeitet hat", sagte Lavant. „Die älteren Fälle liegen in unserem Archiv, falls du sie brauchst. Weitere Unterlagen konnte ich nicht entdecken, aber sieh dich ruhig um." Er küsste Moira auf die Wange und ließ sie allein.

Moira hockte sich vor den Schreibtisch, packte die Akten aus und öffnete die erste. Sie ertappte sich, wie sie an Druidus dachte. Stirnrunzelnd presste sie die Lippen zusammen und zwang sich, die winzige Schrift zu lesen. Bastide hatte jedes Detail notiert, aber über Lif stand nichts in der Akte. Auch nicht in der nächsten oder der danach. Trotzdem las sie jeden Fall gewissenhaft durch. Als sie den vorletzten Fall aufschlug, sprang ihr ein Name entgegen.

EXCELSIOR VAN STEEN GEGEN UNBEKANNT

Was hatte Bastide mit Druidus Vater zu tun? Sie vertiefte sich in die Akte. Bald wurde ihr klar, dass Excelsior seine Frau verdächtigte, ein Verhältnis zu haben. Nach seiner eigenen Aussage fürchtete er mehr um seinen Ruf, als dass er den Nebenbuhler für ein Problem hielt. Er hatte den Elf beauftragt, dessen Identität herauszufinden, um ihn mit einer großzügigen Summe aus dem Leben seiner Frau zu entfernen.

So wie er es mit Druidus Freundin gemacht hat, dachte Moira. Er glaubt wohl, dass er mit Geld alles regeln kann. Hoffentlich ist der Liebhaber seiner Frau einer, der nicht mitspielt.

Das letzte Schreiben, dass Bastide an Excelsior gerichtet hatte, forderte ihn auf, die vereinbarte Summe zu bezahlen. Nach Eingang der Summe würde Bastide ihm den Namen des Nebenbuhlers zusenden. Der Brief war auf den Tag datiert, als Bastide starb. Das hieß, dass Excelsior das Ergebnis von Bastides Untersuchung nicht kannte. Und der Name stand auch nicht im Bericht. *Geschieht ihm recht.* Moira klappte die Mappe wieder zu.

Die letzte Akte enthielt einen ausführlichen Bericht über die Vorkommnisse auf der Kirmes und zu Bastides Verhaftung. Moira legte die Akten beiseite und fragte sich, ob er ein Tagebuch versteckt haben könnte. Sicherheitshalber suchte sie nach verborgenen Schubladen im Tisch und nach Verstecken unter den Echtholzdielen oder in den Wänden. Sie entdeckte nichts.

Schließlich gab sie auf und ging zu ihrem Vater, um sich zu verabschieden. Er ließ es sich nicht nehmen, sie persönlich Heim zu fahren. Als sie vor ihrem Haus hielten, wandte er sich ihr zu und sah ihr in die Augen.

„Du steckst schon den ganzen Abend in einer dunklen Wolke. Willst du mir nicht sagen, was los ist?"

Moira erstarrte. War sie so leicht zu durchschauen? Sie konnte ihm nicht von Druidus erzählen. Die Wunde war zu frisch. Sie brauchte eine Ausrede, und das schnell.

„Die haben mich ins Archiv zum Akten sortieren abgeschoben."

„Das ist doch nicht alles, oder?" Lavant legte den Kopf schief und wartete.

Moira verschränkte die Arme vor der Brust und starrte trotzig auf das Armaturenbrett. Sie konnte es ihm wirklich nicht sagen. Wie konnte sie? Immerhin war er der erste Mann gewesen, der sie verlassen hatte.

Sie sah ihn von der Seite an, aber er saß nur da, still und stark. Seine Präsenz tröstete sie, so wie sie es getan hatte, als sie noch ein Kind war. Trotzdem, ihr Schmerz ging ihn nichts an.

„Es gibt sonst nichts."

„Liebling, ich kann Trauer beurteilen, wenn ich sie sehe. Ich habe jahrelange Übung, und ich weiß, was in meinem Fall schief gelaufen ist. Vielleicht kann ich wenigstens dir helfen?" Seine Augen bettelten sie an, also sah sie weg.

Sie knibbelte an ihren Fingern und dachte über sein Angebot nach. Vielleicht hatte er Recht. Vielleicht würde es ihr tatsächlich helfen, über den Verrat zu reden. Aber was, wenn sie ihre Seelen entblößte und es gab keine Hilfe? Ein Teil von ihr sehnte sich danach, ihm ihr Problem zu erzählen, und ein anderer Teil kämpfte gegen dieses Gefühl.

Nach einem langen Kampf gewann das Gefühl.

„Der Mann, von dem ich dachte, dass er mich wirklich liebt, küsst eine andere."

„Das ist kein Weltuntergang." Lavant legte ihr eine Hand auf den Arm. „Sprich dich mit ihm aus. Vielleicht gibt es eine Erklärung dafür. Einen perfekten Menschen gibt es nicht, aber den Besten wirst du nicht finden, wenn du jeden überstürzt verurteilst."

„Du klingst wie Franka."

„Wirklich? Vielleicht sollte ich die Bekanntschaft mit ihr mal wieder auffrischen." Lavant grinste.

Mit einem Mal schien die Welt nicht mehr halb so dunkel wie vorher. Möglicherweise hatte sie den Kuss ja wirklich falsch beurteilt. Sie versuchte, sich klar darüber zu werden, ob es ein leidenschaftlicher Kuss gewesen war oder nicht, aber sie war sich nicht sicher.

Bei dem Gedanken mit Druidus zu reden, rutschte ihr der Magen in die Knie. Sie lächelte zaghaft.

„Danke", sagte sie und küsste ihn auf die Wange. „Ich werde über deinen Vorschlag nachdenken."

KAPITEL 18

Sie grübelte die ganze Nacht, ob sie mit Druidus reden sollte. Selbst am nächsten Morgen im Dienst dachte sie noch nach. Das Sortieren und Wegstellen der Akten war so eintönig, dass sie dauernd gähnen musste, aber es beruhigte ihr Gefühlschaos etwas. Als der Feierabend näher rückte, lag nur noch eine einzige Akte vor ihr auf dem Tisch. Erleichtert strich sie über den Pappdeckel. Es war die Akte des Einbruchs ins Nationalmuseum. Da Excelsior nirgends zu sehen war, schlug sie sie auf. Neben dem von ihr verfassten Bericht lagen darin zahlreiche Kopien von Zeichnungen. Sie waren von Tord beschriftet und mit dem Funddatum datiert. Interessiert betrachtete Moira die Bilder. In der Kiste waren ausschließlich Waffen transportiert worden. Neben Bildern von Messern, Speeren, Pfeil- und Lanzenspitzen, Hirschfängern und Schwertern, fand sie eine Zeichnung des Dolchs, der bei Bastide in der Wand gesteckt hatte. *Wusste ich es doch.* Sie nickte zufrieden und blätterte weiter. Das nächste Bild zeigte das von Metal umschlungene Steingefäß. Als einziges trug es Beschriftungen von Lif. Moira erkannte seine Handschrift sofort. Mit viel Liebe zum Detail beschrieb er das Siegel, von dem er eine zusätzliche Zeichnung gemacht hatte. In der Mitte befand sich ein stilisierter Amboss mit einem senkrecht darüber stehenden Hammer. Von dem Amboss führten sieben parallele halbkreisförmige Bögen um Herns Hammer herum. Moira erinnerten sie an einen Regenbogen.

Ihr lief es kalt über den Rücken, denn sie erinnerte sich sofort an die Warnung, die sie beim Berühren des Gefäßes erhalten hatte. Laut Lifs Angaben war nach dem Öffnen des Steingefäßes ein in Leder gewickeltes Schwert zum Vorschein gekommen. Bevor Moira nach der Zeichnung des Schwertes suchen konnte, hörte sie Schritte hinter sich.

„Du sollst die Akten wegstellen, nicht lesen." Excelsior klang genervt.

Moira schob die Zeichnungen in die Akte zurück und stellte sie zu den anderen ins Regal.

Excelsior war bereits wieder auf dem Weg nach vorne.

„Bring den Morgenstern aus Regal sieben Fach hundertfünfzehn zum Empfang. Aber nimm ihn auf keinen Fall aus der Schutzhülle. Er ist mit einem Homizidzauber belegt."

„Was ist ein Homizidzauber?"

„Lernt ihr denn heutzutage auf der Akademie gar nichts mehr?" Der Archivar seufzte. Moira öffnete den Mund, um ihm zu erklären, dass die Universität bereits seit vielen Jahren keinen Dozenten für Magische Theorie mehr eingestellt hatte, aber Excelsior ließ sie nicht zu Wort kommen. „Es ist ein Zauber, der den Benutzer des Morgensterns zwingt, jemanden zu erschlagen. Aber solange die Waffe in der Hülle ist, wird der Zauber neutralisiert."

Moira bedankte sich für die Erklärung und ging, um Regal sieben zu suchen. Das Gewölbe wurde mit jedem Schritt, den sie tiefer hineinging düsterer. Trotz größter Anstrengung gelang es ihr nicht, ein ausreichend großes Lumière Magique zu schaffen. Die winzige Lichtkugel über ihrem Kopf erhellte nur ein kurzes Stück des Gangs zwischen den Regalen. Als sie zu Regal sieben kam, wurde sie langsamer. Das ganze Regal war mit magischen Waffen belegt. Wo war Fach einhundertfünfzehn? Sie betrachtete die Zahlen an den Regalböden. Ihr Licht flackerte auf und erlosch. Genervt erschuf sie ein neues. Sie merkte, wie ihr die Konzentration den Schweiß auf die Stirn trieb. Es dauerte eine Weile, bis sie das richtige Fach gefunden hatte. Sie nahm den Morgenstern samt Hülle heraus und eilte zurück zum Empfangstresen. Als sie das Licht der Eingangshalle sehen konnte, ließ sie ihres erleichtert ausgehen. Sie war völlig verschwitzt. *Die Ärzte und Auralogen haben doch Recht. Ich bin magisch minderbegabt. Die paar Zauber, die mir gelingen, sind wohl nichts als Zufallstreffer.* Sie legte den Morgenstern auf den Tresen und sah sich nach Excelsior um. Sie entdeckte ihn mit Sabio in der Nähe des Kamins. Die beiden standen vor einem etwa armlangen Kasten aus Glas, der auf einer rollenden Holzplattform stand.

„Und du bist sicher, dass es funktioniert?" Excelsior wirkte skeptisch.

„Ich habe es ein halbes Dutzend Mal ausprobiert. Der Brandkasten arbeitet fehlerfrei." Sabio legte ihm eine Hand auf die Schulter. „Allerdings muss ich ihn noch vorbereiten, da man ihn nicht über längere Strecken transportieren kann, wenn er mit dem Brandzauber belegt ist. Das wäre zu gefährlich."

Excelsior sah zu Moira und winkte.

„Bring die Waffe hier her."

Moira gehorchte. Interessiert sah sie zu, wie Sabio einen Schutzzauber errichtete, der wie eine überdimensionale Kugel aus facettiertem Kristall im Raum stand. In seine Mitte malte er mit roter Kreide ein Pentagramm, in dessen Zentrum der Glaskasten stand. Um das Pentagramm herum platzierte er symbolische Gegenstände: eine Kerze auf jede Spitze des Sterns, dazwischen einen Schädel, eine vertrocknete Hasenpfote, eine Pflanze vierblättrigen Klee im Blumentopf, einige Tropfen Blut und ein Schälchen ewiges Feuer. Die blauen Flammen ließen Schatten über die Steine des Gewölbes tanzen. Vor das ewige Feuer zeichnete er mit blauer Kreide einen Kreis. Er zog den vorgeschriebenen Schutzmantel an und setzte den spitzen Hut auf, der die Magie fokussierte.

Moira fand, dass er mit der dunkelblauen mit Sternen übersäten Schutzkleidung aussah wie ein Zauberlehrling aus einem alten Gemälde.

„Geht lieber ein paar Schritte zurück. Ich habe zwar einen Schutzzauber errichtet, aber sicher ist sicher." Sabio öffnete den Deckel des Glaskastens.

Moira und Excelsior zogen sich so weit zurück, dass sie außerhalb des Schutzzaubers standen. Sabio stellte sich in den blauen Kreis und murmelte eine Beschwörungsformel. Schließlich streckte er die Hände dem Gewölbe der Krypta entgegen und rief: „En Feu! Semera Magique! Rougisse! Lumière!"

Es zischte. Sabios Knie zitterten, als die Magie wie ein Sternenwirbel durch seinen Körper schoss. Sabio glitzerte und funkelte. Es musste ein unglaublich starker Zauber sein, den er zu beherrschen hatte. Beeindruckt starrte Moira den Commissaire an. Sie hatte geglaubt, dass diese Art von magischen Sprüchen ausschließlich in Fabriken und Forschungslaboren eingesetzt wurde.

Sabios Zauber sauste durch das ewige Feuer und riss es mit sich in den geöffneten Glaskasten. Eine glitzernde Stichflamme erhellte den Raum. In dem Brandkasten waberten bläuliche Flammen hin und her.

„Lumière." Sabio rief noch einmal das Aktivierungswort, und die Flammen erstarben. Er verließ den Kreis und trat neben Excelsior. „Na los, probier ihn aus."

Der Archivar schob sich eine weiße Haarlocke aus dem Gesicht, zog die Schutzahndschuhe an und nahm den Morgenstern samt Schutzhülle. Zögernd legte er beides in den kleinen Glaskasten, der sich automatisch schloss. Er aktivierte den Zauber, und eine blaue Flamme pulverisierte die Waffe.

Begeistert strahlte er Sabio an.

„Deine Erfindung ist Gold wert. Endlich lassen sich diese verfluchten Waffen gefahrlos beseitigen. Manchmal glaube ich, du wärst hier unten viel besser aufgehoben als ich."

Moira hatte den Archivar noch nie so fröhlich gesehen. Deshalb eilte sie sofort davon, als er ihr beinahe freundschaftlich befahl, Kaffee zu holen. Als sie zurückkam, lehnte Sabio am Tresen und berührte die Unterschriftenzone eines Rückgabeformulars für Akten mit der linken Hand. Ein violettes Flämmchen lief einmal um alle Finger und verdichtete sich zu seinen Initialen, während sich die Männer über die Morde an den Obdachlosen unterhielten.

Sabio schüttelte den Kopf.

„Nein, es gibt keine Hinweise auf den Täter, und die Morde gehen weiter, fast jede Nacht einer."

„Wenigstens hält sich die Presse zurück." Excelsior nahm das Dokument und prüfte die Unterschrift.

„Weil ich bei der Pressekonferenz gebettelt habe." Sabio nahm den Kaffee und lächelte Moira dankbar zu. „Aber sie werden nicht lange stillhalten."

„Was ist mit diesem Einbruch ins Museum." Excelsior heftete das Dokument ab und nahm sich ebenfalls einen Kaffee.

Sabio zuckte mit den Schultern.

„Von unserem Hauptverdächtigen Pete Huudien fehlt noch immer jede Spur. Wir observieren zwar seine Wohnung und seine Verlobte, aber bis jetzt ohne Ergebnis."

„Hängt der Einbruch mit den Morden zusammen?"

„Ich kann es weder beweisen noch ausschließen. Sicher ist nur, dass Lif Borson und Bastide Leclerques Tod damit zusammenhängen."

Moira mischte sich ein.

„Wir sollten mit Direktor du Mar zusammenarbeiten. Er..."

Excelsior sah sie wütend an.

„Hast du nicht gelernt, dass man Erwachsene ausreden lässt?"

„Lass nur", beruhigte ihn Sabio. Er sah Moira an. „Deine Idee ist im Prinzip richtig. Leider hat seine Frau eine Einstweilige Verfügung erwirkt, die es uns untersagt, mit ihm zu reden."

Excelsior schüttelte den Kopf.

„Du bist viel zu nett, Sabio. Die Grünschnäbel von der Akademie müssen als Erstes Disziplin lernen." Er wandte sich an Moira. „Ich habe dir neue Akten hingelegt. An die Arbeit."

Achselzuckend ging Moira zurück zu den Akten. *Wenigstens kann ich mir das Schwert aus dem Steingefäß ansehen, solange die beiden quatschen.* Sie nahm die letzte Akte aus dem Regal. Es war nicht die Richtige. *Das kann doch nicht sein.* Fieberhaft ging Moira die archivierten Unterlagen durch, aber die Akte, die sie suchte, war nicht mehr da. *Ob Sabio sie sich ausgeliehen hat?* Sie überlegte, konnte sich aber nicht an eine Akte auf dem Empfangstresen erinnern. *Wahrscheinlich hat sie Excelsior weggeräumt, damit ich nicht darin lese.* Sie seufzte und machte sich an die Arbeit, den neuen Aktenstapel zu sortieren.

Wenig später stellte ihr Excelsior noch mehr Akten auf den Tisch.

„Ich hoffe du kommst allein klar. Ich muss für ein paar Stunden ins Gericht." Als er Moiras fragenden Gesichtsausdruck sah, fügte er „als Sachverständiger" hinzu und ging.

Die Uhr im Empfangsbereich schlug sechs. Feierabend. Moira ließ alles stehen und liegen und ging in den Eingangsbereich. Dort sah sie sich nach Excelsior van Steen um, denn sie wollte das Archiv nicht unbeaufsichtigt lassen, und abschließen konnte sie es ohne Schlüssel nicht. Sie entdeckte seinen Schreibtisch auf der Regalseite des Zauns neben der Feuerstelle. Verschiedene Geräte standen dort auf einem großen Holztisch, während das Schreibpult daneben mit Papieren bedeckt war. Da sie Excelsior in der Nähe glaubte, ging sie hinüber und rief nach ihm.

„Monsieur van Steen?" Ihr Blick fiel auf das Chaos auf dem Schreibtisch. Gleich obenauf entdeckte sie ein Blatt Papier mit dem Logo des Patentamts. Neugierig nahm sie es in die Hand und las. Es war ein Patentantrag für den Brandkasten. Moiras Augen weiteten sich überrascht, als sie sah, dass Excelsior sich selbst als Erfinder angegeben hatte. *So ein Aas! Schmückt er sich doch glatt mit fremden Federn. Na warte, dass werde ich Sabio sagen.* Sie legte den Antrag genau dort wieder hin, wo sie ihn gefunden hatte und ging zurück in den Empfangsbereich. Kaum schloss sie die Verbindungstür im Zaun, als Excelsior hereinkam.

„Solltest du nicht arbeiten?" Seine Stimme schnitt durch die Luft wie ein Messer.

„Es ist sechs Uhr durch."

„Oh, na dann." Er ging an ihr vorbei, ohne sie anzusehen. „Sei morgen pünktlich."

Moira unterließ es, ihn darauf hinzuweisen, dass sie als Anwärterin auf Probe am Wochenende nicht arbeiten durfte. *Das wird er schon merken.* So schnell sie konnte, rannte sie zu Sabios Büro, aber es war verschlossen. *So ein Mist. Er ist schon weg.* Sie überlegte, wer Sabios private Parlebolnummer kennen könnte, als Semra den Gang entlang kam.

„Gut, dass ich dich treffe", sagte Moira. „Weißt du, wie ich Commissaire Marten erreichen kann? Es ist dringend."

„Heute wahrscheinlich gar nicht mehr. Er ist schon wieder zu einem Mord gerufen worden. Das ist jetzt der sechste Obdachlose." Semra schüttelte den Kopf. „Der arme Sabio. Er kommt kaum noch zur Ruhe. Ich weiß gar nicht, wann er die vielen Überstunden abfeiern will, die im Moment anfallen."

Moira bedankte sich für die Auskunft. Sie ärgerte sich zwar darüber, dass sie Sabio nicht sofort von Excelsiors Betrug berichten konnte, aber sie verstand, dass seine Arbeit vorging. Dann würde sie es ihm eben sagen, wenn sie sich das nächste Mal sahen. Sie bedankte sich bei Semra, wünschte ihr ein schönes Wochenende und ging zum Ausgang. In der Tür prallte sie mit Druidus zusammen.

Bevor sie sich gefangen hatte, küsste er sie auf die Wange.

„Moira! Da bist du ja. Ich wollte dich fragen, ob du heute Abend mit mir ausgehen würdest."

Moiras Nasenflügel bebten. Er war der Letzte, den sie heute sehen wollte.

„Da würde ich eher mit deinem Vater ausgehen. Bei dem weiß ich wenigstens, dass er mich nicht ausstehen kann." Sie drängelte sich an ihm vorbei, ohne auf sein verdutztes Gesicht zu achten. Schmerz zerriss ihr Herz, und geschockte erkannte sie, wie sehr sie sich mit diesen Worten selbst verletzt hatte. *Warum tut es so weh zu wissen, dass Druidus genauso ist wie die meisten Männer?* Sie biss sich auf die Lippe, um nicht zu weinen und ging schneller.

Schritte erklangen hinter ihr und Druidus packte sie am Arm.

„Moira, ich liebe dich. Ich würde dich nie belügen."

Sie fuhr herum.

„Ach? Und weil du mich liebst, knutschst du direkt vor meinen Augen ein anderes Weibsbild, ja?" Mit einem Ruck befreite sie sich aus seinem Griff.

„Wovon redest du? Ich habe niemanden geküsst."

„Lüg mich nicht an! Ich habe dich gestern genau gesehen. Ich bin doch nicht blind."

Er schlug sich mit der Hand vor die Stirn und lachte.

„Ach, das meinst du."

Moira drehte sich wortlos um und ging weiter.

Wieder packte Druidus ihren Arm.

„Warte. Ich kann es dir erklären."

„Das gibt nur noch mehr Lügen."

Druidus Blick wurde hart.

„Glaubst du wirklich, dass ich so bin?"

„Alle Männer sind so." Moira zwang sich, ihm in die Augen zu sehen. „Ausnahmen wie Tord bestätigen nur die Regel."

Druidus presste die Lippen aufeinander. Für eine endlose Sekunde starrten sie sich an. In Moiras Ohren rauschte das Blut. Plötzlich grinste Druidus, und bevor Moira reagieren konnte, hatte er sie sich geschnappt und über die Schulter geworfen.

„Wer nicht hören will, muss sehen." Er trug sie zum Präsidium zurück. Vergeblich versuchte Moira sich zu befreien. Er war stärker als sie. Unerbittlich trug er sie durch die Korridore der Gendarmerie. Sie konnte von Glück reden, dass sie niemandem begegneten. Vor der Vitrine mit den Auszeichnungen für besondere Leistungen setzte er sie ab und zeigte auf das Bild eines ausgeblichenen Zeitungsartikels.

„Sieh dir das genau an. Wenn du dann noch glaubst, dass ich dich belüge, werde ich gehen."

„Wehe wenn nicht." Moira sah genauer hin. Die Menschen auf dem Foto kamen ihr bekannt vor. Sie trat dichter heran und betrachtete es noch genauer. Das Bild zeigte Excelsior, Druidus und die Auralogin Aparta de Frees. Darunter war eine Bildunterschrift: 18. SEDAR 3013 – IM KREISE SEINER FAMILIE FEIERT EXCELSIOR VAN STEHEN SEINE BEFÖRDERUNG.

Moira wurde rot.

„Aparta de Frees ist deine Mutter?"

„Das Bild wurde vor sechs Jahren aufgenommen", sagte Druidus.

„Sie wirkt viel zu jung, um deine Mutter zu sein."

„Sie hält sich eben in Form."

Moira spürte Druidus Atem in ihrem Nacken.

Er flüsterte: „Aparta ist eine gute Mutter, und sie liebt mich über alles. Glaubst du mir jetzt endlich?"

Moiras Herz raste. Ihr Vater hatte Recht gehabt. Schon wieder hatte sie zu schnell geurteilt, obwohl sie nicht alle Fakten kannte. Der Gedanke, dass Druidus nur seine Mutter geküsst hatte, machte sie schwindelig. Ihre Knie zitterten so sehr, dass sie kaum stehen konnte, und ihre Stimme klang rau.

„Verzeihst du mir?"

Ein Strahlen huschte über Druidus Gesicht.

„Nur, wenn du mit mir ausgehst."

Moira sah ihn ernst an, aber in ihrem Magen schlugen Schmetterlinge Purzelbäume.

„Das letzte Mal, als jemand mit mir ausgehen wollte, fand ich ihn tot in seiner Wohnung."

„Drum fahren wir lieber gleich in ein Restaurant. Du siehst auch ohne Abendkleid berauschend aus." Druidus beugte sich vor und küsste sie zärtlich auf den Mund.

Von Moiras Lippen zog ein Prickeln durch ihren Körper, das sie noch nie gespürt hatte, und machte ihre Knie weich. Sie schlang die Arme um seinen Hals und da sein Mund verführerisch nah war, erwiderte sie den Kuss voller Leidenschaft. Sie wurde fortgerissen von einem Gefühlssturm, der keinen Platz mehr ließ für Gedanken, Sorgen oder Befürchtungen.

Als sie atemlos voneinander ließen, sagte Druidus: „Lass uns lieber Essen gehen. Sonst kann ich für nichts garantieren."

Der Abend wurde wunderbar, obwohl Moira etwas enttäuscht war, dass Druidus sie nicht in ihre Wohnung begleitete.

„Dafür haben wir alle Zeit der Welt", flüsterte er ihr ins Ohr.

Vor der Tür zu ihrem Wohnblock küssten sie sich lange, und trotzdem war es Moira zu kurz, als er ging. Sie winkte Druidus, bis sein Tapisto um die nächste Ecke bog.

KAPITEL 19

Dann schwebte sie die Treppe zu ihrer Wohnung hinauf wie auf Wolken. Obwohl es spät geworden war, war sie zu aufgekratzt, um zu schlafen. *Ob ich Franka anrufe und ihr von Druidus erzähle?* Sie schüttelte den Kopf. Im Moment wollte sie ihr Glück mit niemandem teilen. Nicht einmal mit ihrer besten Freundin. Nach kurzer Überlegung beschloss sie, Tord nach einer Kopie von den Zeichnungen der Ausgrabung zu fragen. Es wurmte sie noch immer, dass Excelsior ihr die Akte weggenommen hatte. Leider nahm Tord den Anruf nicht an. Nach einer Weile gab sie auf und stellte die Parlebol an ihren Platz zurück. *Ob Direktor du Mar Kopien der Zeichnungen hat?* Sie rief das Museum an, aber die Parlebolzentrale war bereits geschlossen. Dann fiel ihr das Kärtchen mit du Mars Infonet-Daten ein. Sie fand es in der Tasche ihrer Sommerjacke, wo es gesteckt hatte, seit der Direktor es ihr gegeben hatte. Schnell schaltete sie ihren Magiuter an und schrieb ihm eine Nachricht. Direktor du Mar antwortete sofort, und so entstand ein angeregter Briefwechsel.

CdM: Ich freu mich, dass Sie sich melden und nutze die Gelegenheit, mich bei Ihnen zu bedanken. Nach langem Nachdenken bin ich Ihrem Rat gefolgt und habe meiner Frau mehr über meine Arbeit erzählt. Dadurch konnte ich ihre Bedenken bezüglich einer Geliebten zerstreuen, und habe eine zweite Chance erhalten.

MB: Das freut mich. Schade nur, dass Sie sich nicht durchringen können, mit der Gendarmerie zusammen zu arbeiten.

CdM: Wenn es Ihnen hilft, stehe ich Ihnen gerne zur Verfügung.

MB: Vielen Dank. Darauf komme ich sofort zurück. Haben Sie Kopien der Zeichnungen, die Tord Mutelen bei den Ausgrabungen gemacht hat?

CdM: Selbstverständlich. Ich maile sie Ihnen sofort zu.

Wenig später spuckte der Magiuter die Bilder aus, die

Moira schon in der Akte im Archiv betrachtet hatte. Sie bedankte sich.

CdM: Eine Hand wäscht die andere. Wenn Sie weitere Unterstützung brauchen, wenden Sie sich ruhig an mich. Ich bin gerne für Sie da.

MB: Könnten Sie mir mehr über die gefundenen Waffen erzählen? Besonders das Schwert in dem Steingefäß fasziniert mich.

CdM: Tord Mutelen weiß darüber sicher mehr als ich.

MB: Das schon, aber er ist mit den Vorbereitungen für seine Hochzeit beschäftigt, der Umzug ist noch nicht abgeschlossen und seine Verletzung ist auch noch nicht ganz verheilt.

CdM: Dann stehe ich Ihnen selbstverständlich zur Verfügung. Morgen werde ich meine Frau zum Mittag ausführen. Sollte Emily nichts dagegen haben, würde ich mich freuen, Sie ebenfalls dort zu treffen. Warten Sie, ich frage.

CdM: Sie ist einverstanden.

Er gab ihr die Adresse eines Restaurants in einer respektablen Wohngegend, und Moira versprach, rechtzeitig da zu sein. Sie redeten noch eine Weile über die Ausgrabungen und Privates, dann verabschiedete sich der Direktor mit der Begründung, seine Frau warte auf ihn. Moira freute sich, dass ihr Rat ihm geholfen hatte. Noch mehr aber freute sie sich über die Zeichnungen. Sie schaltete den Magiuter aus und betrachtete sie in Ruhe. Das Schwert aus dem Steingefäß war als einziges Fundstück nicht verrostet. Die Klinge war breit und offensichtlich nach wie vor scharf. Moira staunte, dass eine Waffe, die nachweislich mehr als zweieinhalbtausend Jahre alt war, noch so gut erhalten aussah. Abgesehen von dem hervorragenden Zustand, sah es aus wie die anderen Schwerter der Ausgrabung. Moira fragte sich, warum es jemand für nötig gehalten hatte, ausgerechnet vor diesem Schwert zu warnen. Doch so lange sie auch die Zeichnung betrachtete und nachdachte, sie kam zu keinem Ergebnis.

KAPITEL 20

Am nächsten Tag kam sie genau fünf Minuten vor der verabredeten Zeit in dem Restaurant an. Es bestand aus einer Reihe kleiner, heller Räume, die mit Drucken bekannter Maler und mit zahlreichen Grünpflanzen geschmückt waren. Die meisten der dunklen Eichenholztische waren besetzt, und so dauerte es eine Weile, bis Moira den Direktor entdeckte. Er saß dicht neben seiner Frau in einer Rundecke. Sie lehnte sich an ihn und beide lasen eine Karte. Als du Mar Moira entdeckte, begrüßte er sie herzlich und stellte ihr seine Frau vor.

Emily du Mar reichte ihr die Hand.

„Ich freue mich, Sie kennenzulernen. Charle hat schon so viel von Ihnen erzählt. Bitte, setzen Sie sich zu uns."

Moira setzte sich auf einen Stuhl an der Seite des Tisches. So konnte sie einen guten Teil des Restaurants überblicken und sich trotzdem bequem mit den du Mars unterhalten. Schließlich kam Direktor du Mar auf die Ausgrabung zu sprechen.

„Viel gibt es über die Waffen nicht zu erzählen", sagte er. „Gezwungenermaßen steht die Analyse noch aus. Bisher gehen wir davon aus, dass die Waffen von Hern geschmiedet wurden, denn sie tragen sein Siegel." Er zeigte ihr ein Bild, auf dem ein Hammer senkrecht über einem Amboss schwebte. Moira erkannte es sofort.

„Dasselbe Siegel ist auch auf dem Steingefäß, nur dass darüber noch ein Halbkreis mit sieben Bögen ist."

„Warum er es für dieses Gefäß geändert hat, ist noch unklar. Vielleicht hat er das Siegel des Töpfers hinzugefügt. Ich bin mir sicher, dass Tord dafür eine Erklärung finden wird." Der Direktor wartete, bis der Kellner die Getränke hingestellt hatte, bevor er weiter sprach. „Übrigens trägt das Schwert in dem Steingefäß nicht Herns Siegel. Es scheint wesentlich älter zu sein. Seit ich die ersten Zeichnungen davon erhielt, haben Professor Solveigh und ich so viele Quellen studiert, wie seit unserem ersten Semester an der Uni nicht mehr."

Moira beugte sich vor.

„Und? Ist etwas dabei herausgekommen?"

Der Direktor nickte.

„Wenn es tatsächlich das Schwert ist, für das wir es halten, wäre seine Entdeckung eine Sensation. Die Waffe wäre unbezahlbar." Er schwieg, denn die Kellner brachten das Essen. Erst als sie wieder gegangen waren, sprach er weiter. „Die historischen Quellen nennen es das Schwert der Tränen. Es heißt, dass sein Träger zum unverwundbaren Kämpfer wird, der alle seine Gegner tötet, dabei aber unweigerlich dem Wahnsinn verfällt."

„Das passt zur Legende der Wilden Katie."

„Zumindest widerspricht es ihr nicht." Direktor du Mar reichte seiner Frau die Sauce und nahm sich Kartoffeln. Eine Weile aßen sie schweigend. Schließlich ging Madame du Mar zur Toilette, und du Mar legte sein Besteck zur Seite.

„Ich habe übrigens einen Teil der Waffen angeboten bekommen. Anonym."

Moiras Finger begannen vor Aufregung zu kribbeln.

„Auch das Schwert?"

Er schüttelte den Kopf.

„Ich hatte ein Treffen arrangiert, aber es wurde in letzter Minute abgeblasen."

„Wäre es nicht besser, die Gendarmerie einzuschalten?"

„Nur, wenn ich einen konkreten Termin für ein Treffen habe. Ich habe ausgestreut, dass ich besonders an Schwertern interessiert bin und habe durchblicken lassen, dass ich sehr gut zahle."

Moira sah ihn besorgt an.

„Seien Sie bitte vorsichtig. Menschen, die etwas zu verbergen haben, sind unberechenbar."

Er nickte.

„Versprochen. Wenn sich etwas Neues ergibt, werde ich Sie informieren."

„Moira?" Druidus kam auf sie zugeeilt. Er warf Direktor du Mar einen wütenden Blick zu, bevor er sich an Moira wandte. „Ich versuche schon den ganzen Morgen, dich zu erreichen."

„Warum? Waren wir verabredet?"

„Ja. Nein. Ich meine… Meine Mutter wollte heute hier mit mir Mittag essen, und ich wollte dich einladen."

„Wie lieb von dir." Insgeheim war Moira ganz froh, sich heute nicht mit Aparta de Frees unterhalten zu müssen.

„Wirst du dann wenigstens morgen Mittag zum Grillen kommen?" Er hob abwehrend die Hände. „Keine Sorge, wir werden nicht allein sein. Meine Eltern haben einige ihrer engsten Freunde eingeladen."

„Ich weiß nicht." Es machte Moira diebische Freude, ihn zappeln zu lassen.

Druidus sah sie mit leicht schief gelegtem Kopf an. Seine Augen bettelten. Moiras Herz schlug schneller.

„Sabio kommt auch", sagte er.

Moira zog eine Schnute, als müsse sie überlegen.

„Also gut." Sie stand auf. „Bis morgen dann." Sie küsste Druidus auf die Wange. Wie immer roch er nach Rasierwasser. Am liebsten hätte sie diesen Duft ewig eingeatmet. Stattdessen wandte sie sich ab und ging zur Toilette.

Sie dankte Madame du Mar, die ihr die Tür aufhielt und sah sich noch einmal nach Druidus um. Zufrieden registrierte sie die Erleichterung in Druidus Gesicht, als Madame du Mar sich an ihren Mann kuschelte. Sie lächelte in sich hinein. Es freute sie, dass er ein wenig eifersüchtig war. Nicht zu sehr, um ihr eine Szene zu machen, aber genug, dass sie sich geliebt fühlte. *Ich hätte nie gedacht, dass ich mich jemals so schnell so sehr verlieben würde.*

Als sie sich die Hände wusch, öffnete sich die Tür hinter ihr. Im Spiegel erkannte sie Aparta de Frees und drehte sich um. Sie kam nicht dazu, Druidus Mutter zu begrüßen.

„Hören Sie gut zu, ich sage dies nur ein einziges Mal." In Aparta de Frees Stimme schwang unterdrückte Wut mit, und sie musterte Moira mit kaltem Blick. „Ich werde es auf keinen Fall dulden, dass Sie für meinen Sohn mehr werden als ein flüchtiges Abenteuer. Er braucht keine magische Null wie Sie. Sollten Sie versuchen, sich in meine Familie zu drängen, werde ich Maßnahmen ergreifen." Sie betonte das Wort Maßnahmen so merkwürdig, dass Moira ein Schauer über der Rücken lief.

Ohne weitere Worte verließ Aparta de Frees den Raum. Moira atmete tief durch, geschockt vom der Feindseligkeit. Ihre Gedanken rasten, und sie fragte sich, was sie der Frau getan hatte. Es dauerte lange, bis sie sich von ihrem Schreck erholt hatte.

Am Sonntag rang sie mit sich, ob sie der Einladung überhaupt Folge leisten sollte, aber ihre Sehnsucht nach Druidus war zu groß. Als er klingelte, um sie abzuholen, trug sie ihr schönstes Kostüm, bequeme Schuhe und wenig Schminke.

„Du siehst bezaubernd aus." Er küsste sie lange, und Moira bedauerte es sehr, dass sie fahren mussten.

Als sie van Steens Anwesen erreichten, staunte Moira über den Luxus. Das Haus stand umgeben von einer Mauer auf einem großzügigen Grundstück in der teuersten Wohngegend der Stadt. Die Eingangshalle des Hauses schmückten Gemälde aus mehreren Epochen. Die wenigen, die Moira erkannte, würden bei einem Verkauf viel Geld einbringen.

Moira flüsterte Druidus zu.

„Sind die echt?"

„Aus Mutters Erbe." Er half ihr aus dem Mantel. Wortlos drückte er sie zusammen mit seinem Jackett dem Butler in die Hand und zog Moira an den Besuchern vorbei, die darauf warteten Excelsior van Steen und seine Frau zu begrüßen.

Der Duft eines herben Rasierwassers stieg Moira in die Nase. Zuerst dachte sie, Druidus hätte etwas Neues ausprobiert, aber dann merkte sie, dass der Duft von Aparta ausging. Sie wunderte sich, warum sie kein Parfüm für Damen benutzte. Insgeheim musste sie aber zugeben, dass der Duft zu der zierlichen Frau passte, die eben den Präsident der Gendarmerie Magique aufs Freundlichste begrüßte.

Lächelnd wartete Druidus, bis sie damit fertig war, küsste sie auf die Wange und stellte ihr Moira vor.

„Sie ist die Liebe meines Lebens."

Moira hörte an seinem Tonfall, dass er meinte, was er sagte. Ihr Herz klopfte heftiger. Aber als sie an Apartas Drohung dachte, war ihre Kehle wie zugeschnürt.

„Übertreibst du da nicht ein wenig, Liebling?" Aparta reichte Moira die Hand. „Reizend, Sie endlich kennenzulernen. Druidus hat uns schon so viel von Ihnen erzählt. Wir müssen uns später in Ruhe unterhalten." Ihre Stimme klang so freundlich, als hätte die Szene gestern nie stattgefunden.

Moira bewunderte ihr schauspielerisches Talent, fragte sich aber, warum Aparta vorgab sie nicht zu kennen. Sie nahm die angebotene Hand und knickste, so gut sie konnte.

Excelsior musterte sie kritisch.

„So, Sie sind das. Na ja." Er klopfte Druidus auf die Schulter. „Wenigstens ist sie hübsch genug. Na, dann führ sie mal herum." Er wandte sich dem nächsten Gast zu.

Moira hatte das Gefühl, einen Test nicht bestanden zu haben.

Druidus legte seinen Arm um sie und flüsterte ihr ins Ohr.

„Mach dir nichts draus. Sie werden sich an dich gewöhnen, denn wenn nicht, werde ich sie dazu zwingen." Er zog sie zur Seite, und für eine Weile sahen sie zu, wie Druidus Eltern ihre Freunde empfingen. Bei jedem Gast erklärte er ihr, woher seine Eltern ihn kannten, aber Moira hatte nur Augen für Apartas angespanntes Lächeln und Excelsiors joviale Gestik.

„Sind sie immer so ... so kalt?" Moira schüttelte sich.

Druidus sah sie erstaunt an.

„Kalt?"

„Mir kommt es vor, als würden sie die meisten Gäste gar nicht mögen."

Druidus lächelte.

„Das stimmt sogar. Sabio hat nicht übertrieben, als er deine Beobachtungsgabe völlig zu Recht gelobt hat. Komm, wir gehen." Er zog sie Richtung Garten. Auf der Terrasse blieb Moira wie festgenagelt stehen. Ein breitschultriger Mann mit Bürstenhaarschnitt stand mit dem Rücken zu ihnen. Selbst von hinten erkannte Moira ihren Vater.

Lavant Bellamie drehte sich um, bevor sie Druidus in eine andere Richtung ziehen konnte. Er lächelte Druidus an.

„Ich hätte mir eigentlich denken können, dass du sie herbringst, Junge. So wie du sie angesehen hast …"

Druidus drückte Moira fester an sich. Seine Stimme klang, als wolle er sich verteidigen.

„Ich liebe sie."

„Eins sage ich dir." Lavant beugte sich vor und senkte seine Stimme. „Ich war zwar kein guter Vater, aber wenn du meiner Tochter wehtust, kriegst du es mit mir zu tun."

Druidus starrte ihn mit offenem Mund an, und Moira gelang es nur mit Mühe, die aufsteigende Wut zu unterdrücken.

„Entschuldige uns bitte einen Moment." Bevor Druidus etwas sagen konnte, nahm sie ihren Vater am Arm und zog ihn an den Gästen vorbei, die in Gruppen herum standen, zum Rand der Terrasse.

„Was fällt dir ein, so mit Druidus zu reden? Dazu hast du kein Recht, auch wenn wir uns versöhnt haben." Sie tippte Lavant mit dem Zeigefinger auf die breite Brust. „Es ist mein Leben. Und wenn ich Probleme habe, sind es meine. Falls Druidus und ich uns je trennen, liegt es sicher nicht an ihm allein."

„Entschuldige bitte. Ich wollte eigentlich nur einen Scherz machen." Lavant nahm die Hände seiner Tochter. „Ich mag Druidus. Ehrlich. Und ich freu mich, dass du es mit ihm versuchen willst."

Moira atmete erleichtert auf. Für einen Moment hatte sie befürchtet, Lavant könnte Druidus genauso wenig ausstehen, wie Aparta sie. Sie sah sich nach Druidus um.

„Ich geh besser wieder zu ihm. Er wollte mich herumführen."

Lavant nickte, und sie rannte los.

Auf der Terrasse war Druidus nirgends zu sehen. Auch Excelsior fehlte. Nur Aparta unterhielt sich freundlich mit dem Präsident der Gendarmerie Magique und dem Bürgermeister. Moira schlug die andere Richtung ein. Im Vorbeigehen nahm sich Moira ein paar der Appetithäppchen, die muskulöse, nur mit kurzen Hosen bekleidete

Diener herum reichten. Sie ging ins Haus, konnte Druidus aber nirgends entdecken. Auch der Gastgeber fehlte. Moira vermutete, dass sich beide unter die Gäste gemischt hatten. Dafür kam Sabio durch die weit geöffnete Eingangstür. *Endlich kann ich ihm von Excelsiors Betrug erzählen.*

Er lächelte, als er sie sah.

„Hat Druidus dich doch überreden können?"

Es war mehr eine Feststellung als eine Frage, und so verzichtete Moira auf eine Antwort. Ihr war es Recht, dass sie Sabio allein erwischte. Es würde sicher nicht leicht, aber sie zögerte nicht.

„Kann ich etwas mit dir besprechen?"

Sabio nickte und öffnete die Tür zu einem an die Halle grenzenden Zimmer.

„Wow!" Moira staunte über den luxuriös eingerichteten Raum. Die Wände waren mit hellblauer Spinnenseide bezogen, und Sessel aus passendem Drachenleder standen auf dem glänzenden Parket.

„Was kann ich für dich tun?"

Sabios Stimme riss Moira aus ihrer Bewunderung. *All das sollte ihm gehören, nicht Excelsior.* Sie holte tief Luft, bevor sie sprach.

„Excelsior van Steen gibt deine Erfindungen als seine aus. Nur deshalb kann er sich diesen Luxus leisten."

„Und?" Sabio zuckte mit den Schultern. „Das weiß ich längst."

Moiras Augen weiteten sich.

„Das macht dir nichts aus? Aber er nimmt dir dein geistiges Eigentum."

„Es gibt Wichtigeres im Leben als Luxus. Außerdem habe ich ihm viel mehr genommen." Sabios Lächeln wirkte müde. „Lass es auf sich beruhen, Moira. Ex und ich kennen uns schon zu lange, um über ein paar gestohlene Ideen zu streiten." Er wandte sich zum Gehen. „Genieß lieber die Party. Die van Steens wissen, wie man feiert."

Moira starrte ihm wie betäubt hinterher. Sie konnte kaum glauben, dass er Excelsior gegenüber keine Wut empfand. Wäre sie an seiner Stelle gewesen, hätte sie den Ideendieb durch alle Gerichtsinstanzen gezerrt.

KAPITEL 21

Bevor sie sich gefangen hatte, betrat Excelsior den Raum.

„Ach, hier sind Sie." Er schloss die Tür hinter sich und stellte sich mit gekreuzten Armen davor.

Sein verkniffener Gesichtsausdruck machte Moira Angst, und ihre Hände begannen zu schwitzen. Trotzdem gab sie sich Mühe, so unbefangen wie möglich zu wirken.

„Mein Sohn ist auf der Suche nach Ihnen", sagte Excelsior, „und ich möchte, dass das so bleibt."

„Druidus liebt mich." Moiras Mund war viel zu trocken.

„Er wird darüber hinwegkommen, wenn Sie sich von ihm fernhalten. Es wäre nicht das erste Mal." Er zog eine Brieftasche hervor und nahm ein Bündel Geldscheine hervor. „Wie viel wollen Sie?"

Moiras Herzschlag beschleunigte. Sie ballte die Hände zu Fäusten.

„Ich lasse mich nicht kaufen. Sie haben nicht das Recht, zu entscheiden, wen Druidus lieben darf und wen nicht. Er ist volljährig."

Excelsior runzelte die Stirn.

„Er ist mein Sohn und hat etwas Besseres verdient, als eine kleine Schlampe wie dich. Du kämst nicht einmal dann in Betracht, wenn du magisches Talent hättest."

Moira war verletzt, aber sie hatte eine Waffe, mit der sie zurückschlagen konnte.

„Ich bin lieber ohne Magie als ein Dieb. Sabio mag zwar darüber hinwegsehen, dass Sie seine Ideen versilbern, aber das heißt noch lange nicht, dass es rechtens ist."

Zu ihrem Erstaunen ging Excelsior auf ihre Anschuldigung ein. Seine Augen funkelten wütend.

„Ohne mich wären seine Erfindungen Prototypen geblieben. Er hat kein Talent, sie zu vermarkten, und wo wäre die Gendarmerie heute ohne Fingerabdruckpulver oder Stasiszauber?"

„Sie hätten ihm eine Partnerschaft vorschlagen können." Moira stapfte auf Excelsior zu. „Ich werde mir jedenfalls von einem Dieb nicht den Umgang mit Druidus verbieten lassen."

Er packte ihren Arm und seine Stimme klang gefährlich leise.

„Und was bitte, willst du tun?"

„Ich zeige Sie an. Ideen zu stehlen ist genauso illegal wie andere Diebstähle."

Excelsior lachte, aber es klang nicht fröhlich.

„Spar dir die Mühe. Es gibt nicht einen Beweis dafür, dass ich nicht der Erfinder bin, und Sabio wird nicht gegen mich aussagen." Er beugte sich so weit zu Moira vor, dass sie seinen sauren Atem auf ihrem Gesicht spürte. „Ich habe die besseren Karten. Also verschwinde aus Druidus Leben, sonst mache ich dir deines zur Hölle."

Moira hätte am liebsten geweint. Gab es denn gar nichts, was sie ihm entgegensetzen konnte? Ihr Blick fiel durch das Fenster auf Druidus, der sich suchend durch die Gäste schob, und sie hatte eine Idee. Sie riss sich los.

„Druidus wird sich sicher sehr freuen, wenn ich ihm sage, dass Sie Sabio übervorteilen."

„Er wird es Ihnen nicht glauben."

„Er liebt mich. Wollen Sie es darauf ankommen lassen?"

Excelsior wurde blass.

Wortlos ließ Moira ihn stehen und ging. So schnell sie konnte rannte sie nach draußen, dorthin, wo sie Druidus vor wenigen Augenblicken gesehen hatte. Sie wollte nur noch nach Hause. Leider konnte sie ihn nicht mehr entdecken. Auch ihr Vater und Sabio schienen bereits wieder gegangen zu sein. Sie ärgerte sich darüber, dass sie ihre Handtasche mit dem Geld nicht mitgenommen hatte, nur weil sie nicht zu dem eleganten Kleid passte. Irgendwo musste Druidus sein. Sie fragte ein paar der Gäste. Einer schlug vor, sie solle im Garten suchen.

Sie ging durch den parkähnlichen Garten, bis sie an einen Teich kam, über den eine mächtige Trauerweide ihre Äste beugte. Von hier war das Haus kaum noch zu sehen. Nicht weit von der Weide stand eine Bank für zwei am Rand des Teichs. Es war ein romantisches Fleckchen, aber Moira hatte keine Augen dafür. Genervt ließ sie sich auf die

Bank fallen. Wo war Druidus nur? Sie sah zum Haus zurück, dessen Lichter sich am langsam dunkler werdenden Himmel spiegelten. Die ersten Regentropfen fielen, aber Moira hatte keine Lust zurückzugehen. Das Geschnatter der Gäste interessierte sie nicht, und ohne Druidus wollte sie seinen Eltern nicht noch einmal begegnen. Als der Regen stärker wurde, zog sie die Stöckelschuhe aus und kletterte kurzerhand in die Weide. Auf halber Höhe fand sie eine Astgabel, auf der sie es sich bequem machen konnte. Während der Regen an dem dichten Blattmantel der Weide herunter lief, dachte Moira nach. Sie zweifelte nicht daran, dass sie sich in Druidus verliebt hatte. Aber reichte diese Liebe für eine langfristige Beziehung, insbesondere da seine Eltern sie ganz offensichtlich nicht mochten? Sie seufzte. Es war eine nicht zu leugnende Tatsache, dass sie für eine erfolgreiche Beziehung mit Druidus Familie klar kommen musste.

Bevor sie sich entscheiden konnte, hörte sie Stimmen den Gartenweg entlang kommen. Sie schielte durchs Blätterdach und entdeckte einen XXL-Regenschirm. Da sie nicht gesehen werden wollte, verhielt sie sich so still sie konnte. Sie erschrak, als sie Sabios Stimme erkannte.

„Ich halte es nicht mehr aus", sagte er. „Es zermürbt mich, meinen besten Freund zu betrügen."

Eine leise Frauenstimme antwortete ihm, aber Moira verstand sie nicht.

„Was interessiert mich das Geld? Ich will dich!" Die beiden hielten am Teich, und der Schirm sank zur Seite. Sie küssten sich.

Im letzten Moment gelang es Moira, einen überraschten Schrei zu unterdrücken, denn die Frau in Sabios Armen war Aparta de Frees.

„War da was?" Aparta sah sich um.

Sabio zog sie an sich und hob den Schirm wieder.

„Doch nicht bei dem Regen."

Sie setzten sich auf die Bank und verschwanden so vollständig unter dem Schirm, dass Moira nur noch ihre Stimmen hören konnte.

Sabio klang verzweifelt.

„Warum willst du dich nicht von ihm scheiden lassen?"

„Das werde ich sehr bald tun", sagte Aparta. „Meine Praxis ist mittlerweile etabliert, und ich verdiene genug, um auf eigenen Füßen zu stehen. Aber ich brauche mehr Zeit, Druidus vorzubereiten. Ich werde ihn auf keinen Fall hier lassen."

„Druidus ist erwachsen. Lass ihn seinen eigenen Weg finden."

„Ich ertrage den Gedanken nicht, ihn zu verlieren."

„Das wirst du nicht. Dafür liebt dich dein Sohn zu sehr."

Sie schwiegen und Moira wusste, dass sie sich wieder küssten. *Wie komme ich hier bloß weg, ohne dass sie mich bemerken?* Sie sah sich um, sah aber keine Fluchtmöglichkeit.

„Ich könnte ewig so sitzen", sagte Aparta.

„Das geht leider nicht. Da kommt jemand", flüsterte Sabio. Der Schirm erhob sich. Zügig, aber ohne zu rennen, verließen die Liebenden den Teich.

Moira sah zum Haus. Sabio hatte Recht, denn eine Gestalt mit Schirm eilte auf den Teich zu. Es war Druidus. *Na endlich.* Sie kletterte vom Baum und landete direkt vor seinen Füßen. Erschrocken sprang er zurück.

„Das wird aber auch Zeit", sagte sie.

„Moira! Ich habe dich die ganze Zeit gesucht. Wo warst du nur?" Er schlang seine Arme um sie, drückte sie fest an sich und redete weiter, ohne auf eine Antwort zu warten. „Ich hatte befürchtet, dass dich meine Eltern rausgeekelt haben. Darin sind sie viel zu gut."

„Ich hatte ein paar - sagen wir - sehr interessante Gespräche mit ihnen. Aber ich wäre nicht ohne Abschied gegangen." Sie atmete seinen männlich herben Geruch ein und entspannte sich.

Trotz des Regens zog er sie auf die Bank, auf der vor wenigen Minuten noch Aparta und Sabio gesessen hatten.

„Nimm es bitte nicht persönlich. Vater meint, ich müsse ihm in allem gehorchen, solange ich zu Hause wohne, und Mutter behandelt mich, als wäre ich ein kleiner Junge. Dabei wollen beide nur das Beste für mich. Nur dass sich ihre Vorstellungen nicht mit meinen decken."

Moira lehnte ihren Kopf gegen seine Schulter.

„Dein Vater sagte, dass du noch nie eine Freundin behalten hast, die nicht seinen Wünschen entsprach."

„Bisher habe ich noch nie eine Freundin behalten, Punkt." Er lachte, aber es klang nicht fröhlich. Er nahm ihre Hände. „Sie haben mir nicht genug bedeutet, um den Kampf mit meinen Eltern aufzunehmen. Aber bei dir ist das anders. Dich will ich heiraten und mit dir alt werden, ob es meinen Eltern passt oder nicht."

Moira schnappte nach Luft und entzog ihm ihre Hände.

„Nu mal nicht so schnell. Ich bin nicht gerade für die Dauerhaftigkeit meiner Beziehungen bekannt. Wie kannst du da von heiraten reden."

„Keine Sorge, ich werde dich nicht drängen. Ich wollte nur, dass du weißt, dass ich um deinetwillen bereit bin, mich mit meinen Eltern anzulegen. Ich werde auf keinen Fall dulden, dass sie dir wehtun."

Moira war gerührt. Sie reckte sich und hielt ihm ihre Lippen entgegen, die er zärtlich küsste. Als sie nach langen Minuten wieder Luft bekam, schloss sie die Augen und lehnte sich gegen seine Schulter.

„Für heute habe ich genug. Kannst du mich nach Hause fahren?"

„Gerne." Er machte keine Anstalten aufzustehen, und Moira war damit zufrieden. Schweigend sahen sie zu, wie die untergehende Sonne langsam die Regenwolken verdrängte und ihr Licht glitzernd vom Teich zurückgeworfen wurde.

Schließlich seufzte Druidus und stand auf.

„Dann wollen wir uns mal verabschieden."

„Ich glaube, dabei solltest du lieber auf mich verzichten. Ich denke, im Moment ist keiner deiner Eltern besonders gut auf mich zu sprechen." Moira hakte sich bei ihm unter, und sie gingen auf das Haus zu. Bald sahen sie die Gäste, die vor dem Regen in den großzügigen Wintergarten geflüchtet waren und sich nur zögernd wieder ins Freie wagten.

„Sieht so aus, als wären meine Eltern drinnen", sagte Druidus.

„Ich hole meine Jacke." Moira küsste ihn. „Sie werden wahrscheinlich froh sein, mich loszuwerden." Sie eilte ins Haus, ließ sich von einem der Diener ihr Eigentum wiedergeben und wartete geduldig auf Druidus. Durch die geöffneten Flügeltüren des Wohnzimmers betrachtete sie die Gäste, die in kleinen Gruppen um das reichhaltige Buffet herumstanden, redeten und aßen. Die Unterhaltungen verschwammen zu einem monotonen Gemurmel, bis sich Druidus Stimme darüber erhob.

„Es ist mir egal, was du von ihr hältst. Sie ist mein Leben."

Excelsiors Antwort war nicht zu verstehen, aber Moira erkannte seine Stimme.

„Noch so eine Bemerkung, und du bist für mich gestorben. Tot. Für immer!" Druidus kam auf sie zugestürmt. Er schob die Gäste zur Seite, die ihm nicht rechtzeitig auswichen. „Komm, wir gehen."

In diesem Moment kam Sabio vom Garten herein. Seine Haare hingen in nassen Strähnen herunter, wodurch sein Gesicht noch ernster wirkte als sonst, und er hielt seine mobile Parlebol in der Hand. Er nahm Druidus Ellenbogen und zog ihn zum Ausgang.

„Hambacher Feststraße siebzehn", sagte er.

Druidus wurde blass.

„Schon wieder einer?" Er passte seinen Schritt Sabios an, sah sich nach Moira um und winkte ihr, ihnen zu folgen.

„Es sind mehrere, und diesmal sind es keine Obdachlosen." Sabio erzeugte ein grünes, blinkendes Lumière Magique und setzte es auf das Dach von Druidus Tapisto. „Nach allem, was Semra erzählt hat, müssen wir es uns genau ansehen, bevor wir einen Zusammenhang mit den Obdachlosenmorden ausschließen können." Er stemmte beide Hände gegen das Wagendach und starrte zwischen den Armen zu Boden. „Mir reicht es langsam." Als er einstieg, knallte er die Tür zu. Moira, die bereits hinten im Wagen saß, zuckte erschrocken zusammen.

Wenige Minuten später hielten sie vor einem einstöckigen Haus mit einem gepflegten, aber kleinen Vorgarten. Streifenwagen waren so abgestellt, dass sie den beleuchteten Plattenweg zum Eingang versperrten. Über dem Rasen glitzerte das Muster eines Schutzzaubers.

Druidus schluckte und stieg aus.

„Hier wohnen die Ramasseurs. Mutter hat mal für Monsieur gearbeitet und mir sofort seine Tochter aufgedrängt."

Moira fand, dass er blass wirkte. Sie folgte ihm und Sabio, die sich zwischen den Wagen hindurch schlängelten und ins Haus gingen.

An der Tür blieb Druidus stehen.

„Du solltest lieber nicht mit hineinkommen. Das ist kein Anblick für zarte Gemüter."

Moira spürte Wut in sich aufsteigen. Traute nicht einmal Druidus ihr etwas zu? Sie sah in seine Augen, um ihm ihre Meinung zu sagen und erkannte, dass er sich um sie sorgte. Sofort verpuffte die Wut.

„Ist schon in Ordnung. Diesmal ist es niemand, mit dem ich ausgehen wollte", sagte sie.

Sabio zog Druidus mit sich.

„Lass sie. Sie hat mehr als einmal bewiesen, dass sie beobachten kann. Mit dem Rest wird sie auch fertig."

Sie gingen einen langen Flur entlang. Überall wimmelte es von Gendarmen. Durch eine Tür, die zur Küche führte, sah Moira, wie Semra beruhigend auf ein junges Mädchen mit schwarzem Kleid, weißer Schürze und Haube einredete. Im Speisezimmer breitete Buds gerade einen Stasiszauber aus. Er runzelte die Stirn, als er sie sah. Moira beeilte sich, Druidus und Sabio einzuholen, die das großzügige Wohnzimmer betreten hatten. An der großen Doppeltür blieb sie stehen, denn sie wollte den Stasiszauber nicht stören, dessen blau-gelbes Fadenmuster sich gut vom dunklen Parkettboden abhob. Sabio beugte sich über einen leblosen Körper und hob das Tuch, das darüber gelegt worden war.

„Sind die Bilder fertig?"

Einer der Gendarmen nickte.

„Außerdem hat Doc die Leichen freigegeben."

„Gut, dann könnt ihr sie ins Labor bringen." Sabio ging in die Hocke und betrachtete den Boden um das Opfer, während Druidus zur Parlebol trat, die Verbindungsanzeige des Wahlwiederholungszaubers aktivierte und die Nummern aufschrieb. Moira hätte ihnen zu gerne geholfen, aber solange der Stasiszauber nicht aufgehoben war, traute sie sich nicht, das Zimmer zu betreten. Sie wollte auf keinen Fall Beweise vernichten. Ungeduldig wartete sie, dass die Untersuchung des Tatorts endlich abgeschlossen wurde. Sie konzentrierte sich auf das Muster der Blutspuren auf Boden, Wand und Decke. Die Gendarmen eilten an ihr vorbei, und der eine oder andere warf ihr einen fragenden Blick zu.

Nur Buds blieb stehen und grinste.

„Wie ich sehe, hast du dazugelernt."

Moira antwortete nicht.

„Vielleicht wird ja doch eine brauchbare Gendarma aus dir." Buds ging.

Dafür blieb ein hagerer Mann mit dicken Brillengläsern und einer schweren, schwarzen Tasche stehen. Verwundert sah er Buds nach.

„Na, der war aber nicht besonders freundlich zu Ihnen", sagte er zu Moira.

„Ich habe ihm mal fast einen Tatort versaut." Sie wunderte sich, wie leicht es ihr plötzlich fiel, das einem Fremden gegenüber zuzugeben. Es war, als hätte Druidus Liebe ihre Widerstandkraft in diesem Bereich gestärkt.

Er lächelte.

„Dann müssen Sie Moira Bellamie sein. Sabio hält große Stücke auf Sie." Er stellte seine Tasche ab und reichte ihr die Hand. „Ich bin Doc."

„Doc?"

„Keiner benutzt meinen Namen, aber das geht in Ordnung. Ich glaube, die meisten wissen ihn nicht einmal."

Moira starrte ihn an.

„Ich finde das sehr unhöflich."

Er winkte ab.

„Ach was. Die kennen mich alle als Doc, und so bleibt wenigstens kein Zweifel an dem, was ich tue."

Erst jetzt wurde Moira klar, dass Doc trotz seines Kindergesichts der Leiter der forensischen Abteilung sein musste. Sie wurde rot.

„Ich dachte, Sie wären einer ihrer Mitarbeiter."

Doc lachte.

„Du meine Güte! So einen unglaublichen Tatort überlasse ich doch nicht dem Fußvolk."

Sabio trat zu ihnen.

„Wen nennst du hier Fußvolk?"

„Na, dich jedenfalls nicht." Doc klopfte Sabio auf die Schulter. „Ich wette, du willst am liebsten sofort den Untersuchungsbericht auf deinem Schreibtisch haben, oder?"

„Eine vorläufige Todesursache würde schon reichen." Sabio machte Platz für zwei Gendarmen, die eine Metallkiste mit halbdurchsichtigem Deckel ins Zimmer trugen.

Schweigend sahen sie zu, wie die beiden die Decke von der Toten zogen und sie sorgsam, beinahe zärtlich in den Sarg betteten. Als die Gendarmen wieder an ihnen vorbei gingen, hielt Doc sie an.

„Bringt sie in Kühlraum vier. Ich komme in einer halben Stunde nach. Dann muss Saal eins vorbereitet sein."

„Geht klar, Chef." Die Gendarmen trugen den Sarg nach draußen.

Moira sah ihnen mit Tränen in den Augen nach. Durch den Sargdeckel hatte sie die Tote sehen können. Sie war kaum älter als sie selbst. Überrascht sah sie, dass die Gendarmen mit einem zweiten Sarg kamen. Sie wandte sich an Sabio.

„Ist sie nicht die einzige?"

Er schüttelte den Kopf, die Lippen zu einem schmalen Spalt zusammengepresst.

„Wie viele sind es?"

„Der Hausherr, seine Frau und die Tochter sowie die Haushälterin und der Assistent." Er zeigte mit dem Daumen zur Küchentür. „Das Dienstmädchen blieb verschont, weil sie gerade zum Einkaufen war. Der Gärtner fand die Familie kurz vor ihr." Er zog Moira und Doc ein Stück zur Seite, um den Trägern Platz zu machen, die mit dem nächsten Sarg kamen. „Also, Doc, woran sind sie gestorben?"

„Ich bin mir nicht sicher." Doc wand sich und knetete seine Hände, als säße er in einer Prüfung. „Nur bei Monsieur scheint es ziemlich eindeutig. Die Klinge geht genau durch sein Herz und tritt am Rücken wieder aus. Aber nagle mich nicht drauf fest. Du weißt selbst, dass die Dinge nicht immer so sind, wie sie scheinen."

„Was ist mit den anderen?"

„Das kann ich ohne Autopsie nicht sagen."

„Was soll das heißen?" Sabio runzelte die Stirn. Moira hatte ihn noch nie so verwundert gesehen. Doc nickte mit dem Kopf auf und ab, während er nachdachte.

„Sie haben Schnittwunden an Armen, Beinen und Hals. Doch die Zeit vom Beginn des Angriffs bis zur Rückkehr des Dienstmädchens, war zu kurz zum Verbluten. Außerdem müsste hier dann viel mehr Blut sein."

Sabio kratzte sich am Kopf.

„Heißt das, wir können einen Amoklauf ausschließen?"

„Nein. Es heißt nur, dass ich dir vor Abschluss der Obduktion kein schlüssiges Ergebnis geben kann. Und deshalb gehe ich jetzt sofort an die Arbeit." Doc hob seine Tasche auf und folgte dem letzten Sarg ins Freie.

„Es war genauso wenig Blut am Tatort wie bei den Obdachlosen-Morden", sagte Sabio

Moiras Augen weiteten sich.

„Wer braucht so viel menschliches Blut? Selbst Vampire trinken selten mehr als ein Glas pro Tag."

„Vampire waren es sicher nicht. Es wäre den Überwachungsbehörden aufgefallen, wenn sich Verkaufsmengen und Reserven der Blutbanken in letzter Zeit in größerem Maße geändert hätten. Auch wenn wir diese Möglichkeit natürlich nicht ganz ausschließen können."

Sabio wischte sich über die Augen.

„Lass uns weitermachen. Hilfst du mir, den Gärtner zu befragen?"

„Ich darf nicht. Es ist noch nicht Montag."

„Ist mir schnuppe. Ich brauche deine Meinung. Wir lassen dich einfach aus dem Protokoll raus." Sabio legte den Kopf schief. Als sie nickte, ging er den Flur entlang zurück.

KAPITEL 22

Moira folgte ihm in ein Zimmer, das mit antiken Musikinstrumenten dekoriert war. Selbst die Ölgemälde an den Wänden zeigten Szenen musikalischer Unterhaltung. Als Moira dichter an das Bild eines Klavierspielers herantrat, hörte sie eine einfache Melodie, die offensichtlich ein Anfänger auf der Violine spielte. Für einen Moment wünschte sie sich, sie könnte die Musik hören, die tatsächlich magisch mit dem Bild verknüpft war.

„Monsieur Ramasseur war begeisterter Sammler. Dies hier", Sabio deutete auf die Gegenstände im Raum, „ist angeblich nur ein kleiner Teil seiner Sammlung." Er trat zum Fenster, wo ein Klapptisch mit drei Stühlen stand. Eine dünne Akte lag darauf, und daneben stand ein DiktaNerl.

Moira fand, dass die Möbel irgendwie fehlplaziert wirkten. Kaum hatte sie sich neben Sabio gesetzt, als die Tür aufging, und ein Gendarm einen jungen Mann in grüner Schürze hereinbrachte. Er stellte ihn als Monsieur Ramasseurs Gärtner vor.

Überrascht starrte Moira auf den muskulösen Oberkörper, denn der Mann war nackt, abgesehen von der Schürze und einer sehr knappen, schwarzen Badehose. Als er sich setzte, spielten die Muskeln unter seiner braunen Haut.

Er sah erst Sabio an, dann Moira, und sie erkannte, dass er Angst hatte. Sein ordentlich rasiertes Gesicht war so offen wie das eines Kindes. Nervös knetete er die Schürze zu einem Ball und strich sie wieder glatt.

Erst als sich Schweißperlen auf seiner Stirn gebildet hatten, sah Sabio von der Akte auf, in die er vertieft gewesen zu sein schien. Er nickte Moira zu und wartete, bis sie den DiktaNerl aktiviert hatte.

„Also, Monsieur…"

„Sauté. Frederik Sauté." Der Gärtner rutschte auf seinem Stuhl nach vorne, bis er an die Tischkante stieß. Er wurde rot und rutschte wieder zurück.

Du meine Güte, ist der aufgeregt. Trotzdem lächelte Moira ihm nicht zu. Sie verstand, dass Sabio die Unruhe des Mannes wie eine Waffe nutzen konnte.

„Monsieur Sauté, Sie arbeiten als Gärtner für Monsieur Ramasseur?", fragte Sabio.

Der junge Mann nickte.

„Er bezahlt mich, damit ich seinen Garten schön mache. Aber seine Frau sagt mir immer, was ich tun soll. Ich glaub, sie versteht mehr von Blumen als Monsieur."

„Wenn Sie für den Garten zuständig sind, warum sind Sie dann heute Nachmittag ins Haus gekommen?"

„Ich… ähm… ich…" Frederik sah sich nach einem Ausweg um und rutschte nervös auf dem Stuhl hin und her. „Das mach ich jeden Sonntag. Luisa gibt mir dann immer Kuchen für meine Mama mit."

„Luisa ist das Hausmädchen?"

Frederik nickte wieder.

„Magst du Luisa?", fragte Moira.

„Sie ist viel, viel netter zu mir als Madame. Ich liebe sie, und sie liebt mich auch." Frederik strahlte und sah mit einem Mal so glücklich aus, dass Moira ihn am liebsten in den Arm genommen hätte.

Aber Sabio ließ nicht locker.

„Also hast du dich heimlich mit Luisa getroffen."

„Nein, hab ich nicht."

„Lüg mich nicht an", donnerte Sabio ihn an. „Kein Gärtner geht sonntagnachmittags zu seiner Arbeit, nur um sich Kuchen zu holen. Also, was wolltest du hier."

Frederiks Augen füllten sich.

„Das darf ich nicht sagen."

„Warum nicht? Wer hat es dir verboten?"

„Das darf ich auch nicht sagen." Frederik liefen Tränen über die Wangen, aber er schien es nicht zu merken.

Sabio ballte die Hände zu Fäusten.

„Gehen wir das noch mal in Ruhe durch. Du bist heute Nachmittag hier aufgetaucht, um etwas zu tun, das du niemandem sagen darfst."

Frederik nickte. Sabio schlug mit beiden Fäusten auf den Tisch, aber seine Stimme blieb gefährlich leise.

„Du weißt, dass ich dich ins Gefängnis sperren kann, wenn du mir nicht die Wahrheit sagst?"

Frederiks Augen weiteten sich in Panik. Er rutschte auf seinem Stuhl so weit nach hinten, wie es die Lehne zuließ.

Als Sabio weiter fragen wollte, legte Moira die Hand auf seinen Arm, denn sie hatte eine Idee. Sie rutschte dichter an den Tisch heran, beugte sich vor.

„Weiß Luisa, warum Sie sonntags hier sind?"

Frederik schüttelte den Kopf, blinzelte die Tränen weg schniefte und nickte.

„Findet sie es gut?"

„Sie sagt, ich werde ausge-dingst... ausgenutzt. Sonntags sollte ich lieber bei meiner Mama sein. Ganz egal, wie viel Geld ich extra kriege."

„Hat Monsieur dich gebeten zu kommen?"

Frederik schüttelte den Kopf so stark, dass seine Haare wippten.

„Er darf es am allerwenigsten wissen, sagt Ma..." Er schlug sich mitten im Wort die Hand vor den Mund.

Moira senkte ihre Stimme zu einem Flüstern.

„Es war Madame Ramasseur, nicht wahr? Sie hat Sie jeden Sonntag hergebeten."

Frederik biss sich auf die Unterlippe und starrte zu Boden.

Sabio warf Moira einen anerkennenden Blick zu. Auch er sprach leise.

„Was mussten Sie für sie tun, Monsieur Sauté?"

Der junge Gärtner legte die Hände vors Gesicht und antwortete nicht. Tränen quollen zwischen seinen Fingern hervor und liefen über die Handrücken. Moira streckte den Arm aus und berührte seine Schulter.

„An den anderen Tagen haben Sie mehr an, richtig?"

Frederik nickte.

„An den anderen Tagen ist Monsieur zu Hause", flüsterte er. „Sie hat gesagt, wenn ich jemandem etwas verrate, komm ich ins Gefängnis, und niemand mag mich mehr."

„Luisa mag dich. Das hast du selbst gesagt." Moira drückte seine Schulter. Die Muskeln fühlten sich fest und warm an.

„Aber sie wirft Luisa hinaus und schreibt ihr ein ganz schlechtes Zeugnis."

„Sie kann euch nichts mehr tun. Sie ist tot."

Frederik ließ die Hände sinken.

„Hat Monsieur sie mit dem Schwert totgemacht?"

Sabios Augenbrauen schossen in die Höhe.

„Woher wissen Sie, von dem Schwert?"

„Das darf ich Ihnen sagen. Monsieur hat mir nur verboten, es Madame zu sagen." Frederik wischte sich mit dem Ärmel die Tränen ab. „Er hat gestern einen Dings gekauft, einen Posten. So nannte er das immer. Normalerweise hat ihm Luisa geholfen, die neuen Stücke hinzustellen. Monsieur meinte, sie hätte ein Auge für Kompo- ähm."

„Komposition", schlug Moira vor.

„Genau!"

„Er hat also gestern etwas Neues für seine Sammlung gekauft", sagte Sabio. „Und dann?"

„Es wurde heute früh geliefert, deshalb war Monsieur zu Hause, als ich kam. Er hat mich dann gleich das Paket in die Bibliothek tragen lassen. Es war ganz schön schwer."

„War Luisa auch da?"

„Sie hat in der Bibliothek auf Monsieur gewartet, weil sie ihm von Madame und mir erzählen wollte. Aber ich bin nicht geblieben, sonst wäre Monsieur mit mir böse geworden."

„Er wusste also, dass ihn seine Frau betrog." Sabio lehnte sich zurück und kreuzte die Arme vor der Brust. „Was hast du dann gemacht?"

„Ich habe im Café du Paradi auf Luisa gewartet. Wir haben uns lange unterhalten. Luisa wollte unbedingt, dass ich Monsieur helfe, wenn er mit seiner Frau spricht. Sie hat mir versprochen, dass er nicht böse ist, und sie wollte mitkommen, um mich zu beschützen. Aber ich wollte nicht. Da ist sie allein gegangen." Er kaute einen Moment auf der Unterlippe. „Ich hatte solche Angst um sie. Madame kann ganz schön gemein sein, wenn sie wütend ist. Und ich bin mir sicher, dass sie auf Luisa furchtbar wütend war. Also bin ich ihr nachgegangen, als mein Kakao alle war. Sie war aber schon im Haus, und ich habe keinen Schlüssel für vorne. Dann bin ich durch den Garten und über die Terrasse gegangen." Er wischte sich mit der Schürze den Schweiß vom Gesicht. „Von der Terrasse kommt man gleich in die Bibliothek. Monsieur lag am Boden und das Schwert guckte aus ihm heraus. Ich habe geschrieen. Dann bin ich weggerannt und habe mich im Gerätehaus versteckt. Von da hab ich die Gendarmerie angerufen."

„Das passt zu den Spuren, die Buds gefunden hat." Sabio schien zufrieden. Er dankte Frederik für seine Aussage und schloss den DiktaNerl.

„Kann ich jetzt gehen?" Frederik wirkte noch immer wie ein verängstigtes Kaninchen.

„Sie sollten sich Luisa anschließen", schlug Sabio vor. „Ihre Befragung müsste auch schon beendet sein. Wenn wir noch Fragen haben, kennen wir ihre Adressen."

Frederik sprang so schnell auf, dass der Stuhl Kratzer auf dem Parkett hinterließ.

Sabio sah im lächelnd nach, bevor er sich an Moira wandte.

„Ein Amoklauf des Hausherrn wird immer wahrscheinlicher, meinst du nicht?"

Moira stützte den Kopf in die Hände.

„Ich weiß nicht. Ich habe immer gedacht, dass ein Amokläufer mit großer Gewalt vorgeht, und nach allem was Doc sagte, hatten die anderen Opfer nur ein oder zwei oberflächliche Wunden. Mir scheint, dass das nicht ganz zusammenpasst."

„Ja, daran stoße ich mich auch noch. Morgen früh, wenn Docs Berichte vorliegen, wissen wir mehr." Sabio sah auf die Uhr. „Die Jungs sollten langsam fertig sein. Willst du dir den Tatort noch ansehen?"

„Wenn ich darf."

„Als ob ich auf deine Beobachtungsgabe verzichten würde." Sabio stand auf und ging zurück in den Flur. Erleichtert stellte Moira fest, dass der Stasiszauber aufgehoben war. Sie trat ins Wohnzimmer und sah sich gründlich um. Es gab kaum Spuren der Tat; wenig Blutspritzer auf den Wänden, keine umgeworfenen Möbel, und die Flimmerkiste lief. Alles sah so aus, als kämen die Besitzer jeden Moment zurück, um einen gemütlichen Abend zu genießen. Nur neben der Parlebol entdeckte Moira einen tiefen Kratzer im Holz der Anrichte, als hätte jemand ein Messer von oben hinein gestochen. Um den Kratzer glitzerte etwas, das wie goldener Sand aussah, und Moira unbekannt war. Sie wunderte sich, dass es noch niemand bemerkt zu haben schien.

„Stand hier etwas?", fragte sie Sabio.

„Der Anrufbeantworter. Ziemlich neues Modell."

„Wo ist er?"

„Wahrscheinlich hat Buds ihn zu den Beweisen getan, um den Nerl nachher abzuhören."

Moira ging weiter in die Bibliothek, wo Buds gerade seinen Koffer zusammenpackte, und fragte ihn: „Kann ich den Anrufbeantworter sehen, bitte?"

„Aber nicht auspacken."

Moira nickte und nahm eine Tüte mit einem schwarzen Lackkästchen entgegen. Ein Schnitt ging quer durch den Kasten, als hätte ihn jemand auf eine Klinge gespießt. Vorsichtig hob Moira den Deckel und zuckte entsetzt zusammen. In einer Ecke des Kästchens hockte der AntworterNerl. Sein linker Arm war abgetrennt und glitzerndes Blut tropfte unaufhaltsam aus der Wunde. Sein schon von Natur aus hässliches Gesicht war durch die Schmerzen so verzerrt, dass Moira einen Moment brauchte, bis sie merkte, dass er noch atmete. Sie riss die Tüte auf.

„Wir brauchen einen Heiler. Besorg einen Spezialisten für Nerls", schrie sie Buds an, der sofort losrannte. Sie presste ihren Zeigefinger auf die Wunde. Da der Nerl sehr klein war, erreichte sie seine andere Schulter mit dem Daumen und konnte leichten Druck auf die Wunde ausüben. Sofort stoppte die Blutung. Der Nerl wimmerte, und Moira strich ihm zärtlich mit der freien Hand über die struppigen, lila Haare. „Es wird alles wieder gut", flüsterte sie, während um sie herum Chaos ausbrach. Menschen kamen und gingen, Semra versuchte erfolglos, ihr den verletzten Nerl abzunehmen, und Druidus legte seinen Arm schützend um sie.

Wenig später kam der Notheiler. Auf seiner Schulter saß ein Nerl, kaum größer als eine Elle, der ebenfalls einen weiß-rot gestreiften Heilerkittel trug. Beide lobten Moira für ihre schnelle Reaktion und eilten mit dem Schwerverletzten davon, kaum dass er provisorisch versorgt war. Erst als sie verschwunden waren, gaben Moiras Knie nach. Druidus ließ den Koffer mit Beweisstücken fallen und packte sie. Der Koffer sprang auf und die sorgfältig nummerierten Tüten fielen zu Boden.

Entgeistert starrte Moira auf ein Schwert, das in einer extra großen Tüte zwischen den anderen Beweisen lag.

„Aber das ist ja…" Sie befreite sich aus Druidus Griff, ging in die Hocke und streckte die Hand nach der Waffe aus. Sie hatte sich nicht getäuscht. Die Verzierungen am Griff und auf der Klinge waren dieselben, die sie bei den Unterlagen des Einbruchs gesehen hatte. Es gab keinen Zweifel, dies war das Schwert aus dem Steingefäß. „Die Fälle hängen zusammen!"

„Welche Fälle?", fragte Druidus.

„Der Einbruch ins Museum, Lifs und Bastides Tod sowie dieser Amoklauf."

Sabio erschien neben ihr wie hingezaubert. Er zog sie in die Höhe. Seine Augen glänzten. „Wie kommst du darauf?"

„Bei Lif wurde die Kiste aus dem Einbruch gefunden, bei Bastide ein Dolch", Moira zeigte auf das Schwert, „und das hier ist ebenfalls bei dem Einbruch verschwunden."

„Ich halte es für unwahrscheinlich, dass Monsieur Ramasseur sich an einem Einbruch beteiligt", sagte Sabio.

Druidus erinnerte ihn daran, dass Sammler nicht immer darauf achteten, ob das, was sie unbedingt besitzen wollten, auch legal erworben werden konnte.

Sabio nickte und klopfte Moira auf die Schulter.

„Dank dir sind wir einen Schritt weiter. Es wird jetzt immer wichtiger, Pete Huudien zu finden. Ich glaube, er ist der Schlüssel zu diesem Fall."

Buds kam herein. Sein Gesicht wurde blass, als er den umgekippten Beweiskoffer sah.

„Du meine Güte, was hast du nun schon wieder angestellt." Er schupste Moira zur Seite und begann, die

Beweistaschen zu prüfen und in den Koffer zurückzulegen. „Zum Glück ist keins der Siegel gebrochen."

„Das war ich", sagte Druidus, aber Buds ignorierte ihn.

Moira zog ihn zur Seite.

„Wird es noch lange dauern?" Sie war so müde, dass es ihr schwer fiel, die Augen offen zu halten.

Druidus sah Sabio an und zog fragend eine Augenbraue in die Höhe.

„Ihr könnt ruhig gehen", sagte Sabio. „Ich nehme die Beweise unter Verschluss, bis Excelsior zum Dienst kommt."

Moira und Druidus verabschiedeten sich nicht von den anderen. Sie fuhren auf kürzestem Weg zu Moiras Wohnung. Erstaunlicherweise war direkt vor der Tür ein Parkplatz frei.

„Ich bringe dich rauf, wenn ich darf", sagte Druidus.

Moira nickte müde. Im Treppenhaus nahm sie ihre Post aus dem Briefkasten. Sie hatte nur einen Brief bekommen - ohne Absender. Während sie auf den Nerlift warteten, öffnete sie ihn und las.

„Liebe Moira, anbei wie versprochen eine Liste der Sammler, die in der letzten Woche illegale Ware kauften. Bitte bewahren Sie meine Anonymität. CdM"

Wortlos reichte sie den Brief an Druidus weiter und überflog die Liste mit Namen. Der tote Sammler stand ganz unten.

„Sieht so aus, als hast du Recht. Monsieur Ramasseur hat illegal Kunstwerke für seine Sammlung erworben", sagte sie.

Druidus reichte ihr den Brief zurück.

„Wer ist CdM?"

„Das darf ich nicht sagen." Moira wusste sehr wohl, dass CdM für Charle du Mar stand, aber ein Versprechen war ein Versprechen. Sie betrat den Fahrstuhl und sah zu ihm auf. „Bist du mir böse?"

„Warum sollte ich. Über manches kann man reden, über anderes nicht. So ist das in unserem Beruf." Er nannte den Nerls die Nummer von Moiras Stockwerk und legte seinen Arm um ihre Schultern.

Moira lehnte ihren Kopf gegen seine Brust und sah zu, wie die Nerls an ihre Seile eilten. Sie fühlte sich unendlich geborgen und behütet, so als wäre sie nach langer Suche endlich heimgekehrt. War das Liebe? Druidus Atem streifte ihre Wange und ein warmes Kribbeln breitete sich in ihrem ganzen Körper aus. *Ob ich es riskiere und ihn zu mir einlade?* Moira ignorierte die Alarmglocken ihres Verstandes. Sie war sich sicher, dass Druidus sie ehrlich liebte. Mit klopfendem Herzen wartete sie, bis sie vor ihrer Wohnungstür standen.

Druidus beugte sich vor und küsste sie.

„Gute Nacht, mein Schatz."

„Möchtest du einen Kaffee?" Moiras Stimme zitterte, aber das erfreute Aufblitzen in Druidus Augen entging ihr nicht.

„Gern", sagte er. „Ein Kaffee bei dir wird sicher besser schmecken, als der in einem Hotel."

„Hotel?" Moira hängte die Jacke ihres Kostüms auf einen Bügel und sah ihn fragend an. „Fährst du nicht nach Hause?"

„Auf keinen Fall!" Druidus antwortete, während er ihrem Beispiel folgte und aus den Schuhen schlüpfte. Barfuss ging er ins Wohnzimmer und ließ sich auf das Sofa nieder. „So wie meine Eltern dich heute behandelt haben, könnte ich ihnen nicht ohne Streit gegenübertreten."

„Willst du ihnen nicht wenigstens Bescheid sagen?" Moira stellte den Regler der Kaffeemaschine auf drei Tassen und weckte den Nerl.

„Mach ihn nicht so stark", flüsterte sie ihm zu.

Druidus faltete die Hände hinter dem Kopf und reckte sich. „Es tut ihnen ganz gut zu glauben, mir sei etwas passiert. Vielleicht überdenken sie dadurch mal etwas."

„Und wenn sie dich von der Gendarmerie suchen lassen?" Moira nahm zwei Tassen aus dem Schrank und stellte sie auf den Tisch im Wohnzimmer.

„Sabio weiß wie er mich erreichen kann."

„Du könntest heute Nacht hier schlafen." Ihr Blut pulsierte so stark in ihren Adern, dass ihre Ohren rauschten und sie Schwierigkeiten hatte, Druidus Antwort zu verstehen.

„Das ist wirklich lieb von dir. Ich werde dich auch nicht belästigen."

„Wenn ich aber belästigt werden will?" Moira legte den Kopf schief, klimperte mit den Wimpern und öffnete die obersten Knöpfe ihrer Bluse.

Druidus starrte sie an, als hätte er sie noch nie gesehen. Er streckte den Arm nach ihr aus, und Moira stellte befriedigt fest, dass seine Hand zitterte.

„Moira!" Seine Stimme klang belegt. „Bist du sicher, dass du das willst?"

Statt einer Antwort schüttelte sie die Bluse ab. Mit einem Satz war Druidus bei ihr und presste seinen Mund auf ihren. Seine Küsse brannten auf ihren Lippen, und seine Hände brachten ihre Haut zum Glühen. Moira entglitt die Kontrolle. So etwas war ihr in keiner ihrer Beziehungen passiert. Sie geriet in Panik, als Druidus Hände unter den Bund ihres Rockes glitten, und sie rang nach Luft.

„Ich liebe dich so sehr", flüsterte er und vergrub sein Gesicht in ihrer Halsbeuge.

Moiras Panik ertrank in einer Welle von Liebe. Sie legte beide Arme um seinen Hals und küsste seine Stirn.

„Wir sollten es uns bequemer machen", sagte sie.

Wortlos hob er sie hoch und trug sie ins Schlafzimmer. Die Rufe des KaffeemaschinenNerls verklangen unbeachtet.

KAPITEL 23

Druidus weckte sie mit leiser Musik und einer Einladung an den gedeckten Frühstückstisch in der Küche.

„Dein Nerl war ziemlich sauer, dass ich heute früh Kaffee gekocht haben wollte. Hat mich einige Zeit gekostet, ihn zu überreden."

Moira lächelte. Ihre Nerls waren schon immer vergleichsweise eigen.

Druidus reichte ihr den Morgenmantel.

„Findest du nicht, dass er für einen Kaffeemaschinen-Nerl ein wenig zu groß ist?"

„Das geht allen meinen Nerls so. Einigen habe ich sogar größere Wohnungen bauen lassen." Moira reckte sich ausgiebig und stand auf, um ins Bad zu gehen. „Ich frage mich, warum sie bei mir so gut gedeihen."

„Sie wissen, dass du etwas Besonderes bist." Druidus küsste sie. Moira erwiderte seinen Kuss, und sie landeten erneut im Bett. Die Stimme des WeckNerls klang wütend, als er sein „Sortie du sommeil" sang.

Druidus warf einen Blick auf die Uhr und sprang auf.

„Willst du zuerst duschen, oder soll ich?"

„Fang du an."

Als Druidus fertig war, duschte Moira schneller als je zuvor und so hatten sie genug Zeit, gemeinsam zu frühstücken, bevor sie zum Dienst mussten.

Da es regnete, setzte Druidus sie vor dem Haupteingang ab und fuhr zu seinem Parkplatz weiter. Moira betrat die Gendarmerie, und ihre Schritte hallten durch die leere Eingangshalle. Im Flur kam ihr Sabio entgegen. Er hatte Schatten unter den Augen und wirkte schlapp und müde.

Wortlos winkte er ihr, ihm in sein Büro zu folgen, wo er einen in die Wand eingelassenen Safe öffnete, den sie noch nie bemerkt hatte. Er nahm den Beweisstückkoffer heraus.

„Bringst du ihn zu Excelsior? Ich muss noch einen Bericht fertig machen."

„Gerne." Moira nahm ihm den Koffer ab.

In diesem Moment kam Druidus herein. Er schüttelte den Regen von seinem Mantel.

„Sauwetter!"

Sabio wischte sich die Augen und wandte sich an Moira.

„Deine Prüfung ist heute Nachmittag, richtig?"

Moira presste die Hand auf den Mund.

„Meine Güte, die Prüfung! Die habe ich total vergessen."

„Keine Sorge, du wirst sie schon bestehen", sagte Druidus.

„Aber ich habe meinen Behindertenausweis zu Hause gelassen."

Druidus streichelte ihre Wange.

„Wir holen ihn in der Mittagspause."

Sabio lächelte.

„Ich gebe dir bis zur Prüfung frei."

Moira war beruhigt. Ein freier Vormittag reichte, um den Ausweis zu holen, auch ohne Druidus Hilfe. Sie würde schnell die Beweise ins Archiv bringen und sich dann auf den Weg machen. Sabio hielt sie zurück.

„Da du genug Zeit hast, könntest du heute Vormittag doch ganz inoffiziell ins Nerlôpital fahren und versuchen mit dem Nerl zu sprechen, den du gerettet hast."

Moira nickte.

„Was soll ich ihn denn fragen?"

„Falls dich die Ärzte überhaupt zu ihm lassen, wüsste ich gern, ob er etwas gehört hat."

Moira runzelte die Stirn.

„Wieso sollten die mich nicht zu ihm lassen? Immerhin habe ich ihm das Leben gerettet."

„Suizidgefährdete Nerls dürfen in der Regel keinen Besuch empfangen."

Moira zog die Augenbrauen in die Höhe.

„Wieso sollte der Kleine sich umbringen wollen? Sollte er nicht froh sein, dass er den Verlust seines Armes überlebt hat?"

„Du weißt nicht viel über Nerls nicht wahr? Es ist eine Schande, dass Magische Theorie nicht mehr zum Lehrplan der Schulen gehört." Sabio deutete auf die Stühle vor seinem Schreibtisch. Er wartete, bis sich Moira und Druidus gesetzt hatten, bevor er mit seiner Erklärung begann.

„Also, pass auf. Für die Arbeiten, die Nerls den Menschen abnehmen, erhalten sie die magische Energie, die wir nicht benutzen können. Sie brauchen diese Energie zum Leben. Um die Magie annehmen zu können, sind sie auf ihre rechte Hand angewiesen, die sie Vertragshand nennen. Nerls, denen diese Hand fehlt, begehen früher oder später Selbstmord."

„Aber dafür habe ich ihm nicht das Leben gerettet." Moira war entsetzt. „Kann man ihm denn nicht helfen?"

Sabio zuckte müde mit den Schultern.

„Ich weiß es nicht. Ich bin kein Nerlheiler."

„Dann muss ich mit seinen Ärzten reden."

„Ich lasse dir einen Streifenwagen zum Eingang kommen." Sabio griff nach der Parlebol. Er wirkte zum Umkippen müde.

Mit einem Mal verspürte Moira Mitleid mit ihm. Der Einbruch und die vielen Morde lasteten auf ihm, und er hatte niemanden, um seine Probleme zu besprechen. Sie dankte ihm und stand auf.

„Ich bringe nur schnell die Beweise zu Excelsior."

Druidus trat vor ihr auf den Flur. Er nahm ihr den Koffer mit den Beweisen ab.

„Den nehme ich. So kannst du sofort ins Nerlôpital fahren."

Moira zog die Augenbrauen in die Höhe.

„Bist du sicher, dass du deinem Vater jetzt gegenübertreten willst?"

Druidus seufzte.

„Mit etwas Glück ist er noch nicht da. Er kommt oft etwas später."

„Lass dich von ihm nicht provozieren." Sie lächelte ihn an. „Mit Geld wird er mich jedenfalls nicht los."

Sein Blick wurde ernst.

„Es ist Zeit, einmal in Ruhe mit ihm zu reden. Er muss begreifen, dass ich mein Leben so leben werde, wie es mir gefällt, und dass ich mir weder von ihm noch von Mutter reinreden lasse."

„Geh nicht auf seine Kommentare ein." Moira bot ihm ihre Lippen zum Kuss. Dann stieg er die Treppe ins Gewölbe hinunter, und sie verließ das Gebäude durch die Vordertür, wo der Streifenwagen bereits auf sie wartete.

Sie ließ sich schnell bei ihrer Wohnung vorbei fahren, um ihren Behindertenausweis zu holen. Dann ging es weiter, und wenig später betrat sie das Nerlôpital. Die Decke des Eingangsbereichs war gerade eben hoch genug, dass sich ein Mensch bewegen konnte, ohne sich zu bücken. Moira ließ sich von dem Nerl am Empfangstresen bei den Ärzten des Verletzten anmelden und folgte der Wegbeschreibung zur Intensivstation.

Ein Heiler, der ihr kaum bis zum Knie ging, kam ihr bereits im Flur entgegen.

„Es tut mir wirklich leid, aber wir können ihrer Bitte nicht entsprechen, selbst wenn Sie zur Gendarmerie gehören. Gronk ist traumati ..." Er verstummte mitten im Wort und starrte sie an. Dann packte er ihre Hand und zog sie mit sich. „Kommen Sie, kommen Sie. Vielleicht ist es doch gut, wenn Sie mit ihm sprechen."

Moira wunderte sich über seinen plötzlichen Sinneswandel, ließ sich aber widerstandslos in ein fensterloses Zimmer schieben, das wie eine Höhle aussah. Wände und Decken waren mit Stalagmiten bedeckt, und die Luft war feucht und kühl. Irgendwo tropfte Wasser. Auf einem kleinen Berg aus aufgeschütteten Schieferplättchen hockte Gronk und starrte in die Luft. Obwohl das Zimmer klein war, wirkte er verloren. Er reagierte nicht, als sie ihn begrüßte.

„Kriegen Sie ihn dazu, einen Vertrag zu schließen", sagte der Heiler. „Mit viel Glück hilft ihm das vielleicht. Einen Versuch ist es jedenfalls wert."

Zögernd ließ sich Moira neben dem Schieferhügel auf dem Boden nieder. Eine Weile betrachtete sie den armlosen Nerl stumm. Die Wunde war bereits verheilt, aber Gronks Gesichtsausdruck war alles andere als zufrieden. Als der Heiler gegangen war, sagte sie: „Ich weiß, dass jetzt ein ungünstiger Zeitpunkt ist, aber ich muss Ihnen ein paar

Fragen stellen."

Gronk starrte weiter reglos vor sich auf den Boden.

„Die Gendarmerie ist auf Ihre Aussage angewiesen. Sie sind der einzige, der das Blutbad überlebt hat."

„Überlebt? Pah." Gronk spuckte aus und sah sie an. „Verschwinde."

„Ich bleibe hier sitzen, bis Sie ausgesagt haben." Moira verschränkte die Arme vor der Brust.

„Da können Sie warten, bis sie schwarz sind."

Moira schwieg.

„Hauen Sie ab. Mein Wort ist sowieso nichts mehr wert."

„Wieso das?"

„Ich bin sozusagen ein lebender Toter. Ein Krüppel, der nie wieder wachsen wird." Gronk sank in sich zusammen, bis sein Kopf auf seinen Knien lag.

Seine Schultern zitterten, aber sein Weinen war so leise, dass Moira es nicht hören konnte. Am liebsten hätte sie ihm über den Rücken gestrichen, aber sie kannte Nerls gut genug, um zu wissen, dass sie ihn damit nur verärgern würde. *Wenn ich ihm nur helfen könnte.* Sie seufzte. Im selben Moment erinnerte sie sich daran, wie der Nerl im Archiv des Museums seine Bezahlung aus ihrer Aura genommen hatte. Nach ihrem Besuch war er größer als vorher. Auch waren die Nerls, die für sie arbeiteten, größer als der Durchschnitt. *Vielleicht wächst Gronk trotz seines verlorenen Arms, wenn er meine Aura berührt.* Sie erinnerte sich, dass ihr der Archivar mit der rechten Hand über den Arm gestrichen hatte. *Wenn er nicht über meinen Arm streichen kann, streiche ich eben über seinen.* Sie beugte sich vor und tippte Gronk an.

„Werden Sie aussagen, wenn ich Ihnen wenigstens ein bisschen helfen kann?"

Gronk stöhnte gequält.

„Warum hast du mich nicht sterben lassen?"

„Also, was ist?"

Gronk setzte sich auf und sah sie aus traurigen Augen an.

„Wenn du mir wirklich helfen kannst, sage ich dir alles,

was ich weiß."

„Gut, dann haben wir ein Abkommen." Moira streckte ihre rechte Hand aus und strich über Gronks armlose Schulter. Ein Wogen und Wallen stieg in ihr auf, und ihr wurde schwindelig. *Es klappt.* Sie brach besinnungslos zusammen.

Als sie wieder zu sich kam, stand Gronk auf ihrer Brust und stemmte mit beiden Armen einen Becher in die Höhe. Bevor sie etwas sagen konnte, kippte er ihr das Wasser ins Gesicht. Hustend und spuckend setzte sie sich hin.

„Das wäre nicht nötig gewesen." Moira nahm den Nerl, der sich an ihrem Ausschnitt festklammerte, und stellte ihn neben sich auf den Boden.

Gronk strahlte sie an.

„Du hast mich geheilt, Sieh nur! Du hast mich wirklich geheilt." Er drehte sich im Kreis und streckte beide Arme aus. Der rechte war zwar etwas kürzer, und die Haut war weder knotig noch grün, sondern eher menschlich gebräunt, aber es war ein Arm mit vollständiger Hand. Gronk lachte, und es klang wie das Knistern eines Feuers im Kamin. „Danke, danke, danke, danke." Er umschlang ihren Arm und küsste ihr Handgelenk.

Als sich Moira genug erholt hatte, sagte sie: „Nun zu deinem Teil der Abmachung."

Gronk kletterte auf seinen Schieferhaufen zurück. Zufrieden bemerkte Moira, dass er ihm zu klein geworden war. Der Nerl strahlten sie so glücklich an, dass er ihr mit einem Mal gar nicht mehr hässlich vorkam.

Gronk setzte sich mit gekreuzten Beinen hin.

„Was willst du wissen?"

„Hast du vor deiner Verletzung etwas aufgezeichnet?"

Gronk schüttelte den Kopf.

„Ich war nicht aktiviert. Aber ich habe einiges gehört."

„Kannst du das wiederholen?"

„Nicht wörtlich, aber das Dienstmädchen hat dem Hausherrn ein Ultimatum gestellt. Sie sagte, wenn er seine Frau nicht von ihrem Liebsten fernhalte, würden sie beide kündigen. Der Hausherr war überraschend wenig wütend, als er von der Affäre seiner Frau erfuhr. Er klang eher resigniert." Gronk kratzte sich am Kinn. „Das Dienstmädchen ging, und ich hörte Geräusche, als würde etwas geöffnet. Vielleicht eine Kiste, und es raschelte wie Papier. Und dann war da diese neue Stimme. Ich hatte sie noch nie zuvor gehört."

Moira beugte sich überrascht vor.

„Was für eine Stimme? Kannst du sie genauer beschreiben?"

Gronk überlegte einen Moment.

„Sie klang wunderbar, harmonisch und silbrig-hell wie ein Glockenspiel. Sie redete mit dem Hausherrn, als wäre er ein begriffsstutziger Hund. Nach einer Weile kam die Herrin und sagte, dass sie einkaufen gehen wolle. Ich hörte sie einmal schreien, dann herrschte Ruhe. Nicht einmal die silbrige Stimme sagte etwas. Wenig später sang Mademoiselle im Wohnzimmer, und schwere Schritte aus der Bibliothek gingen hinüber. Ihr Lied brach mit einem Schrei ab. Ja, und dann schmetterte etwas durch meine Kiste und mein Arm ging in Flammen auf. An mehr kann ich mich nicht erinnern."

Moira bedankte sich. Sie musste weitere Dankesbeteuerungen über sich ergehen lassen, bevor sie sich auf den Rückweg machen konnte.

Im Tapisto dachte sie über Gronks Aussage nach. *Also war es kein Amoklauf. Es war noch jemand im Raum. Aber wer kann das gewesen sein.* Sie überlegte angestrengt, wessen Stimme man als silbrig-hell bezeichnen könnte. *Wahrscheinlich kein Mensch und ein Nerl erst recht nicht. Vielleicht war es ein Elf, ein Freund von Leclerque Bastide.* Die Annahme kam ihr vernünftig vor. *Wenn entgegen jeder Erwartung ein Elf straffällig geworden ist, warum kein zweiter? Ich sollte mit Sabio darüber reden.*

Der Streifenwagen hielt vor der Gendarmerie und Moira stieg aus. Nicht weit von ihr stieg Excelsior aus einem Taxi. Sein Anzug sah aus, als hätte er darin geschlafen. Haare und Bart standen wirr von seinem Kopf ab.

Als er Moira sah, lief er zu ihr und packte sie. Seine Finger gruben sich schmerzhaft in ihre Schultern.

„Wo ist mein Sohn? Er war bei keinem seiner Freunde."

„Lassen Sie mich los." Moira versuchte erfolglos, sich zu

befreien.

Excelsior schüttelte sie.

„Sag mir endlich, wo Druidus ist! Was hast du mit ihm gemacht, Hexe?"

„Gar nichts." Moira dachte an die Nacht zurück und zwang sich ihr Lächeln zu unterdrücken. „Heute früh wollte er die Beweise des letzten Mordfalls zu Ihnen ins Archiv bringen. Aber ob er jetzt noch dort ist, weiß ich nicht."

Wortlos ließ Excelsior los und rannte in die Gendarmerie. Moira richtete ihre Kleidung und folgte ihm langsamer. Aus dem Keller hörte sie Druidus Stimme, bevor die feuerfeste Archivtür mit einem dumpfen Dröhnen ins Schloss fiel. *Der Arme*, dachte sie. *Hoffentlich kriegt sich Excelsior bald ein.* Sie ging den Flur entlang zu Sabios Büro.

Sabio diktierte noch immer den Bericht in den Trichter des Schreibgeräts. Der Nerl am anderen Ende hatte Mühe, alles ebenso schnell zu Papier zu bringen, aber Sabio ignorierte seine Proteste. Als er Moira sah, machte er eine Pause.

„Das ging aber schnell."

Moira berichtete, was Gronk erzählt hatte.

„Also können wir die Idee mit dem Amoklauf ad acta legen. Ein simpler Fall von häuslicher Gewalt wäre ja auch zu einfach gewesen." Sabio seufzte, schloss die Augen, verschränkte die Arme hinter dem Kopf und lehnte sich zurück. „So langsam bin ich mit meinem Latein am Ende. Pete Huudien ist die einzige Spur, die uns geblieben ist, und es sieht so aus, als könnten wir ihn nirgends finden."

„Und die silbrig helle Glockenspiel-Stimme", erinnerte ihn Moira.

Ein Gendarm klopfte und betrat das Büro. Er verbeugte sich fast bis zum Boden. „Commissaire Marten, der Colonel Magique bittet Euch ins Archivgewölbe zu kommen. Druidus Van Steen verlangt nach Euch."

Das klang nicht gut. Moira rannte. Unbestimmte Angst drückte ihr die Kehle zu und ließ ihr Herz rasen. Da Sabio gesessen hatte, war sie ihm um Längen voraus. Sie sauste die Treppe hinunter und durch die geöffnete Sicherheitstür ins Archiv. Drinnen stolperte sie über Excelsiors Kopf, der direkt im Eingang lag. Erst der breite Rücken des Colonel Magique stoppte sie. Der leere Blick in Excelsiors toten Augen jagte ihr Schauer über den Rücken. Wo war Druidus? Was war passiert?

Sie machte sich frei und sah sich suchend um. Mit weit geöffneten Augen starrte sie auf den Anblick, der sich ihr bot.

Blut tropfte von Decke und Wänden. Der süßlich metallische Geruch ließ sie würgen. Am Boden hockte Druidus, hielt Excelsiors Körper in einem Arm, ein Schwert im anderen und schaukelte wimmernd hin und her.

Eine riesige Faust zermalmte Moiras Herz. Ihre Beine konnten sie kaum noch tragen, also hockte sie sich neben ihn. Zögernd legte sie ihm eine Hand auf die Schulter.

„Druidus?"

Langsam hob er seinen Blick und sah sie an, als käme sie aus einer anderen Welt. In seinen Augen las Moira Angst und Schmerz, doch in seinem Gesicht rührte sich kein Muskel. Es war als kenne er sie nicht.

„Kannst du mir bitte den Kopf rüberreichen?" Er lächelte, aber es wirkte nicht echt. „Vater hat ihn wohl verloren." Er kicherte.

Sein leises Lachen ging Moira durch Mark und Bein. Sie spürte, wie ihr das Frühstück wieder hoch kam. Verzweifelt kämpfte sie gegen den Brechreiz.

„Der Kerl ist high", sagte ein Gendarm, der neben dem Colonel Magique stand. „Einen Typ mit einem ähnlichen Trip habe ich vor vier Wochen im Kneipenviertel verhaftet."

In diesem Moment stolperte Sabio ins Archiv. Mit ausdrucksloser Mine sah Druidus zu ihm auf.

„Ich habe ihn umgebracht, Sabio. Ich ganz allein." Danach beugte er sich über den Leichnam seines Vaters, summte vor sich hin und sagte gar nichts mehr.

Moira presste sich die Hand vor den Mund, um nicht zu schreien. Sie war zu schwach, um aufzustehen. Tränen liefen ihr aus den Augen, und ihr Herz schmerzte, als hätte es jemand in der Mitte durchgeschnitten. Unverwandt starrte sie Druidus an. Sie konnte nicht glauben, dass sie mit einem wahnsinnigen Mörder geschlafen hatte. Aber er hatte den Mord gestanden. War er genauso ein talentierter Schauspieler wie seine Mutter? Hatten Excelsior und Aparta deshalb dafür gesorgt, dass Druidus keine dauerhafte Partnerschaft einging? Hatten sie geahnt, dass er wahnsinnig war? Es vielleicht sogar gewusst? Moiras Magen verkrampfte. Das Frühstück würde sich nicht mehr lange aufhalten lassen. Instinktiv sprang sie auf und rannte aus dem Archiv. Neben der Treppe übergab sie sich in einen Mülleimer, bis ihr Körper nichts mehr hergab.

Sanft legte Sabio ihr eine Hand auf den Rücken.

„Irgendetwas stimmt da nicht. Druidus würde so etwas nie tun. Ich kenne ihn. Komm, lassen wir die Spurensicherung arbeiten."

Moira richtete sich auf und sah ihn an. Sein Gesicht war kalkweiß. Sie hätte ihm zu gern geglaubt. Aber was war mit Druidus Geständnis? Widerstandslos ließ sie sich von ihm an den Kollegen vorbei die Treppe hinauf führen. Sabio redete beruhigend auf sie ein, aber alles, was sie behielt, war sein Versprechen, Druidus mit ihr gemeinsam im Untersuchungsgefängnis zu besuchen.

„Als Anwärterin der Gendarmerie kann dir das niemand verwehren", sagte er.

Moira klammerte sich an diesen Gedanken wie eine Ertrinkende. Wenn sie mit Druidus sprechen konnte, würde alles wieder gut. Er würde ihr erklären, was wirklich passiert war.

In der Einganghalle stand plötzlich Aparta vor ihnen. Trotz ihres Gefühlschaos bemerkte Moira ihren verächtlichen Seitenblick. Mit hohntriefender Freundlichkeit sagte die Auralogin: „Machen Sie sich keine Sorgen. So schlimm ist die Prüfungskommission auch nicht."

Moira ignorierte sie. Sie machte sich von Sabio los und sank auf die Wartebank in der Eingangshalle.

Aparta zog eine Augenbraue hoch und sah Sabio an.

„Was ist los mit ihr? Ist sie krank? Müssen wir die Prüfung verschieben?"

Sabio antwortete nicht, sah sie nur stumm an.

Alle Farbe wich aus Apartas Gesicht. Mit einem Mal

klang ihre Stimme gepresst.

„Ist etwas mit Druidus? Excelsior sagte doch, er hätte ihn gefunden."

Sabio wandte sich ab und ging auf sein Büro zu.

„Komm bitte mit. Wir müssen reden."

Aparta packte seine Schulter und keifte: „Sag mir sofort, was mit Druidus los ist!"

„Er hat seinen Vater geköpft", schrie Moira zurück. „Ihr Sohn ist ein verdammter Mörder!" Weinend schlug sie die Hände vors Gesicht.

Aparta wankte ein paar Schritte rückwärts, dann stürzte sie sich auf Moira.

„Sag, dass das nicht wahr ist." Kreischend schlug sie auf Moira ein, der es mit Müh und Not gelang, ihren Kopf zu schützen. „Mein Sohn würde so etwas nie tun. Nie! Sag, dass das nicht wahr ist."

„Dass Ihr Mann tot ist, ist ihnen egal?" Mit den Armen über dem Kopf klang Moiras Stimme dumpf.

„Er war ein Idiot. Aber Druidus. Mein Sohn. Mein Liebling. Er tut so etwas nicht!" Aparta packte Moiras Schultern und schüttelte sie. „Das ist alles deine Schuld. Verdammte Schlampe."

Moiras Kopf flog vor und zurück. Sie hatte nicht die Kraft, sich zu wehren. Vergeblich versuchte Sabio, Aparta von ihr wegzuziehen. Erst als ihm zwei Gendarmen halfen, konnten sie die rasende Frau bändigen, bis Doc gelaufen kam und ihr eine Beruhigungsspritze verpasste.

Er legte Moira eine Hand auf die Schulter.

„Alles in Ordnung? Möchtest du auch eine Spritze?"

Moira schüttelte den Kopf. Wie konnte alles in Ordnung sein, wenn sich der Mann, den sie liebte als Mörder entpuppte?

„Dann eben nicht." Doc nahm seinen Koffer und ging die Treppe zum Archiv hinunter.

Moira blieb bewegungslos auf der Bank in der Eingangshalle sitzen, bis Sanitäter die betäubte Aparta abholten. Gleich hinter den Krankenpflegern betraten Franka und Tord das Gebäude.

„Mein armes Hühnchen." Franka nahm ihre Freundin in

die Arme und drückte sie. Moira klammerte sich an sie, als wolle sie sie erdrücken.

„Komm, wir bringen dich nach Hause", sagte Tord.

In diesem Moment wurde Druidus in Handschellen an ihnen vorbei geführt. Er starrte vor sich auf den Boden. Franka ließ Moira los, drehte sich zu ihm um und spuckte ihn an. Er reagierte nicht.

Der Gendarm, der ihn führte, machte eine knappe Handbewegung, und der Speichel prallte von einem temporären Schild ab. Er sah Franka mit gerunzelter Stirn an.

„Unterlassen Sie das bitte."

„Druidus." Moira trat dem Gefangenen in den Weg. So wenig sie ihrem Herzen auch traute, es bestand darauf, dass er unschuldig war. „Du hast ihn doch nicht wirklich umgebracht, oder? Sag die Wahrheit."

Druidus hob den Blick und sah sie an.

„Die Wahrheit ist, dass ich ihn umgebracht habe. Ich ganz allein."

Seine Stimme klang teilnahmslos, aber in seinen Augen standen Tränen. Moira streckte die Hand nach ihm aus. Sie zitterte.

„Warum?"

Der Gendarm schob ihren Arm zur Seite und zerrte Druidus weiter.

„Sie dürfen nicht mit ihm reden."

Eine Woge aus Verzweiflung schlug über Moira zusammen. Wie sollte sie herausfinden, ob Druidus Worte logen oder seine Augen, wenn sie nicht mit ihm reden durfte? Sie fühlte sich, als stochere jemand mit einem Messer in ihrem Herz herum. Es fiel ihr immer schwerer, sich auf den Beinen zu halten. Sie schwankte.

Franka legte ihren Arm um sie.

„Komm, Moira, du musst dich ausruhen."

Widerstandslos ließ sie sich von ihrer Freundin mitziehen. Als sie in Tords klappriges Tapisto stiegen, kam ihr ein Gedanke, der überhaupt nicht zu dem Aufruhr ihrer Gefühle passte. Ein Gedanke, der ihr unendlich merkwürdig vorkam. Sie kicherte. *Nun muss meine Eignungsprüfung schon wieder verschoben werden.* In das hyterische Kichern mischten sich Schluchzer. Den ganzen Heimweg über kicherte und schluchzte sie, während Tränen über ihre Wangen liefen.

Sie lachte noch, als Franka sie in ihr Schlafzimmer schob und ihr die Schuhe und die verdreckte Kleidung auszog. Erst als sie im Bett lag, hörte sie auf. Decke und Kissen rochen nach Druidus. Moira warf beides auf den Boden. Sie rollte sich zusammen und schloss die Welt aus. Darin hatte sie seit dem Auszug ihres Vaters Übung. Frankas Stimme glitt an ihr vorbei wie das Plätschern eines Bachs. Nach einer Zeit, die ihr endlos vorkam, schlief Moira ein.

KAPITEL 24

Moira blieb im Bett und ließ sich gehen. Frankas liebevolle Aufmerksamkeit bemerkte sie kaum. Stundenlang starrte sie an die Zimmerdecke und versuchte sich einzureden, Druidus gäbe es nicht. Trotzdem schnitt die Sehnsucht nach ihm in ihr Herz wie ein Messer. Mehrfach sah ein Heiler nach ihr, den Franka gerufen hatte, aber er konnte ihr nicht helfen.

„Es ist nichts Organisches. Sie sollte einen Psychiater aufsuchen", schlug er vor, aber Moira weigerte sich, das Bett zu verlassen. Abends lauschte sie Frankas untypisch bedrückter Stimme, ohne den Sinn der Worte zu verstehen. Morgens kniff sie die Augen zu, so lange es ging. Sie fühlte sich von innen wund. *Wieso hast du das getan, Druidus. Es war doch gar nicht so schlecht, wie es war. Vielleicht hätte Excelsior seine Meinung später geändert.* Wütend hieb sie auf die Kissen ein. *Warum liebe ich dich immer noch?* Sie fand keine Antworten.

Zwei Wochen hielt Franka Moiras Wechselbäder aus Apathie und Wutanfällen aus. Schließlich platzte ihr der Kragen.

„Deinetwegen haben Tord und ich die Hochzeit verschoben. Wir dachten, du fängst dich wieder. Ich dachte, ich könnte dir helfen, mit dir reden. Stattdessen liegst du nur da und sagst keinen Ton." Sie stemmte die Fäuste in die Hüften. „Dabei frage ich mich dauernd, warum? Du kanntest Excelsior van Steen doch kaum."

Moira sah sie aus verweinten Augen an.

„Aber Druidus habe ich geliebt." Sie schlug die Hände vors Gesicht. „Ich liebe einen Mörder. Ich bin so blöd, dass ich nicht einmal gemerkt habe, was für ein Mensch er wirklich ist."

Franka setzte sich neben sie aufs Bett.

„Das wundert mich. Du hattest von uns beiden immer die bessere Menschenkenntnis."

„Er ist... er ist... Ich hasse ihn!" Moira vergrub das Gesicht wieder im Kissen, das trotz mehrmaligem Waschen nach Druidus roch.

Mit einem Ruck stand Franka auf.

„Du musst mit jemandem reden, der mehr von solchen Sachen versteht, als ich." Sie verschwand im Wohnzimmer, und Moira hörte sie mit jemandem parlieren. Wenig später kehrte sie zurück und zog Moira energisch aus dem Bett. Sie drückte ihr einen Stapel Kleidung in die Hand. „Zieh dich an und komm."

Moira gehorchte. Ihr war sowieso alles egal. Apathisch folgte sie Franka und ließ sich von ihr in Tords Tapisto setzen. Sie fuhren schweigend durch die Stadt. Moira fragte sich, wie es die Sonne wagen konnte, so herrlich zu strahlen, dass selbst die Gassen und Hinterhöfe in ihrer Nachbarschaft freundlich wirkten, trotz des Mülls und der Ratten und des kränklich gelben Grases, das in Ritzen und Spalten ums Überleben kämpfte.

Schließlich hielt Franka vor dem Gebäude der P&BS und half Moira beim Aussteigen.

Lavant Bellamie eilte auf sie zu, zog Moira an sich und drückte sie so fest er konnte.

„Mein Liebes", flüsterte er. Dann sah er Franka an.

„Danke, dass du sie gebracht hast." Er nahm Moira an der Hand. „Komm."

Moira schlurfte hinter ihm her durch die Eingangshalle in den Nerlift, den langen Korridor im fünften Stock entlang, durch eine dreifach gesicherte Tür bis ins Wohnzimmer ihres Vaters.

Er drückte sie auf das Sofa und reichte ihr ein Glas mit warmem Kakao.

„Das hat dir früher immer geholfen", sagte er.

Moira nippte und stellte das Glas zur Seite. Sie zog die Knie unters Kinn und schlang die Arme um die Beine.

„Was soll ich hier?"

Er kratzte seinen Bart.

„Franka meint, wir sollten Druidus Tat analysieren."

„Was gibt es da groß zu analysieren? Druidus saß direkt neben der Tatwaffe mit dem toten Körper seines Vaters im Arm und hat den Mord gestanden, verdammt noch mal." Moira kämpfte schon wieder mit den Tränen. „Zweimal hat er ihn gestanden."

„Genau das macht mich stutzig. Laut Sabio hat er beide Male nahezu den gleichen Wortlaut verwendet. Das ist nicht normal." Lavant ging vor ihr in die Hocke und legte ihr eine Hand auf das Knie. „Sabio ist sich ganz sicher, dass Druidus unschuldig ist. Er hat sich sogar versetzen lassen, um es zu beweisen."

„Unschuldig?" Moira hob den Blick und sah ihren Vater an. Ein Hoffnungsschimmer schien das Dunkel in ihrem Herzen aufzuhellen. Hatte Sabio Recht? Konnte es sein, dass Druidus trotz der belastenden Beweise unschuldig war? Doch dann schüttelte sie den Kopf. Es war unmöglich.

„Für eine Gehirnwäsche war zu wenig Zeit, und ein Geständnis kann nicht mit Magie erzwungen werden."

„Nicht mit legaler Magie, das ist richtig." Lavant setzte sich neben sie und nahm ihre Hand. „Aber es gibt genug Ungereimtheiten, um sich nach illegalen Zaubern umzusehen. Zum einen ist da Druidus eigenartiges Geständnis. Dazu kommt, dass merkwürdigerweise keiner der Überwachungsgloben im Archiv etwas aufgezeichnet hat."

„Warum das nicht?"

„Excelsior van Steen hat sie ausgeschaltet. Er kam herein, umarmte seinen Sohn stürmisch und wollte etwas Wichtiges besprechen. Dafür hat er die Globen deaktiviert." Lavant zuckte mit den Schultern. „Ich finde das sehr bedenklich."

Moira vertraute Sabios Urteil und wollte ihm und ihrem Vater glauben, aber was für Möglichkeiten blieben, wenn Druidus kein Mörder war?

„Excelsior schien mir nicht der Typ Mensch, der Selbstmord begeht. Und selbst wenn, warum sollte Druidus sich beschuldigen?"

„Es gibt noch mehr Möglichkeiten." Lavant legte den Kopf schief. „Excelsior schien gestern nicht sehr erfreut darüber, dass Druidus dich mitgebracht hatte."

Moiras Augen weiteten sich. „Du meinst, er hat seinen eigenen Sohn angegriffen? Nur weil ihm die Freundin nicht passt?"

Lavant zuckte die Schultern.

„Das wäre eine Möglichkeit. Gewalt in der Familie ist auch in gehobenen Gesellschaftsschichten nicht unbekannt."

„Dann hätte Druidus aus Notwehr gehandelt." Moira stellte die Füße auf den Boden und setzte sich kerzengerade hin. „Dafür muss es doch Beweise geben."

„Sabio arbeitet daran. Schon weil ihm Aparta in den Ohren liegt. Mir kommt es so vor, als sei ihr der Tod ihres Mannes weniger wichtig als die Verhaftung ihres Sohnes." Lavant lehnte sich zurück. „Andererseits, warum sollte mich das bei einer arrangierten Ehe wundern. Für Excelsior war sie nie mehr als ein Statussymbol. Ich fand es schon immer erstaunlich, dass sie sich kein Heer von Liebhabern gehalten hat."

Moira erinnerte sich daran, wie sie Sabio und Aparta versehentlich belauscht hatte.

„Sie würde so etwas nicht gerade an die große Glocke hängen."

Lavant nickte.

„Excelsior hat mal einen meiner Männer auf sie angesetzt, aber ich habe noch keinen Abschlußbericht. Sollte ein anderer Mann im Spiel sein, hätte auch sie ein Motiv, Excelsior aus dem Weg zu räumen."

„Vielleicht will Druidus sie mit seiner Aussage beschützen." Moira sprang wie elektrisiert auf. Sie fühlte sich energiegeladen und frisch. Eine schwere Last fiel ihr vom Herzen.

Lavant zog sie aufs Sofa zurück.

„Es gibt noch mehr Möglichkeiten."

„Was denn noch?" Moira zappelte.

„Es könnte eine weitere Person im Archiv gewesen sein, oder das Schwert könnte mit einem Mord- oder Selbstmordzauber belegt gewesen sein. Das würde auch zu den Morden der Ramasseurs passen. Nach allem, was ich in den Akten gelesen habe, hatte Madame Ramasseur Grund, ihren Ehemann zu töten. Auch ein konkurrierender Sammler käme in Frage. Dann wäre Excelsior sozusagen ein Opfer seines Berufs."

Moira strich sich mit beiden Händen über das Gesicht.

„Warum sollten Druidus oder Excelsior den Zauber noch einmal aktivieren?"

Lavant lächelte sie liebevoll an.

„Diese Zauber schalten sich nicht nach Gebrauch aus. Sind sie einmal aktiv, ist ihnen jeder ausgeliefert, der sie ungeschützt berührt."

„Sollte Excelsior das nicht wissen, nach so vielen Jahren im Archiv?"

Lavant nickte.

„Ich habe nicht behauptet, dass ich alle Unstimmigkeiten erklären kann."

Moira holte tief Luft und dachte nach. Wenn jemand das Schwert mit einem Zauber belegt hatte, konnte es nicht Madame Ramasseur gewesen sein. Der Gärtner hatte ausgesagt, dass er das Paket ohne ihr Wissen ins Haus getragen hatte. Sie seufzte.

„Falls ein Zauber auf der Waffe liegt, muss sie vor dem Tod der Ramasseurs damit belegt worden sein."

„Vielleicht von einem der Männer, der beim Einbruch in das Museum dabei war?"

Moira dachte an Lif und Leclerque.

„Die sind alle tot!"

„Bis auf Pete Huudien." Lavant lehnte sich zurück und verschränkte die Hände hinter dem Kopf. „Soweit ich weiß, haben Buds und Semra ihn immer noch nicht gefunden. Und außer der Aussage seiner Verlobten gibt es keinen Hinweis darauf, dass die beiden wirklich heiraten wollten."

„Warum sollte er das Schwert mit so einem Zauber belegen?"

„Um Lif aus dem Weg zu räumen? Wahrscheinlich wusste er nicht, dass sich so ein Zauber nicht deaktivieren lässt."

Moira lehnte sich zurück und atmete tief durch. Drei Möglichkeiten, die zuließen, dass Druidus unschuldig war, gaben ihr neue Hoffnung. Einen Selbstmord Excelsiors hielt sie für unwahrscheinlich, aber Notwehr schien nicht so abwegig. Genauso gut war es möglich, dass Druidus jemanden überrascht hatte, der seinen Vater köpfte, und den er schützen wollte. Zum Beispiel seine Mutter. Allerdings fragte sich Moira, ob eine so zierliche Frau das schwere Schwert überhaupt hätte heben können. Und warum hatte sich Excelsior nicht verteidigt? Körperlich war er seiner Frau überlegen. Am wahrscheinlichsten hielt sie die Möglichkeit mit dem Homizidzauber. Sie stand auf.

„Ich muss Sabio helfen, Druidus Unschuld zu beweisen."

Die Hoffnung erlaubte es ihr, endlich wieder die Welt um sich herum wahrzunehmen. Ein einziges Bild schmückte die kahle Wand des spartanisch eingerichteten Wohnzimmers, ein Porträt von ihr, als sie sechs Jahre alt gewesen war. Ein Strauß Blumen stand in einer Vase davor. Moira beugte sich hinunter und umarmte ihren Vater.

„Danke, dass du mich wachgerüttelt hast", flüsterte sie.

Er erwiderte die Umarmung wortlos. Dann stand er ebenfalls auf.

„Komm, ich bring dich zur Gendarmerie."

„Lass uns zuerst zum Gefängnis fahren und Druidus besuchen." Es drängte Moira, ihrem Liebsten zu sagen, dass sie ihn für unschuldig hielt.

Lavant schüttelte den Kopf.

„Das hat keinen Sinn. Die Gefängnisleitung lässt außer seinen Anwälten und seiner Mutter niemanden zu ihm. Aber morgen früh ist er im Gerichtssaal."

„Was, schon?"

Lavant streckte sich.

„Der Bürgermeister hat persönlich dafür gesorgt, dass dieser Fall schnell verhandelt wird. Ich denke, dass der Rummel, der in der Presse gemacht wird, dafür verantwortlich ist."

„Dann werde ich morgen ins Gericht gehen." Moira war sich sicher, dass sich Druidus freuen würde, sie zu sehen. Wahrscheinlich wartete er bereits ungeduldig darauf, dass Sabio Beweise für seine Unschuld fand. „Lass uns gehen."

KAPITEL 25

Als Moira Sabios Büro betrat war sie überrascht, Semra dort vorzufinden.

„Wo ist Sabio?"

„Er hat sich ins Archiv versetzen lassen." Semra streckte ihr die Hand entgegen. „Schön, dass du wieder da bist, Moira."

Erst jetzt bemerkte Moira auf dem Tisch das Schild mit „Commissaire Semra Jaman" in zierlichen Goldbuchstaben.

„Oh, du bist befördert worden?"

Semra seufzte.

„Irgendjemand muss die Drecksarbeit ja machen. Mir wäre wohler, wenn Sabio oder Druidus hier säßen."

Moira setzte sich auf einen Stuhl vor dem Schreibtisch und erklärte Semra die Theorien, die sie mit ihrem Vater durchgesprochen hatte.

„Dieselben Gedanken sind Sabio und ich durchgegangen. Leider ist eine schlüssige Beweiskette nicht ganz so einfach zu konstruieren." Semra kramte eine Akte aus den Papierbergen auf ihrem Schreibtisch hervor und reichte sie Moira. „Docs Autopsien haben ergeben, dass die Ramasseurs auf dieselbe Art und Weise starben wie die Obdachlosen."

„Das Blut fehlt?"

Semra nickte.

„Wenn man mit fünf bis sechs Litern Blut pro Person rechnet, wären das fünfundzwanzig bis dreißig Liter. Ich frage mich, wo das alles hin ist." Sie beugte sich vor. „Übrigens haben die Morde aufgehört, seit Druidus verhaftet ist. Über zwei Wochen keine neuen Toten. Das macht einen nachdenklich, nicht wahr?"

Moira kämpfte darum, ruhig zu bleiben.

„Ich dachte, wir wären uns einig, dass Druidus kein Mörder ist."

„Ich wiederhole nur die Argumente der Presse. Sie reiten darauf rum, dass er die Tötung seines Vaters gestanden hat, und fragen, ob das sein einziger Mord war."

Moira legte die Akte zurück auf den Tisch.

„Wenn es allein darum geht, dass in letzter Zeit keine weiteren Morde begangen wurden, könnte genauso gut Excelsiors Tod der Grund sein oder der von Monsieur Ramasseur."

„Wir wissen beide, dass die Presse mit solchen Spekulationen ihr Geld verdient. Aber solange wir keine handfesten Beweise haben, können wir nicht viel tun." Semra reckte sich und gähnte hinter vorgehaltener Hand. „Meine Güte, bin ich müde. Wie hat Sabio das nur überlebt?" Sie lächelte Moira zu. „Mir wäre es lieb, wenn du ihm ein wenig zur Hand gehen könntest. Seiner Meinung nach steckt ein Homizidzauber hinter dem Mord, weil sich Druidus so merkwürdig benommen hat. Leider konnte unser Labor selbst mit den besten Geräten keinen finden."

„Und was glaubst du?", fragte Moira.

Semra zuckte die Schultern.

„Schwer zu sagen. Aber ich hoffe, dass Sabio Recht hat, denn alle anderen Möglichkeiten sind sehr schwer zu beweisen."

Moira stand auf.

„Dann gehe ich jetzt besser und helfe ihm."

Semra nickte.

„Krieg ihn dazu, sich wenigstens für kurze Zeit auszuruhen. Seit er ins Archiv gewechselt ist, fährt er kaum noch nach Hause. Ich fürchte, er steht kurz vor einem Zusammenbruch."

An der Tür drehte sich Moira noch einmal um, denn ihr war etwas eingefallen.

„Habt ihr schon etwas über Pete Huudiens Aufenthaltsort?"

„Buds hat ein paar Leute aufgetrieben, die ihn in der Nähe einiger Tatorte gesehen haben wollen. Aber es gibt keinen Hinweis darauf, wo er jetzt ist." Semra wandte sich wieder ihren Akten zu. „Pass auf Sabio auf, ja?"

„Mach ich." Moira ging. Je näher sie dem Archiv kam, desto langsamer wurde sie. Angst zupfte an ihren Nerven, und sie vibrierten wie Bogensehnen. Zu lebhaft stand ihr die grauenvolle Szenerie vor Augen. Ihre Hände zitterten, und sie fror. Zögernd öffnete sie die Tür. Erleichtert stellte sie fest, dass die Spurenreinigung ganze Arbeit geleistet hatte. Nicht einmal ein winziges Blutströpfchen war zurückgeblieben. Das vertrieb zwar nicht die Erinnerung, machte es aber leichter, das Archiv zu betreten.

Der Arbeitstisch des Archivars stand jetzt gleich neben dem Empfangstresen, und Sabio saß über ein großes Blatt Papier gebeugt daran. Er sah von seiner Arbeit auf, und ein Lächeln huschte über sein eingefallenes Gesicht.

„Wie schön, dass es dir besser geht. Ich habe mir Sorgen gemacht."

Moira war entsetzt, wie erschöpft er aussah.

„Kann ich dir helfen?"

„Gern." Er zeigte auf einen Stapel Akten. „Kannst du dich darum kümmern? Ich bin mit einer Erfindung beschäftigt, mit der ich Druidus Unschuld beweisen werde." Sein Blick wurde hart. „Oder glaubst du etwa auch, er sei ein Mörder?"

„Nein", sagte Moira und nahm die Akten. *Aber kann ich ausschließen, dass du einer bist? Ein Motiv hättest du gehabt.* Sie ging durch die Gänge und stellte die Akten an ihre Plätze zurück. Auf dem Tisch, den Excelsior ihr als Arbeitsplatz zugewiesen hatte, lag noch eine Akte. Ein Zettel mit Sabios Handschrift hing daran. AUF FEHLER DURCHSEHEN. IRGENDETWAS KANN NICHT STIMMEN, stand darauf.

Moira öffnete die Akte. Sie enthielt Kopien aller Laborberichte, die sich mit dem Beweismaterial von Excelsiors Ermordung beschäftigten. Sabio hatte zahlreiche Stellen markiert, zum Beispiel „Kein Hinweis auf Homizidzauber", „Kein Suizidzauber nachweisbar", „Fingerabdrücke von vier Personen: Pete Huudien, Monsieur Ramasseur, Excelsior und Druidus van Steen" und „Restblut in der Leiche und am Tatort etwa vier Liter". Das letzte war doppelt und dreifach unterstrichen.

Nur vier Liter? Moira fragte sich wo der Rest von Excelsiors Blut hingekommen war. Er war ein starker Mann gewesen, bei dem sie mindestens sechs Liter erwartet hätte. Sie klappte die Akte zu und ging zurück zu Sabio, der noch immer über seine Konstruktionszeichnung gebeugt war.

„Sabio? Laut Akte fehlten am Tatort etwa zwei Liter Blut. Glaubst du, dass eine dritte Person hier war, die es mitgenommen hat?"

„Du glaubst, Druidus wolle jemanden schützen?" Er sah zu ihr auf. „Das kann ich mir nicht vorstellen. Die beiden einzigen Menschen, für die er so etwas tun würde, sind Aparta und du. Und keiner vor euch war auch nur in der Nähe des Tatorts."

Moira erinnerte sich an Apartas Reaktion und war sich sicher, dass sie von Excelsiors Ermordung genauso überrascht worden war, wie alle anderen.

„Aber wie erklärst du dir das fehlende Blut?"

„Ich weiß es nicht. Darüber grüble ich bereits seit dem ersten Mord nach, bei dem kaum Blut am Tatort war." Er gähnte und rieb sich die Augen. „Irgendwie hängen alle diese Morde zusammen, die Obdachlosen, Lif Borson, Leclerque Bastide, die Ramasseurs und Excelsior. Und das einzige, was eine solche Mordserie erklären kann, wäre ein Homizidzauber."

Moira runzelte die Stirn.

„Es müsste illegal sein, eine Waffe mit einem Zauber zu belegen, der andere zwingt zu morden."

„Ist es, aber das heißt nicht, dass es nicht getan wird." Sabio deutete auf einen Stapel Waffen in einem Regal in der Nähe. „Das sind alles Mordwaffen mit so einem Zauber, und weiter hinten im Archiv sind noch viel mehr."

Moira wich einen Schritt zurück. Sicher war sicher.

„Außerdem vergisst du, dass es sich bei dem Schwert um eine Antiquität handelt. Früher war man mit solchen Zaubern wesentlich weniger zimperlich. Ich glaube, Druidus einzige Chance besteht darin, einen Homizidzauber nachzuweisen."

Sabio reckte sich, winkte Moira zu sich und deutete auf seine Zeichnung. „Mit diesem Gerät müsste es gelingen, Magie mit einer noch nie da gewesenen Präzision zu fokussieren."

Moira starrte auf die Linien und Beschriftungen. Das Ganze ergab in ihren Augen wenig Sinn.

„Wozu soll das gut sein?"

„Ich erklär es dir, aber dazu muss ich ein wenig ausholen." Sabio goss sich und Moira ein Glas Wasser ein und winkte ihr, sich zu setzen. „Was weißt du über Wilde oder Ungezähmte Magie, auch Magie Sauvage genannt?"

„Sie ist überall um uns herum, aber für Menschen nutzlos?" Moira antwortete unsicher. Sie fühlte sich wie in einer Prüfung für die sie nicht gelernt hatte.

Sabio nickte und trank einen Schluck.

„Zusammen mit Sonnenlicht wird Magie Sauvage von Pflanzen dazu genutzt, aus Wasser und Luft Kohlenhydrate herzustellen. Dabei verändert sich die Magie. An die Kohlehydrate gebunden ist schließlich Einheitliche Magie, oder Magie Généraliser."

„Und die ist für Menschen nutzbar", sagte Moira.

Sabio nickte.

„Wie viel Magie Généraliser ein Lebewesen nutzen kann, ist abhängig von der Spezies und vom individuellen Talent. Einhörner zum Beispiel nutzen nahezu hundert Prozent, Menschen dagegen zwischen zehn und drei Prozent dieser Magie. Der Rest wird als Fokussierte Magie oder Magie Focaliser wieder ausgeschieden."

„Ist das die Form Magie, die Nerls zum Überleben brauchen?" Moira war erleichtert, dass sie wenigstens ein Detail wusste.

„Sehr gut!" Sabio sah sie überrascht an. „Nerls zersetzen Fokussierte Magie, und die Bestandteile vereinen sich wieder zu Magie Sauvage, aber das ist für meine Erfindung nicht wichtig." Er zeigte auf den dunkelblauen mit Sternen übersäten Sicherheitsmantel und den spitzen Hut im gleichen Design, die griffbereit an der Wand neben dem Schreibtisch hingen. „Mit den richtigen Sicherheitsvorkehrungen ist es möglich, Magie Généraliser mit ein wenig Magie Sauvage zu verstärken. Zwar ist es lebensgefährlich, aber lohnend. Es entstehen Zauber, die sehr schwer nachzuweisen und noch schwerer zu zerstören sind."

Langsam begann Moira zu verstehen.

„Mord- und Selbstmordzauber. Deshalb die neue Erfindung."

Sabio tippte auf seine Zeichnung.

„Mein Magiskop sollte in der Lage sein, selbst die kleinsten Spuren von Magie an einem Objekt zu erfassen und benennen. Die Planung ist abgeschlossen, ich muss es nur bauen und testen."

Voller Tatendrang sprang Moira auf.

„Also los, worauf warten wir?"

„Wir brauchen lebende Materialien. Am besten geeignet wäre etwas, dessen Stamm aus Holz ist, aber dabei trotzdem flexibel. Ein kleiner Baum oder Strauch vielleicht."

„Semra hat einen Bambus in ihrem Büro. Ich hole ihn." Moira rannte los.

Als sie mit der Pflanze zurückkam, hielt Sabio eine wienende Aparta im Arm und versuchte sie zu trösten. Mit einem leichten Ruck des Kopfes bedeutete er Moira zu verschwinden.

„Noch ist nicht aller Tage Abend", sagte er.

„Aber der Staatsanwalt hat die Todesstrafe gefordert!" Apartas Stimme klang rau vom vielen Weinen. Sabio streichelte ihren Rücken und bedeutete Moira noch einmal zu verschwinden.

Sie stellte den Bambus neben die Tür auf den Boden und zog sich zurück. Erst als sie sicher war, dass Aparta gegangen war, kehrte sie zurück. Sabio hatte bereits mit dem Bau seines Magiskops begonnen. Der Bambus erwies sich als ideales Baumaterial, da er weich genug war, um in verschiedene Formen gebunden und mit Bändern fixiert zu werden, und hart genug, die Konstruktion zu tragen.

Moira merkte schnell, dass sie Sabio im Augenblick nicht helfen konnte.

„Was soll ich in der Zwischenzeit tun?"

„Eigentlich soll ich die verfluchten Waffen vernichten. Wenn du das übernehmen könntest? Die Liste mit den Fachnummern liegt in der obersten Schublade im Empfangstresen." Sabio sprach, ohne von seiner Arbeit aufzusehen.

Moira fand die Liste ohne Probleme. Sie ging in die Hocke, um den armlangen Brandkasten unter dem Empfangstresen hervorzuziehen. Sie hielt inne, bevor ihre Finger das Glas berührten.

„Sabio?"

„Ja?" Er sah zu ihr herüber.

„Hast du für den Brandkasten auch Wilde Magie benutzt?"

„Selbstverständlich. Wilde Magie kann nur mit Wilder Magie zerstört werden."

„Kann ich ihn trotzdem gefahrlos nutzen?" Nachdenklich betrachtete Moira das vielfarbige Schimmern des Glases.

„Selbstverständlich. Du legst die Waffe hinein und aktivierst ihn. Der Deckel schließt selbsttätig."

„Ich meinte eigentlich, ob der Zauber Schaden nimmt, wenn ich das Glas anfasse. Du weißt doch, dass ich mit Magie auf Kriegsfuß stehe."

Sabio lächelte.

„Mach dir keine Sorgen. Der Zauber ist erst beim Schließen des Deckels aktiv."

Zögernd zog Moira den Brandkasten hervor. Dann machte sie sich auf die Suche nach der ersten Waffe, die auf der Liste stand. Es war ein Speer. Er lag in einem Regal, ganz in der Nähe von Sabios Arbeitsplatz und glitzerte leicht.

„Hierfür brauchen wir aber einen größeren Brandkasten." Sie nahm den Speer aus dem Regal.

„Moira, nein", brüllte Sabio und sprang auf sie zu.

Moira spürte ein Kribbeln von ihrer Hand den Arm hinauf laufen, das sich im Bruchteil einer Sekunde über ihren ganzen Körper ausbreitete. Sie riss den Speer zur Seite, bevor Sabio ihn ihr entreißen konnte.

Er prallte gegen sie, und sie schlang ihre Arme um ihn, ohne die Waffe loszulassen. Sabio roch nach Kaffee und Tinte. Moira lehnte ihr Gesicht gegen seine Brust. Sein Geruch weckte in ihr Erinnerungen an ihren ersten Liebhaber, mit dem sie eine wilde Zeit verbracht hatte. Sie spürte, wie ihre Brustwarzen hart wurden. *Warum ist mir nie aufgefallen, wie gut Sabio aussieht?* Unerträgliches Verlangen ließ sie schneller atmen. Sie schob ihre freie Hand unter Sabios Hemd und streichelte seinen Rücken.

„Moira, was soll das?" Sabio wehrte sich – erfolglos.

Der Speer verlieh Moira ungeahnte Kräfte. Mit der Hand, die die Waffe hielt, zog sie seinen Kopf zu sich hinunter.

„Bitte, Moira, denk an Druidus." In Sabios Augen stand nackte Angst.

Sie zögerte. Tief in ihrem Inneren wusste sie, dass dieses überwältigende Verlangen, nicht ihren eigenen Gefühlen entsprungen war. *Es ist der Speer.* Der Gedanke schoss es durch ihr benebeltes Gehirn wie ein Blitz. Sie kämpfte gegen den Zwang, Sabio zu küssen und ihm die Kleidung vom Leib zu reißen. Mit geschlossenen Augen klammerte sie sich an ihm fest. Sie nahm all ihre Kräfte zusammen und konzentrierte sich auf Druidus. Ihr Atem ging schnell und stoßweise, aber es gelang ihr, sich sein geliebtes Gesicht ins Gedächtnis zurückzurufen. Sie spürte, wie das Kribbeln in ihrem Arm stärker wurde. *Ich muss den Speer loswerden.* Mit aller Kraft stemmte sie sich gegen den Zauber, der von der Waffe ausging. Eine Welle schwoll in ihr an und spülte das Verlangen weg. Endlich begriff Moira, dass es Magie war, die durch ihren Körper wallte. Ihre eigene Magie, die sie laut Behindertenausweis gar nicht haben dürfte.

Sie lachte glücklich.

Ohne die Augen zu öffnen, ließ sie Sabio los und drehte sich zur Wand. Sie sammelte ihre wogende Magie und katapultierte sie aus ihrem Arm in den Speer. Das Holz knirschte und ächzte. Als Moira die Augen öffnete, lag der Speer in drei Teile zerbrochen vor ihr auf dem Boden.

Sie drehte sich zu Sabio um. Er saß mit dem Rücken zum Schreibtisch auf seinem Stuhl, und starrte sie mit offenem Mund an, als käme sie aus einer anderen Welt. Sein Gesicht war käsig weiß, und er schien nicht zu atmen. Für einen Moment befürchtete Moira, dass er an einem Herzinfarkt gestorben war.

Doch dann atmete Sabio hörbar aus.

„Du meine Güte, Moira, was war denn das?"

„Ich habe die Sicherheitshandschuhe vergessen. Entschuldige."

„Nein, ich meine das da." Er streckte die Hand aus und zeigte auf den zerbrochenen Speer. Sein Arm zitterte.

„Ist es schlimm, dass ich ihn kaputt gemacht habe? Ich dachte, er sollte sowieso vernichtet werden."

Sabio stand auf, trat zu ihr und legte ihr die Hände auf die Schultern. Langsam kehrte die Farbe zurück in sein Gesicht.

„Ist dir gar nicht klar, was das bedeutet?"

„Klar doch." Moira strahlte. „Das heißt, dass ich nicht behindert bin, und scheiß was auf die ganzen Untersuchungen."

Sabio schüttelte den Kopf und sah ihr tief in die Augen.

„Die Ärzte konnten gar keine Magie bei dir finden. Sie haben die falsche Form gesucht."

Moira runzelte die Stirn. Die falsche Form?

„Ich habe dir doch vorhin gesagt, dass ein Zauber, der Wilde Magie enthält, nur von einem Zauber mit Wilder Magie zerstört werden kann."

Endlich begriff Moira, was er sagen wollte. Aber konnte es wirklich Magie Sauvage sein? War das der Grund, warum die Hellseherin sie Katie Féroce genannt hatte? Moiras Knie wurden weich. Sabio half ihr, sich auf seinen Stuhl zu setzen. Sie sah zu ihm auf.

„Magie Sauvage?"

Er zuckte mit den Schultern.

„Es gibt keinen Zweifel, auch wenn ich keine Ahnung habe, wie du das überlebst." Er hob die Stücke des Speers auf und wog sie in der Hand. „Keine Spur des Homizidzaubers mehr", stellte er fest. „Ich finde es erstaunlich, dass er auf dich wie ein Liebeszauber gewirkt hat." Er ging zum Schreibtisch und legte die Holzstücke darauf.

„Mir sind schon immer seltsame Dinge passiert." Moira erzählte von dem Fahrschultapisto, das nicht mehr vom Boden gelöst werden konnte, nachdem sie den Antriebsteppich berührt hatte, und von der Mona Beth, die ihr die Zunge herausstreckte, und von den vielen Begebenheiten, die sie als Kind zur Außenseiterin gemacht hatten. Schließlich schlug sie die Hände vors Gesicht. „Was mache ich denn jetzt? Mit dieser Magie bin ich vielleicht eine Gefahr für alle, die ich lieb habe."

„Wie kommst du darauf?"

Moira erzählte ihm von der Reaktion der Hellseherin.

„Irgendwie hat Madame Suzanka mir angesehen, dass ich Wilde Magie benutzten kann. Sie hatte furchtbare Angst vor mir."

Sabio setzte sich auf die Kante seines Schreibtisches und musterte sie.

„Also ich sehe nichts Ungewöhnliches."

„Auf ihrem Schild stand, dass sie Auren lesen kann, und Aparta de Frees sagte, dass meine Aura regenbogenfarbig ist. Sie hielt das für einen Einstellungsfehler ihres Geräts. Und noch was." Moira erzählte Sabio von dem Siegel auf dem Steingefäß, von dem sie glaubte, dass es von Hern und der Wilden Katie stammte. „Wenn Hammer und Amboss Hern zuzuordnen sind, bleibt der Regenbogen für Katie Féroce. Macht doch Sinn, oder?"

Sabio strahlte sie an.

„Das ist tatsächlich unglaublich interessant. Wir müssen deine Fähigkeiten unbedingt genauer untersuchen. Aber erst rehabilitieren wir Druidus, in Ordnung?"

Die Erinnerung an Druidus bevorstehende Verurteilung gab Moira einen Stich ins Herz. Sie wollte lieber nicht darüber nachdenken. Es wäre besser, sie ging wieder an die Arbeit. Sie stand auf, nahm die Liste mit den zur Vernichtung vorgesehenen Waffen und überflog sie.

„Wir brauchen einen größeren Brandkasten. Schwerter und Speere passen in diesen hier nicht hinein." Sie zeigte auf den armlangen Kasten, der noch immer neben dem Eingangstresen stand.

„Ich bringe gleich morgen einen mannsgroßen Kasten mit. Er ist schon seit ein paar Wochen fertig, aber ich habe erst gestern einen Anhänger für den Transport leihen können."

„Dann hol ich jetzt erst einmal die kleineren Waffen."

„Aber zieh diesmal bitte die Handschuhe an." Sabio nahm ein paar dunkelblaue Handschuhe von seinem Arbeitstisch und warf sie ihr zu. „Noch einen Anfall von Liebeswahn ertrage ich nicht."

Lachend machte sich Moira auf den Weg in den ältesten Teil des Archivs, wo Dolche und Pistolen auf ihre Vernichtung warteten, und die Schreie der Opfer unter den staubigen Einbänden der Ermittlungsakten gefangen waren.

Als das Gerüst des Magiskops fertig war, überredete Moira Sabio, Feierabend zu machen. Gemeinsam stiegen sie die Treppe zur Eingangshalle hinauf.

Sabio gähnte.

„Du hast Recht. Ich brauche dringend Schlaf."

Semra kam aus Sabios ehemaligem Büro und eilte ihnen durch die Halle nach.

„Warte, Moira. Wir müssen etwas besprechen."

Moira blieb stehen.

Semra legte ihr eine Hand auf den Arm.

„Es tut mir leid, aber ich muss dich bis auf weiteres suspendieren."

Moira starrte sie an.

„Wieso das?"

Semra wurde rot.

„Das kommt von ganz oben. Ich kann leider nichts dagegen tun."

„Haben sie dir keine Gründe für die Suspendierung genannt?", fragte Sabio.

„Bürokratischer Bockmist." Semra schnaufte. „Der vorgeschriebene Zeitraum für die Eignungsprüfung sei abgelaufen. Moira darf erst wieder arbeiten, wenn sie die Prüfung bestanden hat. Ich habe bereits darauf gedrängt, dass möglichst schnell ein neuer Termin festgesetzt wird."

Und dass, wo ich endlich meine Magie entdeckt habe. Moira ließ den Kopf hängen.

„Ihr werdet mir fehlen", sagte sie leise, denn es wäre sicher keine gute Idee, den Befehl zu ignorieren.

„Danke für dein Verständnis." Semra lächelte, aber es wirkte gequält.

„Keine Sorge." Sabio klopfte Moira aufmunternd auf die Schulter. „Ich sehe zu, dass ich das Magiskop fertig kriege. Ich bin mir sicher, dass es uns die nötigen Beweise liefern wird. In der Zwischenzeit könntest du Druidus besuchen und ihm Mut machen."

Sabio hatte Recht. Druidus würde sich sicher freuen. Moiras Stimmung besserte sich merklich. Außerdem könnte sie Druidus mit ihren neu entdeckten Fähigkeiten aus dem Gefängnis befreien, sollte Sabio wider erwarten das Magiskop nicht rechtzeitig fertig stellen. Getröstet verabschiedete sie sich und ging nach Hause.

KAPITEL 26

Als sie sich am nächsten Morgen auf den Weg ins Gefängnis machen wollte, stand Franka vor der Tür. Sie war vom Treppensteigen außer Atem, und so ließ Moira sie herein, damit sie sich ausruhen konnte.

„Ich hätte nie gedacht, dass mich die Schwangerschaft so schnell fertig machen würde." Dankbar ließ sich Franka in einen Sessel plumpsen.

„Das ist nicht die Schwangerschaft, das ist die Schokolade." Moira feixte. Sie wusste, dass Franka ihr den Scherz nicht übel nehmen würde. „Was willst du eigentlich hier?"

„Dein Vater rief mich an. Ich soll dich ins Gericht begleiten, weil heute die Schlussplädoyers gehalten werden."

Moira riss die Augen auf.

„Was, schon?" Sie ließ sich ebenfalls in einen Sessel fallen. „Warum geht das so schnell? Sonst dauert es Monate, bis ein Gerichtstermin gefunden wird."

Franka antwortete schnaufend.

„Der Bürgermeister hat sich dahinter geklemmt, allein schon wegen der schlechten Presse. Er ist fest davon überzeugt, dass Druidus auch für die Morde an den Obdachlosen verantwortlich ist, da sie seit seiner Verhaftung aufgehört haben."

„So ein Blödsinn. Die können doch kein Urteil verkünden, wenn die Beweisaufnahme nicht abgeschlossen ist."

„Offiziell ist sie das."

„Aber Sabio ist noch nicht fertig."

„Das interessiert niemanden. Sie haben das Geständnis, Spuren und Indizien deuten ebenfalls auf Druidus und die bisherigen Tests ergaben, dass die Tatwaffe nicht verflucht war." Franka beugte sich vor und legte Moira die Hand aufs Knie. „Was ist, wenn die Tatsachen nicht lügen? Druidus hat einen Mord begangen, für den er sehr lange ins Gefängnis gehen wird, falls man ihn nicht sogar hinrichtet. Das solltest du dir unbedingt bewusst machen."

Moiras Magen verkrampfte, aber bevor sie antworten konnte, klingelte die Parlebol. Ihr Nerl nahm das Gespräch an, sie meldete sich, und das Gesicht von Direktor du Mar erschien.

„Sie werden es kaum glauben, Moira, auf meine Anfrage nach Waffen aus Herns Zeit haben sich drei Anbieter gemeldet. Drei! Was meinen Sie, wie ich jetzt weiter vorgehen soll?"

Moira hatte eigentlich keine Lust, mit du Mar zu sprechen, aber ihr fiel gerade noch rechtzeitig ein, dass die Entdeckung des Waffendiebs oder dessen Hehlers zu Druidus Entlastung führen könnte. Zumindest gäbe es im Falle einer Verhaftung jemanden, den sie nach einem eventuell vorhandenen Homizidzauber fragen könnten. Am liebsten hätte sie du Mar an Sabio verwiesen, aber der Direktor hatte deutlich genug gesagt, dass er nicht mit der Gendarmerie zusammenarbeiten würde. Also überlegte sie, was sie ihm empfehlen sollte. „Lassen Sie sich Bilder von den Waffen schicken. Bestehen Sie auf Detailaufnahmen, damit sie feststellen können, welches die gesuchten Waffen sind."

„Das ist eine grandiose Idee. Sobald ich mehr weiß, melde ich mich wieder."

„Hoffentlich haben Sie bald Erfolg", sagte Moira und dachte, *auch wegen Druidus*. Sie dankte dem Direktor und beendete das Gespräch.

Zum Glück hatte sich Franka ausreichend erholt, so dass sie endlich aufbrechen konnten. Rücksitz und Kofferraum von Frankas klapprigem Tapisto waren mit Kartons und Büchern voll gestopft. Moiras schlechtes Gewissen erwachte, als sie beim Einsteigen einen Zipfel aus hauchdünnem, silbernem Stoff aus einem flachen Karton herausschauen sah. *Ich bin so mit meinen eigenen Problemen beschäftigt, dass ich Tord und Franka glatt vergessen habe.* Ihre Ohren brannten und sie schluckte, denn die Trauung sollte in wenigen Tagen stattfinden.

„Ist das dein Hochzeitskleid?"

Franka strahlte sie an.

„Spinnenseide! Es ist ein Traum. Und das Mieder ist mit Regenbogenperlen und magischen Bonnechance-Wassertropfen bestickt. Dein Vater hat es uns gekauft."

„Wieso kauf mein Vater dir ein Hochzeitskleid?"

„Ich glaube er will sich bei mir einschmeicheln, damit ich ihm von dir erzähle. Mach ich natürlich nicht, aber er ist bei den Hochzeitsvorbereitungen wirklich 'ne große Hilfe."

Moira schämte sich.

„Kann ich euch noch helfen?"

„Lass man." Franka fädelte sich in den laufenden Verkehr in Richtung Innenstadt ein. „Lavant unterstützt uns ziemlich großzügig. Wir sollten lieber hoffen, dass Druidus bald entlastet wird. Ich gehe nämlich davon aus, dass meine Hochzeit ansonsten ins Wasser fällt, weil ich ohne Brautjungfer dastehen würde."

Sie konzentrierte sich aufs Fahren. Je näher sie dem Gerichtsgebäude kamen, desto schwieriger wurde es durchzukommen. Immer wieder mussten sie lange warten oder wurden umgeleitet.

„Stimmt es, dass du suspendiert bist?", fragte Franka.

„Woher weißt du das?"

„Lavant weiß es von Sabio. Ich wollte es zuerst gar nicht glauben." Franka bog in eine Seitenstraße. „Dein Vater und Sabio stimmen darin überein, dass da jemand Fäden gezogen haben muss." Sie sah Moira an. „Was ich nicht verstehe ist, warum sich jemand die Mühe machen sollte, eine Anwärterin zu entfernen. Warum nicht Sabio?"

„Das macht schon Sinn. In Sabios Begleitung hätte ich Druidus im Gefängnis besuchen können." Moira erinnerte sich gut daran, wie freundlich sich Druidus Mutter mit dem Direktor der Gendarmerie unterhalten hatte. „Aparta will eben jeden Kontakt zwischen mir und Druidus verhindern. Es überrascht mich nur, dass sie bei all der Sorge um ihren geliebten Sohn an so etwas Unwichtiges gedacht hat."

„Sie muss dich ganz schön hassen."

Moira lächelte gequält.

„Sagen wir mal, dass wir uns nicht besonders gut verstehen."

Franka fuhr zum zweiten Mal durch eine Einbahnstraße in der Nähe des Gerichts. Als sie einen freien Parkplatz entdeckte, hielt sie.

„Ich glaube, den Rest müssen wir laufen."

Moira hakte sich bei ihrer Freundin unter und staunte über die Menschenmenge, die sich vor dem Gerichtsgebäude versammelt hatte. Überall blockierten Übertragungswagen der verschiedensten Sender den Verkehr. Zahllose Menschen trugen Körbe mit faulem Obst und schienen nur auf den Angeklagten zu warten. Moira ließ sich von Franka zum Hintereingang ziehen, aber sie sah Aparta trotzdem, die, von Bodyguards umgeben, auf den Eingangsstufen in die Mikrofone der Reporter sprach.

In diesem Moment hielt ein vergitterter Kastenwagen vor der Treppe und Druidus stieg aus, begleitet von vier Gendarmen. Unwillkürlich blieb Moira stehen. Die Menschen überschütteten den Gefangenen mit Schimpfworten, beleidigenden Gesten und stinkendem Obst. Reporter stürzten sich auf ihn wie eine Meute hungernder Geier. Zum Glück waren die Gendarmen vorbereitet. Reporter, Obst und Geschrei prallen von ihrem magischen Schutzschild ab. Unbeschadet zogen sie Druidus die Stufen hinauf. Moiras Herz verkrampfte, als sie ihn mit ausdruckslosem Gesicht im Oval des Schutzzaubers durch die tobende Menge schlurfen sah.

Franka zog an ihrem Arm.

„Komm schon, wir müssen uns beeilen. Ewig wird dein Vater unsere Plätze nicht freihalten können."

Moira folgte ihr. Ein Mitarbeiter ihres Vaters drückte ihnen zwei Identkarten in die Hand und hielt ihnen eine an anderen Tagen verriegelte Hintertür auf. Sie dankten ihm und schlüpften ins Gebäude. Vor dem Verhandlungssaal stauten sich Menschen. Gendarmen tasteten jeden Besucher nach Waffen ab, bevor sie ihn in den Saal ließen. Ungeduldig warteten Moira und Franka, bis sie an der Reihe waren.

Unterdrückte Gespräche hallten durch den riesigen Raum. Es klang wie ein Schwarm wütender Wespen. Moira sah sich nach ihrem Vater um. Er hatte Plätze in der vordersten Reihe ergattert, direkt hinter der Absperrung zum Staatsanwalt. Moira hätte zwar lieber hinter dem Angeklagten und seinem Verteidiger gesessen, aber dort hatte sich bereits Aparta mit einigen Freundinnen niedergelassen.

Zielstrebig eilte Franka auf Lavant zu und wählte ihren Platz so, dass Moira zwischen ihnen sitzen konnte. Wortlos drückte Lavant Moiras Hand.

Bald waren alle Plätze besetzt und die Türen des Verhandlungssaals wurden geschlossen. Als eine Seitentür aufging und Druidus hereingeführt wurde, erstarb das Gemurmel. Mit gesenktem Kopf schlurfte er zur Anklagebank. Der graue Anzug, den er trug, hing wie ein Sack von seinen breiten Schultern.

Moira hätte am liebsten geweint. Sie räusperte sich und rutschte auf dem Stuhl hin und her, um seinen Blick auf sich zu lenken, aber er starrte beharrlich zu Boden. Nur Aparta warf ihr einen giftigen Blick zu. Moira biss sich auf die Unterlippe.

„Das hat keinen Sinn", flüsterte ihr Lavant zu. „Seit die Verhandlungen begonnen haben ist er so apathisch. Wenn es nicht verboten wäre, könnte man glauben, dass ihn die Gendarmerie unter Drogen gesetzt hat."

Ein Gong ertönte, und alle Anwesenden standen auf. Der Richter kam mit seinen Beisitzern herein, und die Verhandlung begann. Moira hörte weder dem Staatsanwalt, noch dem Verteidiger zu. Sie konzentrierte sich auf das monotone Ticken des DiktaNerls, der alles mitschrieb, während ihre Augen unbeirrt auf Druidus ruhten. Nicht die kleinste Bewegung entging ihr. Die Anwälte redeten endlos lange. *Wahrscheinlich um über die Kürze des ganzen Prozesses hinwegzutäuschen*, dachte Moira. Erst nach zwei Stunden konnte sich das Gericht zur Beratung zurückziehen. Sofort wurde der Gefangene aus dem Saal geführt, und die gemurmelten Gespräche dröhnten erneut durch den Saal.

„Er hat sich nicht ein einziges Mal bewegt", sagte Moira. „Es ist, als wäre sein Körper paralysiert und seine Gedanken ganz woanders."

Lavant nickte.

„Ich weiß. Er hat sich während des ganzen Prozesses nicht ein einziges Mal zu seiner Mutter umgedreht."

„Ich bin mir sicher, dass da etwas nicht stimmt. Wenn ich nur mehr Zeit hätte." Sie ballte die Hände zu Fäusten.

Lavant legte ihr die Hand aufs Knie.

„Was immer ich für dich tun kann, lass es mich wissen. Ich habe Männer für alle Aufgaben, die du dir vorstellen kannst. Magier, Spurenleser, Muskeln mit Überzeugungskraft, Strategen... ein Wort und sie arbeiten alle für dich."

Zum ersten Mal, seit Druidus den Saal betreten hatte, sah Moira ihren Vater an. Sie lächelte.

„Wenn ich sie brauche, sage ich es dir." Sie schloss die Augen, lehnte ihren Kopf gegen seine Schulter und wartete auf die Rückkehr des Richters.

Es dauerte länger als sie erwartet hatte, aber schließlich kehrten Angeklagter, Richter und Beisitzer in derselben Reihenfolge zurück wie zu Beginn der Verhandlung. Die Zuschauer hielten den Atem an, als der Oberste Beisitzer aufstand, um das Urteil zu verkünden. Moiras Herz klopfte bis in den Hals und in ihren Ohren rauschte das Blut.

„Nach reiflicher Überlegung, und auf Grund der uns vorliegenden Gutachten über die Schuldfähigkeit des Angeklagten, erachten wir Druidus van Steen für schuldig." Der Oberste Beisitzer sank in seinen Sessel zurück. Im Saal war es totenstill. Nicht einmal das Atmen der Zuschauer war zu hören.

Der Richter stand auf, und der ganze Saal mit ihm. Der Verteidiger zog Druidus in die Höhe, der als Einziger nicht reagiert hatte. Moira hatte immer stärker das Gefühl, dass mit ihm etwas nicht stimmte.

Der Richter räusperte sich.

„Druidus van Steen. Den eigenen Vater zu ermorden, und dann nicht einmal Reue zu zeigen ist verwerflicher als alles, was mir in meiner langen Zeit als Richter untergekommen ist. Daher verurteile ich Sie zum Tode. Der entsprechende Fluch wird heute in zwei Wochen ausgesprochen."

Druidus blieb regungslos, aber Aparta brach wortlos zusammen. Eine ihrer Freundinnen fing sie im letzten Moment auf. Auch Moira fühlte sich, als hätte ihr jemand den Boden unter den Füßen weggezogen. Während sich der Richter setzte und ein weiterer Beisitzer aufstand, um die Urteilsbegründung zu verlesen, brach im Saal Jubel aus. Erst unter Androhung von Strafen wurde das Klatschen, Rufen und Trampeln schwächer.

Wie kann man sich nur über den Tod eines Menschen freuen. Eine Träne lief über Moiras Wange.

„Ich kann mich nicht einmal von ihm verabschieden."

Lavant legte seinen Arm um sie und zog sie dichter an sich heran.

„Du solltest zum Wasserspender gehen. Druidus hat dort jeden Tag Halt gemacht, um zu trinken."

Moira gab ihm einen dankbaren Kuss auf die stoppelige Wange. Während der Richter die Zuschauer ein letztes Mal zur Ordnung rief, huschte sie zum Ausgang. Neben dem in einer Ecke des Gangs aufgestellten Wasserbecken stand ein Nerlaroma. Zwischen ihm und einer Ziersäule, keine zwei Schritte vom Wasserspender, gab es eine Nische, gerade groß genug für Moira. Da das Flurlicht über dem Becken kaputt war, war es gut möglich, dass sie Druidus unbemerkt nahe kommen konnte. Sie fragte sich gerade, ob ihr Vater für das kaputte Licht verantwortlich war, als sich die Türen des Saals öffneten und die Zuschauer hinaus strömten. Moira drückte sich tiefer in ihre Nische und wartete. Als die meisten Zuschauer das Gebäude verlassen hatten, wurde Druidus abgeführt.

Er trat auf den Wasserspender zu, und sofort stellten sich die Gendarmen, die ihn begleiteten in einem Halbkreis um ihn auf. Bis auf einen Gendarm seitlich von Moira, wendeten sie ihm den Rücken zu und beobachteten die Menschen um sie herum. Druidus beugte sich vor und trank. Seine Augen fixierten Moira. Es lag eine Trauer in ihnen, die ihr die Luft abschnürte. Am liebsten wäre sie aus ihrem Versteck gestürmt und mit ihm geflohen, doch sie wusste, wie sinnlos das sein würde. Sie warf ihm eine lautlose Kusshand zu. Er lächelte schwach und richtete sich wortlos auf. Fast hätte sie den Zettel übersehen, den er ins Becken fallen ließ. Doch seine Augen wanderten mehrfach zwischen ihrem Gesicht und dem Wasserbecken hin und her, so das sie darauf aufmerksam wurde, bevor er sich zu den Gendarmen umdrehte. Während er zum wartenden Gefängniswagen geführt wurde, verließ Moira ihr Versteck und schnappte sich den Zettel. Druidus musste ihn im Gefängnis vorbereitet haben.

Die obere Hälfte wurde von einem Herz dominiert, in dem Moiras und Druidus Namen standen. Darunter fand sich die etwas ungelenke Zeichnung eines Dolchs oder Schwerts. Nachdenklich starrte Moira auf das leicht durchgeweichte Papier. Ihr Vater und Franka traten neben sie.

Lavant sah ihr neugierig über die Schuler.

„Was steht drauf?"

„Er hat ein Schwert gemalt." Sie zeigte ihm die Zeichnung. „Es muss etwas bedeuten. Es schien ihm sehr wichtig zu sein, dass ich den Zettel finde."

„Wir wissen doch, dass das Schwert die Mordwaffe ist." Franka hakte sich bei Moira unter, und sie schlenderten zum Ausgang. Lavant zuckte mit den Schultern und folgte.

„Vielleicht ist er wirklich verrückt, wie sein Anwalt zu beweisen versucht hat."

„Nein, seine Augen waren klar. Er wusste genau, was er tat. Aber es kam mir so vor, als stünde er unter dem Zwang, nicht sagen zu können, was er weiß."

„Somit war ihm klar, dass dies die einzige Möglichkeit ist, irgendjemandem außerhalb des Gefängnisses eine Nachricht zukommen zu lassen." Lavant kratzte sich am Kinn. „Du hast Recht, er wird diese Chance nicht mit einer unwichtigen Nachricht vertun."

Trotz aller Sorgen war Moira plötzlich warm ums Herz. Druidus hatte nur diesen einen Zettel gehabt, und die Hälfte davon für seine Liebeserklärung genutzt. Sie biss sich auf die Lippe, um nicht zu weinen. Sie musste einfach einen Weg finden, ihn zu entlasten.

Franka hatte eine Idee.

„Vielleicht will er dich auf den Besitzer des Schwerts hinweisen."

„Möglich", sagte Moira. „Bringst du mich ins Präsidium? Ich würde gerne mit Sabio darüber sprechen."

„Na klar." Franka wühlte die Tapistoschlüssel aus dem Abgrund ihrer Handtasche hervor und klimperte damit. Moira verabschiedete sich mit einer Umarmung von Lavant.

Als sie das Tapisto erreichten und Franka aufschloss, sagte sie über das Wagendach hinweg, „Übrigens, ich finde es schön, dass du dich mit deinem Vater versöhnt hast."

„Ich auch", sagte Moira und setzte sich auf den Beifahrersitz.

KAPITEL 27

Moira kam es wie eine Ewigkeit vor, bis Franka sie bei der Gendarmerie absetzte. Sie brannte darauf, endlich etwas für Druidus zu tun. Da sie offiziell gar nicht hier sein dürfte, wartete sie ungeduldig bis die Eingangshalle leer war, bevor sie in den Keller eilte. Wie sie erwartet hatte, war das Archiv geöffnet. Sabio hängte eben den Schutzmantel an seinen Haken zurück.

„Ich dachte, du darfst nicht mehr herkommen", sagte er, als er sie bemerkte.

„Niemand hat mir verboten, meinen Freund und Mentor zu besuchen."

Sabio lächelte. Er sah dabei so müde aus, dass Moira befürchtete, er würde jeden Moment zusammenbrechen. Die Ringe um seine Augen waren beinahe schwarz.

„Du musst unbedingt mehr schlafen", sagte sie zu ihm.

„Ich weiß, aber es ist zu viel zu tun. Da du beurlaubt bist, muss ich neben allem anderen noch die Waffen vernichten. Dafür musste ich erst einmal den neuen Brandkasten aktivieren." Er zeigte auf einen Glaskasten, groß genug dass der wohlbeleibte Präsident der Gendarmerie Magique darin Platz gefunden hätte. „Dazu die Arbeiten an meinem Magiskop. Ich komme kaum noch nach Hause."

„Hast du schon Erfolg gehabt mit dem Magiskop?"

Sabio nickte.

„Ich habe die magische Fokussierung um fast siebzig Prozent verbessert. Nur noch ein paar kleine Veränderungen, und mir wird nicht die Spur eines Zaubers entgehen."

Moira erzählte ihm von Druidus Verurteilung.

Er wischte sich mit der Hand über die Augen.

„Das wundert mich nicht. Die Beweise sprechen zu eindeutig gegen ihn, und dann das Geständnis…"

„Aber man braucht ihm nur in die Augen zu sehen, um zu bemerken, dass mit ihm etwas nicht stimmt. Es ist, als würde sein Körper ferngesteuert. Ich glaube, dass sogar sein Geständnis nicht von ihm selbst stammt."

„So etwas merken leider nur die, die ihn gut kennen."

Moira zeigte Sabio den Zettel.

„Kannst du den prüfen?"

Sabio nickte. Er führte sie zu seinem Schreibtisch. Hier befanden sich seine wichtigsten Arbeitsgeräte und das Magiskop.

Moira staunte. Es war ihm gelungen, einen Drudenfuß zu schaffen, der etwa eine Elle über dem Tisch auf einem leichten Gerüst aus Bambusholz ruhte. Zwischen seinen Zacken schwebten scheinbar ohne besondere Stütze ein Wassertropfen, eine winzige Flamme, etwas Rauch, ein Stein und ein Büschel Haare.

Sabio legte den Zettel unter das Magiskop. Die magischen Gegenstände begannen zu leuchten und das Haarbüschel schillerte in allen Farben.

Nach wenigen Minuten sprach das Magiskop mit rasselnder Stimme.

„Papier aus Elfenhand, wasser- und reißfest, Stift 08/15 Blei, kein Zauber. Nachricht nicht deutbar. Keine Verbindung zu vorhandenen Akten."

Moira seufzte.

„Ich hatte gehofft, dass Druidus eine Erklärung dazu gezaubert hat."

„Der Zettel ist von Druidus?" Sabio betrachtete ihn genauer, während Moira erläuterte, woher sie ihn hatte.

Er überlegte lange.

„Druidus ist nicht dumm. Er kann sich leicht ausrechnen, dass ich alles in meiner Macht stehende tue, um einen Homizidzauber nachzuweisen. Das Schwert muss also für etwas anderes stehen."

„Vielleicht für den, der hinter dem Einbruch ins Museum steckt?"

„Meinst du Pete Huudien? Ich werde sofort Buds Bericht über den Stand der Ermittlungen anfordern." Sabio gähnte.

„Du solltest dich lieber hinlegen und eine Weile schlafen", sagte Moira.

„Später. Ich habe zu viel zu tun." Sabio ließ sich den Bericht kommen, aber er ergab nichts Neues. Keiner der bekannten Informanten hatte auch nur die Andeutung einer

Spur, die zu Pete Huudien führte. Auch die anderen Waffen waren nicht wieder aufgetaucht.

Als Sabio die Akte auf seinen Tisch legen wollte, taumelte er und stieß gegen das Magiskop. Er kippelte bedrohlich, fiel aber zum Glück nicht um. Sabio atmete erleichtert auf und wischte sich mit der Hand über die Augen.

„Du hast Recht. Ich bin zu müde zum Arbeiten. Ich fahre besser nach Hause, bevor ich hier noch Mist baue."

Entmutigt und erschöpft verließen Sabio und Moira das Archiv. Es regnete mal wieder. Bevor Sabio sein Tapisto holen konnte, hielt ein Taxi vor dem Eingang und spuckte Aparta aus. Moira huschte hinter eine der Säulen, die das Vordach trugen bevor sie bemerkte wurde.

Tränen liefen über Apartas Wangen, und ihre Augen waren vom Weinen zu Schlitzen geschwollen.

„Nur noch vierzehn Tage", flüsterte sie. „Mein Junge hat nur noch vierzehn Tage." Sie schlang ihre Arme um Sabios Hals und ließ den Tränen freien Lauf.

Sabio sah aus, als hätte sich ein Drache auf sein Herz gelegt.

„Ich stehe kurz vor dem Durchbruch." Seine Stimme klang heiser.

„Das sagst du schon, seit Beginn der Verhandlung."

Sabio presste die Lippen aufeinander.

Aparta löste sich etwas von ihm und sah ihn an.

„Es muss doch etwas geben, was wir tun können. Es darf nicht zu spät sein."

„Gib die Hoffnung nicht auf. Solange er noch nicht hingerichtet ist, kann die Urteilsvollstreckung aufgeschoben und der Fall neu geprüft werden. Wir brauchen nur Beweise…" Sabios Stimme brach.

Aparta wischte sich die Tränen ab und reckte das Kinn.

„Druidus hat Excelsior nicht umgebracht."

„Er hat gestanden."

„Dann hat er eben gelogen. Beweis endlich, dass ein Zauber auf dem Schwert liegt."

„Das ist nicht so einfach." Sabio seufzte. „Alle Spezialisten sind sich einig, dass die Waffe nicht verflucht ist. Sie macht nur jeden müde, der sie in die Hand nimmt. Für sie ist das Schwert nur eine einfache Waffe. Nicht besser und nicht schlechter als andere Waffen." Er holte tief Luft. „Wenn mein Magiskop auch keinen entsprechenden Zauber findet, können wir nur hoffen, dass sich der wahre Täter freiwillig stellt." Er legte seinen Arm um ihre Schultern und führte sie vom Präsidium weg die Stufen hinunter. „Ich werde das Schwert schnellstmöglich untersuchen."

Aparta legte die Hände vors Gesicht.

„Es kommt ja doch nichts dabei raus."

Moira verdrängte den Gedanken, Sabios Magiskop könne den Experten Recht geben. Das konnte nicht sein. Dafür kannte sie Druidus zu gut.

„Wenn da etwas ist, werde ich es finden", versicherte Sabio. Er führte Aparta zu seinem Tapisto und hielt ihr die Beifahrertür auf.

„Ich will dabei sein, wenn du etwas entdeckst", sagte Aparta und stieg ein.

„Ich werde dich rechtzeitig anrufen", waren die letzten Worte, die Moira hören konnte, bevor Sabio ebenfalls einstieg und losfuhr.

Genervt stapfte sie durch den Regen nach Hause. Schon auf dem Flur hörte sie die Parlebol klingeln. So schnell sie konnte öffnete sie die Tür, rannte ins Wohnzimmer und nahm das Gespräch an. Zu spät. Moira fluchte. Zu dumm, dass sie ihren Parlebol-Nerl nicht gebeten hatte, die Gespräche aufzuzeichnen.

Obwohl sie keinen Hunger hatte, ging sie in die Küche, denn sie war fest entschlossen die Bedürfnisse ihres Körpers nicht so zu ignorieren, wie Sabio es tat. Sie öffnete den Kühlschrank. Bis auf ein Stück schimmeligen Käse und etwas grün angelaufene Wurst war er leer. Es lag nicht einmal ein Fertiggericht im Gefrierfach. Sie sah auf die Uhr. Noch war es früh genug zum Einkaufen. Außerdem verhinderte ein schneller Gang ins Einkaufszentrum, dass sie zu lange an Druidus dachte. Sie schnappte sich ihre Tasche und sauste los.

Als sie schwer bepackt zurückkehrte, klingelte die Parlebol erneut. Diesmal nahm sie den Anruf rechtzeitig an.

Es war Direktor du Mar.

„Stellen Sie sich vor, Moira, ich habe tatsächlich einige Dolche aus dem Einbruch angeboten bekommen. Ich werde mich morgen Mittag mit dem Verkäufer treffen."

Moira fiel die Kinnlade hinunter.

„Spinnen Sie?" Die Worte entschlüpften ihr, bevor sie sich bremsen konnte. Direktor du Mar sah verletzt aus, und Moira entschuldige sich.

„Was ich sagen wollte ist, dass so ein Treffen extrem gefährlich ist. Wir müssen davon ausgehen, dass der, der Ihnen die Waffen verkaufen will, der Mörder der Obdachlosen ist. Oder zumindest sein Komplize."

Du Mar runzelte die Stirn.

„In der Zeitung stand der Mörder sei längst gefasst und zum Tode verurteilt. Übrigens ungewöhnlich schnell, wenn Sie mich fragen."

Moira presste die Lippen aufeinander. Es dauerte eine Weile, bevor sie antworten konnte.

„Sie haben den Falschen."

Du Mar wurde blass.

„Aber das heißt... du meine Güte, dann wäre ich tatsächlich in Gefahr!"

Moira schwieg.

„Was machen wir denn jetzt?", fragte er.

Sie überlegte. Schließlich hatte sie eine Idee.

„Können Sie mich abholen?"

„Bin so schnell wie möglich da." Du Mar griff nach seinen Tapistoschlüsseln und beendete das Gespräch. Moira rief ihren Vater an, um ihn auf ihren Besuch vorzubereiten.

Eine dreiviertel Stunde später saß sie mit Direktor du Mar und ihrem Vater in einem in nüchternem Beige und Grau gehaltenen Besprechungszimmer von P&BS.

„Ich fasse noch einmal zusammen." Lavant strich seine Notizen glatt und sah Moira an. „Deinem Freund hier ist vor etwa einem Monat eine Kiste mit antiken Waffen entwendet worden. Mit Waffen aus eben dieser Kiste wurden Lif Borson und Bastide getötet, sowie Druidus

Vater geköpft. Vielleicht wurden sogar die Obdachlosen-morde damit begangen. Und jetzt hat Monsieur du Mar ein Treffen mit jemandem arrangiert, der mit großer Wahr-scheinlichkeit der wahre Täter in all diesen Mordfällen ist, oder ihn zumindest kennt."

Moira nickte.

„Ich zähle auf deine Hilfe. Immerhin hast du sie mir angeboten." Sie schluckte. Es war das erste Mal seit ihrer Kindheit, das sie ihren Vater um einen Gefallen bat. Würde er sie hängen lassen?

„Warum alarmiert ihr kein Sonderkommando der Gen-darmerie?"

„Erstens kann Monsieur du Mar nicht mit der Gendar-merie zusammenarbeiten, weil seine Frau eine einstweilige Verfügung erwirkt hat, die es Gendarmen untersagt, ihm zu folgen. Zweitens wird uns niemand glauben, denn für alle steht fest, dass der Mörder bereits zum Tode verurteilt ist." Moira zählte die Gründe an den Fingern ab. „Drittens bin ich suspendiert, und viertens macht mich die Untätigkeit ganz kribbelig. Wenn ich nicht langsam etwas tue, das mich von Druidus ablenkt, drehe ich durch." Sie sah ihren Vater flehend an. „Hilfst du uns bitte?"

Lavant weckte einen Botennerl.

„Ruf die Einsatzleiter. Alarmstufe eins." Der Nerl sauste davon wie ein geölter Blitz.

Mit einem Mal fühlte sich Moira so leicht, wie seit vielen Jahren nicht mehr. „Danke", flüsterte sie.

Lavant winkte ab.

„Ein Dolch aus diesem Raub tötete Bastide. So etwas nehme ich persönlich, verdammt noch mal."

Am nächsten Vormittag verteilten sich Lavants Leute um das Lagerhaus, das du Mar als Treffpunkt mitgeteilt worden war. Sie hatten sich verkleidet, posierten als Betrun-kene, Obdachlose, Prostituierte, Liebende, was immer in die schäbige Umgebung der Lagerhallen passte. Die Limousine mit Moira, Direktor du Mar und Lavant bog zur verein-barten Zeit in die verlassene Straße ein. Als sich Moira beim Aussteigen heimlich nach den Leuten ihres Vaters umsah, entdeckte sie keinen von ihnen, obwohl sie wusste, dass sie da waren. Sie hakte sich bei Lavant unter, der du Mars Rolle als reicher Käufer antiker Kunst übernommen hatte.

Da Moira unbedingt dabei sein wollte, hatte er sie mit einem teuren Kleid und hochhackigen Schuhen ausgestattet und mit Schmuck behängt wie einen Weihnachtsbaum. Er bestand darauf, dass sie eine blonde Perücke trug, für den Fall dass der, den sie treffen wollten, bei Druidus Verurteilung dabei gewesen war und sie bemerkt hatte.

Moira hatte versprochen, nicht zu sprechen und stets in seiner Nähe zu bleiben. Sie trippelte neben ihm her auf die Lagerhalle zu. Im Stillen verwünschte sie die Stöckelschuhe, aber es gelang ihr zu gehen, ohne umzuknicken. Ihr Herz klopfte aufgeregt, und sie verstand, warum es Direktor du Mar vorgezogen hatte, in der Limousine zu bleiben.

Lavant probierte die kleine Tür, die in das große Tor der Lagerhalle eingelassen war. Sie war nicht verschlossen, und so traten sie ein. Nach der hellen Mittagssonne, brauchten Moiras Augen eine Weile, bis sie sich an das Halbdunkel in der Halle gewöhnt hatten.

Die paar gestapelten Holzkisten im linken Bereich verloren sich in der Größe der Halle. Der Raum war zwei Stockwerke hoch und so groß wie ein Fußballfeld. Auch die drei Übersee-Container am hinteren Ende wirkten verloren. Vor ihnen waren mehrere Tische aneinander gestellt, über denen ein langes, helles Lumière Magique schwebte. Lavant ging zielstrebig darauf zu, als ihn eine verzerrte Stimme stoppte.

„Wer ist die Frau?"

„Das ist meine Tochter." Lavant tätschelte Moiras Hand.

„Sie soll draußen warten."

„Haben sie die Typen gesehen, die da herumlungern?"

Die Stimme schwieg lange.

„Was ist nun? Wollen Sie mein Geld oder nicht?" Lavants Stimme verklang ohne eine Antwort.

Schließlich hallte ein Seufzer durch die fast leere Halle.

„Also gut, aber sie soll ihre Hände da lassen, wo ich sie sehen kann."

„Warum nicht gleich so." Lavant durchquerte die Halle mit Moira am Arm. Aus den Schatten der Container trat eine schwarz gekleidete, schlanke Gestalt. Sie war nicht besonders groß, und wenig muskulös. Durch einen breitkrempigen Hut, lag das Gesicht im Schatten.

Moiras Blick wurde von den Dingen auf dem beleuchteten Tisch angezogen. Auf einer weißen Papiertischdecke lagen Messer, Pfeilspitzen, Schwerter, Beschläge von Scheiden und Schilden, Axtköpfe und Helme aus Bronze ordentlich nebeneinander, sogar ein Brustpanzer war vorhanden. Moira zog die Augenbrauen hoch, als sie einen eigenartigen Geruch bemerkte, der sie an irgendetwas erinnerte.

Lavant stupste sie mit dem Ellenbogen an und zog fragend eine Augenbraue in die Höhe. Sie nickte leicht. Das war das vereinbarte Zeichen dafür, dass sie tatsächlich die gesuchten Waffen gefunden hatten. Während Moira überlegte, warum ihr der herbe Duft so bekannt vorkam, trat ihr Vater in den Lichtkegel des Lumière Magique auf die dunkle Gestalt zu.

„Merde", flüsterte die Stimme. Das Licht leuchtete grell auf, und Moira schloss geblendet die Augen.

„Zugriff", brüllte Lavant.

Beinahe hätte Moira das leise Klirrten aneinander stoßender Waffen überhört. Instinktiv stieß sie ihren Vater zur Seite und warf sich auf den Boden. Hinter ihnen klirrte Metall auf Stein, und hastige Schritte entfernten sich. Der merkwürdig bekannte Duft ließ nach. Im selben Augenblick prallten an allen Seiten der Halle die Türen donnernd gegen die Seitenwände, und Lavants Leute stürmten mit gezogenen Waffen herein.

Moira war sich sicher, dass die Gefahr jetzt vorüber war, setzte sich auf und sah sich um. Neben ihr rappelte sich ihr Vater auf. Hinter ihm stolperte ein als Stricher verkleideter junger Mann scheinbar grundlos zur Seite. Im Fallen griff er nach der Luft.

„Hab ihn", rief er.

Aber Moira sah eine schwarze Gestalt im letzten Moment durch die Tür schlüpfen, bevor Feuerkugeln den Rahmen zerfetzten.

„Er hatte einen Tarnmantel. Die Dinger sind verdammt teuer." Eine Frau nahm dem jungen Mann etwas aus der Hand, das Moira nicht sehen konnte und brüllte: „Boss?"

„Danke", sagte Lavant, half Moira auf die Füße und gemeinsam gingen sie zu den beiden hinüber. Staunend betastete Moira das unsichtbare Gewebe.

„Durchsucht die Halle. Sagt allen, dass keiner die Waffen anfassen darf. Die könnten gefährlich sein", befahl Lavant. Die Frau und der Junge sauten davon. Lavant zog einen Botennerl mit Fluggerät aus der Jackentasche und warf ihn in die Luft. „Hol Sabio."

Der Nerl flog los. Lavant drehte sich zu Moira um und nahm sie kurz in den Arm.

„Du hast fantastisch reagiert." Er zeigte auf einen Dolch, der ein kleines Stück entfernt auf dem Boden lag. „Einen Augenblick später, und einer von uns beiden wäre verletzt gewesen, oder schlimmer."

Moira freute sich zwar über sein Lob, aber sie ärgerte sich auch, nicht an ihre neu entdeckten magischen Fähigkeiten gedacht zu haben. Damit hätte sie den Kerl sicher festnehmen können. *Na ja, vorbei ist vorbei.* Sie trat an den Tisch und betrachtete die Waffen genauer. Vielleicht konnte Sabio Fingerabdrücke darauf finden. Sie runzelte die Stirn. *Ich glaube, es waren mehr Waffen in der Kiste. Wo der Rest wohl sein könnte?* Ihr Blick fiel auf die Container hinter dem Tisch. Am mittleren fehlte der Draht mit dem Siegel des Zolls, mit dem jeder Container vor Antritt seiner Reise verplombt wurde. *Vielleicht sind sie dort drin.* Sie sah sich um, aber Lavant und seine Leute waren damit beschäftigt, jeden Winkel der Lagerhalle zu durchsuchen. Sie trat zu dem Container und hob den Hebel zum Öffnen an. Er war geölt, so dass sie keine Schwierigkeiten hatte, ihn zu bewegen. Vorsichtig schwang sie die Tür auf. Auch sie war geölt und quietschte nicht, aber im Inneren wimmerte es.

Moira schwang die Tür ganz zurück, so dass das Lumière Magique in den Container schien. Gleich vorne stand ein offener Karton, der weitere Waffen enthielt. Moira schenkte ihm kaum Beachtung, denn in der hintersten Ecke des Containers kauerte eine Gestalt.

Abwehrend hob der Gefangene die Hände.

„Nicht noch mal. Bitte, bitte nicht noch mal."

Moira drehte sich um und rief nach ihrem Vater, der sich sofort zu ihr umdrehte. In diesem Moment traten Semra und Buds mit einer handvoll Gendarmen durch eine der Seitentüren und fingen ihn ab. Moira winkte ihnen zu kommen, und wandte sich wieder dem Mensch zu, der ganz hinten im Container kauerte. Sie murmelte belanglose, aber besänftigende Worte vor sich hin und ging hinein. Der Gestank ließ sie würgen. An der rechten Wand stand ein Eimer mit Fäkalien, direkt daneben ein Tablett mit schimmeligem Brot und einer heruntergebrannten Kerze. Moira hielt sich die Hand vor den Mund und ging weiter. Ihre Schritte hallten auf dem metallenen Boden. Der Mensch umschlang seinen Kopf mit beiden Armen und jammerte. Moira ging neben ihm in die Hocke und legte eine Hand auf seinen Arm.

„Keine Sorge. Es wird alles wieder gut. Ich bin von der Gendarmerie Magique." Das war zwar eine kleine Notlüge, aber jetzt war keine Zeit für Haarspaltereien. „Wie heißen Sie?"

Der Mann wimmerte. Moira fragte mehrmals, aber erst als sie ihre Hand zurückzog, antwortete er.

„Pete."

Moiras Augen weiteten sich.

„Pete Huudien?"

Hinter ihr erklangen Schritte, und sie sah kurz auf. Lavant und Semra kamen auf sie zu. Der Mann duckte sich noch tiefer. Er schob die Hände unter die jeweils anderen Achselhöhlen, schaukelte den Oberkörper vor und zurück und wimmerte weiter.

„Ich will nicht. Mein Kopf hält das nicht aus." Er ließ sich seitlich auf den Boden fallen, rollte sich zusammen und weinte lautlos.

Moira stand auf und fing Semra und Lavant ab, bevor sie zu dicht heran kamen.

„Wir brauchen einen Krankenwagen."

Semra nickte.

„Ist schon unterwegs. Wer ist das?"

„Pete Huudien."

Zum ersten Mal seit sie Semra kannte, war die Gendarma sprachlos. Sie starrte Moira mit offenem Mund an, und ihr Blick huschte zwischen ihr und dem wimmernden Bündel Mensch hin und her.

„Das ist Pete Huudien?" Lavant zog die Augenbrauen in die Höhe. „Der sieht nicht aus, wie ein Massenmörder oder gar ein kriminelles Genie."

„Stimmt. Dazu kommt, dass er eingesperrt war." Semra hatte sich gefangen. „So wie er im Augenblick ist, können wir ihn nicht befragen." Sie winkte Moira und Lavant, den Container zu verlassen. „Buds und seine Leute müssen die Spuren sichern, bevor er fort gebracht werden kann. Seht zu, dass ihr seine Verlobte findet. Vielleicht kommt er zur Besinnung, wenn er sie sieht."

„Wir brauchen ihre Leute nicht. Wir haben die Situation voll im Griff", sagte Lavant, aber Moira zog ihn mit sich.

„Komm schon." Sie schob ihren widerstrebenden Vater zu der Tür, durch die sie die Halle betreten hatten. Sie hatte keine Lust, für ihre Anwesenheit am Tatort eine Rüge erteilt zu bekommen. Sich in Ermittlungen einzumischen, obwohl sie suspendiert war, konnte sie ihre letzte Chance auf einen Ausbildungsplatz bei der Gendarmerie kosten.

Grummelnd erteilte Lavant seinen Männern den Befehl abzuziehen. Leise vor sich hin fluchend hielt er Moira die Tür der Limousine auf, bevor er selbst einstieg.

KAPITEL 28

Direktor du Mar rutschte auf dem hellen Ledersitz nach vorne und sah Moira erwartungsvoll an.

„Und? Waren es meine Waffen?"

Sie nickte.

„Es wird aber eine Weile dauern, bevor die Gendarmerie sie freigibt."

Er lehnte sich zufrieden zurück und schlug die Beine übereinander.

„Spielt keine Rolle, solange sie in Sicherheit sind und sorgsam behandelt werden."

„Bei uns wären sie auch in guten Händen gewesen", sagte Lavant. „Übrigens sollten Sie sich bei Commissaire Semra Jaman melden. Sie hat sicher eine Menge Fragen an Sie."

„Oh, Sie haben Recht."

Kaum war Direktor du Mar ausgestiegen gab Lavant dem Chauffeur den Befehl loszufahren.

„Wo müssen wir hin?"

Moira nannte ihm die Adresse von Huudiens Verlobter, lehnte sich gegen ihn und schloss die Augen. Erst jetzt wurde ihr klar, dass Huudiens Auffinden noch immer keine Entlastung für Druidus brachte. So, wie sie den Nachtwächter vorgefunden hatten, konnte er unmöglich für die vielen Morde verantwortlich sein. *Wer wohl der Typ war, der die Waffen verkaufen wollte? Hoffentlich finden Buds und seine Kollegen brauchbare Spuren. Druidus hat nicht mehr viel Zeit.*

Der Wagen hielt vor dem richtigen Haus, und wieder hielt Lavant ihr die Türen auf. Als niemand auf ihr Klingeln reagierte, zückte er ein Bündel, das er fast zärtlich öffnete. Zwei Reihen hakenartiger Drähte steckten in Ösen aus weichem Stoff. Lavant untersuchte das Türschloss und zog einen Draht mit sehr flachen Seiten heraus. Vorsichtig fädelte er den Dietrich in das Schloss, und wenig später schwang die Tür auf. Sie stiegen die Treppen zu Rosina Ardappelens Wohnung hinauf, wo Lavant den Vorgang wiederholte. Auch diese Tür gab ihren Widerstand bald auf.

Moira ging den unbeleuchteten Flur entlang ins Wohnzimmer. Es war leer und überall lag Staub. Ein neues Sofa und ein Tisch, beide ebenfalls eingestaubt, standen in der Mitte des Raums. Das dreckige Geschirr in der Küche war nicht weniger geworden. Moira bemerkte, dass das Essen auf vielen der Teller nicht oder nur wenig angerührt worden war. Der Minidrac aus dem Backofen war verschwunden.

Moira erinnerte sich an ihren letzten Besuch bei Rosina Ardappelen. *Die wird doch nicht schon wieder im Bett liegen?* Sie ging schnurstracks ins Schlafzimmer und zog die Gardinen auf. Das Zimmer stank nach Schweiß, und so öffnete sie noch das Fenster, bevor sie sich zum Bett umwandte. Rosina lag mit geschlossenen Augen da. Ihre Haut war so blass, dass Moira für einen Moment fürchtete, sie könnte tot sein. Doch dann atmete Rosina und ihre Augenlider flatterten leicht. Moira setzte sich auf die Bettkante. Aus den Augenwinkeln sah sie, wie ihr Vater die Parlebol zückte und in den Flur zurücktrat, wo der Empfang besser war.

„Rosina?" Moira nahm eine ihrer Hände. Sie waren kaum mehr als Haut und Knochen.

Rosinas Augen öffneten sich langsam, als läge ein ungeheures Gewicht auf ihnen. Erkenntnis blitzte auf. Als sie sprach klang ihre Stimme rau, als hätte sie sie lange nicht benutzt.

„Er ist tot, nicht wahr? Ich habe es gespürt. Hier." Sie legte ihre freie Hand auf ihr Herz.

Moira verstand sofort, wen Rosina meinte. Sie schüttelte den Kopf.

„Wir haben ihn gefunden, und er lebt."

Rosina schnappte nach Luft und versuchte erfolglos, sich aufzusetzen.

„Nicht aufregen." Moira drückte sie sachte auf ihr Kissen zurück. „Es geht ihm gut."

„Ich muss zu ihm." Rosinas Augen flehten sie an.

„Selbstverständlich. Aber zuerst müssen Sie wieder zu Kräften kommen."

„Ich hab versucht zu essen." Rosina atmete schwer, versuchte aber nicht noch einmal, sich aufzurichten. „Es ging nicht."

„Wir bringen Sie ins Krankenhaus. Dort wird es Ihnen bald besser gehen." Moira tätschelte ihre Hand. Sie verstand Rosinas Verhalten viel besser, seit Druidus Urteil gefallen war. Es war schwer, sich auf so etwas Unwichtiges wie Essen zu konzentrieren, wenn einen die Sorge um den geliebten Menschen nicht losließ.

Rosina nickte schwach und hauchte ein Wort.

„Pete?"

„Ich werde versuchen zu erreichen, dass man Sie zu ihm lässt, wenn es ihm besser geht."

Rosina schloss die Augen und seufzte. Sie fiel in einen unruhigen Schlaf, wachte aber auf, als sie die Sanitäter auf eine Trage umbetteten. Ihre Augen suchten Moira.

„Bleiben Sie."

Lavants Lippen formten die Worte, „Ich folge dir," und er nickte.

Wortlos ging Moira neben der Trage her und drängte sich mit ins KrankenTapisto. Sie machte sich so schmal wie möglich, um die Sanitäter nicht zu behindern. Rosina bekam einen Tropf gelegt und mehrere Aufbauspritzen. Zum Glück war die Fahrt ins Krankenhaus kurz. Sie wurde in ein Krankenhausbett gehoben und im Eilschritt zu einem der Untersuchungszimmer gefahren. Die ganze Zeit hielt Moira ihre Hand. Während sie auf einen Heiler warteten, fiel ihr ein, dass Rosinas Verlobter im gleichen Krankenhaus lag.

„Soll ich nachsehen, wo Pete untergebracht ist?"

Rosina nickte. Moira löste sich aus ihrem verkrampften Griff und verließ den Raum. An der Wand neben der Tür lehnte Lavant. Als er sie sah, hellte sich seine Mine auf.

„Können wir jetzt gehen?"

Moira schüttelte den Kopf.

Er seufzte.

„Dann warte ich unten im Wagen. Ich hasse Krankenhäuser."

Moira sah ihm nach, bis sich die Tür zum Treppenhaus hinter ihm schloss und machte sich auf die Suche nach Pete. Auf dem Flur kamen ihr der Heiler und eine Schwester entgegen.

Im Vorbeigehen fragte sie die Schwester, wo sie Pete Huudien finden könnte und wurde zur Intensivstation verwiesen. Sie nahm den nächstbesten Nerlift, fuhr hinauf und ging an den Türen zum OP-Bereich vorbei. Vor einem Zimmer der Intensivstation standen zwei Gendarmen. Moira und steuerte auf die Tür zu.

„Sie können da nicht rein", sagte der stämmigere Gendarm.

Durch das Fenster in der Tür erkannte sie Semra neben dem Krankenbett stehen. „Könnten Sie Commissaire Jaman informieren, dass ich hier bin?" Sie nannte den Gendarmen ihren Namen und wartete.

Der Schlanke verschwand in der Schleuse zwischen Flur und Zimmer. Als er zurückkam, hielt er wortlos die Tür auf. Moira trat in die Schleuse. Auf einen Wink der Krankenpflegerin hin, die an einem kleinen Tisch saß und Papierkram ausfüllte, zog sie sich einen Kittel, ein Haarnetz, Gummihandschuhe und einen Einmal-Mundschutz an, bevor sie durch die zweite Tür in die Intensivstation trat. Sie trat neben Semra, die in dem gleichen Outfit stecke wie sie, und sagte, „Ich finde das etwas übertrieben."

„Nicht wirklich. Er ist so schwach, dass ihn eine Infektion umbringen würde." Semra sah sie nicht an.

„Hast du seine Verlobte gefunden?"

Moira nickte. Vorsichtig nahm sie Pete Huudiens Hand und beugte sich so weit vor, dass er sie sehen konnte, ohne den Kopf zu bewegen.

„Monsieur Huudien?"

Er öffnete die Augen, aber es dauerte eine Weile, bis sein Blick ihr Gesicht fand. „Ich habe sie ermordet", flüsterte er. „Ich habe sie alle ermordet. Sechs Menschen. War ganz leicht." Er schloss die Augen wieder.

Moira zog eine Augenbraue in die Höhe und sah zu Semra.

Sie zuckte mit den Schultern.

„Er sagt nichts anderes."

Moira beugte sich wieder vor und streichelte seine Hand.

„Monsieur Huudien. Rosina Ardappelen wartet auf Sie."

Pete runzelte die Stirn und murmelte den Namen mehrfach vor sich hin. Dann riss er die Augen auf und starrte Moira ins Gesicht, war aber zu schwach, sich aus den Kissen zu erheben.

„Die Hochzeit."

„Ihre Verlobte wird Sie besuchen, so bald es Ihnen ein wenig besser geht." Moira lächelte ihn an, aber Petes Augen starrten schon wieder an ihr vorbei ins Leere.

„Sechs Menschen. Ich habe sie alle ermordet. War ganz leicht."

Moira setzte sich auf einen Hocker und sah Semra an.

„Benutzt er immer wieder die gleichen Worte?"

Semra nickte.

„Wie Druidus. Ich habe sofort den Spezialisten der Gendarmerie für Psychologie angefordert." Sie zeigte zur Tür. „Sieht aus, als käme er gerade."

Ein großer, breitschultriger Mann kam herein. Über seinem Mundschutz funkelten ein paar freundliche, braune Augen. Er reichte Semra und Moira die Hand.

„Würden Sie mich bitte mit dem Patienten allein lassen?"

Gehorsam verließen sie das Zimmer, warteten aber in der Schleuse. Durch die Glastür beobachtete Moira, wie der Psychologe geduldig mit Pete sprach.

„Hältst du es für möglich, dass er etwas entdeckt?", fragte sie.

Semra nickte.

„Ich hatte mal einen Fall, wo dem Opfer eine Gehirnwäsche verpasst worden war, damit es nicht aussagt. Die junge Frau sprach genauso monoton wie Huudien, und wiederholte ständig die gleichen Sätze."

Moira lehnte die Stirn gegen das kühle Glas. Sie wagte kaum zu hoffen, dass Huudiens Zustand Auswirkungen auf Druidus Urteil haben würde.

Semra schien ihre Gedanken zu erraten.

„Selbst wenn mein Verdacht Huudien betreffend wahr sein sollte, hilft das Druidus überhaupt nicht. Er ist von mehreren Psychologen für voll zurechnungsfähig erklärt worden."

Moira seufzte.

„Das heißt, wir müssen unbedingt herausfinden, wer Huudien eingesperrt hat."

„Das ist nicht alles." Semra zählte die Punkte an den Fingern ab. „Wir bräuchten ein Geständnis vom Täter, eine Erklärung wie er Druidus manipuliert hat und einen vor Gericht zulässigen Beweis für die Manipulation."

„Und das möglichst schnell." Moira wischte sich über die Augen. Mit einem Mal fühlte sie sich so müde, wie noch nie zuvor in ihrem Leben.

Die Tür ging auf, und der Psychologe trat heraus. Eine Maschine piepte. Die Krankenpflegerin stand auf, schob sich an ihm vorbei und trat an Pete Huudiens Bett. Der Psychologe schloss die Tür sorgfältig hinter ihr, bevor er sprach.

„Ich kann Ihre Vermutung nur bestätigen, Commissaire. Sein Bewusstsein nimmt die Morde in etwa so wahr, als hätte er sie aus großer Entfernung beobachtet. Dabei kennt er aber Details, die nur der Täter wissen kann." Er sprach schneller, denn die Pflegerin kehrte zurück. „Für mich besteht kein Zweifel, dass er die Obdachlosen getötet hat. Allerdings war er, nach meiner Einschätzung, während der Tat nicht Herr seines Willens. Für eine schlüssige Beweisführung vor Gericht werde ich mich noch mehrfach mit ihm unterhalten und die Gespräche aufzeichnen."

„Werden Sie die Blockade brechen können?", fragte Moira. Sie stellte sich vor, wie furchtbar es sein müsste, sich zeitlebens für den Tod vieler Menschen schuldig zu fühlen. Semra machte der Pflegerin Platz, die durch die Glastür trat.

„Selbstverständlich." Der Psychologe hängte den Kittel an einen Haken und warf Mundschutz und Handschuhe in den Müll. „Ich denke, dass Monsieur Huudien die Ereignisse so aufarbeiten kann, dass sie ihn später nicht mehr belasten werden."

Semra dankte ihm, und er ging.

Moira zog sich ebenfalls den Kittel aus. Sie war erleichtert, schon um Rosina Ardappelens Willen. Jetzt musste sie nur einen Weg finden, Druidus zu retten. Sie sah Semra an.

„Darf ich morgen bitte wieder zur Arbeit kommen?"

„Deine Suspendierung kommt von ganz oben. Ich glaube nicht, dass ich daran etwas ändern kann." Semra nahm den Mundschutz ab. Sie schloss die Augen und atmete ein paar Mal tief durch. „Ich wünschte, Sabio käme aus seinem Archiv gekrochen. Sein kühler Kopf fehlt mir an allen Enden."

„Wenn du mir erlaubst, ihm zu helfen, und es ihm gelingt einen Beweis für Druidus Unschuld zu finden, verlässt er das Archiv vielleicht bald wieder."

Semra sah sie zweifelnd an.

„Einen Versuch ist es wert. Also gut, ich werde mit dem Personalreferenten reden." Sie hob drohend den Zeigefinger. „Aber nur, wenn es keine solche Aktion wie die mit dem Lagerhaus mehr gibt."

„Fest versprochen." Moira strahlte sie an. Semras Versprechen war zwar noch keine Garantie, dass sie wieder arbeiten durfte, aber besser als gar nichts.

Am nächsten Morgen klingelte Moiras Parlebol, noch bevor sie aufgestanden war. Sie zog die Decke über den Kopf und versuchte den Traum festzuhalten, in dem sie mit Druidus Ferien an einem Sandstrand mit viel Meer und blauem Himmel genoss.

Doch die Parlebol hörte nicht auf zu klingeln. Immer wieder versuchte jemand, sie zu erreichen. Schließlich war sie wach genug, um sich daran zu erinnern, dass Druidus im Gefängnis auf seine Hinrichtung wartete. Sie fühlte sich, als hätte jemand einen Eimer Eiswasser über sie geschüttet. Es dauerte eine Weile, bis sie ihre Sehnsucht im Griff hatte. Wieder klingelte die Parlebol. Moira blinzelte die Tränen fort und fluchte.

Genervt krabbelte sie aus dem Bett und schlurfte ins Wohnzimmer. Bevor sie das Gespräch annehmen konnte begann ihr TürNerl zu schreien.

„Es ist Franka. Es ist Franka." Er hörte erst auf, als Moira ihm befahl, die Tür zu öffnen. Sie griff nach der Parlebol, aber es war zu spät. Der Anrufer hatte aufgegeben.

Wenn es wichtig war, würde er wieder anrufen. Moira

ging in die Küche, streichelte den Minidrac und setzte Kaffee auf.

Als Franka atemlos hereinstürmte, roch die Küche schon nach dem würzigen Getränk. Ihr liefen Tränen über das Gesicht.

„Ich weiß nicht mehr, was ich machen soll. Ich glaube, er liebt mich gar nicht."

Moira versuchte sie zu beruhigen, aber Franka hörte nicht zu.

„Ich bin so unglü-hü-hücklich." Schluchzend schlang sie ihre Arme um Moiras Hals. „Mein Brautkleid ist auch kaputt."

Moira streichelte ihren Rücken und murmelte Belangloses, bis sich Franka etwas beruhigte. Dann drückte sie sie auf einen Küchenstuhl, reichte ihr ein paar Taschentücher und schenkte ihr viel Milch mit wenig Kaffee ein.

„Also, noch mal in Ruhe. Warum ist dein Brautkleid kaputt?"

„Ich hab's heute Morgen heimlich anprobiert. Weil's so wunderschön ist. Da hab ich Tord an der Zimmertür gehört. Und weil es doch Unglück bringt, wenn er mich vor der Hochzeit im Brautkleid sieht, bin ich schnell in den Schrank." Sie schnäuzte sich. „Irgendwo muss sich der Rock verfangen haben, denn als ich wieder raus kam, hörte ich den Stoff reißen. Oh, Moira, das ist das schlimmste Omen für eine Hochzeit überhaupt, nicht wahr?"

Moira schüttelte belustigt den Kopf. Sie hatte vergessen, wie abergläubisch Franka manchmal sein konnte.

„Es ist nur ein Riss im Kleid, und den kann man flicken. Hast du es mit?"

„Im Tapisto." Franka schniefte nur noch leise.

Moira ging zur Parlebol und rief die Auskunft an. Als sie die Adresse einer Kunstnäherin erfahren hatte, nahm sie Franka am Arm.

„Komm. Unterwegs erzählst du mir alles andere."

Als der Wagen die Straße entlang rollte in der Moira wohnte, entlocke sie ihrer Freundin, warum sie so verzweifelt war.

„Immerzu hockt Tord über alten Akten. Er isst kaum

noch, schläft nicht und redet nicht mit mir. Es ist ganz eindeutig, dass er mich nicht mehr leiden kann." Franka klopfte mit einer Hand auf ihren Bauch. „Wahrscheinlich ist ihm aufgefallen, wie fett ich geworden bin."

Moira lachte lauthals.

„Dein Süßer liebt deine Rundungen. Das hat er mehr als einmal gesagt."

„Aber die Schwangerschaft…"

„…fällt kaum auf." Moira legte ihr eine Hand auf den Arm. „Er hat sicher einen guten Grund, sich gerade jetzt in Arbeit zu vergraben."

Frankas Unterlippe zitterte.

„Eben nicht. Er hat noch bis zum Ende des Monats frei. Die Wohnung ist ein Chaos, weil ich die Kisten nicht alleine ausgepackt kriege, und wir haben nicht einmal das Ziel für unsere Hochzeitsreise ausgesucht."

Moira überlegte. Sicher, Tord ging in seiner Arbeit auf. Aber sie wusste auch, dass er Franka anbetete und sie nie im Stich lassen würde.

„Hast du ihn gefragt, was er so angestrengt sucht?"

„Ja, aber dann erzählt er von einer Katie und einem Schmied und Unterlagen aus dem neunten Jahrhundert, und ich steig nicht mehr durch." Franka steuerte eine Parklücke an und hielt.

Moira legte den linken Arm um ihre Schulter und drückte sie an sich.

„Weißt du was? Wenn wir das Kleid abgegeben haben, komme ich mit und wir räumen gemeinsam ein paar Kisten aus. Vielleicht kann ich deinem Schatz ja ein paar verständliche Worte entlocken."

Franka umarmte sie.

„Du bist die allerbeste Freundin der Welt."

KAPITEL 29

Zwei Stunden später standen sie zwischen zahlreichen ausgeräumten Kartons.

„Nein, ist das kitschig." Moira hielt eine Aphrodite aus Porzellan mit vergoldeten Haaren hoch.

Franka riss die Augen auf und streckte die Arme nach der handgroßen Figur aus.

„Lass sie ja nicht fallen. Tords Mutter würde mich umbringen."

„Würde sie nicht. Dafür hat sie dich viel zu gern."

Tord trat aus dem Arbeitszimmer direkt neben Franka.

„Weißt du, wo die Kiste mit den ungesichteten Pergamenten hingekommen ist? Ich weiß genau, dass ich sie neulich aus der Uni mitgebracht hatte."

„Ich habe sie auf deinen Aktenschrank gestellt."

„Du bist die Beste." Er verschwand wieder in seinem Zimmer.

„Ich glaube, das ist die richtige Gelegenheit." Moira gab Franka die kitschige Statue.

„Warte lieber. Er hat es nicht gern, wenn man ihn beim Arbeiten stört."

Moira lächelte sie an.

„Wird schon schief gehen." Sie holte ein Tablett mit Kaffee und Keksen aus der Küche und trat in Tords Heiligtum. Entsetzt sah sie sich um. Bücher, Zeitschriften, Manuskripte und überquellende Kartons bedeckten in wackeligen Stapeln den Fußboden des Zimmers. Es blieb kaum genug Platz, um zum Schreibtisch zu gelangen. Sie wunderte sich sehr, denn Tord war einer der ordentlichsten Menschen, die sie kannte. *Was ist nur mit ihm los?*

Er bemerkte sie erst, als sie das Tablett auf den winzigen, freien Platz auf seinem Schreibtisch stellte. Sie kam ohne Umschweife zur Sache.

„Also, warum vernachlässigst du meine beste Freundin so, dass sie früh morgens heulend bei mir aufkreuzt?"

Tord sprang auf.

„Mein Engel hat geweint?"

Seine weit aufgerissenen Augen starrten Moira so entsetzt an, dass sie lachen musste.

„Mir ist klar, dass du sie liebst, doch sie zweifelt im Moment daran."

„Aber warum?"

„Das fragst du noch? Du vergräbst dich seit Tagen in dieser Bude und sagst ihr nicht einmal warum. Franka glaubt, du könntest ihren Anblick nicht mehr ertragen."

Sprachlos fiel Tord in seinen Stuhl zurück. Sein Mund ging auf und zu, aber lange bekam er kein Wort heraus. Schließlich sagte er:

„Für mich ist sie die schönste Frau der Welt."

„Ich weiß." Moira zeigte auf das Chaos. „Was suchst du eigentlich?"

„Na ja." Er wand sich. „Du weißt doch, dass sich Franka nichts sehnlicher wünscht, als bei deiner Hochzeit Brautjungfer zu sein. Und ich glaube, mich an einen Text zu erinnern, den ich vor Ewigkeiten gelesen habe, der uns dabei vielleicht helfen könnte."

„Tord, was hat das Eine mit dem Anderen zu tun?" Moira schob vorsichtig ein paar Akten zur Seite, setzte sich mit einer Pobacke auf die Tischkante und sah Tord ins Gesicht.

Er schluckte.

„Wie du vielleicht weißt, hat Hern einen Amboss mit senkrecht darüber stehendem Hammer auf all seinen Waffen und Geräten eingraviert."

Moira nickte. Sie erinnerte sich nur zu gut an das Steingefäß mit der unheimlichen Warnung. Es hatte dasselbe Siegel getragen, allerdings mit sechs halbkreisförmigen Bögen darüber.

„Nun erinnere ich mich an einen Text, in dem ein Mönch aus dem frühen Mittelalter ein ähnliches Siegel beschreibt, dass aber von einem Regenbogen gekrönt war. Der Mönch meinte, der Regenbogen sei Katie Féroces Siegelzeichen gewesen."

Auch wenn der Mönch Moiras eigene Schlussfolgerung bestätigte, war es immer noch keine verständliche Erklärung für Tords merkwürdiges Verhalten.

„Das ist ja alles sehr faszinierend, aber komm jetzt mal zur Sache."

„Also, ich weiß nicht mehr genau, wie dieses vereinte Siegel mit einem verfluchten Dolch zusammenhing. Aber ich kann mich erinnern, dass viele Mönche mit diesem Dolch ermordet wurden. Der Schreiber des Textes war der letzte Überlebende des Klosters, und er wollte nach eigenen Angaben den Dolch ins Moor werfen. Er ging ziemlich genau auf die Auswirkungen des Fluchs ein, und vieles von seinen Aussagen deckt sich mit Druidus Verhalten im Gerichtssaal. Ich dachte deshalb, dass dieses Dokument Druidus vielleicht entlasten könnte. Aber ich suche und suche und suche und kann es nicht finden." Tord raufte sich die Haare. „Dabei würde sich Franka so freuen, wenn du wieder glücklich wärst. Das wärst du doch, wenn Druidus wieder frei wäre, oder?"

„Selbstverständlich." Moira kämpfte gegen Tränen der Rührung. Ihre Stimme klang heiser. „Warum hast du es Franka nicht gesagt?"

„Es soll doch eine Überraschung werden."

„Ich denke, du solltest es ihr erklären."

Er nickte, sprang auf und eilte zur Tür.

„Und Tord." Moira blinzelte die Tränen weg und sah ihn an, wie er abwartend an der Tür stand, die Hand auf der Klinke. „Wenn du das Dokument findest, lass es mich sofort wissen."

„Klaro."

„Danke", sagte sie leise.

„Ich werde es finden. Das verspreche ich." Tord verließ das Zimmer.

Moira hatte nie geahnt, wie wichtig sie für Franka und Tord war. Es tröstete sie, aber nicht genug, um ihre Sehnsucht nach Druidus zu stillen und die Angst um sein Leben zu besänftigen. Sie schlug die Hände vors Gesicht und versuchte, ihre Gefühle wieder unter Kontrolle zu bekommen. Als sie sich endlich gefangen hatte, verließ sie das Arbeitszimmer. Offensichtlich hatten sich Franka und Tord ausgesprochen, denn sie standen eng umschlungen auf dem Flur und küssten sich.

Als kleine Auflockerung sagte Moira: „Siehst du, keine Gefahr. Er liebt dich immer noch."

Strahlend wischte sich Franka eine Haarsträhne aus den Augen und küsste Tord noch einmal.

Rücksichtsvoll nahm Moira einen Stapel Kissen, die für das Sofa im Wohnzimmer gedacht waren, und ließ das Brautpaar alleine.

Die Parlebol auf dem Sideboard klingelte, und Moira überredete Frankas AnrufbeantworterNerl, das Gespräch für die anzunehmen.

Direktor du Mar schien erleichtert, sie zu sehen.

„Du meine Güte, war das schwer, Sie zu finden."

Moira zog eine Augenbraue in die Höhe.

„Sie haben mich gesucht?"

„Heute Nachmittag um drei präsentiere ich im Museum die wiedergefundenen Ausgrabungsstücke. Meine Frau würde sich sehr freuen, wenn Sie uns begleiten würden."

„Meine Freundin ist gerade umgezogen, und ich habe ihr versprochen, ihr beim Auspacken zu helfen."

„Es dauert höchstens eine halbe Stunde. Ich würde Sie auch abholen. Bitte tun Sie uns diesen kleinen Gefallen."

Moira gab nach.

„Aber nur, wenn Sie mich anschließend sofort zurück fahren."

„Selbstverständlich."

Moira nannte ihm Frankas Adresse und ging zurück an die Arbeit.

Pünktlich viertel vor drei stand sie geduscht und mit frisch gewaschenen Haaren auf dem Bürgersteig vor Frankas Wohnung, wo Direktor du Mar sie wie versprochen abholte. Als sie die Eingangshalle des Museums betraten, staunte Moira über die zahlreichen Anwesenden.

Madame du Mar kam auf sie zu, umarmte sie und küsste sie auf beide Wangen.

„Ich bin Ihnen unendlich dankbar."

„Wofür?" Sanft löste sich Moira. Madame du Mars blumiges Parfum kitzelte sie in der Nase. „Es war doch mein Vater, der ihrem Mann bei der Widerbeschaffung der

Waffen geholfen hat."

Madame winkte ab.

„Dieser ganze alte Kram hat mich noch nie interessiert. Doch seit einiger Zeit bemüht sich Charle verstärkt um mich, bringt Blumen mit, geht mit mir aus. Endlich habe ich wieder das Gefühl, dass ich ihm genauso wichtig bin wie seine Arbeit. Und das verdanke ich Ihnen."

Moira erinnerte sich an das Gespräch, das sie vor einer gefühlten Ewigkeit mit dem Direktor geführt hatte.

„Ich bin überrascht, dass er meinen Rat befolgt hat."

Eine Glocke klingelte. Die Gäste strömten in den rechten Seitentrakt des Museums und weiter, durch zwei offen stehende Flügeltüren in einen separaten Ausstellungsraum.

Madame du Mar zog Moira mit sich.

„Er ist so aufmerksam wie damals, als wir uns kennenlernten. Wenn ich Ihnen in irgendeiner Form helfen kann, lassen Sie es mich wissen."

Moira fühlte sich unwohl bei so viel Lob. Ihre Augen schweiften durch den Raum, in den Madame du Mar sie geführt hatte. Der hintere Teil des Zimmers war mit einem großen, hellen Leinentuch abgehängt, vor dem ein Rednerpult stand. Den Raum bis zur Tür füllten mehrere Stuhlreihen. Ganz vorne entdeckte sie ihren Vater.

„Dort vorne sind Plätze für uns reserviert", sagte Madame du Mar. Moira zwängte sich hinter ihr durch die Menge bis zur ersten Reihe.

Lavant grinste.

„Na Süße, wie ist dir unser Abenteuer bekommen?"

„Alles im Lot, aber ich wüsste gerne, wer der Anbieter der Waffen gewesen sein könnte." Sie machte es sich zwischen ihm und Madame du Mar bequem. „Hoffentlich haben Buds und seine Jungs ein paar brauchbare Hinweise gefunden."

„Ich mache mir viel mehr Gedanken darüber, warum er wohl geflüchtet ist, als er mich gesehen hat."

Moiras Kopf schoss in die Höhe. Daran hatte sie noch gar nicht gedacht, aber ihr Vater hatte Recht. Der Anbieter der gestohlenen Waffen war erst geflüchtet, als Lavant in den Lichtkegel getreten war.

„Glaubst du, er hat dich erkannt?"

„Möglich. Immerhin war ich mehr als einmal in der Zeitung." Lavant zeigte nach vorn. „Pssst. Es geht los."

Direktor du Mar trat ans Rednerpult in ein Blitzlichtgewitter der anwesenden Presse.

„Liebe Gäste", begann er. „Ich will Sie nicht lange auf die Folter spannen. Am heutigen Tag ist es für mich eine besondere Ehre, Ihnen die geretteten Stücke unserer neuesten Ausgrabung präsentieren zu können. Für die nächsten vier Wochen stellen wir sie so aus, wie sie bei der Rettungsaktion gefunden wurden. Voilà!" Er zog an einem Band, der helle Leinenvorhang rauschte zur Seite und gab den Blick auf ein Diorama frei.

Moira fühlte sich in die Lagerhalle zurückversetzt. Fast glaubte sie die Figur mit dem breitkrempigen Hut im Hintergrund zu sehen. Wieder stieg ihr Madame du Mars blumiges Parfum in die Nase. Sie schlug sich mit der Hand vor die Stirn. *Ich habe das Parfum vergessen.*

Ein Reporter hob die Hand.

„Was geschieht mit den Ausstellungsstücken nach den vier Wochen?"

„Sie werden von Archäologen untersucht, die sich auf Fundstücke aus Herns Zeit spezialisiert haben. Ich hoffe sehr, dass wir sie danach zusammen mit den anderen Fundstücken im Rahmen einer Themenausstellung dauerhaft zeigen können."

„Wissen Sie, wer hinter dem Einbruch steckte?"

Direktor du Mar schüttelte den Kopf.

„Die Ermittlungen der Gendarmerie laufen noch. Selbst wenn ich Informationen hätte, könne ich sie Ihnen nicht geben."

Die Reporter bedrängten ihn noch eine zeitlang mit Fragen nach dem Täter, gaben aber schließlich auf. Bald drehte sich alles um die Ausstellungsstücke, ihren Wert, ihre Erhaltung und Präsentation. Moiras Gedanken kreisten um den herb-süßlichen Duft, den sie an dem fliehenden Täter wahrgenommen hatte. Sie war sich ganz sicher, dass sie ihn schon einmal gerochen hatte, aber sie konnte sich beim besten Willen nicht erinnern, wo das gewesen war. Sie überlegte angestrengt und bekam nicht mit, wie Direktor du Mar seine Rede beendete. Erst als sich Gäste und Reporter erhoben und zum Ausgang strömten, fuhr sie überrascht aus ihren Gedanken auf. Sie sprang auf, aber Madame du Mar hielt sie zurück. Sie setzte sich wieder.

Der Saal leerte sich bis auf eine handvoll Personen, und der Präsident der Gendarmerie Magique trat zu Direktor du Mar ans Rednerpult. Da er nicht gerade als Freund großer Worte bekannt war, wunderte es Moira nicht, dass er sofort zur Sache kam.

„Zunächst möchten wir uns für die Unannehmlichkeiten entschuldigen, die wir Ihnen bereitet haben. Wir sind besonders froh darüber, dass Sie sich trotz allem für eine Zusammenarbeit mit der Gendarmerie entschieden haben." Er zog eine Schachtel aus der Tasche und öffnete sie. Auf dunkelblauem Samt lag ein sternförmiger Orden mit silbernem Band. „Im Namen unserer Bürgermeisterin verleihe ich Ihnen den Stadtorden für Zivilcourage. Ihre Umsicht bei der Widerbeschaffung der gestohlen Gegenstände war eine große Hilfe für die Gendarmerie, und wir hoffen, dass der mit dem Orden verbundene Geldbetrag zum Erhalt der wiederbeschafften Gegenstände beiträgt." Er reichte dem Direktor den Orden und einen Scheck. Halblaut sagte er: „Übrigens, Sie dürfen die Hälfte des Geldes ganz legal privat ausgeben."

Die Anwesenden lachten. Direktor du Mar bedankte sich mit einer kurzen Rede und lud alle zu einem Imbiss in die Eingangshalle ein. Moira hakte sich bei ihrem Vater unter und gemeinsam schlenderten sie an dem neuen Diorama vorbei.

Lavant drückte ihren Arm.

„Warum hast du dich bei der Enthüllung selbst geschlagen?"

Direktor du Mar kam auf sie zu. Er nahm Moiras Hand und schüttelte sie, während er redete.

„Ich kann Ihnen gar nicht genug danken. Selbstverständlich werde ich Ihnen einen Teil des Geldes abgeben. Ohne Ihre Hilfe hätte ich die Waffen nicht sicherstellen können."

Moira wehrte ab. Du Mar akzeptierte kein „Nein", aber er ließ wenigstens ihre Hand los.

„Besonders froh bin ich darüber, dass wir Pete Huudien entdeckt haben. Sie glauben gar nicht, wie froh ich bin, dass ich mich nicht in ihm getäuscht habe."

Moira zog fragend die Augenbrauen in die Höhe.

„Nicht?"

„Nachdem die Gendarmerie ihr Protokoll aufgenommen hatte, durfte ich seine Aussage lesen. Mit dem Einbruch hatte er nichts zu tun. Ihm wurde zum Verhängnis, dass er freundlich zu einer unserer Putzfrauen war. Ich werde jedenfalls dafür sorgen, dass seine Hochzeit ein voller Erfolg wird."

„Zuerst muss Pete Huudien vom Vorwurf des Totschlags freigesprochen werden", sagte Moira. „Schließlich hat er die Morde an den Obdachlosen gestanden."

Du Mar kratzte sich am Kinn.

„Ich bin mir sicher, dass keine Anklage gegen ihn erhoben werden wird. Petes Psychologe meint, er sei einer Gehirnwäsche unterzogen worden und somit nicht schuldfähig. Mein Anwalt wird ihn vertreten."

„Das ist beruhigend zu wissen." Moira freute sich für Pete. So unangenehm ihr du Mars Anwalt auch gewesen war, er wusste was er tat.

Du Mar wippte auf Zehenspitzen.

„Ich freue mich schon auf sein Gesicht, wenn er merkt, dass wir ihm die Hochzeit im Museum ausrichten."

Moira lachte.

„Wer ist denn auf die Idee gekommen?"

„Joes van Gro. Er will sogar einen Teil der Kosten übernehmen. Na ja, seit seine Kopien so begehrt sind, kann er sich das vermutlich leisten."

Sie unterhielten sich noch eine Weile, dann zog es den Direktor zu seiner Frau.

„Na endlich." Lavant seufzte. „Also zurück zu meiner Frage. Warum hast du dich bei der Enthüllung der Waffen selbst geschlagen?"

„Ich habe mich an etwas erinnert." Moira lehnte sich

mit dem Rücken gegen die Glasscheibe des Dioramas. „Hast du das Rasierwasser des Typen gerochen, der uns die Waffen verkaufen wollte?"

„Friesisch herb mit einer Spur Ozean." Lavant kratzte sich am Kopf. „Ich hab's bei der Vernehmung mit angegeben, hab aber keine Ahnung, ob es den Jungs hilft."

Moira seufzte.

„Ich werde das Gefühl nicht los, dass ich es schon einmal gerochen habe."

Lavant zog eine Augenbraue in die Höhe.

„Zusammen mit der überraschenden Flucht könnte das heißen, dass wir den Täter kennen. Du solltest schnellstmöglich mit Sabio darüber reden. Der war schon immer ein heller Kopf. Vielleicht hat er eine Idee."

Bevor Moira antworten konnte, trat Semra neben sie.

„Der Präsident der Gendarmerie Magique hat mich auf deine Situation angesprochen. Er war beeindruckt, mit welcher Umsicht du bei der Wiederbeschaffung der Waffen vorgegangen bist. Ich habe ihm deine Situation erklärt, und klar gemacht, dass ich dich dringend brauche."

Moira öffnete den Mund, um etwas zu sagen, aber es kam kein Wort. Die Aufregung schürte ihr den Hals zu.

„Er war sehr angetan davon, wie du Direktor du Mars Ablehnung der Gendarmerie umgangen hast. Deshalb hat er angeordnet, dass du Sabio ab Montag früh wieder zur Hand gehen darfst."

Moira entfuhr ein Freudenschrei. Sofort schlug sie die Hände vor den Mund und sah Semra verlegen an.

Semra grinste.

„Aber Außeneinsätze bleiben bis zu deiner Magieprüfung tabu."

Moira nickte, und sah Semra nach, die sich zu den du Mars gesellte. Nur noch zwei Tage und sie konnte endlich wieder etwas tun. Am liebsten wäre sie sofort zu Sabio gerannt. Stattdessen umarmte sie ihren Vater so fest sie konnte.

„Willst du deinen alten Herrn zerquetschen?" Er lachte. „Komm, das müssen wir feiern."

„Geht nicht. Ich habe versprochen, Franka beim Ausräumen zu helfen."

Lavant legte einen Arm um sie.

„Ich packe mit an. Dann sind wir so schnell fertig, dass deine Freundin und ihr Bücherwurm gleich mitfeiern können."

KAPITEL 30

Lavant hatte Recht. Mit seiner Hilfe standen alle Möbel schnell dort, wo Franka sie haben wollte, und bis zum frühen Abend waren die meisten Kartons ausgeräumt. Für den Besuch in einem der teuersten Lokale der Stadt eiste sich sogar Tord von seinen Manuskripten los. Moira konnte sich nicht erinnern, wann sie zum letzten Mal einen so fröhlichen Abend erlebt hatte. Nur ab und an übermannte sie die Sehnsucht nach Druidus. Dann biss sie sich auf die Unterlippe und zwang sich, nicht an ihn zu denken. Nur die zwei Tage vom Wochenende, dann würde sie Sabio helfen, den Beweis für Druidus Unschuld zu finden. Zwei Tage. Das würde sie durchhalten. Da war sie sich ganz sicher.

Als sie schließlich satt und müde in ihre Wohnung wankte, übersah sie beinahe den Brief, der hinter der Tür auf dem Boden lag. Sie hob ihn auf und wunderte sich, warum er nicht mit der regulären Post gekommen war. Auf der Vorderseite stand eine handschriftliche Notiz.

Das kam heute mit der Post. Dachte du wolltest es sofort wissen. Sabio

Er muss es unter der Tür durchgeschoben haben. Sie drehte den Brief um und las den Absender. *Vom Prüfungsausschuss der Gendarmerie? Ich gehe besser ins Wohnzimmer.* Erst als sie in ihrem Lieblingssessel saß, riss sie den Umschlag auf. Ihre Finger zitterten, und es dauerte einige Zeit, bis sie den Mut aufbrachte, das offiziell wirkende Schreiben zu lesen.

Sehr geehrte Frau Bellamie,

auf Anraten des von uns konsultierten Commissaire Sabio Marten findet am Donnerstag den siebzehnten Julander 3019 um 10:30 Uhr im Hauptgebäude der Gendarmerie eine letzte Prüfung ihrer magischen Fähigkeiten statt. Bitte melden Sie sich eine halbe Stunde vor Prüfungsbeginn in Zimmer 15.2 beim zuständigen Sachbearbeiter.

Mit freundlichen Grüßen

Moira kannte den Sekretär, der unterschrieben hatte nicht, aber sie hätte ihn am liebsten geküsst. *Die werden staunen.* Sie dachte an ihre neu entdeckten Fähigkeiten und stellte sich die verdutzten Gesichter der Prüfer vor, wenn sie ihnen etwas zauberte. Sie beschloss, gleich am frühen Morgen zu trainieren. Damit sie auch gut ausgeschlafen war, machte sie sich im Eiltempo bettfertig. In der Nacht träumte sie davon, mit Druidus im Mondschein am Meer entlang zu wandern. Sie lächelte im Schlaf.

Gleich nach dem Frühstück ging Moira in den Park im Stadtzentrum. Samstags kamen die meisten Besucher erst nach dem Mittagessen, so dass sie ungestört üben konnte. Auf einer Wiese im hinteren Teil des Parks rief sie sich das wallende Gefühl in ihrem Inneren ins Gedächtnis zurück, mit dem sich ihr Talent bemerkbar machte. Sie spürte es sofort, konnte sich aber nicht erinnern, wie sie es benutzt hatte. Wieder und wieder versuchte sie es, aber es gelang ihr nicht einmal etwas so Einfaches, wie einen Apfel in eine Birne zu verwandeln. Gegen Mittag füllte sich der Park langsam, und sie gab frustriert auf.

Den ganzen Nachmittag überlegte sie, was sie anders machen könnte. Irgendwie musste sie dieses verflixte Talent doch kontrollieren können. Katie Féroce hat es doch auch geschafft. Sie wühlte sich stundenlang erfolglos durchs weltweite Infonetz und wurde mit jeder Minute frustrierter.

Gegen Abend klingelte die Parlebol. Es war Sabio.

„Hast du Lust, mit mir den Abschlusstest für mein Magiskop durchzuführen? Es ist endlich fertig."

Moira lehnte ab. Sie wolle auf keinen Fall riskieren, dass der Präsident der Gendarmerie seine Meinung änderte.

„Ich bin ab Montag wieder im Dienst."

„Ich verschiebe den Test. Du musst unbedingt dabei sein."

Moira konnte es kaum glauben.

„Ich würde zu gerne dabei sein, aber wäre es nicht Zeitverschwendung einen ganzen Tag zu arbeiten?"

Sabio lachte.

„Ob ich den Abschlusstest heute Abend oder Montag früh mache, macht keinen Unterschied. Das Schwert dürfte ich sowieso heute nicht mehr untersuchen. Semra hat mir befohlen, mich auszuruhen. Sie hat mir sogar mit Arrest gedroht." Er hielt inne und sah Moira genauer an. Seine Augenbrauen sausten in die Höhe. „Hey, warum siehst du so wütend aus."

„Ach, nichts." Moira schüttelte den Kopf, aber Sabio ließ nicht locker.

„Lüg nicht. Was ist los."

Moira erzählte ihm von dem Brief und von ihren frustrierenden Versuchen, ihre Magie zu benutzen oder wenigstens ein paar Informationen darüber zu finden.

„Das wundert mich gar nicht." Sabio lächelte sie müde an. „Es gibt niemanden, der dir etwas über die Nutzung Wilder Magie sagen kann, weil es niemanden gibt, der sie benutzt. Alles, was du in der Schule über Magie gelernt hast, ist für Einheitliche Magie entwickelt worden. Du musst deine eigenen Regeln erarbeiten."

„Aber ich habe schon alles ausprobiert, was mir einfällt."

„Wenn du willst, helfe ich dir."

„Gleich morgen?"

„Ich sagte ja schon, dass ich morgen sowieso nicht arbeiten darf."

Früh am nächsten Morgen klingelte Sabio an ihrer Tür. Moira war fertig, und so fuhren sie sofort los.

„Wir suchen uns einen verlassenen Platz außerhalb der Stadt. Nur für den Fall, dass deine Magie unkontrolliert ausbricht", sagte Sabio. „Ich kenne da draußen ein geeignetes Plätzchen."

Eine halbe Stunde später stiegen sie auf einem Schotterparkplatz an einem kleinen Wäldchen aus. Vogelgezwitscher erfüllte die Luft, und es roch nach Pilzen und Laub.

Sabio schulterte einen kleinen Rucksack.

„Ich werde mit dir einige Techniken ausprobieren, die ich auf der Akadémie Magique gelernt habe. Eigentlich wurden sie nicht für Wilde Magie entwickelt, aber ich glaube, dass sie dir trotzdem helfen werden."

Schweigend folgten sie einem schmalen Waldweg. *Es ist so friedlich hier.* Moira fragte sich, warum sie so lange nicht mehr aus der Stadt herausgekommen war. Die Myriaden von Grüntönen um sie herum streichelten ihre Seele, verdrängten das Einheitsgrau der Stadt. Sie fühlte sich erfrischt.

Der Weg schnitt sich langsam tiefer ins Gelände und verbreiterte sich. Wenig später standen Moira und Sabio in einer Mulde mit steilen Wänden aus fast weißem Sand.

„Hier wurde bis vorletztes Jahr Sand abgebaut", sagte Sabio. „Ich komme manchmal mit meinem Neffen her. Hier kannst du deine Magie ausprobieren, ohne andere zu gefährden." Er zog seinen dunkelblauen Schutzmantel und einen zusammengefalteten Fokussierhut aus dem Rucksack und schlüpfte hinein. „Ich werde einen Schutzschirm über der Sandkuhle errichten, der Wilde Magie für etwa fünf Minuten neutralisiert. Das gibt uns genug Zeit zu fliehen, sollten wir Schwierigkeiten bekommen."

Moira schluckte.

„Was soll ich tun?"

„Sobald der Schutzschirm steht, legst du dich auf den Boden, schließt die Augen und horchst in dich hinein. Wenn du glaubst, deine Magie entdeckt zu haben, beschreib mir das Gefühl." Sabio zeichnete einen Drudenfuß in den Sand, stellte seine magischen Gegenstände zwischen die Spitzen. Mit dem Rücken zu ihr sprach er die Aktivierungsworte eines Schutzzaubers.

Moira wunderte sich nicht, dass er ihr unbekannt war. Schutzzauber gegen Wilde Magie waren eindeutig kein Stoff für normale Schulen. Sie sah einen goldenen Schimmer, der sich wie ein Deckel auf die Sandkuhle senkte und auch die Mündung des Weges abdeckte. Schnell legte sie sich auf den Boden.

Sabio ließ die Arme sinken und drehte sich zu ihr um. Er runzelte die Stirn. „Woher wusstest du, dass der Zauber abgeschlossen ist?"

„Das sieht man doch." Sie zeigte auf den goldenen Schimmer.

„Du kannst den Schirm sehen?"

„Du nicht?" Moira setzte sich halb hin, die Hände hinter sich in den Sand gestützt.

„Unglaublich." Sabio schob den Hut so weit zurück, dass er herunterzufallen drohte. „Was würde ich darum geben, Magie sehen zu können."

„Ich wusste gar nicht, dass das etwas Besonderes ist. Ich dachte, jeder kann starke Zauber sehen."

„Wie sieht es aus? Beschreibst du es mir?"

Moira tat ihr Bestes, das güldene Schillern in Worte zu fassen, und Sabio hörte ihr fasziniert zu.

„Das müssen wir bei Gelegenheit genauer untersuchen", sagte er. „Aber jetzt konzentrieren wir uns lieber darauf, dir deine Magie zugänglich zu machen."

Moira legte sich gehorsam wieder hin, schloss die Augen und begann in sich hinein zu fühlen. Augenblicklich spürte sie das wogende Wallen der Magie, das jede Zelle ihres Körpers singen ließ.

Sabios Stimme klang leise.

„Beschreib mir, was du fühlst."

Es fiel Moira schwer, ihm ihre Empfindungen zu beschreiben, so als versuche sie einem Tauben zu erklären, was ein Lied sei.

Sabio stellte keine Fragen, sondern hörte zu. Als sie geendet hatte, schwieg er lange. Erst als Moira ungeduldig die Augen aufschlug sprach er.

„Hast du in der Schule deine Magie einsetzen können?"

„Manchmal."

„Überlege in Ruhe, was dich blockieren könnte. Sei dabei ehrlich zu dir selbst."

„Wie meinst du das?" Moira verstand seine Anweisung nicht.

„Der Einsatz von Magie ist zu einem großen Teil abhängig davon, wie du dich fühlst. Als ich meinen Offizierslehrgang machte, betreute ich einige Studenten und half ihnen, ihr magisches Potential vollständig auszuschöpfen." Sie hörte die Sandkörner gegeneinander reiben, als er sich neben sie setzte. Seine Hand schloss sich um ihre Finger.

„Eine junge Frau war dabei, deren theoretische Magiewerte überdurchschnittlich hoch waren, und doch konnte sie kaum mehr als ein durchschnittlich begabter Magier. Sie hatte sich auf Drängen ihrer Eltern mit einem aufstrebenden Gendarm verlobt, den sie kaum kannte und der zudem älter war als sie. Als sie endlich ehrlich mit sich war, und sich eingestand, dass ihr Herz einem anderen gehörte, brachte sie Zauber zustande, die atemberaubend waren."

„Hat sie sich von ihrem Verlobten getrennt?"

„Das spielt keine Rolle. Allein das Wissen um die Schwäche hat ihre Magie befreit."

Moira kam ein Verdacht.

„Was ist aus ihr geworden?"

„Sie ist seit einiger Zeit erfolgreich selbständig. Gelegentlich arbeitet sie für die Gendarmerie."

„Und davor?" Moira war sich sicher, dass er von Aparta sprach.

„Bis zur Geburt ihres Kindes war sie im Prüfungsausschuss der Gendarmerie."

Moira schwieg. Seine Stimme klang so traurig, dass es Aparta sein musste. Sie fragte sich, ob Excelsior ihr nach Druidus Geburt verboten hatte zu arbeiten, oder ob sie freiwillig aufhörte.

„All das ist unwichtig für deine Situation", sagte Sabio. „Du musst deine eigenen Stärken und Schwächen kennen. Verstehst du das?"

Moira nickte, und Sabio schien zufrieden.

„Du brauchst mir nicht zu sagen, was dich blockiert. Aber du solltest dir selbst alle meine Fragen ehrlich beantworten. Wenn du fertig bist, drück einfach meine Hand."

Moira nickte erneut, und Sabio begann.

„Wie verstehst du dich mit deinem Vater."

Moira öffnete den Mund, um zu antworten, schloss ihn aber gleich wieder. Sie dachte in Ruhe über ihr Verhältnis zu Lavant nach und war überrascht festzustellen, dass sie keine Probleme mehr mit ihm hatte. In der letzten Zeit waren sie sich so nahe gekommen, dass es fast schien, als hätte er sie nie verlassen. Ein warmes Gefühl durchflutete sie, wenn sie an ihn dachte. Sie drückte Sabios Hand.

„Liebst du Druidus?"

Die Frage erwischte sie kalt und sie wollte nicht darüber nachdenken. *Was ist schon Liebe?* Sie war kurz davor, das Zeichen für die nächste Frage zu geben, als sie sich an Druidus

Gesicht am Wasserspender erinnerte. Seine dunklen Augen mit dem hilflos flehenden Blick zerrissen ihr Herz, und Tränen traten in ihre Augen. Sie ließ Sabios Hand los, rollte sich auf die Seite, zog die Knie an und umschlang sie mit den Armen. Druidus Blick ließ sie nicht los. *Warum?* In Gedanken schrie sie ihn an. *Warum haben wir nicht wenigstens versucht zu fliehen?* Sie weinte. *Verdammt, du fehlst mir so sehr. Ich würde mein Leben geben, um deines zu retten.* In den letzten Tagen hatte Moira so sehr versucht, nicht an Druidus zu denken, dass sie der Verzweiflung, die sie jetzt überkam, nichts entgegenzusetzen hatte. Ihr Körper wurde von willden Schluchzern geschüttelt, und sie umklammerte ihre Knie immer fester. Wut, Trauer, Verzweiflung - die Gefühle kämpften um sie, und das Schlachtfeld war ihr Körper. Es dauerte lange, bis sie Sabios Hand spürte, die ihr über den Rücken strich. Langsam erhob sich ein tröstlicher Gedanke aus ihrem Gefühlschaos. *Ich bin nicht allein. Sabio wird alles tun, um Druidus Unschuld zu beweisen - um meinetwillen und für Aparta.* Dann fiel ihr Tord ein, der ebenfalls nach entlastenden Argumenten suchte. Ihr Weinen verebbte. Schniefend und tränennass kehrte sie langsam in die Realität zurück. Sie rollte sich wieder auf den Rücken und sah Sabio an.

„Ich liebe Druidus. Mehr als ich je für möglich gehalten hätte."

„Sieht so aus, als hättest du deinen Schwachpunkt gefunden. Druidus ist zu beneiden." Ein Lächeln ging über sein Gesicht und ließ es leuchten. „Dann wollen wir mal versuchen, ob du jetzt einen einfachen Zauber hinbekommst. Wandle die oberste Schicht Sand in eine Decke um."

Wie sie es gelernt hatte, versuchte Moira, das Wogen aus ihren Fingerspitzen in den Sand fließen zu lassen. Sie stellte sich vor, der Sand wäre mit einer weichen Decke bedeckt, aber nichts geschah. Sie presste die Augen zu, um sich besser konzentrieren zu können.

Endlich. Etwas Weiches. Sie schlug die Augen wieder auf, setzte sich hin und sah sich den Platz an, wo sie eben noch gelegen hatte. Schweiß lief ihr in die Augen, und sie schnaufte, als wäre sie stundenlang gerannt. Sie blinzelte den Schweiß fort und sah genauer hin. Dort, wo ihre Hand den Sand berührt hatte, lag ein handgroßes Quadrat aus flauschig weichem Stoff. Mehr nicht. Moiras Herz sank.

„Wie soll ich Druidus helfen, wenn ich nicht einmal so etwas Einfaches hinkriege."

„Deine Magie funktioniert eben anders. Immerhin warst du nicht völlig erfolglos. Keine Sorge, wir finden heraus, was du tun musst." Er drückte sie sanft in den Sand zurück. „Komm, wir probieren etwas anderes. Suche deine Mitte. Finde die Stelle, wo sich deine Magie am stärksten anfühlt."

Moira gehorchte und schloss wieder die Augen. Sie staunte wie einfach es war, Sabios Anweisung zu folgen. Sie ließ sich von den Wellen ihrer Magie an die richtige Stelle tragen.

„Direkt über dem Herzen", sagte sie.

„Das hätte ich mir denken können." Sabio drückte ihre Hand. „Also gut, versuchen wir den nächsten Schritt. Stell dir vor, deine Aura hätte ein Loch. Ein winziges. Direkt über dem Herzen."

Moira wollte sich eben ein solches Loch vorstellen, als sie fühlte, dass dort bereits etwas war. Sie tastete nach der Stelle. Es fühlte sich an, als würde sie ihre Hände benutzen, obwohl sie wusste, dass Arme und Hände entspannt neben ihrem Körper im Sand lagen. Die doppelte Wahrnehmung verwirrte sie etwas, aber sie gewöhnte sich schnell an ihre unsichtbaren Finger. Sie ertastete eine Vertiefung und in der Mitte ein nadelspitzengroßes Loch.

„Ich habe eines", flüsterte sie.

„Dann lass jetzt etwas Magie heraus. Nur ein paar Tropfen."

„Soll ich wieder eine Decke zaubern?"

„Leg der Magie erst einmal keine Zügel an. Keine Angst, ich bin bei dir."

Moira spürte Sabios warme Finger auf ihrer Hand. Mit klopfendem Herzen schob sie eine Welle auf die Vertiefung zu. *Hoffentlich klappt es.* Die Welle schwappte zurück. Überdeutlich spürte Moira den Schweiß, der das Kleid an ihrem Körper kleben ließ. Mit ihren unsichtbaren Händen gab sie der Welle einen stärkeren Schubs. Ein Schwall Magie ergoss sich aus dem Loch in ihrer Aura.

Moira riss die Augen auf und sah staunend zu der Säule aus glitzernder Energie auf, die sich über ihrem Herzen gebildet hatte. Regenbogenfarben wirbelten durcheinander, aber weiter geschah nichts. Moira streckte ihre unsichtbaren Hände aus und berührte die Säule. Ein warmes Kribbeln breitete sich von ihrem Herzen im ganzen Körper aus. Flüsternd beschrieb sie Sabio, was sie sah.

„Das würde ich zu gerne sehen können." Er seufzte. „Richte deine Magie auf den Ast da drüben. Versuche mal, ihn in eine Eisenstange zu verwandeln."

Holz zu Eisen war in der Schule eine der leichtesten Übungen gewesen, nur nicht für Moira. Zögernd gab sie ihrer Magie einen Schubs. Es blitzte. Geblendet blinzelte sie, um wieder sehen zu können. Neben ihr lachte Sabio.

„Das ist fantastisch!"

Endlich erholten sich ihre Augen, und sie konnte wieder sehen. Sie setzte sich hin und sah sich um. An Stelle des Astes saß ein Kaninchen und seine Schnauze zitterte ängstlich. Schließlich hoppelte es den Weg entlang in Richtung Wald. An Sabios Schutzschirm blitzte es erneut, aber wesentlich schwächer, und ein lebloser Ast blieb zurück.

„Aber ich wollte doch eine Eisenstange." Die Enttäuschung bohrte sich in Moiras Herz wie ein spitzer Pfeil.

Sabio klopfte ihr auf die Schulter.

„Es gehört sehr viel Magie dazu, etwas Totes in ein Lebewesen zu verwandeln. Die Kontrolle kommt später. Für den Anfang war das ganz großartig."

KAPITEL 31

Sie übten weiter. Sabio hatte in seinem Rucksack eine Menge Dinge mitgebracht, die Moira verwandeln sollte. Aber nichts gelang. Plätzchen verwandelten sich nicht in Möhren, sondern in Nudelsuppe – ohne Schüssel. Wolle wurde nicht zu einem Netz, sondern zu einem Ball mit Glöckchen darinnen. Anstatt sich in hübsche Scheiben zu teilen, bekam ein Apfel Flügel und flatterte davon, bis er in Sabios Schutzzauber geriet.

„Ich kriege das nie hin." Nach einer Stunde gab Moira genervt auf. „Meine Magie ist eben nicht zu steuern."

„Das würde ich nicht sagen. In Druidus Bericht stand, dass du auf der Kirmes mit deinem Zauber eine ziemlich heftige Explosion verursacht hast." Sabio zog einen wieteren Apfel aus seinem Rucksack und reichte ihn ihr. „Heute ist noch alles intakt. Guten Appetit."

Moira sah ihn überrascht an. Er hat Recht. Bisher ging nur ganz oder gar nicht, aber heute habe ich Stärke und Richtung der Magie mit Leichtigkeit regulieren können. Ein Lächeln huschte über ihr Gesicht, und sie biss in den Apfel. Als sie genug gegessen hatten, probierte sie ihre Magie weiter aus, zunächst noch im Liegen, bald auch im Sitzen und dann stehend. Es war ihr nicht mehr so wichtig, das geplante Ergebnis zu erreichen. Sie war zufrieden, wenn sie den Strom der Magie so begrenzen und ausrichten konnte, dass es keine Nebenwirkungen gab. Nach einer Weile schlackerte sie die Hände aus, denn ihre Fingerspitzen kribbelten. Sie zauberte weiter.

Sabio schob den Hut in den Nacken.

„Du bist jetzt bald drei Stunden am Üben. Bis du gar nicht müde?"

„Nein." Im Gegenteil. Moira fühlte sich so wach und erfrischt wie lange nicht mehr. Nur das Brennen in ihren Fingerspitzen wurde immer schlimmer, und durstig war sie. Sie nahm sich die Wasserflasche, die Sabio bereitgestellt hatte und trank.

„Unglaublich." Sabio schüttelte den Kopf. „Ich breche

schon zusammen, wenn ich mehr als zwei starke Zauber hintereinander durchhalten soll. Und bei mir wurden überdurchschnittlich hohe Magiewerte gemessen."

„Das einzige, was unangenehm ist, ist das Kribbeln in den Fingerspitzen."

Sabios Augenbrauen schossen in die Höhe.

„Brennt es, als hättest du ein Stück glühende Kohle angefasst?"

„So in etwa." Sie öffnete und schloss die Hände mehrmals, aber das Brennen ließ nicht nach.

Sabio strahlte.

„Ich habe eine Theorie, die ich gerne überprüfen würde. Zauber noch ein wenig. Und wenn die Finger so stark brennen, dass du es kaum aushalten kannst, sag mir Bescheid."

Moira gehorchte. Schließlich brannten nicht nur ihre Finger, sondern die ganzen Arme bis zum Ellenbogen.

Sabio nahm noch einen Apfel aus seinem Rucksack und legte ihn ein Stück entfernt in den Sand.

„Stell dir vor, die Spitze deines Zeigefingers hätte ein winziges Loch. Zeige damit auf den Apfel und drücke das Brennen durch das Loch hinaus. Versuche damit den Apfel zu schälen."

Moira wunderte sich über diese Anweisung. Ihre bisherigen Versuche hatten mehr als deutlich gezeigt, dass sie so etwas nicht konnte, aber sie tat, wie ihr geheißen. Sie zeigte mit dem rechten Zeigefinger auf den Apfel und stellte sich vor, Magie würde herausschießen. Schlagartig wurde das Brennen in ihren Armen weniger. Überrascht starrte sie den Apfel an, der sich majestätisch eine handbreit über den Boden erhoben hatte und sich im Kreis drehte. Die Schale sank als gleichmäßig breite Spirale in den Sand.

Als der Apfel nackt war, sprang Sabio vor und fing ihn auf, bevor er zu Boden fallen konnte.

„Du verfügst ganz eindeutig über Einheitliche Magie. Es ist nur so, dass sie deine Wilde Magie im Zaum halten muss, so dass für das, was andere Menschen tagtäglich mit ihrer Magie anstellen, kein Raum bleibt. Und jetzt, wo du so viel deiner Wilden Magie verbraucht hast, ist genug einheitliche Magie frei."

Moira ging ein Licht auf.

„Deshalb kamen die Auralogen zu so unterschiedlichen Ergebnissen."

Mit einem Mal war ihr Traum in greifbare Nähe gerückt.

„Also muss ich vor meiner Eignungsprüfung möglichst viel Wilde Magie loswerden, um zu bestehen."

„So einfach ist das nicht." Sabio biss in den Apfel. „Dein Problem ist, dass du nicht steuern kannst, was Wilde Magie anstellt. Somit wird es schwierig, eine große Menge auf einmal loszuwerden."

Moira überlegte.

„Wenn wir Druidus Unschuld nicht beweisen können, nutze ich sie einfach, um ihn zu befreien."

Sabio seufzte.

„Das dürfte ich nicht zulassen. Gesetze kann man nicht einfach umgehen, nur weil sie einem nicht gefallen."

„Aber Druidus ist unschuldig."

„Das weiß ich." Er senkte den Kopf und starrte auf seine Hände, als hätte er sie noch nie gesehen. „Wenn alle nur die Gesetze akzeptieren, die ihnen gefallen, bräche Chaos aus. Ja, ich werde leiden, sollte ich Druidus Unschuld nicht beweisen können. Mehr als du ahnst. Trotzdem beuge ich mich dem Gesetz, denn in den allermeisten Fällen ist es richtig und sichert uns ein friedliches Zusammenleben."

Moira schwieg. Noch vor wenigen Tagen hätte sie ihm aus tiefstem Herzen zugestimmt, aber seit Druidus Verurteilung sah sie einige Dinge anders. Sollte Sabios Magiskop Druidus nicht entlasten, würde sie ihre Magie mit Sicherheit dafür einsetzen, ihn zu befreien. Irgendwo auf der Welt gäbe es bestimmt einen Ort, an dem sie sich verstecken konnten. Vielleicht würde Lavant ihr helfen. Aber Sabio weihte sie lieber nicht in ihre Pläne ein.

Sabio stand auf und warf seinen Apfelrest in den Wald.

„Es wird bald dunkel. Lass uns in die Stadt zurück fahren."

Sie packten ihre Sachen zusammen und gingen zum Wagen zurück.

Am nächsten Morgen erschien Moira ausgeschlafen und

voller Tatendrang im Archiv. Ihr Herz klopfte aufgeregt. Endlich würde sie etwas für Druidus tun können. Sie war so früh dran, dass sie einige Zeit auf Sabio warten musste, aber das machte ihr nichts aus. Er kam mit wehendem Mantel die Treppe hinab und sah sie sofort.

„Schön, dass du schon da bist." Die Tür zum Archiv sprang auf, und er stürmte hinein. Kaum hatte er seinen Mantel weggehängt, zog er sie zum Magiskop.

„Letzter Test heute. Es fokussiert meine Magie so präzise, dass nicht der kleinste Zauber unentdeckt bleibt. Guck."

Er zog einen Handspiegel aus der Tasche. Als er Moiras fragenden Blick bemerkte, sagte er: „Der gehört meiner Nichte. Ihre Mutter bestand darauf, ihr einen Spiegel zu schenken, der sie hübscher aussehen lässt, als sie ist. Als ob sie das nötig hätte. Er sollte ihr Selbstbewusstsein stärken." Er grinste schief. „War nicht meine Idee, und wir haben uns ziemlich heftig darum gestritten, damals."

„Hat deine Nichte nichts dagegen, dass du ihn als Testobjekt benutzt?"

„Sie hat ihn mir extra dafür gegeben. Erfinden und forschen fand sie schon immer wichtiger als Schönheit." Sabio atmete mehrmals tief durch und legte den Spiegel unter das Magiskop.

„Na, da kommt sie wohl nach ihrem Onkel." Moira sah zu, wie Sabio seine Erfindung aktivierte. Hoffentlich klappte alles. Sie wusste, dass ein so schwacher Zauber wie der des Spiegels bisher nicht nachzuweisen war. Sabio wippte auf den Zehen auf und ab. Es machte Moira ganz kribbelig. Das Magiskop klickte und ratterte, dann erklang eine unpersönliche Stimme.

„Handspiegel. Marginaler Schöner-Schein Zauber. Keine Verknüpfung zu aktuellen Fällen."

„Es funktioniert!" Sabio rieb sich die Hände. „Ich fühle mich wie damals, als ich die Beförderung zum Commissaire Magilis erhielt."

„Herzlichen Glückwunsch." Moira klopfte ihm auf die Schulter. „Unglaublich, dass es die untersuchten Gegenstände gleich mit den archivierten Geräten vergleicht."

„Das war der einfache Teil. Wollen wir mal eine der

verfluchten Waffen testen?" Sabio ging zu seinem Arbeitstisch und zog sich die mit einem speziellen Zauber geschützten Handschuhe über. Er nahm eine Armbrust vom Tisch. Moira musste genau hinsehen, um das verräterische Glitzern des Zaubers zu entdecken. Es schien, als könne sie Mischzauber nicht so gut sehen, wie Zauber aus einer Sorte Magie. Wenn sie nicht gewusst hätte, dass es sich um eine verfluchte Waffe handelte, hätte sie das Glitzern wahrscheinlich gar nicht bemerkt.

Sabio trat zum Magiskop, und Moira sah ihm an, wie aufgeregt er war. Kleine Schweißperlen standen auf seiner Oberlippe. Er atmete schnell und flach.

Sie selbst war kaum weniger aufgeregt. Ihr Herz klopfte so laut, dass es in ihren Ohren dröhnte. Sie hielt die Luft an, während das Magiskop die Waffe prüfte. *Bitte, bitte, lass es klappen.* Moira wagte nicht, an Druidus zu denken, aus Angst alles zu verderben.

Endlich schnarrte der Sprachausgabezauber.

„Armbrust. Klein. Ebenholz und geschmiedetes Eisen. Keine magischen Aktivitäten. Zugehörig zu den Akten …" Er rasselte eine lange Liste mit Aktenzeichen herunter.

Moiras Herz sank, und sie presste die Lippen aufeinander, um nicht zu weinen.

Ihre Enttäuschung spiegelte sich in Sabios Gesicht. Er sah aus, als hätte jemand einen Eimer Wasser über ihn geschüttet.

„Warum findet das Magiskop den Zauber des Spiegels, der kaum Magie aufweist, und versagt bei einem wirklich starken Mordzauber? Ich verstehe das nicht. Habe ich vielleicht etwas vergessen?" Er raufte sich die Haare.

Moira schlug sich mit der Hand vor die Stirn.

„Natürlich! Wilde Magie!"

„Wie bitte?" Sabio sah sie mit hochgezogenen Augenbrauen an.

„Du hast mir selbst erklärt, dass Suizid- und Homizidzauber einen Teil Wilde Magie enthalten. Ich vermute, dass du einen so verstärkten Zauber nur entdecken kannst, wenn dein Gerät selbst Wilde Magie enthält."

Sabio starrte sie mit offenem Mund an. Dann kam Bewegung in ihn.

„Moira, du bist ein Juwel. Da hätte ich eigentlich selbst drauf kommen müssen." Er schlüpfte in seinen Sicherheitsmantel. Nachdenklich betrachtete er das Magiskop und kratzte sich am Kinn. „Ich werde wohl in die Sandkuhle fahren müssen."

„Wieso das?"

„Um Unfälle zu vermeiden. Wilde Magie ist gefährlich, und ich habe keinen Bannspruch für diesen Fall entwickelt."

„Du könntest meine Magie nutzen. Dank dir hab ich sie soweit unter Kontrolle, dass ich Stärke und Richtung bestimmen kann." Moira sah Sabio erwartungsvoll an und wartete auf seine Antwort.

Er ließ sich Zeit. Mehrfach setzte er zum Sprechen an, schüttelte den Kopf und schloss den Mund wieder. Moira vermutete, dass er an all ihre Fehlversuche dachte. Trotzdem schwieg sie.

Schließlich nickte er.

„Wir versuchen es. Sicherheitshalber werde ich einen Schutzzauber wie eine Kugel um dich und das Magiskop legen. Du musst dann deine Magie vorsichtig um alle Bauteile winden. Aber versuche bitte, keinen meiner Bannsprüche zu zerstören, sonst muss ich von vorne anfangen."

Moira freute sich über sein Vertrauen. Sie grinste.

„Das kann ich. Ich habe Franka gerade einen Hochzeitskranz gewunden."

„Aber nicht aus Magie Sauvage, hoffe ich." Sabio grinste ebenfalls. Er suchte die nötigen magischen Gegenstände zusammen, während Moira mit Kreide einen großzügigen Drudenfuß auf den Boden malte.

Wenig später stand sie mit dem Magiskop in der Hand in der nur für sie sichtbaren Glitzerkugel von Sabios Schutzzauber.

„Was wir vorhaben hat noch kein Mensch vor uns getan", sagte Sabio. „Sei bitte vorsichtig."

Moira schluckte. Ihre Hände waren feucht und die Kehle trocken. *Hoffentlich habe ich mir da nicht zu viel vorgenommen.* Da fiel ihr das Steingefäß aus Tords Ausgrabung ein, und ihr wurde klar, dass sie doch nicht die Ersten waren. Katie Féroce und Hern mussten ihre Magie auch ineinander verwoben haben.

Sie atmete tief durch, schloss die Augen und fühlte in sich hinein. Ihre Wilde Magie war da. Diesmal spürte sie sogar die andere Magie, die wie ein feuriger Schutzfilm um die Wilde Magie herum lag. Vorsichtig streckte sie einen dünnen Strang Magie Sauvage nach dem Magiskop aus. Zwischen ihren Fingern fühlte sich die Magie wie ein schmales Band an. Sie hielt die Augen geschlossen, um die Illusion nicht zu vertreiben. Langsam wickelte sie das magische Band um das erste Bein des Magiskops. Sie spürte das Kribbeln von Sabios Zauber und gab sich große Mühe, ihre Magie so einzufügen, dass seine Bannsprüche keinen Schaden nahmen. Es war alles andere als einfach. Nach dem dritten Bein atmete sie erleichtert auf und wischte sich den Schweiß von der Stirn.

„Nur noch den Drudenfuß, dann bin ich fertig", sagte sie zu Sabio. Seine Antwort hörte sie nicht.

Eine halbe Stunde später öffnete sie die Augen und stellte das Magiskop ab. Bei genauem Hinsehen schillerte es, als wäre es mit Perlmutt überzogen. *Ist das meine Magie?* Sie beugte sich vor, bis ihre Nase das Magiskop beinahe berührte. Ein grüner Schimmer gab dem Gebilde Struktur, so dass es wie eine exotische Blume wirkte. Moira staunte. Sie hatte nicht geahnt, dass es so wunderschön aussehen würde.

„Bist du fertig?"

Sie nickte geistesabwesend und richtete sich auf.

„Dann auf zum nächsten Test." Sabio deaktivierte seinen Schutzschirm und trug das Magiskop zum Schreibtisch. Wieder legte er den Spiegel darunter, und Moira trat neben ihn. Atemlos warteten beide. Sie wurden nicht enttäuscht. Der Sprachausgabezauber lieferte dasselbe Ergebnis wie zuvor.

Sabio atmete tief durch.

„Du hast die Fokussierung nicht beschädigt. Das ist sehr gut."

Moira fiel ein Stein vom Herzen.

„Wollen wir die Armbrust versuchen?"

Wortlos zog Sabio die Schutzhandschuhe an und nahm die Waffe. Er sah Moira in die Augen. Für einen Moment sahen sie sich schweigend an, dann legte Sabio die Armbrust unter das Magiskop. Er nahm Moiras Hand und drückte sie. Sein Griff wurde immer stärker, aber Moira merkte es kaum. Ihr Blick hing wie gebannt an dem knisternden Gerät, und sie wagte kaum zu atmen.

Endlich begann der Sprachausgabezauber zu rasseln.

„Armbrust. Klein. Ebenholz und geschmiedetes Eisen. Selbstreinigungsbann. Starker Homizidzauber. Zugehörig zu den Akten ..." Die lange Liste mit Aktenzeichen folgte erneut.

„Es klappt!" Jubelnd fiel Moira Sabio um den Hals. In Gedanken sah sie Druidus schon in Freiheit.

„Wir haben es geschafft!" Als sie ihn losließ, nahm er ihre Hände und küsste sie.

„Danke. Vielen, vielen Dank." Er ließ sie los und nahm die Waffe aus dem Gerät.

KAPITEL 32

In diesem Moment klingelte die Parlebol auf seinem Schreibtisch.

„Externes Gespräch", meldete sie.

Sabio ging zu seinem Arbeitstisch, zog die dunkelblaue Schale zu sich heran und beugte sich darüber. Wasser schwappte über den Rand. Er nahm das Gespräch an, und Moira setzte sich auf den Arbeitstisch, um zu warten.

Sie warf einen Blick auf das glitzernde Wasser und erkannte Aparta de Frees. Die blonden Locken hingen ihr strähnig ins Gesicht, Tränen liefen ihr über die Wangen und ihre Augen waren vom Weinen geschwollen. Moira wandte sich ab.

„Wie lange dauert deine Ermittlung denn noch", fragte Aparta. „Morgen hat mein Junge nur noch eine Woche."

„Ich stehe kurz vor der Lösung des Falls." Sabios Stimme klang vorsichtig zuversichtlich. Trotzdem spürte Moira darunter eine schwer zu fassende Trauer. Sie hätte ihn am liebsten tröstend in den Arm genommen.

„Das sagst du schon so lange."

Sabio presste die Lippen aufeinander. Moira war sich sicher, dass es ihn drängte Apartas Schmerz zu lindern. Er versuchte zuversichtlich auszusehen.

„Wir hatten eben den entscheidenden Durchbruch."

Apartas Augen weiteten sich.

„Wir?"

„Ohne Moira hätte ich es nie geschafft."

„Aber ich hatte doch… War sie nicht beurlaubt worden?"

Moira registrierte, dass ihr Verdacht richtig gewesen war. Aparta hatte für ihre Suspendierung gesorgt. *Ist sie so sehr gegen Druidus Beziehung zu mir, dass sie mir absichtlich Steine in den Weg legt, obwohl ich an seiner Entlastung arbeite?* Sie schluckte. *Vielleicht glaubt sie sogar, ich würde Sabio beim Sammeln von Beweisen für Druidus Unschuld stören.* Sie sah zu Sabio und lauschte wieder dem Gespräch, das sich offensichtlich um sie gedreht hatte.

„Sie ist völlig unfähig", sagte Aparta. „Du solltest deine wertvolle Zeit lieber dafür nutzen, endlich Druidus zu entlasten. Es muss ein Zauber auf dem Schwert liegen."

„Das werde ich noch heute feststellen. Und du solltest froh sein, dass Moira wieder mitarbeiten darf. Ohne ihre Hilfe hätte ich noch Jahre forschen müssen."

Aparta wischte sich die Tränen ab und reckte das Kinn vor.

„Alles, was mich interessiert sind Beweise für Druidus Unschuld. Er ist kein Mörder."

„Das weiß ich, aber er hat gestanden. Das lässt sich nicht so leicht aus der Welt räumen."

„Dann finde endlich irgendeinen verdammten Zauber. Oder willst du zusehen, wie mein einziges Kind hingerichtet wird?"

Sabio seufzte.

„Wenn mein Magiskop keinen Zauber findet, werden wir das Unausweichliche akzeptieren müssen."

Moira wunderte sich, dass Sabio diesen Gedanken aussprach. Damit tröstete er Aparta sicher nicht. Sie ballte die Hände zu Fäusten. *Und mich auch nicht. Druidus muss unschuldig sein.* Sabios Gesicht wirkte wie versteinert.

„Wir werden das Schwert jetzt gleich noch einmal untersuchen. Wenn da etwas ist, werden wir es finden."

„Ich will dabei sein", sagte Aparta.

„Das ist zu gefährlich."

„Ich komme, ob du es erlaubst oder nicht."

„Aparta, bleib mir zuliebe daheim. Ich rufe dich sofort an, wenn wir ein Ergebnis haben."

„Es ist Druidus letzte Chance. Ich komme."

Moira erkannte den Granit in Apartas Stimme. Sabio offensichtlich auch, denn er gab zähneknirschend nach.

„Sei um elf Uhr da." Er deaktivierte die Parlebol und sah Moira an. „Hol das Schwert."

Moira rutschte vom Tisch.

„Es ist noch eine Stunde bis elf."

„Ich habe nicht vor auf sie zu warten."

Moira wunderte sich, bis sie daran dachte, dass die Untersuchung nicht unbedingt das gewünschte Ergebnis liefern würde. *Eine heulende Aparta ist wirklich das Letzte, was wir bei unseren Untersuchungen brauchen können.* Sie ging auf die Regale zu.

„Wo hast du es denn hingelegt?"

„Was?"

„Das Schwert."

„Welches Schwert?"

Moira fuhr herum. *Wie kann er es von jetzt auf gleich vergessen?* Sie öffnete den Mund, aber Sabio kam ihr zuvor.

„Ach ja, das Schwert. Ich weiß nicht." Er schüttelte verwundert den Kopf. „Wieso kann mich nicht mehr erinnern?"

Moira zuckte mit den Schultern und wunderte sich insgeheim. Bisher hatte Sabio noch nie etwas vergessen.

„Wir werden es schon finden." Suchend ging sie an den Regalen entlang, die die Beweismittel enthielten. Dabei überlegte sie, ob sie an dem Schwert das Glitzern eines Zaubers bemerkt hatte, aber sie hatte sich damals nur auf Druidus konzentriert. An die Waffe selbst konnte sie sich nicht erinnern. *So etwas Dummes.* Nach dem dritten Regal kehrte sie zu Sabio zurück.

„Überleg doch mal, wo du es zuletzt gesehen hast", bat sie ihn.

In diesem Moment öffnete sich die Eingangstür des Archivs, und Semra guckte herein.

„Darf ich euch überfallen, Sabio?" Sie lächelte und zog dabei die Augenbrauen fragend in die Höhe. „Die Sicherheitskommission ist da."

„Ausgerechnet jetzt. Wir haben so viel zu tun." Sabio gähnte und rieb sich die Augen.

„Es ist wirklich wichtig. Ein guter Teil unserer Gehälter hängt davon ab, dass du ihnen beweisen kannst, dass Verfluchte Waffen tatsächlich gefahrlos vernichtet werden können."

Sabio wiegte den Kopf hin und her.

„Können die nicht morgen wiederkommen?"

„Sie reisen heute Abend schon wieder ab." Semra legte den Kopf schief und plinkerte mit den Augen. „Bitte, Sabio."

Er zuckte mit den Schultern.

„Also gut. Bring sie nach dem Mittag her. Wir bereiten alles für eine Demonstration vor."

Semra dankte ihm und sauste davon.

Sabio bückte sich, um den Brandkasten unter dem Arbeitstisch hervorzuholen. Er sah über die Schulter zu Moira.

„Holst du bitte den Wagen mit den zur Vernichtung vorgesehenen Verfluchten Waffen?"

Moira nickte. Die Waffen lagen auf einem überdimensionierten Servierwagen aus Metall und glitzerten in Moiras Augen wie ein Berg Diamanten. Geblendet kniff sie die Augen zu, schob den Wagen halb blind in die Halle zurück und stellte ihn neben den Brandkasten. Als sie die Augen wieder öffnete, fiel ihr Blick auf die Uhr über der Tür. *Nur noch eine halbe Stunde, bis Aparta kommt. Hoffentlich finden wir das Schwert vorher.* Sie sah zu Sabio hinüber, der eine kleine, schwarze, runde Box aus der Schublade zog. Als er sie aktivierte, blieb sie schwebend in der Luft stehen, als sei sie an unsichtbaren Fäden aufgehängt.

Er bemerkte ihren Blick.

„Das ist eine Aufzeichnungsbox. Sie schwebt in der Luft und nimmt alles auf, was in einem Raum geschieht. Bild und Ton. Es ist eines der wenigen magischen Geräte, die vor Gericht als Beweismittel zugelassen sind."

„Du willst unseren Versuch aufnehmen?"

Sabio gab der Box einen freundlichen Klaps.

„Es ist eine Sicherheitsmaßnahme, falls wir Schwierigkeiten haben, die Richter zur Wiederaufnahme des Verfahrens gegen Druidus zu bewegen."

Moira wollte gerade erneut losziehen, um das Schwert zu suchen, als die Tür aufschwang.

Aparta stürmte herein.

„Ich musste jetzt schon kommen. Ich halte es nicht länger aus."

Moira verdrehte die Augen und wandte sich zu den Regalen um. Dabei blieb ihr Blick an dem Wagen mit den verfluchten Waffen hängen, und etwas erregte ihre Aufmerksamkeit. Ein breites Grinsen zog über ihr Gesicht, als sie das Schwert erkannte. Halb verdeckt lag es unter einem Streitkolben.

„Ich habe es gefunden." Sie zeigte darauf, überließ es aber Sabio, es aus dem Stapel hervorzuholen. Schließlich trug er immer noch die Sicherheitshandschuhe.

Aparta funkelte sie kalt an.

„Hast du nicht etwas Besseres zu tun, als Sabio bei der Arbeit zu stören?"

Sabio legte das Schwert auf dem Tresen ab und klopfte Moira auf die Schulter.

„Sie ist eine gute Assistentin."

Moira hörte keinem von beiden zu. Ihr Blick hing wie gebannt an dem Schwert, und ihre Augen brannten. Sie konnte nicht das feinste Glitzern erkennen. Aber es musste ein Zauber daran haften. Druidus hätte niemals den eigenen Vater ermordet. Am liebsten hätte sie geweint. Sie streckte die Hand aus, um die Waffe genauer zu betrachten, aber im selben Moment nahm Sabio sie auf und zeigte sie Aparta.

Warum hab ich das gemacht, fragte sich Moira. Ich sollte doch wissen wie gefährlich verfluchte Waffen sind.

„Selbstverständlich unterschreibe ich", hörte Moira Sabio sagen. Verwirrt sah sie, wie er das Schwert auf seinen Arbeitstisch legte und dann die Handschuhe auszog. Er presste die linke Hand auf ein Blatt Papier, das Aparta ihm hingelegt hatte. Ein violettes Flämmchen lief einmal um alle Finger und verdichtete sich zu seinen Initialen.

Erst jetzt bemerkte Moira, dass das Papier glitzerte. *Warum schiebt Aparta Sabio ein verzaubertes Blatt Papier unter?* Sie trat näher, und betrachtete es genauer, während sie mit einem halben Ohr zuhörte, wie Sabio seiner Angebeteten das Magiskop erklärte.

Auf den ersten Blick war das Papier eine Petition zur Wiederaufnahme von Druidus Gerichtsverfahren. Moira kniff die Augen zusammen und konzentrierte sich darauf, an den glitzernden Buchstaben vorbei zu gucken. Langsam entzifferte sie die Schrift des versteckten Textes.

ICH, SABIO MARTEN, BEKENNE MICH HIERMIT SCHULDIG DES MORDES AN EXCELSIOR VAN STEEN. ICH HABE DIE WAFFE VERFLUCHT, MIT DER DRUIDUS VAN STEEN

SEINEN VATER ERSCHLUG. SELBSTVERSTÄNDLICH ENT-
FERNTE ICH DEN ZAUBER WIEDER., BEVOR ICH DAS
SCHWERT ZUR ÜBERPRÜFUNG INS LABOR GAB. MAN
MÖGE MIR ZUGUTE HALTEN, DASS ICH APARTE DE DREES,
EXCELSIOR VAN STEENS EHEFRAU, AUS TIEFSTEM HER-
ZEN LIEBE. ICH WOLLTE SIE FÜR MICH ALLEIN, DENN ICH
AHNTE NICHT, WIE SEHR SIE IHREN MANN LIEBTE. WEIL
ICH APARTA NICHT LÄNGER LEIDEN SEHEN KANN, UND
DA ICH DRUIDUS SEHR SCHÄTZE, WILL ICH NICHT LÄNGER
SCHWEIGEN. DRUIDUS DARF NICHT HINGERICHTET
WERDEN, DENN ER IST UNSCHULDIG.

Darunter prangte, durch Zauber verifiziert, Sabios er-
schlichene Unterschrift. Moira presste die Lippen aufeinander und schnaufte. *Diese hinterhältige, verlogene Zicke!* Am
liebsten hätte sie Aparta sofort zur Rede gestellt. Sie rief
Sabio, und unterdrückte Wut klang in ihrer Stimme mit.

„Was ist?" Er drehte sich zu ihr um. Seine Augenbrauen
sausten in die Höhe. „Warum so wütend?"

„Deine geliebte Aparta will dich in die Pfanne hauen.
Hör zu." Sie las ihm den Brief vor.

Mit jedem Wort wich die Farbe stärker aus seinem Gesicht. Als sie geendet hatte, musste er sich am Tisch festhalten, weil er schwankte.

„Aparta", hauchte er. Er starrte sie an, und seine Augen
glänzten feucht.

„Was hätte ich denn tun sollen? Druidus wird in einer
Woche hingerichtet." Tränen liefen ihr über die Wangen,
und sie wrang die Hände.

„Es tut weh, dass du mir nicht zutraust, die Wahrheit zu
finden. Habe ich dir nicht das Beste Auralesegerät deiner
Zunft gebaut?" Mühsam richtete er sich auf. Sein Blick
klebte förmlich an Aparta. Sie hatte die Hände vors Gesicht
geschlagen, und ihre Schultern zuckten. Sabio trat einen
Schritt auf sie zu. Er wirkte zehn Jahre älter als noch vor
wenigen Minuten. Moira hätte ihn am liebsten gestützt, aber
sie traute sich nicht hinüberzugehen. Dies war etwas, das
Aparta und Sabio allein betraf.

„Wenn du mich gefragt hättest, hätte ich dir diesen Brief
auch ohne Betrug unterschrieben." Sabio blinzelte und

seine Stimme zitterte. „Ich liebe dich mehr als mein eigenes Leben. Das war vom ersten Augenblick an so."

„Ich wusste nicht weiter." Aparta schluchzte. „Er ist mein einziges Kind, Sabio. Mein einziges!"

Langsam trat er neben sie und nahm sie in die Arme. Er murmelte auf sie ein, bis sie sich wieder beruhigt hatte.

„Nimm den Zauber von dem Blatt", sagte er. „Wenn mein Magiskop nichts entdeckt, werden wir es gemeinsam abgeben." Sein Blick wanderte zu Moira. „Wirst du uns verraten?"

Sie schüttelte den Kopf. Wenn Sabio bereit war, Aparta zuliebe seine Prinzipien zu vergessen, wer war sie, dass sie ihn verurteilen durfte. Schon gar nicht, wenn sie dadurch Druidus wiederbekäme. Außerdem war sie vor kurzem selbst bereit gewesen, auf ihre Prinzipien zu pfeifen. Mit einem Mal hatte sie einen schalen Geschmack im Mund. Sabios Leben für Druidus - das schien ihr ungerecht. Wollte sie nicht ausschließlich deshalb Gendarma werden, um die Wahrheit ans Licht zu bringen und für Gerechtigkeit zu sorgen? Sie biss sich auf die Unterlippe. *Das Magiskop muss einfach einen Beweis für eine magische Manipulation finden. Ich würde meines Lebens nicht mehr froh, wenn sich Sabio für Druidus opfert.* Der Weg zum Arbeitstisch erschien ihr unendlich lang.

„Wir sollten jetzt das Schwert untersuchen." Ihre Stimme klang heiser, als hätte sie sie lange nicht benutzt.

„Welches Schwert?" Sabio sah sie verwirrt an, aber sofort fiel ihm die Waffe wieder ein.

Das ist doch nicht normal, dachte Moira. Es kann doch nicht sein, dass er das Schwert zweimal hintereinander vergisst, als hätte es nie existiert.

Sabio griff nach seinen Sicherheitshandschuhen und begann, die Waffen vom Wagen zu nehmen, die über dem Schwert lagen. *Moment mal*, dachte Moira. *Das Schwert lag doch eben noch auf Sabios Arbeitstisch.* Mit gerunzelter Stirn zog sie sich ebenfalls Sicherheitshandschuhe an und legte die Waffen, die Sabio ihr gab, neben den Brandkasten. *Wie kommt es jetzt wieder ganz unten unter den Stapel? Sabio oder Aparta müssen es dorthin gesteckt haben, als ich mit dem Brief beschäftigt war. Das ist die einzige Erklärung. Aber warum?*

Endlich kamen sie an das Schwert, mit dem Druidus seinen Vater geköpft hatte. Moira strich über die Schneide. Selbst durch die Spezialhandschuhe spürte sie eine unbändige Kraft von der glänzenden Klinge ausgehen. Ihr Blick wanderte über das blanke Metall, silbrig, glänzend, glatt und fleckenlos.

Sie gähnte. *Eigentlich ist es viel zu schön, um es zu vernichten.* Sie gähnte erneut.

Sabio sah sie an.

„Vielleicht solltet ihr euch lieber ein Stück zurückziehen, bevor ich es in die Hand nehme." Er deutete auf den Zaun zwischen dem Arbeitsbereich und dem Empfangsbereich des Archivs. „Ich bin mir sicher, dass das Gitter das Schlimmste verhindern kann. Es ist mit starken Bannsprüchen belegt."

Moira legte das Schwert auf den Tisch und ging zu Aparta.

„Kommen Sie."

Aparta verschränkte die Arme vor der Brust.

„Sabio hat versprochen, dass ich dabei sein darf."

„Das geht auch in sicherer Entfernung." Moira nahm ihren Ellenbogen und schob sie zum Empfangstresen. Dann zog sie die Tür hinter sich zu, und das Schloss rastete mit einem Klick ein.

Gespannt sah sie, wie Sabio das Schwert in die Hand nahm. Seine Augenlider sanken nach unten, und er gähnte.

„Sabio!" Moira rief so laut sie konnte.

„Was ist?" Sein Kopf fuhr in die Höhe, und er legte die Waffe zur Seite. Dabei geriet ein Teil der Klinge unter das Magiskop.

„Irgendetwas stimmt da nicht. Dauernd vergisst du das Schwert", sagte Moira.

„Welches Schwert?" Sabio schüttelte den Kopf. „Nee, ich weiß schon. Wo ist es jetzt?"

Moira zeigte zum Magiskop, dass leise surrend vor sich hin arbeitete. Sabio gab dem Schwert einen leichten Schubs, bis es ganz unter dem Drudenfuß lag.

Nach wenigen Sekunden verkündete das Gerät: „Nicht katalogisierte Waffe."

Sabio, der sich bereits seinen Notizen zugewandt hatte, fuhr herum.

„Wiederhole das."

„Waffe nicht katalogisiert, zwei Referenzen, Akte HnP 33/19 und Akte HmP 1/19."

Sabio schüttelte den Kopf. Mit einem Mal wirkte er hellwach. Er tippte zweimal auf die noch immer im Raum schwebende Aufzeichnungsbox, um den Befehlsempfangsmodus zu aktivieren.

„Die letzte Minute abspielen", befahl Sabio der Box. Das Gerät gehorchte. Sabio wiederholte die Referenznummern der Fälle. „Soso. HnP 33/19 und HmP 1/19."

Moiras Finger krallten sich in das Gitter, und sie wäre am liebsten sofort zu Sabio zurückgegangen. Aber sie wusste, dass sie ihm jetzt nur im Weg sein würde. Aus den Augenwinkeln betrachtete sie Aparta, die ebenfalls so dicht wie möglich am Absperrgitter stand.

Atemlos sah Moira zu, wie Sabio zu einem Regal ging und dagegen klopfte. Zwei Akten kamen geflogen und landeten in seiner Hand. Behutsam legte er sie neben das Magiskop auf den Tisch und schaltete die Aufzeichnungsbox wieder auf Aufnahme.

„Für die Beweisführung", sagte er in ihre Richtung. „Der dreiunddreißigste Homizid natürlicher Personen im Jahr 3019 betrifft einen Antiquitätenhändler, der mit einem antiken Schwert vier Mitglieder seines Haushalts erschlug und dann Selbstmord beging. Es war der Fall, für den mein Kollege Excelsior Van Steen besagtes Schwert katalogisieren und anschließend vernichten sollte. Der einzige Homizid magischer Personen im Jahr 3019 betrifft Excelsior Van Steen, der mit genau diesem Schwert enthauptet wurde. Ich war gezwungen, seinen Sohn Druidus als Mörder zu verhaften, da ich ihn mit der Waffe in der Hand am Tatort vorfand. Er war geständig. Doch ich war und bin der Meinung, dass hier eine Einflussnahme von außen erfolgte. Leider konnte ich dafür bisher keine Beweise finden. Druidus Van Steen wurde zum Tode verurteilt. Die Vollstreckung ist für morgen in einer Woche vorgesehen."

Sabio wandte sich wieder an das Magiskop.

„Komplette Untersuchung."

Gespannt hielt Moira die Luft an. Ihr Herz klopfte bis in den Hals. *Hoffentlich entlastet das Ergebnis Druidus. Es muss etwas da sein, auch wenn ich es nicht sehen kann. Warum sonst vergisst Sabio das Schwert immerzu?* Es schien eine Ewigkeit zu dauern, bis das Gerät fertig war.

Der Sprachzauber des Magiskops knackte, knisterte und rauschte.

„Sarazenisches Kurzschwert. Nichtorganische Lebensform."

Moiras Mund klappte auf. Sie starrte das Magiskop an.

Auch Sabio schien überrascht.

„Lebensform? Spezifiziere."

„Auf Metallen beruhende Lebensform. Lebensweise unbekannt. Interner Schutzzauber verhindert genauere magische Analysssss." Das Magiskop knisterte heftig und Funken schossen aus dem Gehäuse. Schnell deaktivierte Sabio das Gerät. Seine Hand wanderte zur Aufzeichnungsbox.

Will er sie ausschalten? Moira rüttelte am Gitter.

„Sabio, wach auf."

Sabio schüttelte irritiert den Kopf, als ihm bewusst wurde, was er gerade tun wollte.

„Was mach' ich da nur?" Nachdenklich betrachtete er das Schwert. „Es steht außer Zweifel, dass diese Waffe Menschen manipulieren kann. Wir müssen einen Weg finden, zu zeigen, wie das geschieht, dann können wir Druidus Unschuld beweisen. Hat jemand eine Idee?" Er sah Moira und Aparta an, aber beide schüttelten den Kopf. Er kratzte sein Kinn. Für eine Weile dachten sie schweigend nach.

Moira erinnerte sich daran, wie sie einmal Franka zuliebe mit Tord eine Vorlesung über Trancezustände bei Schamanen besucht hatte. Sie räusperte sich.

„Was ist, wenn das Schwert eine Methode verwendet, die nicht magisch ist, wie Hypnose, Drogen oder Schamanismus?"

„Das können wir prüfen." Sabio drehte sich zu der Aufzeichnungsbox um und aktivierte den Befehlsmodus.

„Weiter aufzeichnen und parallel Antwortmodus aktivieren", befahl er. „Ist irgendetwas aufgenommen worden, das zwar von menschlichen Sinnesorganen empfangen, nicht aber gehört werden kann?"

„Positiv", sagte die Box.

Moira kaute auf dem Nagel ihres Zeigefingers und wagte kaum zu atmen.

„Aufnahme hörbar machen und abspielen", sagte Sabio.

Einen Atemzug lang herrschte Stille. Dann überlagerte ein halbdurchsichtiges Bild den Raum, und eine silbrige Stimme flüsterte: „Lösche die Aufzeichnung."

Ein geisterhafter Sabio streckte die Hand nach der Aufnahmebox aus.

Moira schlug sich mit der Hand vor die Stirn.

„Das ist die silbrig helle Glockenspiel-Stimme, von der Ramasseurs Nerl sprach."

„Widergabe beenden", befahl Sabio. Seine Augen funkelten, und er grinste breit. „Du hast Recht! Endlich haben wir einen Hinweis darauf, dass Ramasseur seine Familie und Druidus seinen Vater nicht aus freien Stücken tötete. Wenn wir daraus einen unwiderlegbaren Beweis machen können, wird das Urteil noch rechtzeitig aufgehoben."

Schlagartig fühlte sich Moira leicht und unbeschwert. Sie würden tatsächlich beweisen können, dass Druidus unschuldig war! Sie atmete mehrmals tief durch.

KAPITEL 33

In ihrer Freude streckte sie Aparta die Hand entgegen.

„Ist das nicht wunderbar?"

Aparta ignorierte ihre ausgestreckte Hand.

„Es ist noch kein gültiger Beweis. Das Magiskop ist vor Gericht nicht zugelassen."

„Aber die Auszeichnungsbox ist es", sagte Sabio. „Und wir wissen jetzt, dass diese unbekannte Lebensform Menschen beeinflussen kann. Ich habe da eine Idee." Er tippte wieder auf die Aufzeichnungsbox. „Weiter aufzeichnen. Unhörbare Tonspuren zeitgleich in den hörbaren Bereich verschieben. Nach Erreichen der maximalen Aufzeichnungszeit an die Akten HnP 33/19 und HmP 1/19 heften und Alarm einschalten."

Die Box bestätigte den Befehl und schaltete zurück in den Aufnahmemodus.

„So, wenn das Schwert jetzt mit mir spricht, haben wir einen vor Gericht gültigen Beweis." Sabio grinste wie ein Wolf. Er ging zur Garderobe und setzte sich den Aluminiumhelm auf, der seine Gedanken besser vor Hypnose und ähnlichen Methoden schützte als der spitze Hut. Auf den Mantel verzichtete er, aber er zog ein zweites Paar Sicherheitshandschuhe über.

Moiras Augen weiteten sich.

„Was hast du vor?"

„Ich werde dieses Lebewesen ein wenig unter Druck setzen. Mal sehen, wie es reagiert." Sabio ging zum Tisch und stellte das Magiskop zur Seite.

„Sei bloß vorsichtig. Das könnte gefährlich sein." Moiras Stimme zitterte.

Sabio sah sie nicht an und antwortete nicht. Er öffnete den Deckel des Brandkastens und packte den Schwertgriff.

„Du kannst es doch nicht einfach vernichten!" Apartas Stimme überschlug sich fast. „Wie willst du dann Druidus Unschuld beweisen?"

„Du hast doch mein Geständnis. Es ist sogar schon unterschrieben." Er griff mit der zweiten Hand zu und hob das Schert zentimeterweise an. Seinem hochroten Kopf nach schien es unendlich schwer zu sein. „Das hilft dir gar nichts. Der Brandkasten wird dich vernichten, ob du willst oder nicht." Schweißtropfen bildeten sich auf seiner Stirn.

„Leg mich weg. Lösche die Aufzeichnung", befahl die silbrige Stimme des Schwerts schneidend scharf, und diesmal hörten sie alle.

Sabio grinste und seine Augen glitzerten.

„Dein Trick wirkt nicht mehr, denn der Helm schützt mich. Du wirst dir etwas anderes einfallen lassen müssen."

Moira war sich sicher, dass das Schwert nicht so schnell aufgeben würde.

„Au", schrie Sabio. „Das Mistding hat mich durch die Handschuhe gestochen."

Das Schwert zog seinen Arm in die Höhe. Die Luft zischte um die Klinge, als sie auf Sabios Kehle zuschoss. Im letzten Augenblick packte er sein rechtes Handgelenk und lenkte dadurch den Schlag ab. Die Klinge prallte gegen einen Schrank und hinterließ ein klaffendes Loch im Holz.

Merde. Das Schwert kontrolliert seinen Arm. Moiras Blick huschte gehetzt durch den Raum. *Wie kann ich ihm helfen? Es muss doch etwas da sein, mit dem ich ihm helfen kann.* In einem der vorderen Regale entdeckte sie einen Schild. Dummerweise standen die Regale auf der anderen Seite des Gitters. Moira riss die Schubladen des Empfangstresens auf und suchte nach dem Schlüssel zur Verbindungstür.

Das Schwert riss Sabios Arm in die Luft und versuchte, senkrecht hinab zu stoßen. Diesmal war Sabio vorbereitet. Er hielt sein rechtes Handgelenk fest umklammert. Das Schwert stach hinter ihm in den Tisch. Das Magiskop sprühte Funken und zerbrach.

„Das hilft dir gar nichts." Sabio keuchte, als das Schwert erneut angriff. „Wir können jederzeit ein neues Magiskop bauen. Außerdem hat die Box alles aufgezeichnet."

Das Schwert zuckte hoch. Sabio drückte seinen Arm im letzten Moment nach rechts, und so verpasste die Klinge die magische Aufzeichnungsbox knapp. Sie schoss wieder herab und durchbohrte Sabios linken Oberschenkel. Er schrie.

Im selben Augenblick entdeckte Moira einen Schlüsselbund. Während Sabio schreiend gegen den Schmerz kämpfte, probierte sie mit fliegenden Fingern die Schlüssel.

Sabio riss das Schwert aus der Wunde und taumelte vom Tisch weg, auf den Brandkasten zu. Blut lief sein Bein hinab, aber anscheinend hatte ihm der Schmerz die Kontrolle über seinen Arm wiedergegeben.

„Warum tust du das?"

„Blut", flüsterte das Schwert. „Blut ist Leben. Mein Leben. Seit Anbeginn der Zeit." Es zerrte Sabios Arm in die Höhe, posierte wie für einen Sieg.

„Sechstausend Jahre Blut und Krieg, Krieg und Blut. Doch dann… Katie Féroce und Hern und Dunkelheit. Dem Tode nah. Endlich ein Mann. Er liebt mich, streichelt mich, tötet für mich, blutet für mich. Ich trinke."

„War das Lif Borson?" Sabio machte noch einen Schritt auf den Brandkasten zu.

Das Schwert ignorierte ihn.

„Wieder Dunkelheit, warten. Dann das Paradies. Jede Nacht genug Blut. Am Ende ein Mann, der mich putzt und für mich tötet."

Die Obdachlosen und der Sammler. Moira probierte den zweitletzten Schlüssel. Er passte. Endlich sprang die Tür auf. Aparta drängte sie zur Seite und ging auf Sabio zu.

„Dann ein Mann, der mich zerstören will. Wir kämpfen. So wie jetzt." Das Schwert senkte sich langsam auf Sabios Brustkorb zu, aber er konnte es mit der freien Hand in Schach halten.

„Sein Geist ist stark. So stark wie Katies, so stark wie Herns, so stark wie deiner." Das Schwert durchschlug nach einem weiten Bogen die Tischplatte. Moira konnte im letzten Augenblick Aparta zur Seite reißen.

„Ein Mann vom selben Blut kommt. Sein Geist ist schwächer. Er tötet für mich, und ich trinke. Ich werde auch dein Blut trinken. Und das der Frauen." Das Schwert riss Sabio vorwärts auf Moira und Aparta zu.

„Aparta, verschwinde!"

Das Schwert lachte triumphierend und zwang Sabios Arm auf die Frau zu.

„Bluuut!"

Sabio drehte sich auf seinem gesunden Bein zur Seite. Die Klinge verfehlte Aparta um Haaresbreite. Dafür streifte sie Moiras Wange und hinterließ einen tiefen Schnitt. Sie spürte, wie Unmengen an Blut aus der schmalen Wunde gesaugt wurden. Sie schwankte.

Sabio fluchte. Er streckte die Hand gegen Moira und Aparta aus und rief einen Zauber. Die Worte hallten in Moiras Kopf hin und her, rumpelnd wie Wackersteine. Ihre Glieder gefroren. *Das kann ich nicht zulassen*, dachte sie. *Ich muss ihm helfen.* Sie sammelte ihre Magie, aber für den Augenblick war Sabios Zauber stärker. Hilflos musste sie zusehen, wie er mit dem Schwert um seinen eigenen Körper kämpfte.

„Ich lasse nicht zu, dass du Aparta oder Moira tötest!" Sabio packte die Klinge mit der linken Hand und zog sie an sich. Die scharfen Kanten schnitten durch die Handschuhe in seine Finger, aber er schien den Schmerz kaum zu spüren. Schritt für Schritt taumelte er rückwärts. Blut lief die Klinge hinunter.

Moira konzentrierte sich auf das Loch über ihrem Herzen. Vorsichtig ließ sie etwas Magie heraus und warf sie gegen Sabios Zauber.

Entsetzt bemerkte sie, dass der Schwertgriff in Sabios Händen durch das Blut glitschig wurde. Es fiel ihm immer schwerer, die Waffe festzuhalten. Das Schwert jubelte. Es zuckte in seinen Händen und versuchte sich zu befreien. Sabio schwitzte, und so wurde der Griff noch schlüpfriger.

Ich muss schnellstens hier raus. Dieses Monster können wir nur gemeinsam besiegen. So wie Hern und Katie. Sie schloss die Augen und konzentrierte sich ganz auf ihre Magie. Das Atmen fiel ihr schwer, aber sie zwang sich zur Ruhe. Ihr Puls rauschte in den Ohren, nur der Freudengesang des Schwertes drang noch durch. Mit einem kurzen, heftigen Ruck entließ sie einen Schwall Magie. Sabios Zauber fiel von ihr ab. Als Nebeneffekt entstand ein winziger Wirbelwind. Er tanzte um Aparta herum und trug ihr Parfüm zu Moira herüber. Es kam ihr seltsam bekannt vor, aber sie hatte keine Zeit, darüber nachzudenken.

Sie sprang auf Sabio zu, der mit dem rechten Knie gegen den Brandkasten lehnte und das Blut am Pullover abzuwischen versuchte. Das Schwert hatte die Finger seiner freien Hand fast komplett durchgeschnitten. Immer mehr Blut quoll rhythmisch aus zerrissenen Gefäßen, erreichte aber nie den Boden. Sabio stöhnte vor Schmerz. Er sah sie an, und ein trauriges Lächeln zuckte über sein zerfurchtes Gesicht.

„Lass dich von niemandem unterkriegen, Moira. Du bist wie geschaffen für die Gendarmerie."

Moira griff nach dem Schwert, aber mit einer Drehung verhinderte Sabio, dass sie es packen konnte. In diesem Moment erwachte auch Aparta aus ihrer Erstarrung.

Sabios Blick saugte sich an ihrem Gesicht fest.

„Ich liebe dich."

Das Schwert fest umklammert ließ er sich in den geöffneten Brandkasten fallen. Moira griff zwar noch nach ihm, aber er glitt ihr durch die Finger.

Der Brandkasten schloss sich selbständig und versiegelte. Aus dem Inneren hörte Moira, wie Sabio mit trockener Kehle den Aktivierungszauber aussprach.

„NEIN!" Schreiend warf sie sich auf den Kasten, während der Flammenzauber aktivierte und Mann und Schwert mit blau glühenden Flammen verschlang. Ein geringer Teil der Hitze schlug Moira ins Gesicht, und ihre Augen wurden feucht. *Du Idiot! Du selbstloser, sturköpfiger Idiot.* Sie legte das Gesicht auf das warme Glas und ließ den Tränen freien Lauf. Eine Hand legte sich auf ihre Schulter, und mit ihr kam ein herber Duft.

„Er hat es für uns getan", sagte Aparta, „und für Druidus." Die Worte rauschten an Moira vorbei, aber der Geruch zupfte an ihrer Erinnerung. Er irritierte sie so sehr, dass sie den Kopf hob, um ihn besser zu riechen. Aparta trat zur Aufzeichnungsbox und untersuchte sie.

„Wie schaltet man sie aus? Wir brauchen sie ja jetzt wohl nicht mehr."

Moira wollte schon antworten, als ihr einfiel, wo sie das rasierwasserähnliche Parfüm das letzte Mal gerochen hatte. Friesisch herb mit einer Priese Ozean.

„Du steckst hinter allem." Sie warf sich auf Aparta und schlug mit beiden Fäusten auf sie ein. Sie traf nur glitzernde Luft. „Du hast meinen Vater erkannt, als wir die Antiquitäten kaufen wollten. Deshalb bist du weggerannt."

„Mach dich nicht lächerlich." Mit ausgestreckter Hand stabilisierte Aparta den Schutzzauber, der Moira auf Distanz hielt. „Wie soll ich an Antiquitäten gekommen sein."

Moira hielt inne. Mit geballten Fäusten stand sie vor Aparta. Ihr Gehirn arbeitete auf Hochtouren. Endlich fügten sich all die Informationen zu einem Bild.

„Über Bastide. Er war Partner bei dem Einbruch ins Museum, und er kannte dich durch Excelsiors Beschattungsauftrag. Seine Aufzeichnungen verraten das."

Apartas Gesicht verzerrte sich.

„Dieser kleine Schweinehund hat versucht mich zu erpressen. Er wollte meinem Mann von Sabio und mir berichten, wenn ich seine verdammten Waffen nicht verkaufe." Sie legte die Hände aneinander, und ein Feuerball wuchs darum herum. Mit einer schnellen Bewegung schleuderte sie die Flammen. Moira sprang im letzten Moment zur Seite. Das Regal hinter ihr zerstob.

„Dabei war das Schwert das einzig wirklich spannende Stück in der ganzen Sammlung. Gott, was war das für ein irres Gefühl zuzusehen, wie es diesen Lackaffen Lif gekillt hat." Aparta schleuderte einen zweiten und dritten Feuerball, denen Moira nur mit Mühe auswich. Mit einem Sprung rettete sie sich hinter einige Regale.

Ich brauche dringend einen Schutzschirm. Sie schloss die Augen und konzentrierte sich auf das Kribbeln in ihren Fingerspitzen. Es war da, schwach, aber deutlich genug, dass Moira es spüren konnte.

Eines der Regale ging in Flammen auf. Moira rannte den Gang entlang tiefer in das Labyrinth aus Beweisen und Akten. Apartas Flammen folgten ihr unaufhaltsam. Moira drückte soviel Einheitliche Magie in ihre Fingerspitzen, wie sie konnte und hielt sie dann über sich, wie ein Dach. Flammen hüllten sie ein. Zahllose Todesschreie verklangen, als ein Regal mit uralten Akten verkohlte. Sie blieb stehen und drehte sich um.

Aparta trat in den Gang. Hinter ihr schwebte die Aufzeichnungsbox. Ein weiterer Feuerball schoss auf Moira zu, verpuffte aber wirkungslos an ihrem Schutzschirm.

„Sieh an. Du hast anscheinend doch ein wenig Magie. Wie überraschend."

Moira atmete schwer.

„Du hast Pete Huudien eingesperrt und ihn gezwungen, Obdachlose zu töten."

„Das Schwert und ich waren ein tolles Team."

Kochend heiße Wut stieg in Moira auf. Mit dem Ärger schlugen die Wellen ihrer Wilden Magie immer höher. *Wenn ich den Schutzschirm noch lange halten muss, bricht sie aus und reißt mich in Stücke. Ich muss Aparta ablenken.* Sie beugte sich vor.

„Wie konntest du zulassen, dass das Schwert Druidus zwingt, seinen eigenen Vater zu töten."

Aparta verlor vollends die Kontrolle.

„Mein Sohn. Mein süßes, kleines Baby." Kreischend warf sie sich auf Moira und krallte ihr die Fingernägel ins Gesicht. Nur mit Mühe konnte Moira ihre Augen schützen. Aparta kämpfte wie besessen. „Es ist alles deine Schuld. Jeder Idiot weiß, dass es Aufgabe der Anwärter ist, Beweisstücke zu Excelsior ins Archiv zu bringen. Aber du musstest ja meinen Druidus einspannen."

Ich sollte Excelsior umbringen? Vor Überraschung ließ Moira die Hände sinken und starrte Aparta mit offenem Mund an. Sie konnte es kaum glauben, war wie angenagelt.

Aparta trat einen Schritt zurück und warf eine silberne Kugel, die an Moiras Brust zerplatzte. Der Stasiszauber aktivierte, und nach einer Sekunde war Moira bewegungsunfähig. Aparta lachte. Es klang schrill.

Mit aller Kraft versuchte Moira, sich von dem Zauber zu befreien, aber sie hatte kaum noch Einheitliche Magie zur Verfügung. *Ich kann die Wilde Magie nicht hinauslassen. Damit gefährde ich alle Menschen im Gebäude.*

„Diesmal wird es wehtun. Lange." Aparta hob die Arme und sprach halblaut einen Todesfluch.

Moiras Herz sprang fast aus ihrer Brust. Sie wollte rennen, aber kein Muskel bewegte sich. Nicht einmal Schreien war ihr vergönnt.

Der schwarze Schatten um Apartas Hände wuchs mit jedem Wort, das sie sprach.

Wellen Wilder Magie schossen durch Moiras Körper, brachen durch dünn gewordene Schutzwälle Einheitlicher Magie. Ein gewaltiger Strom Magie Sauvage schoss überall aus Moira heraus. Regenbogenfarben mischten sich in einem wilden Wirbel mit dem Schwarz des Fluches, verdünnten und zerrissen ihn und schleuderten die Fetzen auf Aparta zurück.

Tonlos fiel sie um.

Moira taumelte. Der Stasizauber war verschwunden, ebenso das Chaos aus verbrannten, zersplitterten und umgekippten Regalen. Stattdessen breitete sich vor ihr eine Welt aus, wie sie sie noch nie gesehen hatte. Ein strahlend blauer Himmel wölbte sich über hüfthohen Bäumen. Gras, so fein wie ein Teppich aus Samt bedeckte den Boden um sie und Aparta herum. Fingernagelgroße Vögel flatterten durch die Luft, umschwirrt von Elfen, so winzig wie ein Stecknadelkopf. Im dichter werdenden Wald entdeckte Moira einen Fuchs, kaum größer als ihr Daumennagel.

„Maximale Aufzeichnungszeit erreicht." Die magische Aufzeichnungsbox blinkte grell und riss Moira aus ihrer Faszination. Die Box sauste davon. Moira packte Aparta an den Schultern und schleifte sie hinter der Box her zurück zum Eingangsbereich des Archivs.

Die neu entstandene Welt schien ihr zu folgen, breitete sich mit jedem Schritt, den sie tat, weiter aus. Moira sah Trolle, Rehe, Rentiere, Pferde, Hunde und Menschen. Sabios Arbeitstisch war verschwunden, und um den Brandkasten breitete sich eine steppenartige Landschaft aus. Die Aufzeichnungsbox schwebte darüber und blinkte mit einem hellen, roten Licht. Die beiden Akten hingen von einer Klammer herunter, die aus der Seite der Box herausragte.

„Flieg zum Ausgang", befahl Moira, nachdem sie den Befehlsmodus aktiviert hatte, und die Box gehorchte.

Keuchend folgte ihr Moira mit der bewusstlosen Aparta. Als die Tür des Sicherheitsgitters in Sichtweite war, bemerkte sie, dass noch immer Magie Sauvage aus ihr herausströmte. Sie nahm noch einmal alle Kraft zusammen und verschloss die Löcher in ihrer Aura. *Hoffentlich bleibt es zu.*

Die Tür flog auf und Tord kam hereingestürzt.

„Fasst das Schwert nicht an! Es ist..." Abrupt blieb er stehen und seine Augen weiteten sich. „Was ist denn hier passiert?"

Aparta stöhnte, und der kleine Finger ihrer rechten Hand zuckte.

„Erzähl ich dir später." Moira durchsuchte mit fliegenden Fingern den noch vorhandenen Tresen im Eingangsbereich nach einem Stasiszauber. Als sie die silbrige Kugel gefunden hatte, drückte sie sie Tord in die Hand und zeigte auf Aparta. „Schnell, aktivier sie, bevor sie zu sich kommt."

Apartas Augenlieder flatterten. Wortlos gehorchte Tord. Moira war unendlich erleichtert, dass er ihrem Urteilsvermögen vertraute.

Gerade, als sich der silbrige Schimmer des Stasiszaubers über Aparta breitete, ging die Tür auf. Semra trat mit vier Magiern in langen Schutzmänteln und spitzen Hüten ein. Sie hatten die Hände in die Ärmel ihrer Mäntel geschoben und erinnerten Moira irgendwie an Geier. Sie musste lachen.

„Moira! Was ist denn hier passiert?" Semra starrte mit weit aufgerissenen Augen um sich, aber Moira antwortete nicht. Ihre Knie gaben nach und kichernd sank sie zu Boden. Sie sah, wie die Aufzeichnungsbox mit den beiden angehefteten Akten auf Semra zuflog.

Moiras Gesichtsfeld wurde immer kleiner, und schwarze Punkte tanzten vor ihren Augen. Sie wunderte sich noch, warum die Box und die Akten unverändert geblieben waren, dann verlor sie das Bewusstsein.

Als sie wieder zu sich kam, lag sie auf einer Trage. Semra und der Präsident der Gendarmerie Magique standen neben ihr. Tord hielt ihre Hand.

„Franka wird mir nie verzeihen, dass ich zu spät gekommen bin." Seine Worte gingen beinahe unter in dem Rauschen, das die Wilde Magie in Moiras Körper verursachte.

Sie spürte, wie Magie nach außen drängte, und es kostete sie größte Kraft, es nicht zuzulassen. Sie ballte die Hände, schloss die Augen und suchte in sich nach den Resten ihrer Einheitlichen Magie.

Eine Hand legte sich auf ihren Arm und machte es noch schwerer, sich zu konzentrieren. Sie öffnete die Augen wieder. Der Präsident der Gendarmerie Magique reichte ihr die Hand.

„Ich freue mich zu sehen, dass Sie dieses Durcheinander überlebt haben und bin schon sehr gespannt auf Ihre Aussage."

„Ich auch." Semra trat neben ihn. „Wo ist Sabio? Und was macht Aparta hier?"

„Die Box", flüsterte Moira. „Alles auf der Box." Sie schloss die Augen wieder und richtete ihre Energie ausschließlich darauf, ihre Magie Sauvage unter Kontrolle zu halten. Unaufhaltsam glitt sie zurück in die Schwärze der Bewusstlosigkeit.

KAPITEL 34

Als sie das nächst Mal zu sich kam, war um sie herum alles weiß und hellgelb. Es roch nach Desinfektionsmittel. *Es sieht aus wie in einem Krankenhaus,* dachte sie.

„Hallo, schöne Frau. Endlich wach?" Ein Nerl hüpfte auf ihr Bett. Er war etwa so groß wie ein zweijähriges Kind und kam Moira sehr bekannt vor. Sie runzelte die Stirn.

Dann kam ihr ein Gedanke.

„Ich muss zu Druidus." Sie versuchte aufzustehen, aber ihr Körper war viel zu schwach. Verwundert starrte sie auf ihre Hände, die es nicht einmal schafften, die Bettdecke zur Seite zu schieben.

„Mach dir keine Sorgen. Druidus geht es gut, und er lässt dich grüßen", sagte der Nerl. Er beugte sich über die Bettkante. „Hey, Jungs. Sie ist wach."

Moira spürte, wie jemand an ihrer Bettdecke zog. Ein weiterer Nerl hangelte sich daran in die Höhe, bis ein erstaunlich großer Nerl durch die Tür kam und ihn kurzerhand aufs Bett hob.

Den größten Nerl erkannte Moira sofort. Es war der Archivar des Museums. Er hatte Gronk auf ihre Bettdecke gesetzt, dessen rechte Hand wunderbar nachgewachsen war. Ihr fiel auf, dass die Haut des neuen Körperteils eine Mischung aus dem üblichen Grün der Nerls und einer gebräunten Menschenhaut zu sein schien. *Wilde Magie scheint auch bei Nerls Nebenwirkungen zu haben,* dachte sie. Schließlich fiel ihr ein, woher sie den letzten Nerl kannte, der auf ihrer Decke saß. „Du bist Grub, nicht wahr?"

Der Nerl nickte. Moira runzelte die Stirn. So langsam begann ihr Gehirn wieder zu arbeiten. Ihr Blick wanderte von einem zum anderen. Sie glaubte sich daran erinnern zu können, dass Grub die Größe eines Säuglings hatte, als sie gemeinsam die Überwachungsgloben untersucht hatten. Auch Gronk und der Archivar schienen größer als vorher.

„Kann es sein, dass ihr gewachsen seid?"

Grub nickte.

„Du hast uns bestens versorgt."

„Du musst ihr das schon richtig erklären. Siehst du nicht, dass du die Ärmste verwirrst?" Der Archivar zog sich einen Stuhl ans Bett und setzte sich neben Moira. „Als du nach der Katastrophe das zweite Mal ohnmächtig wurdest, verlorst du die Kontrolle über deine Magie."

Moira erinnerte sich an die Veränderungen im Archiv.

„Danach erst?"

„Oh ja, davor hattest du alles bestens im Griff." Der Archivar beugte sich zu ihr vor und legte ihr eine Hand auf die Schulter. „Grub erkannte sofort was los war, und schlug dem Präsident der Gendarmerie Magique den üblichen Handel vor."

„Welchen Handel?"

Grub beeilte sich zu antworten.

„Für meine Hilfe bei der Analyse der Vorfälle, wurde es dem Kollektiv der Nerlität gestattet, deine Magie abzuschöpfen, solange du keine Kontrolle darüber hattest. Es stellte sich heraus, dass dazu drei Nerls nötig waren, weil wir sonst zu schnell gewachsen wären. Glaub mir. Tausende haben sich freiwillig gemeldet, aber der Ältestenrat wählte uns aus, weil du uns schon kanntest."

„Wie gut, dass ihr das so geregelt habt. Was hätte sonst alles passieren können!" Moira schloss erleichtert die Augen. Sie war so müde. Dann fiel ihr etwas ein, und sie sah die drei Nerls wieder an. „Hätte ich dem Handel nicht zustimmen müssen?"

„Das übernahm der Präsident der Gendarmerie Magique für dich. Als dein Vorgesetzter durfte er das, und das war auch gut so. Nur so konnten wir unkontrollierte Verwandlungen verhindern", sagte der Archivar.

„Na ja, bis auf den einen Arzt." Grub grinste. „Der wird noch eine Weile mit einem Flügel herumlaufen."

Ich habe Menschen verzaubert? Moiras Augen weiteten sich.

„Wird er wieder normal?"

„Klar doch. Ein Teil deiner Magie verflüchtigt sich nach einer Weile von selbst." Gronk zeigte auf seinen Arm. „Siehst du, er ist schon fast normal grün. Am Anfang war er völlig rosa."

„Noch ist es ein Arm, kein Stumpf", sagte Moira.

Das beunruhigte Gronk nicht.

„Mein Arzt meint, der Arm wird bleiben, auch wenn die Farbe weg ist. Es war ein ziemlich starker Zauber."

„Heißt das, das Archiv wird auch irgendwann wieder normal?" Mit Bedauern dachte Moira an die zahlreichen, winzigen Lebewesen und die unglaublichen Landschaften, die sie gesehen hatte. „Es wäre zu schade, wenn sich all das wieder in Akten und Regale zurückverwandeln würde."

Der Archivar legte die Fingerspitzen aneinander und tippte sich mit den Zeigefingern gegen die Knollennase.

„Erstens basiert die Umwandlung des Archivs auf der Negierung eines Todesfluchs. Das bestätigte nicht nur die magische Analyse, sondern auch die Aufzeichnung der Box." Er ließ die Hände sinken, lehnte sich zurück und schlug die Beine übereinander. „Zweitens hast du dermaßen viel Wilde Magie dort hineingepumpt, dass es für ein paar Jahrhunderte reichen sollte. Bis dahin hat sich aber bereits ein magisches Gleichgewicht innerhalb der neuen Welt gebildet, die verhindern wird, dass sie sich auflöst. Ich denke, es ist davon auszugehen, dass diese Welt Bestand haben wird."

Grub krabbelte über die Decke, bis er neben ihrer Schulter saß.

„Weißt du, was ich absolut erstaunlich finde?"

Moira wartete.

„Deine Kontrolle über die Wilde Magie."

Moiras Augenbrauen sausten in die Höhe.

„Meine Kontrolle?" Soweit sie sich erinnern konnte, war die Magie mit voller Kraft aus ihr heraus gebrochen.

Der Archivar schien ihre Verwirrung zu bemerkten.

„Alle Akten und Beweise, die für nicht abgeschlossene Fälle notwendig sind, wurden verschont. Mittlerweile wurden sie in einem ungenutzten Raum im Labor der Gendarmerie untergebracht."

„Mittlerweile? Wie lange war ich denn bewusstlos?"

„Nicht lange. Nur drei Tage", sagte Gronk.

„Druidus!" Moira versuchte sich aufzusetzen, aber der Archivar und Grub drückten sie in die Kissen zurück und Gronk streichelte ihre Hand.

Auch der Archivar griff nach ihrer Hand.

„Keine Sorge. Sein Urteil und das von Pete Huudien wurden auf Grund der veränderten Beweislage ausgesetzt und werden demnächst neu verhandelt."

„So gesehen war Sabios Opfer nicht umsonst", sagte Grub.

Moiras Augen füllten sich mit Tränen, und sie machte sich Vorwürfe, dass sie nicht sofort an ihn gedacht hatte.

„Er ist–" Ihre Stimme zitterte. „Er war der erste Kollege, der an mich geglaubt hat."

„Du Srompdonk." Gronk schnauzte Grub an und knuffte ihn in die Seite. „Sieh, was du angerichtet hast."

Moira ignorierte die beiden. Sie erinnerte sich an Sabios Verständnis für ihren Unwillen, bei der Tatortsicherung zu helfen, an seine Überzeugung, dass sie eine gute Gendarma werden würde, und an den Tag in der Sandkuhle. Sie spürte, wie die Magie in ihr das Herz zu kühlen suchte, dass heiß und wild in ihrer Brust scheuerte. Sie rollte sich auf die Seite, zog die Beine an und weinte.

Einige Tage später holten Franka und Tord sie ab. Die Ärzte hatten Moira so gut aufgepäppelt, dass Franka ihr nicht einmal beim Anziehen helfen musste. Moira freute sich auf ihr Heim.

„Es tut mir so leid, dass ich an jenem Tag zu spät gekommen bin", sagte Tord. „Vielleicht hätte meine Aussage Sabio…"

„Ist schon gut", unterbrach ihn Moira. „Es war nicht deine Schuld."

„Er fehlt dir, nicht wahr?" Franka legte ihre Hand auf Moiras Schulter. „Aber du sollst wissen, dass wir immer für dich da sein werden."

Moira antwortete nicht. Es würde dauern, bis sie Sabios Tod ganz verarbeitet hatte, und sie würde ihn immer vermissen, aber der schlimmste Schmerz war abgeklungen. Schweigend setzte sie sich in den Rollstuhl, mit dem sie zur Ausgangstür gebracht werden musste. Krankenhausvorschrift. Franka bestand darauf, den Rolli trotz ihres dicken Bauchs zu schieben. Auf dem Weg nach unten ließ sie ihrer Neugier freien Lauf.

„Wirst du vor Gericht gegen Aparta de Frees aussagen müssen?"

„Kommt drauf an, was der Richter will." Moira hoffte inständig, dass ihm die Aufzeichnung der Box reichen würde. Aparta de Frees wollte sie in ihrem ganzen Leben nicht wieder sehen.

Am Tapisto wartete Lavant. Wortlos nahm er sie in den Arm und überließ es Tord, sie nach Hause zu fahren.

Unterwegs starrte Moira lange aus dem Fenster und betrachtete die Leute, die ihren Geschäften nachgingen. Manche trugen bunte Kleidung, andere graue oder schwarz-weiße. Hier und da funkelte ein Zauber. *Das ist genauso wie im Leben*, dachte Moira. *Mal ist es wunderbar bunt, regenbogenfarben. Dann ist es trist und grau. Nur schwarz-weiß ist es eigentlich nie.* Sie wandte sich an Tord.

„Übrigens, was wolltest du Sabio und mir an jenem Tag eigentlich sagen?"

„Ich hatte endlich den Artikel gefunden, den ich so verzweifelt gesucht hatte. Er stand im Regal bei den Märchen und Legenden."

„Und er erzählt eine interessante Geschichte, die Tord viele Jahre nicht für voll genommen hat, weil die Quelle fraglich ist." Franka warf Tord einen übertrieben wütenden Blick zu.

Er lächelte unsicher zurück.

„Was stand darin?" Moiras Neugier war geweckt.

„Der Mönch, von dem ich dir erzählt habe …"

„Der, in dessen Kloster alle Mönche mit einem verfluchten Dolch ermordet wurden?"

„Genau der. Er war davon überzeugt, dass der Dolch gar nicht verflucht war, sondern ein eigenes Lebewesen. Nachdem er ihn im Moor versenkt hatte, suchte er überall auf der Welt nach Hinweisen auf weitere solche Dolche." Tords Augen glänzten, je mehr er in Fahrt kam. „Er berichtet von einer Steinsäule in einem Tal in Indien, auf der eine Geschichte von Katie Féroce eingemeißelt ist. Dort steht, dass das Schwert, das Katie für ihren Liebsten als Hochzeitsgeschenk ausgewählt hatte, lebendig gewesen sei.

Der Steinsäule nach, wollte es Katie zwingen, ihre gesamte Sippe abzuschlachten, als diese zur Hochzeit kam. Sie kämpfte tapfer dagegen an und rettete dadurch einen großen Teil ihrer Sippe. Schließlich gelang es ihr schwer verletzt, das Schwert mit ihrer Magie für kurze Zeit zu betäuben. Gemeinsam mit Hern schuf sie ein Gefäß aus Stein, das sie gemeinsam versiegelten. Sie starb, nachdem sie ihre letzte Kraft in einen weiteren Schutzzauber steckte, der eventuelle Finder anflehte, das Steingefäß niemals zu öffnen. Sie wollte nicht, dass das Schwert, sie nannte es Malice Animé, jemals wieder Menschen zwang zu morden."

„Vielleicht ahnte sie sogar, wie lange das Schwert in dem Stein überleben konnte", sagte Franka. „Jedenfalls lehrt uns diese Geschichte, nicht alles als Märchen abzutun, wofür wir keine Erklärung haben."

Moira lächelte. Sie war froh, das Ende von Katie und Herns Geschichte zu kennen, insbesondere weil Tord für seine Forschungen sicherlich zahlreiche Auszeichnungen erhalten würde. Und je mehr Auszeichnungen, desto besser die Bezahlung durch die Uni. Es war beruhigend zu wissen, dass es Franka und dem Baby gut gehen würde.

„Übrigens haben wir beschlossen, mit der Hochzeit bis nach Druidus Verhandlung zu warten." Tord steuerte eine Parklücke vor ihrer Wohnung an. „Franka meinte, sie könne nicht in Ruhe feiern, wenn er nicht dabei wäre. Außerdem hat sie die Hoffnung auf eine Doppelhochzeit noch nicht aufgegeben."

Der Gedanke an Druidus munterte Moira auf und half ihr, das Festmahl zu genießen, dass Franka in ihrer Wohnung aufgebaut hatte.

Zwei Wochen später stand Moira mit dem Präsident der Gendarmerie Magique, Semra, Buds und zwei Kommissaren der Prüfungskommission in einem magischen Schutzraum. Alle schossen Zauber auf Moira ab. Sie wehrte sie mit Leichtigkeit ab, denn sie hatte so viel von ihrer Magie Sauvage verbraucht, dass sie genug Magie Généraliser für die Prüfung nutzen konnte. Es gelangen ihr selbst die Zauber, die vor Sabios Training unmöglich gewesen wären.

Schade, dass die Magie Sauvage nachwachsen wird. Sie wich einem Feuerball des Präsidenten aus.

Als die Prüfung beendet war, klopfte Buds ihr anerkennend auf die Schulter. „Hätte nie gedacht, dass du dich mal so mausern würdest."

„Sabio hatte schon immer einen Riecher für Talent." Semra reichte ihr strahlend die Hand. „Gut gemacht."

Der Präsident der Gendarmerie Magique lächelte Moira an.

„Warten Sie bitte in der Eingangshalle auf uns. Ich glaube nicht, dass unsere Beratung lange dauern wird."

Moira ging in der Halle auf und ab. Sie atmete so gleichmäßig und tief wie möglich, aber es half nichts. Ihre Knie zitterten, die Hände waren schweißnass, und ihr Herz pumpte wie nach einer Einheit Kampfsporttraining.

Die Eingangstür schlug zu, und sie fuhr herum. Als sie sah, wer dort auf sie zukam, weiteten sich ihre Augen, und ihre Beine fühlten sich an, als hätte jemand die Knochen gestohlen. Zum Glück nahm Druidus sie in den Arm, bevor sie zu Boden sinken konnte.

„Danke", flüsterte er. Seine Stimme klang heiser.

„Ich dachte, die Verhandlung ist erst morgen", sagte Moira.

„Sie wurde auf Druck der Gendarmerie vorgezogen. Mutters Geständnis hat die Sache beschleunigt. Nur über die Zulassung des Magiskops als Beweismittel diskutieren sie immer noch." Er beugte seinen Kopf vor, bis seine Stirn ihre berührte. „Du kannst dir nicht vorstellen, wie furchtbar es ist, im eigenen Körper gefangen zu sein. Ohne die Gedanken an dich hätte ich es nicht überstanden."

Moira zitterte.

„Ist der Einfluss des Schwertes denn jetzt ganz gebrochen?"

Druidus drückte sie fest an sich.

„Der Psychologe meinte, dass mir die Erinnerung an die Tat zeitlebens bleiben wird. Allerdings kommt sie mir nicht real vor, eher wie ein Film, den ich mal gesehen habe. Ich kann mich zwar daran erinnern, habe aber keinen emotionalen Bezug dazu. Ich denke, ich bin dankbar dafür."

Moira lehnte sich gegen ihn und atmete seinen Geruch tief ein. Zum ersten Mal seit ihr Vater die Familie verlassen hatte, fühlte sie sich wieder vollständig.

Nach einer Weile fragte sie: „Wie ist das bei Pete Huudien? Er musste viel mehr Menschen töten."

„Seine mentale Blockade wirkt anders. Der Psychologe meinte, er könne sich bereits jetzt nicht mehr an die Morde erinnern. Ich beneide ihn darum." Druidus seufzte. „Seine Verlobte hat ihn abgeholt. Soweit ich weiß, wollten sie auf kürzestem Weg zum Standesamt."

Moira küsste ihn, presste ihre Lippen auf die seinen, als wäre dies ihr letzter Kuss. Ein Kribbeln, leidenschaftlicher als Wilde Magie, breitete sich von ihren Lippen über ihren ganzen Körper aus. Sie schloss die Augen und ließ sich von ihren Gefühlen tragen. Jemand räusperte sich, und Druidus ließ sie los. Widerwillig drehte sich Moira zur Prüfungskommission um. Sie klammerte sich an Druidus Arm, als wolle sie nie wieder loslassen.

„Wie schön, Sie zu sehen, Monsieur van Steen", sagte der Präsident der Gendarmerie Magique. „Ich bedaure die Umstände, die zu Ihrer Verhaftung geführt haben. Hoffentlich können Sie uns verzeihen."

Druidus sah ihn mit ernstem Gesicht an.

„Da es keine Beweise für meine Unschuld gab, blieb Ihnen nichts anderes übrig. Danke übrigens für die psychologische Hilfe, die Sie organisiert haben."

„Das war doch das Mindeste, was wir für Sie und Monsieur Huudien tun konnten."

Druidus verzog die Lippen zu einem Lächeln, als müsse er sich mühsam daran erinnern, wie das ging.

„Vielleicht kehre ich bald in den Dienst zurück."

„Das wäre uns sehr willkommen. Einen so fähigen Gendarm wie Sie können wir immer gebrauchen. Ich freue mich auf den Tag, an dem sie Ihre Arbeit wieder aufnehmen." Er wandte sich an Moira. „Nun wollen wir Sie aber nicht länger auf die Folter spannen. Sicherlich sind sie schon ganz gespannt."

Im Augenblick war Moira nichts gleichgültiger als das Ergebnis ihrer Prüfung. Das Einzige was zählte war, dass

Druidus wieder da war. Sie lehnte ihren Kopf gegen seine Schulter, und er zog sie fester an sich.

„Da außer Frage steht, dass Sie über beeindruckende magische Fähigkeiten verfügen, steht Ihrer Ausbildung bei der Gendarmerie nichts im Wege."

Semra gratulierte ihr und fügte hinzu: „Da du bereits als vollwertiges Mitglied der Gendarmerie gearbeitet hast, und bewiesen hast, dass dir die Aufklärung von Schwerverbrechen liegt, kannst du bei der Mord Zwo bleiben – wenn du willst. Für die anderen Einheiten reichen dann die vorgeschriebenen Mindestzeiten."

„Sie müssen nur noch hier unterschreiben." Der Präsident der Gendarmerie Magique reichte ihr den Ausbildungsvertrag. Moira zögerte kurz. Als Gendarma würde sie immer wieder mit der Angst leben müssen, einen geliebten Menschen zu verlieren. Würde es ihr gelingen, trotz allem die schönen Seiten des Lebens nicht zu übersehen? Sie sah Druidus an, und ihre Blicke kreuzten sich. Seine Augen versprachen Liebe und Geborgenheit. Moira atmete tief durch und unterschrieb.

Kapitel 35

Es war dunkel in der Höhle. So dunkel, dass selbst die Ratte mit ihrer hervorragenden Nachtsicht nichts sehen konnte. Sie musste sich ganz auf ihren Geruchssinn verlassen. Ihr winziges Gehirn registrierte, dass ein junges Männchen vor wenigen Tagen hier durchgekommen war, aber es war lange genug her, dass die Ratte kein Bedürfnis hatte, es zu verfolgen.

Sie schnüffelte an einem Stein. Er roch nach Eisen, aber auch nach etwas anderem. Zögernd richtete sich die Ratte auf und stellte ihre Vorderpfoten auf den Stein. Da ihre Hüfte nicht für langes Stehen gemacht war, plumpste sie erleichtert zu Boden, als der Stein in der Mitte durchbrach.

Sie landete auf etwas Hartem, Spitzen. Ein Mensch hätte es sofort als winziges Schwert erkannt. Eine silbrig helle Stimme fiepte. Gehorsam nahm die Ratte das Schwert in die rechte Vorderpfote. Auf Hinterbeinen verließ sie die Höhle und hielt das Schwert kampfbereit. Sie folgte der Spur des jungen Männchens und ihre Nasenspitze zitterte vor Kampfeslust.

ENDE

Vielen Dank fürs Lesen. Wenn Dir die Geschichte gefallen hat, hinterlasse doch bitte eine Rezension auf Amazon, Lovelybooks, Goodreads oder einer anderen Rezensionswebseite.

Vielen Dank im Voraus.
Auf meiner Homepage findest Du mehr über mich:
http://de.katharinagerlach.com

GLOSSAR

Auralogie	Untersuchung der Aura eines Lebewesens zur Feststellung seiner Gesundheit und verschiedener Begabungen
Bonnechance-Wassertropfen	Wassertropfen, die mit einem Zauber in Form gehalten werden und die dem Träger Glück bringen.
Chargerie	Ladestation für Tapistos (s.u.) mit Verkauf von zahlreichen anderen, alltäglichen Zaubern
Charme Securité	Schutzzauber
Colonel Magique	Leiter der örtlichen Gendarmerie Magique (s.u.)
Commissaire Magique	Beamter der Gendarmerie Magique (s.u.) im Range eines Kommissars
Elfnetz	Netz zum Betäuben von Elfen
Gendarm, Gendarma	Polizist, Polizistin
Gendarmerie Magique	Polizei zur Aufklärung von magischen und nichtmagischen Straftaten
Homizid	Mord
Homizidzauber	Zauber, der jemanden zwingt, einen Mord zu begehen.
ID-panneau	eine flache Glasscheibe, die mit einem Zauber die Identität einer Person aufgrund ihres Handabdrucks feststellen kann
Lumière Magique	Magisches Licht in Kugelform
Magie Focaliser	Fokussierte Magie
Magie Généraliser	Einheitliche Magie
Magie Sauvage	Wilde Magie
Magiskop	Gerät zum Erkennen kleinster Magiemengen
Magiuter	mit Magie betriebener Computer
Malice Animé	das lebende Böse
Maréchal	Unteroffizier, Dienstgrad unter Commissaire

Merde	französisches Fäkalwort
Nerlôpital	Krankenhaus für Nerls
Parapluie-Zauber	Halt mich trocken Zauber, schützt gegen Regen
Parlebol	Schale, mit der man über größere Entfernungen sprechen kann (ähnlich wie ein Telefon)
parlieren	mit Hilfe einer Parlebol mit jemandem sprechen
Sortie du sommeil	Erhebe dich aus dem Schlaf, d.h. Wach auf.
Stasiszauber	magisch herbeigeführter Zustand, in dem sich auch bei Eingriffen durch Menschen nichts verändert
Suizid	Selbstmord
Suizidzauber	Zauber, der jemanden zwingt, einen Selbstmord zu begehen.
Tapisrapide	Hochgeschwindigkeits-Tapisto (s.u.)
Tapisto	mit einem schwebenden Teppich angetriebenes Gefährt, ähnlich einem Auto
Traceball	ballähnliches Suchgerät zum Finden von Elfen

Vierzehn Jahre lang war Pauls Existenz als Straßenkind sein einziger Schutz vor einem uralten Gesetz, das alle zweitgeborenen Zwillinge zum Tode verurteilt. Als er erfährt, dass er der jüngere Zwilling des zurückgebliebenen Kronprinzen ist, der wegen seiner Behinderung hingerichtet werden soll, stimmt er zu, die Rolle des überraschend geheilten königlichen Erben zu spielen, damit sein Bruder fliehen kann.

Paul versucht, sich daran zu gewöhnen, wie ein Prinz aufzutreten, merkt aber schnell, dass sein wichtigstes Talent, unbemerkt zu bleiben, jetzt sein größtes Handicap ist. Er weiß, dass er wie alle zweitgeborenen Zwillinge hingerichtet werden wird, wenn man ihn entdeckt. Als ein rachsüchtiger Zauberer das Königreich bedroht, scheint Paul der Einzige, der ihm entgegen treten kann. Doch wenn er sein Talent benutzt wird seine wahre Herkunft enthüllt. Paul hat die Wahl. Was ist ihm wichtiger: sein Leben oder die Sicherheit seiner Familie und des Königreichs?

Dieses Buch ist als eBook bei vielen EBookhandlungen erhältlich. Das Taschenbuch gibt es nur bei Amazon.

Da Bryanna in Schottland aufwächst, sind ihr Hobgoblins, Selkies und Kelpies aus den Geschichten ihrer Heimat wohlbekannt.

Umso mehr staunt sie, als sie diese Wesen eines Tages in Edinburghs Straßen sieht. Leidet sie unter Halluzinationen?

Bevor sie ihren Vater um Rat fragen kann, wird er von einer Frau verschleppt, deren ungewöhnlicher Geruch Bryanna seltsam bekannt vorkommt. Anstatt die Polizei zu informieren folgt sie der Entführerin und landet im Abenteuer ihres Lebens. Wie gut, dass sie sich mit den Mythen und Legenden ihrer Heimat auskennt, denn die Welt in die sie gerät, ist mörderisch gefährlich. Und sollte sie die Reise überleben, ist sie dazu verdammt ihren Vater zu töten.

Dieses Buch ist als eBook bei vielen EBookhandlungen erhältlich. Das Taschenbuch gibt es nur bei Amazon.

Für Benachrichtigungen über Neuerscheinungen und Bonusmaterial zu den Geschichten, bitte in diese Liste eintragen: bit.ly/KatharinasNewsletter (Achtung, Groß- und Kleinschreibung beachten)

www.ingramcontent.com/pod-product-compliance
Lightning Source LLC
Chambersburg PA
CBHW070735180626
46818CB00007B/2851